suhrkamp taschenbuch 2295

Amanda: schlank, groß, mit graugrünen Augen. Ein schöner Name, er duftet wie Ambra und schmeckt nach Mandeln. Und alles was in diesem Erfolgsbuch geschieht, geschieht in Ost-Berlin, der inzwischen historisch überholten Stadt. Drei Männer, eine Frau: Jeder der Männer erzählt aus seiner Sicht sein Leben mit Amanda im letzten Jahrzehnt der DDR: der biedere Sport-Journalist, der dissidentische Schriftsteller, der westdeutsche Hörfunk-Korrespondent. Die Beschreibung des Alltags, die Lebendigkeit der Figuren (»in meinen Büchern wimmelt es von Leuten, die ich nicht leiden kann«, sagt der Autor) bestechen durch ernste Leichtigkeit und Genauigkeit. Eigenschaften, die aus Jurek Beckers Erzählen nicht wegzudenken sind.
Der beliebte Schriftsteller hat, so scheint es, das letzte Buch vom Alltag der DDR vor dem Zusammenbruch geschrieben: eine Art Schlußpunkt, denn nun wird schließlich alles anders sein.
»Jurek Becker ist ein großes Buch über das gewöhnliche Leben in einem kleinen, gewöhnlichen und deshalb so furchtbaren Land gelungen.« *Martin Lüdke, Frankfurter Rundschau*
Jurek Becker, 1937 in Lodz geboren, studierte Philosophie, schreibt Romane, Erzählungen und Filmdrehbücher. Er lebt in Berlin. Weitere *suhrkamp taschenbücher*: *Jakob der Lügner*. Roman (st 774), *Irreführung der Behörden*. Roman (st 271), *Der Boxer*. Roman (st 526), *Schlaflose Tage*. Roman (st 626), *Nach der ersten Zukunft*. Erzählungen (st 941), Aller Welt Freund. Roman (st 1151), *Bronsteins Kinder*. Roman (st 1517).

Jurek Becker

Amanda herzlos

Roman

Suhrkamp

suhrkamp taschenbuch 2295
Erste Auflage 1994

Druck: Ebner Ulm
Printed in Germany
Umschlag nach Entwürfen von
Willy Fleckhaus und Rolf Staudt

1 2 3 4 5 6 – 99 98 97 96 95 94

Die Scheidung

Ich glaube, ich verlange nichts Unmögliches. Scheidungen sind nun mal ihrem Wesen nach unangenehm, das darf auch jemand sagen, der noch nie geschieden wurde. Jedenfalls habe ich nicht die Absicht, eine möglichst harmonische Sache daraus zu machen. Ich will nicht verschweigen, daß Amandas Entschluß, sich von mir zu trennen, mich hart getroffen hat, hart und vollkommen unvorbereitet. Ich werde Ihnen später von meinen Versuchen erzählen, sie umzustimmen, es waren nicht sehr viele. Ich habe schnell gespürt, wie sinnlos solche Bemühungen gewesen wären. Natürlich möchte ich die Geschichte ohne großes Blutvergießen hinter mich bringen, verstehen Sie das aber nicht als Bereitschaft, in allen Streitfragen nachzugeben. Eigentlich möchte ich von keiner einzigen meiner Forderungen abrücken, sie sind ohne Ausnahme gerechtfertigt. Ich weiß, was Sie sagen wollen: daß es ein Unterschied ist, ob man sich im Recht fühlt oder ob man recht hat. Ich *habe* recht. Sie werden sehen, daß wir die besseren Karten in der Hand halten.

Also: Den Wagen möchte ich behalten. Wir haben ihn mit Hilfe der Redaktion bekommen, mit Hilfe *meiner* Redaktion, und es wäre merkwürdig, wenn ich schon wieder hingehen und sagen müßte, ich brauche einen neuen. In meinem Beruf ist man ohne Wagen halbtot, Amanda dagegen braucht keinen. Außerdem fährt sie so, daß es einem den Magen umdreht. Wenn ich ihr Feind wäre, würde ich sagen: Nimm das Auto und fahr los.

Auf unser Wochenendgrundstück würde ich im Gegenzug verzichten. Es hat beinah auf den Pfennig so viel gekostet wie der Fiat, man könnte beides miteinander verrechnen. Auch an dem Grundstück hänge ich, nur ist mir, im Unterschied zu Amanda, bewußt, daß man nicht alles haben kann. Für mein Leben gern wäre ich in der Lage zu sagen, daß sie alles behalten und damit glücklich werden soll. Ich gönne ihr das sorgenfreiste Leben, aber doch nicht um den Preis, daß ich dafür zum Bettler werde!

Wenn ich behauptet habe, daß ich deshalb auf meinen Forderungen bestehe, weil ich sie für gerechtfertigt halte, dann ist das so nicht richtig. Ich verlange nichts, was ich nicht *brauche*. Zum Beispiel existiert eine Brillantbrosche von meiner Großmutter, das einzige Wertobjekt, das ich je geerbt habe. Es ist doch wohl keine Frage, daß die mir zustehen würde, aber ich käme nie auf die Idee, sie von Amanda zurückzuverlangen.

Die Wohnung will ich auf keinen Fall hergeben. Ich bin der Verlassene, ich bin der Leidtragende. Ich denke nicht daran, mich auch noch davonzuschleichen. Möglicherweise wird Amanda behaupten, wir hätten die Wohnung nur den Beziehungen ihrer Mutter zu verdanken, einer großartigen Frau übrigens, und das könnte ich nicht einmal abstreiten. Aber hat es nicht Sinn zu fordern, daß der Verlassene bleibt und der Verlassende geht? Wenn man Ehen aufkündigen und zugleich durchsetzen könnte, daß der andere verschwindet, was meinen Sie, was auf der Welt dann los wäre.

Ein heikler Punkt ist das Kind. Ich will offen zu Ihnen sein: Ich will den Jungen nicht haben. Ich *kann* ihn nicht nehmen. Wie sollte ein alleinstehender Mann, dazu in meinem Beruf, mit einem Kind leben? Daß ich bereit bin, meinen gesetzlichen Pflichten nachzukommen, versteht sich von selbst. Ich will alles tun, um aus der

Distanz ein ordentlicher Vater zu sein, aus einer Distanz, die ich nicht zu verantworten habe – diesen Umstand kann man nicht oft genug erwähnen. Das Peinliche besteht nun darin, daß ich zu Amanda gesagt habe, ich würde Himmel und Hölle in Bewegung setzen, um den Jungen zu behalten. Was heißt gesagt, ich habe es ihr ins Gesicht geschrien, mehr als nur einmal. Unser Gesprächston war zuletzt laut und provozierend. Es sollte eine Drohung sein, ich wollte ihr Angst einjagen vor den Folgen, die sie tragen muß, wenn sie mich *wirklich* verläßt. Und nun verläßt sie mich, und ich will nicht klein beigeben. Mein Bedarf an Demütigungen ist gedeckt. Mit einem Wort – ich möchte vor Gericht so tun, als wollte ich Sebastian um alles in der Welt behalten, gleichzeitig müßte aber gewährleistet sein, daß wir uns damit nicht durchsetzen. Das wäre dann Ihre Aufgabe. Wenn Sie als Fachmann mir sagen, hör auf mit dem Unsinn, das Risiko ist zu groß, würde ich auf das Spiel verzichten. Aber schade wäre es. Ich bin sicher, daß Amanda ihr Kind nie hergeben würde, auch wenn sie manchmal unberechenbar ist.
Es wäre am zweckmäßigsten, wenn ich Ihnen alles der Reihe nach erzählen würde, doch das ist leichter gesagt als getan. Seit ich Amanda kenne, ist etwas so Chaotisches in mein Leben getreten, daß ich nie zur Ruhe komme. Ich meine damit in erster Linie, daß wir keine Gewohnheiten hatten. Das sagt Ihnen jemand, der sich nach nichts so sehnt wie nach Gewohnheiten. Wir haben nie diese zuverlässige Wiederholung kleiner Vorgänge gekannt, die nur nach außen hin ermüdend wirkt, die es einem in Wirklichkeit aber erlaubt, sich zurückzulehnen und Atem zu schöpfen. Gewohnheiten sind wie ein Geländer, an dem man sich in Notlagen festhalten kann, das hat mir immer gefehlt. Es stand nie

fest, um wieviel Uhr Frühstück gegessen wird. Jedesmal mußte neu ausgehandelt werden, wer ein warmes Abendessen macht. Es gab keine Zuständigkeiten, außer der einen, daß ich morgens in die Redaktion mußte und am Nachmittag abgekämpft nach Hause kam. Manchmal haben wir uns Abend für Abend mit Bekannten getroffen, dann wieder monatelang nicht. Manchmal haben wir Abend für Abend miteinander geschlafen, dann wieder wochenlang nicht. Wenn Sebastian krank war, war sie die fürsorglichste Mutter, dann plötzlich hat sie von mir verlangt, daß ich Urlaub nehmen und mich an sein Bett setzen soll. Ich hätte mich nie darüber beklagt, aber jetzt, da sie mich als einen hinstellt, mit dem das Leben unerträglich ist, muß ich all das ja nicht auch noch verschweigen.

Vor drei Jahren haben wir uns zum erstenmal getroffen, in der Kantine der Zeitung, bei der ich noch heute beschäftigt bin. Man hatte ihr eine Reportage über irgendwelche polnischen Denkmalspfleger in Aussicht gestellt. Seit sie ihr Studium hingeworfen hatte, jagte sie kleinen Aufträgen nach, ohne feste Anstellung. Ich weiß nicht, ob Ihnen bekannt ist, welches Ansehen die Freiberufler in den Redaktionen genießen: das niedrigste. Obwohl Amanda einen Termin hatte, war sie von einer Sekretärin abgewimmelt worden, dementsprechend war ihre Laune. In die Kantine war sie nur gegangen, weil dort das Essen billiger ist. Sie wäre mir wahrscheinlich nicht aufgefallen, hätte sich nicht der größte Weiberheld der Redaktion an ihren Tisch gesetzt. Ich setzte mich dazu, weil ich ihn ärgern wollte, oder weil ihre Bluse so grün war, oder weil wirklich kein anderer Platz frei war, ich weiß es nicht mehr.
Sie verhielt sich abweisend gegenüber Pückler, so hieß

der Schönling, das gefiel mir, noch unfreundlicher aber war sie zu mir. Die wenigen Blicke, die ich ergattern konnte, hießen nichts anderes als: Versuch es gar nicht erst. Jedesmal wenn ich daran denke, geht mir die Frage durch den Sinn, ob sie nicht einen Mann geheiratet hat, den sie von Anfang an nicht ausstehen konnte. Damals hat mich ihre Schroffheit eher angespornt, ich war wie der Esel, der nur deshalb vorwärtsgeht, weil man ihn am Schwanz zieht. Der Verdacht, daß ich ihr unsympathisch, bestenfalls gleichgültig sein könnte, hat mich schon früh beschäftigt. Natürlich muß sie Gründe gehabt haben, mich zu heiraten, Liebe jedenfalls war es nicht. Vielleicht haben ihr die hundertfünfzig Liegestütze imponiert, die ich ihr vorführen konnte, vielleicht gefiel es ihr, daß ein paar hübsche Frauen hinter mir her waren. Vielleicht hatte sie es auch satt, von Redaktion zu Redaktion zu hasten und überall als Bittstellerin behandelt zu werden. Sie müssen wissen, daß mein Gehalt das erste regelmäßige Einkommen ihres Lebens war.
Vor ein paar Wochen habe ich sie gefragt, warum sie mich bloß geheiratet hat, kurz nachdem sie zum Anwalt gegangen war. Sie hat geantwortet, daß sie sich kaum mehr erinnert, wahrscheinlich weil sie sich einen Zustand versprochen habe, der nie eingetreten sei. Das einzige, was sie mit Gewißheit sagen könne, sei, daß ich auf dem steinigen Weg zum Märchenprinzen schon auf den ersten Metern steckengeblieben bin. Manchmal drückt sie sich etwas blumig aus. Ich habe den Hohn weggesteckt und mich nach ihrer Vorstellung von Märchenprinzen erkundigt. Ein anderer hätte seine Witze gemacht, ich nicht, ich war auf Verständigung aus. Wollen Sie wissen, mit welchem Ergebnis? Sie hat aufgelacht wie über eine Obszönität und dann gesagt, sie

werde sofort nach unserer Trennung eine Liste mit den Haupteigenschaften der Märchenprinzen für mich ausarbeiten, davon könnte dann meine nächste Frau profitieren. Ich sollte aber vorab wissen, daß nicht jede hirnlose, empfindungsschwache Jammergestalt sich zum Märchenprinzen qualifizieren könne. Wie gesagt, manchmal war ihre Sprache reichlich blumig.

Ein halbes Jahr nach jenem Kantinentreffen haben wir geheiratet. Ich hatte mir die erste und, wie ich damals dachte, einzige Hochzeit meines Lebens als rauschenden Tag zwischen Blumenbergen und Glückwunschtelegrammen vorgestellt, inmitten feiernder Gäste, die Ansprachen halten, uns hochleben lassen und sich um den Verstand trinken. Und wie sah es wirklich aus? Auf dem Standesamt unterschrieben wir ein Formular, dann wollten wir im Hotel Unter den Linden Mittag essen, fanden aber keinen Platz, also gingen wir zu mir nach Hause und aßen, was zufällig im Kühlschrank lag. Damit war die Sache erledigt. Amanda duldete kein Fest. Sie sagte, sie kenne niemanden, mit dem sie feiern möchte, bis auf eine Freundin, eine gewisse Lucie, von der noch zu sprechen sein wird; und meine Kollegen und Freunde einzuladen hieße für sie nichts anderes, als den Hochzeitstag mit wildfremden und ausgesucht langweiligen Leuten zu verbringen.

Ich glaube, sie war zu geizig. Später habe ich mich oft über ihre seltsame Beziehung zu Geld gewundert, die, kurz gesagt, darin bestand, es nur im Notfall auszugeben. Können Sie sich vorstellen, mit einer Frau zusammenzuleben, die jede Anschaffung, die jeden Einkauf für Verschwendung hält? Es liegt nahe, diesen Defekt mit ihrer lausigen Einkommenslage zu erklären, aber ihre Mutter hat mir erzählt, daß sie immer schon so war, schon als Achtjährige. Ihre Freundinnen schlagen sich

die Bäuche voll mit Schokolade, Amanda steckt ihr Taschengeld in den Sparstrumpf. Weil sie aber selbst nach Süßigkeiten lechzt, kommt sie auf eine glorreiche Idee: Sie fängt an, den anderen Kindern Geld zu borgen, und zwar gegen Zinsen, die in Form von Schokolade zu entrichten sind.
Eine Folge ihrer Knauserei war zum Beispiel, daß es bei uns zu essen gab wie im Gefängnis: billig, wenig und schlecht. Solange noch ein Stück Brot in der Speisekammer lag, und wenn es hart war wie Beton, wurde kein neues gekauft. Wenn ich einen guten Apfel essen wollte, hatte ich zuerst zu prüfen, ob nicht ein schlechter da war, der zuerst gegessen werden mußte. Was unsere Ernährung betraf, hatten wir regelrecht einen unterschiedlichen Lebensstandard, denn ich aß mich in der Redaktion satt, an Imbißbuden oder heimlich in Restaurants. Das tat mir leid, ich hatte nie die Absicht, ihr etwas vorzuenthalten, aber ich war dazu gezwungen, wenn ich nicht abmagern wollte. Merkwürdigerweise schöpfte sie keinen Verdacht, ich könnte mir woanders holen, was mir zu Hause vorenthalten wurde. Nie wunderte sie sich, daß ich viel dicker war, als ich es nach ihren Hungerrationen hätte sein dürfen. Es kann aber auch sein, daß es sie nicht interessierte.

Ich weiß nicht, ob es uns nützt, Amandas Eltern ins Spiel zu bringen, das müssen Sie entscheiden. Von ihrem Vater hätten wir wenig zu erwarten, der zählt zur Gegenpartei. Er hat nichts gegen mich persönlich, da bin ich sicher, er würde *keinen* Mann mögen, der ihm die Tochter weggeheiratet hat. Er hängt an ihr wie ein Toter am Strick, es macht ihn krank, daß sie nicht mehr das Mädchen ist, das ihn für den Meister aller Dinge hält. Dabei hätten wir beide gute Voraussetzungen, uns zu

mögen: Er war Wasserballer – ich verstehe etwas von Wasserball, er ist Zahnarzt – ich habe das perfekteste Gebiß, das er je gesehen hat. Er liebtAmanda – ich habe sie die längste Zeit auch geliebt. Einmal hat er mich gebeten, zu ihm in die Poliklinik zu kommen, er wollte einen Gipsabdruck von meinen Zähnen machen, aus schlichter Freude an etwas Gesundem. Er heißt Thilo Zobel. Ich glaube, daß er froh sein wird, wenn Amanda von mir getrennt ist, sie rückt dann wieder in seine Reichweite. Es kommt ihm einfach nicht der Gedanke, daß sein Besitzanspruch übertrieben sein könnte.
Anders verhält es sich mit ihrer Mutter, die ist mir wohlgesonnen. Ich will nicht behaupten, sie wäre gegen Amanda eingestellt, aber sie findet, daß ihre Tochter in mir einen guten Mann hat, mit dem sie lieber auskommen sollte, anstatt ihm das Leben schwerzumachen. Ich habe es nicht schriftlich, doch nur so kann ich mir viele ihrer Blicke und Seufzer erklären. Sie ist eine unvoreingenommene, liebenswürdige Person, das sage ich nicht nur, weil sie mich mag. Und nicht zuletzt ist sie auch eine Frau, die sich sehen lassen kann, ich möchte das nicht näher ausführen. Es gab Augenblicke, da habe ich regelrecht gelitten, weil ich nicht darauf reagieren durfte. Und ich vermute, es tat nicht nur mir leid. Bevor ich sie kannte, hätte ich mir nicht vorstellen können, daß eine Frau von immerhin Ende vierzig einen auf ihre Weise ansehen und eines jungen Mannes Phantasie so beschäftigen kann. Anfang der fünfziger Jahre war sie eine bekannte Schwimmerin, unter ihrem Mädchennamen, Freistil und Rücken. Als ich sie zum erstenmal traf, steckte ich schon in der Sportredaktion. Ich sah vor meinem Besuch im Archiv nach und entzückte sie damit, daß ich ihre Bestzeiten auswendig wußte. Am Bekkenrand hat sie auch den Wasserballer kennengelernt.

Ihre Stellung in der Familie ist alles andere als beneidenswert: Wann immer es zu Meinungsverschiedenheiten kommt, steht sie allein gegen die beiden anderen. Thilo Zobel ist ihrer schlicht und einfach überdrüssig geworden. Sie kann sagen, was sie will, er zieht die Augenbrauen hoch oder murmelt etwas Abfälliges. Und auf Amanda wirkt sie wie ein rotes Tuch. Ich habe noch nie solche Aggressionen einer Tochter gegen ihre Mutter erlebt. Ich kann nicht sagen, was sich vor meiner Zeit zwischen beiden abgespielt hat, Amanda ist eine zurückhaltende Erzählerin. Doch wenn ich es recht verstehe, wirft sie ihrer Mutter zweierlei vor: Erstens, daß sie eine gefühlskalte Person ist – mein Eindruck ist ein völlig anderer; und zweitens nennt sie die politische Haltung ihrer Mutter unterwürfig.
Ich sage das folgende nicht gern und bin mir der Tragweite bewußt: Amanda hat eine verhängnisvolle Neigung zur Staatsfeindlichkeit. Alle Zirkel, in denen auf die Regierung eingedroschen wird, ziehen sie an, alle Personen, deren Ansichten sich mit denen der Regierung decken, findet sie unerträglich. Es ist um so schwerer, sich mit einer so infantilen und vorausberechenbaren Haltung abzufinden, als Amanda nicht müde wird, ihre Umgebung zu provozieren. Wie Sie aus Ihrer Praxis sicher wissen, bleibt einem oft keine andere Wahl, als politisch anzügliche Reden zurückzuweisen. Und eine Frau wie Amandas Mutter, von Beruf Parteisekretärin, ist geradezu verpflichtet, all den Ausfällen entgegenzutreten. Während ihres Studiums hat sich Amanda mit Existentialphilosophie beschäftigt, daher kommt wohl das ganze Elend. Ich selbst verstehe kaum etwas davon, so viel ist aber klar, daß Amanda seither ein verzerrtes Bild von ihrer Umgebung hat. Überzeugungen sind für sie Privatsache. Einsicht in Notwendigkeiten nennt sie

Kriecherei, und wenn man sie fragt, woher ihre Maßstäbe kommen, antwortet sie, ohne zu erröten: Das Maß bin ich.

Aber zurück zur Hauptsache: Sobald ich versuche, mit ihr über die Modalitäten unserer Scheidung zu sprechen, verläßt sie das Zimmer. Es ist seltsam, wie aufgeregt und verkrampft sie dann ist, so als würde die Ehe von mir aufgekündigt, nicht von ihr. Schließlich ist es mir einmal gelungen, ihr meine Forderungen hinterherzurufen, meine wenigen, und ich habe sie gebeten, doch auch die ihren zu nennen. Die ganze Antwort bestand aus dem dunklen Satz: *Du* wirst dich noch wundern. Ich habe keine Ahnung, was sie damit meint, ich weiß nur, daß es nicht Amandas Art ist, leere Drohungen auszustoßen.
Obwohl ich mir keiner Schuld bewußt bin, fühle ich mich seitdem beunruhigt. Andauernd beschäftigt mich die Frage, was sie gegen mich in der Hand hat. Vermutlich ist es im Laufe unserer Ehe nicht ausgeblieben, daß ich unbedachte politische Äußerungen getan habe, bestimmt nicht allzuoft. Es ist unmöglich, sich vier Jahre lang unter Kontrolle zu halten, meint sie das? Will sie mich vor Gericht anschwärzen? Ich kann es mir, ehrlich gesagt, nicht vorstellen, verschiedene Gründe sprechen dagegen. Erstens ist Amanda keine Denunziantin. Zweitens wären wir uns in den Augenblicken, da ich solche Bemerkungen gemacht haben könnte, besonders einig gewesen, sie würde sich also selbst denunzieren. Drittens sitzt Amanda gerade in dieser Beziehung im Glashaus, dafür gibt es Heerscharen von Zeugen.

Ein Thema, mit dem sie mich in Schwierigkeiten bringen könnte, sind Frauen. Es ist wahr, daß ich von Zeit

zu Zeit sogenannte Ehebrüche begangen habe, ich sage das nicht mit Stolz, aber auch nicht zerknirscht. Ich bin von Versuchungen umzingelt, in der Redaktion, auf Reisen, in Lokalen, ich brauche meine Kraft für etwas anderes, als mich immerzu gegen das Lächeln hübscher Frauen zur Wehr zu setzen. Ich will aber auch nicht den Eindruck erwecken, als hätte ich all diese kleinen und mitunter größeren Geschichten widerwillig durchzustehen, wie Schicksalsschläge. Nein, sie machen mir viel Freude, und wenn es sie nicht gäbe, würde ich sie vermissen und am Ende gar suchen, es ist nun mal, wie es ist. Jede Frau ist für mich wie ein kleiner Kontinent, voller zu erforschender Gegenden und phantastischer Landschaften, mit Vulkanen, die erloschen daliegen, um dann auszubrechen. Abenteuer, die es sonst in meinem Leben nicht gibt.
Wenn ich sagte, Amanda könnte mich damit in die Enge treiben, so ist das theoretisch zwar richtig, praktisch aber ausgeschlossen. Sie hat von alldem keine Ahnung. Vom ersten Tag unserer Ehe an habe ich streng darauf geachtet, daß sie nichts erfährt. Und das nicht nur aus Furcht, wie Sie vielleicht denken, sondern auch aus Rücksichtnahme. Wenn ihr je ein Verdacht gekommen sein sollte, hat sie sich nichts anmerken lassen; und da ich nicht glauben kann, daß eine Frau über Jahre hinweg die Betrügereien ihres Mannes ignoriert, halte ich es für unwahrscheinlich, daß sie davon weiß. Meine Seitensprünge sind es nach menschlichem Ermessen also auch nicht, was hinter ihrer Drohung steckt, etwas anderes fällt mir aber nicht ein, ich bin ratlos.
Einmal war Amanda wegen einer Reportage verreist, was selten vorkam, denn sie bemühte sich kaum mehr um Aufträge. Lieber saß sie in ihrem Zimmer und beschäftigte sich mit höheren Dingen, sie schrieb Erzäh-

lungen, wie sich später herausstellte, oder sie schrieb ein Hörspiel, wovon ich erst erfuhr, als ich versehentlich den Antwortbrief von *Stimme der DDR* öffnete, der eine Ablehnung enthielt. Kurz und gut, Amanda war unterwegs, und ich hatte das Gefühl, es wäre Verschwendung, eine solche Gelegenheit ungenutzt verstreichen zu lassen. In jener Zeit war eine fröhliche Geschichte im Entstehen, mit einer Kollegin von der *Berliner Zeitung*. Während meiner ganzen Ehe war mir kein Verhältnis verlockender vorgekommen als dieses, vielleicht weil es so große Hindernisse gab. Ich lud die Frau in unsere Wohnung ein, sie war verheiratet wie ich, und in ein Hotel zu gehen, lehnte sie ab.

Sie dürfen nicht glauben, ich sei von allen guten Geistern verlassen gewesen, ich war im Gegenteil sehr vorsichtig: Weil Elisa gewöhnlich ein markantes Parfum trug, und weil Amanda eine feine Nase hat, bat ich Elisa, diesmal auf den Duft zu verzichten. Sie sah das ein und kam ohne Parfum; schon bei der Begrüßung fand ich, daß sie besser roch als je zuvor. Ich werde Sie nicht mit Einzelheiten dieses Abends belästigen, nur eine muß ich erwähnen, allerdings eine sehr gravierende: Wir waren im Wohnzimmer und vertrieben uns die Zeit, als ich hörte, wie die Eingangstür geöffnet und wieder geschlossen wurde. Amanda, zwei Tage zu früh! Glücklicherweise ging sie zuerst in die Küche. Ich stürzte zu ihr hin, um sie abzulenken und für Elisa einen Fluchtweg zu öffnen, wir hatten keine fünf Sekunden Zeit, uns zu besprechen. Unsere Küche hat keine Tür, nur einen Perlenvorhang, so daß es kaum möglich ist, unbemerkt vorbeizukommen. Das konnte Elisa natürlich nicht wissen. Ich stand mit Amanda in der Küche, spielte den freudig Überraschten, dem es die Sprache verschlagen hat, hielt sie umarmt wie ein Schraubstock und zitterte vor dem Unglück, das gleich geschehen mußte. Aber es rührte sich nichts. Später erzählte mir Elisa, daß sie unters Sofa gekrochen und entschlossen war, dort so lange zu bleiben, bis ich ihr ein Zeichen gab. Um die Sache abzukürzen – dieses Zeichen gab ich ihr nie. Ich wagte nicht, Amanda aus den Augen zu lassen. Ich blieb bei ihr in der Küche, ich ging mit ihr ins Bad, ich legte mich mit ihr ins Bett. Ich ließ sie nicht aus den Augen, bis sie schlief. Erst tief in der Nacht, als sie im Traum zu reden anfing, schlich ich in unser Wohnzimmer. Elisa war gegangen, ich hatte es nicht bemerkt, obwohl ich auf jedes Geräusch geachtet hatte wie ein Jäger. Ich räumte auf, was aufzuräumen war, Weinflasche, Gläser, Aschenbecher, ein Feuerzeug, das Elisa liegengelassen hatte, vielleicht mit Absicht. Es mag seltsam klingen, aber ich fühlte mich Amanda nach dieser Tortur näher als je zuvor. Ich war dankbar für ihre Arglosigkeit. Elisa sprach tagelang kein Wort mit mir, so als wäre ich für Amandas vorzeitige Rückkehr verantwortlich gewesen. So als hätte ich ein Versprechen nicht eingehalten, doch schließlich kam sie wieder zur Vernunft.

Wenig später habe ich etwas getan, das nach meinen eigenen Maßstäben fragwürdig war. Amanda hatte Geburtstag, und ich kam auf die durchtriebene Idee, ihr das gleiche Parfum zu schenken, das Elisa nahm. Es gefiel ihr sehr gut, und ich brauchte Elisa nicht mehr zu bitten, ihr Parfum wegzulassen. Was aber zuerst wie eine pfiffige Vereinfachung meiner Situation aussah, stellte sich bald als Nachteil heraus. Sie können es glauben oder nicht, mir schlug das Gewissen. Jedesmal, wenn Amanda ihr neues Parfum auftrug, mußte ich denken: Du Hund! Habe ich schon erwähnt, daß mir selbst der Duft nicht besonders gefiel? Die Geschichte

mit Elisa war wenig später zu Ende, Amanda aber wollte auf das Parfum nicht mehr verzichten. Sie benutzt es heute noch.
Bestimmt brauchen Sie auch diese Information: Amanda hat keine Männergeschichten. Ich meine damit nicht, daß ich nichts von Männergeschichten weiß, die sie eventuell haben könnte, ich meine: Sie hat keine. Wenn Sie ihr begegnen, werden Sie erstaunt sein, denn sie sieht sehr gut aus. Sie sieht aus, als müßten ihr die Männer nachlaufen. Manche tun das auch, aber es kümmert Amanda nicht, es langweilt sie. Am Anfang war ich stolz, weil ich mir einbildete, der Grund dafür sei ich. Weil ich ihr in jeder Beziehung genügte, dachte ich, sei ihre Distanz zu den anderen nur natürlich. Bis ich merkte, daß dieselbe Interesselosigkeit auch mir galt.

Auch wenn Sie einen anderen Eindruck haben sollten – ich bin nicht übertrieben selbstbewußt. Oft frage ich mich, ob es richtig ist, was ich tue, ob es erlaubt ist, was ich tue, ob ich die Folgen bedacht habe, ob ich meine Kräfte nicht überschätze und meine Zeit nicht vergeude. Bevor ich Amanda kannte, war das anders. Auf geheimnisvolle Weise hat sie es fertiggebracht, einen Zweifler aus mir zu machen, einen Zweifler an mir selbst. Ich gebe mir Mühe, genauso arglos wie früher zu leben, aber das gelingt nur scheinbar. Auch wenn es aussieht, als sei alles mit mir beim alten geblieben, ist mein Kopf plötzlich voll von Skrupeln; es ist plötzlich ein schlechtes Gewissen da, das mich in meinen eigenen Feind verwandelt. Alle Genüsse werden auf diese Weise halbiert. Ich habe Angst, daß die Trennung von Amanda mich davon nicht erlösen wird; daß sie geht, daß aber meine Fähigkeit, sorglos draufloszuleben, nicht wiederkehrt. Amanda dagegen verläßt unsere Ehe als dieselbe Person, als die sie eingetreten ist. Es mag wie ein Armutszeugnis klingen: Ich habe nicht den kleinsten Einfluß auf sie ausgeübt. Was sie wollte, hat sie getan, was ihr nicht paßte, hat sie gelassen, unabhängig von meinen Wünschen. Vielleicht war es der wundeste Punkt unserer Beziehung, daß ich keinen Einfluß auf sie hatte. Zuerst habe ich mich um Einfluß bemüht, aber nichts als Unfrieden war die Folge.

Für eine kleine Zeitschrift fuhr sie einmal in eine Textilfabrik, um den Direktor zu interviewen. Sie stellte ihm so provozierende Fragen, daß er nicht nur das Gespräch abbrach, sondern die Redaktion anrief und sich über Amanda beschwerte. Danach bekam sie von dort keine Aufträge mehr, und weil sich solch ein Verhalten schnell herumspricht, wurde es generell dünner mit Aufträgen. Als ich von Amanda wissen wollte, womit sie den Mann so aus der Fassung gebracht hatte, zeigte sie mir einen Zettel mit ihren Fragen: Was er, der Direktor, für wichtiger halte – die Wünsche der Bevölkerung oder den Plan. Ob er glaube, daß es dem Sozialismus schaden würde, wenn die Leute gutsitzende Hosen trügen. Sie schien noch nie davon gehört zu haben, daß uns Journalisten gewisse Grenzen gesetzt sind. Als ich sie fragte, ob sie erwartet hätte, der Betriebsleiter würde derartige Angriffe widerstandslos hinnehmen, nannte sie mich seinen Handlanger. Und von dieser Sekunde an weigerte sie sich, über die Möglichkeiten der Presse auch nur ein Wort mit mir zu reden, obwohl ich es immer wieder versuchte. Sie sagte, von einem Analphabeten lasse sie sich keine Vorträge über Rechtschreibung halten, das war ihre Vorstellung von Humor.

Ich stelle mir vor, daß Streit in einer guten Ehe wie ein Spiel sein kann und nicht unbedingt das Ende von Einigkeit bedeuten muß. Man sagt sich nicht nur die Meinung, man reibt sich auch aneinander, Reibungswärme ist *auch* Wärme und hat *auch* einen Wert, da bin ich sicher. Ein Wasserspringer klettert nicht auf den Turm, weil es ihm oben so gut gefällt, sondern um Höhe für seinen Sprung zu gewinnen. Und Streit in einer Ehe, wie ich sie mir wünschte, hätte vor allem den Zweck, Möglichkeiten der Versöhnung zu schaffen. Aber so war es in meiner Ehe nie, Streitigkeiten waren immer Schwerarbeit. Erstens ist Amanda eine kämpferische Person, die keinen Unterschied zwischen nachgeben und verlieren kennt. Zweitens hatten wir bald nach unserer Heirat einen unerschöpflichen Vorrat an Meinungsverschiedenheiten. Sie wuchsen aus dem Nichts, sie blühten plötzlich an Stellen, an denen man sie nie vermutet hätte. Drittens ist Amanda ungewöhnlich intelligent. Das machte mir immer zu schaffen. Ihre Intelligenz ist wie ein bissiger Hund, mit dem man in einem Zimmer eingesperrt ist. Nie konnte ich die Augen schließen und mich zurücklehnen. Ständig belauerte einen die Bestie ihres Verstandes, keine Verfehlung ließ sie ungeahndet. Wo aber sonst, frage ich Sie, ist der Ort, an dem es einem möglich sein sollte, sich gehenzulassen, wenn nicht in einer Ehe? Amanda hat es mir unmöglich gemacht, ohne Blessuren aus einer Meinungsverschiedenheit herauszukommen, etwa mit Redensarten. Sie schnitt einem alle Fluchtwege ab, gnadenlos deckte sie das Dürftige auf, das in den meisten menschlichen Bemerkungen nun mal enthalten ist. Entweder man hatte ein Argument, das sie plattwalzte, oder man war verloren. Oft blieb mir gar nichts anderes übrig, als mich in Grobheiten zu flüchten.

Als junger Mann habe ich immer geglaubt, die Frau, die ich einmal heiraten würde, hätte zwei Bedingungen zu erfüllen: Sie müßte gut aussehen, und sie müßte intelligent sein. Was für eine Illusion, denke ich heute, was für ein Kinderglaube! Inzwischen weiß ich, daß Intelligenz mehr Probleme schafft, als sie zu lösen imstande ist. Zumindest für die Ehe gilt das, wahrscheinlich aber auch für manches andere. Vielleicht fehlte es Amanda an einer gewissen Lebensklugheit, vielleicht wäre alles halb so schlimm gewesen, wenn sie die Fähigkeit besäße, ihren Verstand nur dort einzusetzen, wo Verstand von Nutzen ist. Beim Beseitigen von Schwierigkeiten nämlich, bei der Suche nach Auswegen, Amandas Intelligenz aber hat nur immer neue Schwierigkeiten geschaffen.

Wenn ich Ihnen all die Vorwürfe aufzählen wollte, die sie mir je gemacht hat, würde ich Tage brauchen. Ich behaupte nicht, daß jeder einzelne unberechtigt gewesen ist, aber Amanda war eine leidenschaftliche Vorwerferin. Bald nach unserer Eheschließung muß sie die Überzeugung gewonnen haben, daß es keine interessantere Form der Kommunikation gibt, als sich Vorwürfe zu machen. Oft habe ich mit kleinen Geschenken versucht, sie günstig zu stimmen, weil ich ihr nicht gewachsen war, oder einfach weil ich Frieden wollte. Sie aber hielt das sofort für ein Zeichen von schlechtem Gewissen. Eines Tages wirft sie mir an den Kopf, daß ich nur denke, wenn es unbedingt sein muß. Daß mein Normalzustand ein Dahindämmern ist. Ich muß mir anhören, daß meine Art zu denken dem Grasen von Kühen gleicht: Hin und wieder wächst irgendwo in der Umgebung ein Gedanke, ohne mein Zutun, und wenn er mir hübsch vorkommt, und wenn er nicht allzuweit neben meinem Weg steht, dann rupfe ich ihn eben. Ich

glaube, es gibt keinen Menschen, der gelassen darauf reagieren könnte.
Eine Beschuldigung, die sie in langweiliger Regelmäßigkeit wiederholte, lautete, ich sei ein Anpasser. Das eine Mal war ich ein feiger Anpasser, dann ein würdeloser Anpasser, ein typisch deutscher, ein unterwürfiger. Ich biete Ihnen nur eine Auswahl. Als ich sie fragte, was sie früher an einem solchen Dreckskerl bloß habe finden können, sagte sie, darauf gäbe es zwei Antworten: Zum einen sei meine Anpassungsbereitschaft mit der Zeit gewachsen, zum anderen sei ich natürlich nicht *nur* ein Anpasser gewesen. Das lasse sich selbst heute noch sagen.
Für unsere Beziehung zur Umwelt war es eine dauernde Belastung, daß sie bei ihren Vorwürfen keine Rücksicht nahm, ob uns jemand zuhörte. Manchmal hatte ich sogar den Eindruck, daß die Anwesenheit von Bekannten sie animierte. Nicht weil sie Zeugen suchte, sondern weil ihre Kritik mir peinlich war. Ich bin fest davon überzeugt, daß sie kühl vorging, daß sie zwar oft so tat, als sei sie vor Zorn außer sich, in Wirklichkeit aber über der Situation stand. Es machte ihr Vergnügen, meinen roten Kopf zu sehen und meine Bettelblicke und die betretenen Gesichter ihres Publikums. Irgendwann fiel mir auf, daß sie mich vor Fremden am liebsten wegen meines Opportunismus heruntermachte, wie um zu demonstrieren, daß eine solche Sache an die Öffentlichkeit gehört. Wenn sie mir aber Lieblosigkeit vorhielt oder Gefühlsarmut oder mangelnde Neugier auf unser Kind, vergleichsweise intime Beschuldigungen also, waren wir immer unter vier Augen. Das *kann* kein Zufall gewesen sein.

Ich erinnere mich an einen Abend, der für den Scheidungsrichter wohl nichts hergibt, Ihnen aber deutlich machen wird, in was für einer Anspannung ich lebte. Heinrich Koslowski, der stellvertretende Chefredakteur meiner Zeitung, feierte seinen sechzigsten Geburtstag und hatte die halbe Redaktion eingeladen, darunter uns. Ich wußte, daß Amanda ihn für einen Kriecher hielt, obwohl sie ihn nur aus gelegentlichen Erzählungen von mir kannte. Ich hatte nichts dergleichen erwähnt, Amanda aber meinte, sie könne das auch so beurteilen; man brauche nur die Zeitung aufzuschlagen und schon erkenne man die wesentlichen Charakterzüge ihrer Mitarbeiter. Was sollte ich tun? Zu der Feier zu gehen hieß nichts anderes, als Amanda ein Forum für einen Auftritt zu verschaffen, andererseits wollte ich Koslowski nicht vor den Kopf stoßen. Ich sagte mir auch: So weit wird es noch kommen, daß ich aus Furcht vor Amanda meine wenigen Beziehungen zerstöre!
Ich ermahnte sie, das heißt, ich *bat* sie, den Abend einfach zu genießen und ihre kritischen Ansichten auf dem Fest nicht auszubreiten wie Warenmuster, dort wolle sie ohnehin keiner hören. Niemand hätte einen Nutzen davon, wenn sie mich oder Koslowski oder alle zusammen beschimpfte – ich nicht, der ich mit diesen Menschen auszukommen habe, und sie nicht, die doch von Zeit zu Zeit veröffentlichen wolle. All das sagte ich so unaggressiv wie möglich, mehr konnte ich nicht tun.
Um es kurz zu machen, sie verhielt sich an jenem Abend mustergültig. Sie scherzte viel, trank Sekt, plauderte mit allen und tanzte sogar. Ein Kollege flüsterte mir zu, es kursiere in der Redaktion das Gerücht, Amanda habe Haare auf den Zähnen, das sei ungefähr das Lächerlichste, was er je gehört habe. Alle waren entzückt von ihr.

Nur ich nicht, Sie ahnen warum: Ich hielt ihre Freundlichkeit für ein Vorspiel zu dem Krach, den sie jeden Moment anzetteln konnte. Ich ließ sie nicht aus den Augen, ich zitterte bei jedem Glas, das sie trank. Bei jedem Gespräch, das sie anfing, war ich sicher: Jetzt passiert es! Für Augenblicke wünschte ich sogar den Eklat herbei, nur um die Ungewißheit zu beenden. Ich will ihr nicht auch noch zur Last legen, daß sie *kein* Unheil anrichtete, aber einige ihrer Blicke machten mir klar, daß meine Qualen sie vergnügten. Als wir aufbrachen, hatten sich alle Gäste amüsiert, nur ich nicht. Im Taxi fragte Amanda, ob ich zufrieden mit ihr sei, und ich mußte wohl oder übel antworten: So hätte ich es mir schon lange gewünscht. Sie hatte es fertiggebracht, daß mir selbst ihr Wohlverhalten vergällt war.
Sie dürfen aus meiner Erzählung nicht schließen, Amanda sei im Grunde ein mißmutiger Mensch, das würde ich nie behaupten. Sie lacht viel, sie hat die heitersten Augen, und wer nicht mit ihr leben muß, könnte sie für eine Quelle dauernden Frohsinns halten. Eine Zeitlang habe ich das ja selbst geglaubt. Sie nimmt die meisten Probleme auf die leichte Schulter, das ist die liebenswerteste Eigenschaft, die man sich vorstellen kann. Solange ich die Folgen nicht auszubaden hatte, war ich entzückt davon. Am Anfang unserer Bekanntschaft kam es mir vor, als blieben ihr viele Sorgen allein deshalb erspart, weil sie sie ignorierte. Sie lebte in einer Wolke von Leichtgläubigkeit, unwillkürlich hatte man das Bedürfnis, ihr den Kinderblick zu bewahren und sie zu beschützen. Inzwischen geht mir diese Weltfremdheit gewaltig auf die Nerven. Amanda tut so, als könnten die Notwendigkeiten des Lebens sie nicht erreichen. In ihrem Hirnlaboratorium produziert sie haufenweise Prinzipien, die sich zum wirklichen Leben verhalten

wie Hunde zu Katzen, und ich werde beschimpft, weil ich mich nicht danach richte.

Ich frage Sie: Wenn der Preis für eine gute und ruhige Existenz darin besteht, daß man gewisse Gedanken für sich behält und gewisse Handlungen unterläßt, und wenn man diesen Preis zahlt – *das* soll unterwürfig sein? Amanda ist eindeutig dieser Ansicht, ich dagegen finde, daß meistens Geltungsbedürfnis oder Streitsucht dahinterstecken, wenn einer sich weigert zu zahlen. Ganz abgesehen davon, daß mir persönlich dieser Preis nie besonders hoch zu sein schien. Wer ist man denn, daß man seine privaten, oft störrischen Bedenken für die Hürde hält, über die alle anderen zu springen haben?

Ich habe Amanda nie vorgeworfen, daß sie so gut wie nichts verdiente, natürlich war ich nicht glücklich darüber. Ich brauche Ihnen nicht zu erklären, wieviel die geringe Zahl der Artikel, die sie bei Zeitschriften unterbrachte, und die große Zahl ihrer Einwände gegen unseren Staat miteinander zu tun hatten. Es machte mich neidisch, wenn ich sah, wie ringsum die Frauen arbeiten gehen und fast so viel Geld nach Hause bringen wie ihre Männer. Bestimmt wäre es kein Unglück gewesen, wenn wir uns mehr hätten leisten können, trotzdem habe ich Amandas Zurückhaltung in bezug auf Arbeit ohne Klagen hingenommen. Wahrscheinlich wurden ihre wenigen Artikel zu Recht abgelehnt. Das gibt es, dachte ich damals, daß jemand noch so intelligent sein mag, für die Sachen aber, die er erledigen müßte, nicht taugt.

Erst nach langem Warten kam mir die Galle hoch. Sie versuchte kaum mehr, Aufträge zu ergattern, sie strich sogar die Nummern der Redaktionen in ihrem privaten

Telefonbuch aus, dabei bin ich alles andere als reich. Allem Anschein nach hatte sie sich aus dem Erwerbsleben zurückgezogen, mit sechsundzwanzig Jahren. Statt zu arbeiten, vergrub sie sich in ihrem Zimmer und schrieb Texte, über die sie schwieg. Als ich mich einmal erkundigte, ob ich es von nun an mit einer Schriftstellerin zu tun hätte, sagte sie, das stehe noch nicht fest, aber es sei auch nicht ausgeschlossen.
Erkennen Sie die Arroganz, die hinter solchen Worten steckt? Sie wollte mir das Gefühl geben, daß sie sich in einer Sphäre aufhielt, aus der mir keine Nachricht zustand, weil ich sowieso nichts verstehen würde. Sooft ich die Rede darauf brachte, wich sie aus. Natürlich sagte sie nie – das geht dich nichts an. Das eine Mal war sie noch nicht so weit, um darüber zu sprechen, dann wieder behauptete sie, der Gegenstand ihrer Arbeit sei so zerbrechlich, daß sie fürchte, ihn kaputtzuerzählen. Ein andermal trat sie die Flucht nach vorn an: Ihre Reportagen und Artikel hätten mich ja auch nie gekümmert, woher plötzlich das Interesse? Ihre Dünkelhaftigkeit forderte mich zur einzigen Bemerkung übers Geldverdienen heraus, die sie je zu hören bekam. Ich sagte, es imponiere mir, daß sie sich abmühe, ihre künstlerischen Grenzen kennenzulernen, aber ich wäre noch mehr beeindruckt, wenn sie etwas zu unserem Lebensunterhalt beitragen würde, meinetwegen weit entfernt von diesen Grenzen. Alles war sie von mir gewohnt, nur Spott nicht.
Ihr Hochmut hatte etwas Peinigendes, nicht allein weil es für niemanden angenehm ist, hochmütig behandelt zu werden; irgendwann fing ich an, ihr Alltagsverhalten, das ja nicht immer hochmütig war, für gekünstelt zu halten. Ich witterte Herablassung auch dort, wo sie freundlich war, ich dachte, Freundlichkeit dient ihr nur

als Tarnung. Es ist möglich, daß ich Gespenster sah, aber auch das wäre Amandas Schuld gewesen. Ich habe mich nie für etwas Besonderes gehalten, ich habe es nie bedauert, ein sogenannter Dutzendmensch zu sein, bis Amanda mich in die Zange nahm. Bis sie mir einzutrichtern begann, daß es keinen schrecklicheren Makel gebe, als so zu sein wie die anderen, also normal. Das tat sie allerdings nie mit Worten, die man auf Tonband hätte aufnehmen oder die man hätte mitschreiben können, ihre Methode bestand aus Gesten und Blicken und Launen und Küssen und der Verweigerung von Küssen und dergleichen mehr. Wenn ich sie gefragt hätte, warum sie solche Abscheu vor dem Normalen hat, hätte sie bestimmt verwundert gesagt: Ludwig, ich ahne nicht einmal, wovon du sprichst.

Wissen Sie, was ich glaube? Daß sie an mir genau die Eigenschaften mißachtet hat, die ich brauchte, um sie und das Kind zu ernähren: Fleiß, Pünktlichkeit, Zuverlässigkeit. Auch eine bestimmte Art von Anpassung, da gibt es nichts herumzureden. Wenn ich der Anarchist wäre, mit dem sie offenbar verheiratet sein wollte, dann möchte ich wissen, wovon wir hätten leben sollen. Ganz abgesehen davon, daß ich keine Ahnung habe, wie ich mich als Rebell hätte verhalten sollen. Ich kann doch nicht wegen eines Prinzips, das mir wesensfremd ist, gegen Autoritäten anrennen, die ich für respektabel halte!

Und ich will Ihnen noch etwas sagen: Der größte Druck, unter dem ich je gestanden habe, war der, den Amanda auf mich ausgeübt hat. Mehr als drei Jahre lang. Die Tatsache, daß ich ihm widerstanden habe, beweist wohl, daß ich nicht der sklavische Anpasser bin, als den sie mich immer bezeichnet hat. Wenn ich mich hätte breitschlagen lassen, dann wären die Schwie-

rigkeiten, die ich durch die Partei, durch meine Redaktion oder durch wen auch immer bekommen hätte, nicht schwerer zu ertragen gewesen als der Druck, unter dem ich jetzt stehe.
Sie schrieb an einem Roman, wie sich schließlich herausstellte, sie sitzt noch heute daran. Vielleicht wird sie eines Tages eine Berühmtheit, allerdings würde mich das wundern. Für viel wahrscheinlicher halte ich, daß die Sache im Sande verläuft. Ich habe Ihnen darzulegen versucht, warum Amanda immer seltener für Zeitungen und Journale schrieb: weil ihre Ansichten den Verantwortlichen immer unakzeptabler vorkamen. Aber es gibt noch einen Gesichtspunkt, der nicht unter den Tisch fallen sollte, und das ist Amandas Faulheit. Bevor wir uns kannten, war sie auf den Verkauf von Artikeln angewiesen, da klangen ihre Ansichten viel sanfter. Nun, da sie es sich finanziell leisten kann – zumindest *glaubt* sie das –, wird ihr Ton so radikal, daß keine Redaktion ihr mehr eine Zeile abnimmt. Nach meiner Überzeugung handelt es sich um kaltblütig herbeigeführte Arbeitslosigkeit; nicht allein das Beharren auf Prinzipien steckt dahinter, sondern auch Faulheit. Ich habe gelesen, daß sich manche Männer im Krieg eigenhändig verstümmelten, um nicht eingezogen zu werden – etwa so sollte man sich Amandas Radikalisierung erklären. Falls sie Unterhaltsforderungen zu stellen versucht, kann es, Ihr Einverständnis vorausgesetzt, nicht schaden, die Rede auf dieses Thema zu bringen.
Dieselbe Faulheit war schuld daran, daß sie unregelmäßig kochte, viel zu selten saubermachte, zu selten einkaufte, zu selten Wäsche wusch. Wenn sie sich in ihr Zimmer zurückzog, um, wie sie sagte, zu arbeiten, dann hatte man entweder Verständnis dafür zu haben, oder man war ein Unmensch. Ich gebe zu, es war eine per-

fekte Konstruktion, man kam nicht an sie heran. Jedenfalls wird ihr gebrochenes Verhältnis zur Arbeit sie daran hindern, einen ganzen Roman zu schreiben. Ich verstehe nicht viel von Literatur, doch so viel steht wohl fest, daß ein Buch, bevor es fertig ist, Seite für Seite geschrieben werden muß. Daran wird sie sich die Zähne ausbeißen. Meine Redaktion ist voll von Leuten, die Romane angefangen haben; das Romananfangen scheint eine Art Krankheit zu sein, von der viele in jungen Jahren befallen werden wie von Mumps. Wollen Sie hören, wie viele davon ihren Roman beendet haben? Nicht einer. Dabei handelt es sich um zielstrebige, fleißige Menschen, die es krankmachen würde, untätig herumzusitzen.
Ein zweiter Grund, der mich an Amandas Erfolg zweifeln läßt, ist ihre Unerfahrenheit. Sie hat es nicht gern, aus der Wohnung zu gehen, sie mag keine Bekanntschaften, sie reduziert ihre Beziehungen auf das Unvermeidliche, worüber will sie schreiben? Meist, wenn ich einen Kollegen oder einen Freund nach Hause mitbringe, entschuldigt sie sich, bevor drei Sätze gewechselt sind, verschwindet in ihrem Zimmer und taucht erst wieder auf, wenn die Wohnungstür hinter dem Gast ins Schloß gefallen ist. Meint sie, die ideale Vorbereitung der Schriftsteller auf ihre Bücher bestehe darin, die eigene Umgebung zu ignorieren? Sie hat nichts erlebt, sie kennt keinen, sie sieht und hört nichts. Schön, sie liest viel, aber das soll genügen?

Amandas wichtigste und zugleich einzige Freundin ist Lucie Capurso, eine hübsche, total verschlampte junge Frau, die am selben Tag wie Amanda geboren ist. Die beiden kennen sich seit dem Kindergarten, sie hängen aneinander wie Kletten; es vergeht kaum ein Tag, an dem sie sich nicht treffen müssen und tausend Angelegenhei-

ten zu besprechen haben. Ihren Familiennamen verdankt diese Lucie einem italienischen Regieassistenten, den sie mit neunzehn Jahren geheiratet hat. Mit Zwanzig fand sie heraus, daß die Ehe ihr nicht zum erhofften Reisepaß verhalf, also ließ sie sich wieder scheiden. Sie hat eine Tochter, fragen Sie nicht von wem, es kommen nach meiner Schätzung zwanzig Männer in Frage. Wenn sie uns besucht, im Durchschnitt also dreimal die Woche, bringt sie gewöhnlich das Mädchen mit, eine perfekte Terroristin im Alter von fünf Jahren. Angeblich spielen die Kinder dann miteinander, in Wirklichkeit sitzt Sebastian eingeschüchtert in der Ecke, während Soja, so heißt Lucies Tochter, sein Spielzeug zertrümmert.
Noch nie ist es mir gelungen, länger als drei Minuten mit Lucie zu reden: Sobald sie auftaucht, gehört sie Amanda. Wenn die beiden in einem Zimmer sind, kann man getrost die Wohnung verlassen, man wird nicht mehr beachtet. Zudem ist man unerwünscht. Normalerweise handeln ihre Gespräche von irgendwelchen Schwierigkeiten, von denen Lucie umzingelt ist, von Geldaffären, Liebesaffären, Kindergartenaffären. Lucie ist die Hilfsbedürftige, Amanda die Ratgeberin. Doch ich habe den Eindruck, als handelte es sich um ein merkwürdiges Spiel, bei dem die Rollen verkehrt besetzt sind: als tue Lucie mit ihrer Hilfsbedürftigkeit Amanda einen Gefallen. Als sei das Ratgeben für Amanda wichtiger, als das Beratenwerden für Lucie. Dennoch ist Lucies Situation wenig beneidenswert: Nicht nur, daß sie in einem hoffnungslosen Durcheinander lebt, allein mit dem unzähmbaren Kind, in einer feuchten, chaotischen, kaum beheizbaren Wohnung – zu allem Überfluß zahlt ihr der Kindsvater keinen Pfennig Unterhalt. Und Lucie lehnt es ab zu klagen,

Amanda sagt, *darüber* könne man mit ihr nicht sprechen.
Auf den ersten Blick scheint mich das nichts anzugehen, nur leider borgt sich Lucie regelmäßig Geld von Amanda. Da ihre Geldnot ein Dauerzustand ist, verwandelt sich alles Verliehene nach einiger Zeit in eine Schenkung. Beim ersten Mal hat Amanda mich noch um Zustimmung gebeten, ich war einverstanden; beim zweiten Mal war ich wieder einverstanden, nun aber widerwillig. Beim dritten Mal habe ich nein gesagt, da beschimpfte sie mich als Geizhals, *sie mich*, und gab Lucie von nun an hinter meinem Rücken Geld. Sie dachte, ich merke es nicht, sie dachte, ich kann Kontoauszüge nicht lesen. Wenn Lucie dem Vater ihres Kindes die Unabhängige vorspielen will, ist das ihre Sache. Wenn Amanda ihre Freundin unterstützen möchte, ist das ihre Sache. Wenn aber offenbar alle sich vorgenommen haben, auf meine Kosten großzügig zu sein, sollte ich schon ein Wort mitreden dürfen.
Ich habe Amanda gesagt, daß ich,wenn diese Rentenzahlungen nicht aufhören, unser Konto auflösen und mir ein eigenes einrichten werde, zu dem sie keinen Zugang hat. Da bin ich vom Geizhals zum Erpresser aufgestiegen, aber sie gab sich geschlagen. So dachte ich zumindest. In Wirklichkeit wurde nur der Zahlungsmodus verändert: Während eines Streits hat sie es indirekt gestanden, indem sie sagte, sie kümmere sich ja auch nicht darum, was ich mit meinem Geld mache. Woher sie das Geld nahm? Vielleicht hatte sie einen kleinen Vorrat angelegt, denn als sie noch Artikel verkaufte, konnte sie mit den Honoraren machen, was sie wollte. Wahrscheinlicher aber ist, daß sie das Geld vom Wirtschaftsgeld abzweigte, ich hatte nicht Mut genug, es nachzurechnen.

Vor einem Jahr im Winter kam ich eines Abends abgekämpft aus der Redaktion nach Hause, da saßen Amanda und Lucie auf dem Sofa, tranken Wein und sahen fern. Sie luden mich ein, ein Glas mitzutrinken, das war sensationell, sie ignorierten mich nicht und waren freundlich. Ich spürte, daß etwas nicht in Ordnung war. Auf einem Stuhl lag der Mantel von Lucies Tochter, sie war also da, dennoch hörte man kein Geschrei in der Wohnung, auch das ungewöhnlich. Ich fand sie schlafend in unserem Ehebett, umgeben von Sebastians schönsten Spielsachen, sie sah hinreißend friedlich aus. Amanda, die mir gefolgt war, nahm mich bei der Hand und sagte, sie hätten Soja nur zum Einschlafen hierhergelegt, später werde sie in ihr, in Amandas Zimmer gebracht. Bei dem Wort *später* sträubten sich mir die Haare. Amanda sagte, sie hätte Bedenken gehabt, die beiden Kinder allein im Kinderzimmer schlafen zu lassen, so sei es sicherer. Ich rief: Was heißt *Bedenken,* sie hätte ihn umgebracht! Zu jener Zeit war Sebastian gerade ein Jahr alt.
Kurz und gut: unter dem Deckmantel der Freundlichkeit wurde mir mitgeteilt, daß Lucie und ihre Tochter für einige Zeit bei uns wohnten, es handle sich um einen Notfall. Ich rief, das komme überhaupt nicht in Frage, aber Sie können sich denken, wieviel es genützt hat. Als wären meine Worte unhörbar gewesen, sagte Amanda, daß in Lucies Wohnungswänden Risse seien, durch die der Wind Schnee hereinblase, daß die Temperatur im Schlafzimmer unter zehn Grad liege und daß es eine Art von Solidarität gebe, die man sogar *mir* abverlangen könne.
Lucie und Soja blieben sechs Wochen. Es war eine harte Zeit, nicht nur der Enge und der Unruhe wegen, sondern vor allem wegen meines Ausgeschlossenseins.

Bald hatte ich das Gefühl, daß Lucie Amanda näherstand, als es mir je vergönnt war. Oft verließ ich die Wohnung, weil ich nicht mitansehen konnte, wie gut sie sich verstanden. Ich halte es für möglich, daß in jener Zeit unsere Ehe unheilbar verletzt wurde, nicht durch Lucie, sondern durch die Situation. Als ich einmal die Bemerkung wagte, ich hätte auf dem Rasen vor dem Verlagsgebäude die ersten Krokusse gesehen, sagte Amanda aufgebracht, ich könne ja zur Probe ein paar Tage in Lucies Wohnung wohnen; wenn ich den Test eine Woche lang ohne Grippe überstehen würde, könnten Soja und Lucie nachkommen. Wenn ich das aber ablehnte, wofür sie Verständnis hätte, sollte ich mich mit so unhöflichen Anspielungen zurückhalten. Und das alles in Lucies Gegenwart.
Was habe ich also getan? Ich habe meine wärmsten Sachen zusammengesucht und bin in Lucies Wohnung gezogen. Die zwei Frauen standen daneben, während ich den Koffer packte. Lucie war der Auftritt peinlich, zumindest tat sie so. Sie sagte, das sei eine Überreaktion von uns beiden, sie werde auf der Stelle ausziehen; sie finde selbst, daß ihr Aufenthalt schon länger dauere, als es gut sei; und daß man Soja ausgesprochen gern haben müsse, um sie länger als eine Viertelstunde zu ertragen, auch das sei ihr bekannt. Aber Amanda ließ nicht zu, daß so vernünftige Einsichten sich durchsetzten. Sie machte sich nicht einmal die Mühe des Argumentierens, sie sagte nur – so weit wird es noch kommen, dann half sie mir demonstrativ beim Packen.
Amanda hatte nicht übertrieben, Lucies Wohnung war eine Katastrophe. Es sah aus wie nach einem Raubüberfall, die Temperatur war für einen Menschen aus Fleisch und Blut nicht zumutbar. In der ersten Nacht verheizte ich alles Holz und alle Kohlen, die auffindbar waren,

vermutlich eine Wochenration, ich schlief in langen Unterhosen und in zwei Pullovern und war am Morgen doch blaugefroren. Ein immer wiederkehrendes Geräusch, das ich zuerst für Mäusegetöse hielt, stellte sich als Rascheln von Papier heraus, das vom pausenlos durchs Zimmer wehenden Wind verursacht wurde. Lucies Weigerung, hier zu wohnen, war vollkommen verständlich, nur: Was hatte ich damit zu tun?

Ich rächte mich an Amanda, indem ich die nächsten drei Nächte bei Corinna Halske zubrachte. Sie war Sekretärin in unserem Verlag, eine unhübsche Frau, die gerade ihre dritte Scheidung hinter sich hatte und nicht so sehr an mir wie an Männern interessiert war. Es war eine Sache ohne Vergnügen, es war ein Notfall. Sie umsorgte mich, daß mir Hören und Sehen verging, ich hatte kaum Zeit, ihre herrlich geheizte Wohnung zu genießen. Aber ich will mich nicht beklagen, was ich machte, machte ich freiwillig, und es gab auch angenehme Augenblicke. Corinna ist das Gegenteil einer abwartenden Person, sie mag weder Pausen noch Geheimnisse. Im Schnellverfahren berichtete sie, wie es zu den drei Scheidungen gekommen war: wegen einer gewissen Müdigkeit ihrer Männer. Es war sonnenklar, daß sie mich warnen wollte, denselben Fehler zu begehen. Ich war auch bereit, das Unmögliche zu versuchen, ich dachte: immer noch besser als Lucies Iglu. Ich wäre die volle Woche ihr Untermieter geblieben, wenn sie nicht angefangen hätte, mir in der Verlagskantine zuzublinkern und mir Zeichen zu geben, die einem Blinden auffallen mußten. Einmal setzte sie sich mir gegenüber, wir aßen scheinbar aneinander vorbei, doch als ich aufstehen wollte, sah die halbe Redaktion, wie sie ihren Fuß nicht aus meinem Hosenbein herausbekam. Nein, das war *nicht* komisch.

Als ich in die Eisbude zurückkam, war das Bett frisch bezogen, die Wohnung notdürftig aufgeräumt. Meine lange Unterhose, die mich in der ersten Nacht gerettet hatte, lag zusammengefaltet über einer Stuhllehne, und der Kohlenkasten war bis zum Rand aufgefüllt. Auf dem Kopfkissen lag ein Zettel: *Seien Sie nicht so eigensinnig und kommen Sie zurück, bitte, Lucie.*
Sie rief am Abend an, nicht Amanda rief an, sondern Lucie, und kündigte für den nächsten Tag ihre Rückkehr an. Das lehnte ich ab, ich muß verrückt geworden sein. Ich sagte, die Woche sei noch nicht vorbei, ich bestand auf vollen sieben Tagen. Wahrscheinlich hatten sie *jeden* Abend angerufen und wußten genau, daß ich woanders geschlafen hatte – es hätte mir nichts ausgemacht. Im Hintergrund hörte ich Amanda sagen, ich könnte auch länger bleiben, die Folgen meiner Abwesenheit seien nicht so verheerend, wie ich es mir vorstellte. Lucie richtete es nicht aus, statt dessen sagte sie, ich sollte, wenn ich schon so störrisch sei, wenigstens Abendbrot mit ihnen essen. Auch das kam natürlich nicht in Frage.
Der nächste Abend brachte eine peinliche Geschichte, vor der mich Lucie unbedingt hätte warnen müssen, es klingelte an der Tür. Bevor ich öffnete, zog ich meinen Mantel aus, ich rechnete mit Lucie oder mit Amanda, doch es war ein Mann. Er sah mich vernichtend an und fragte, was ich hier zu suchen hätte. Ich sagte, das sei eine so traurige Geschichte, daß ich ihm damit die Laune nur noch mehr verderben würde. Er ging an mir vorbei in die Wohnung, als sei jedes Wort für mich zu schade. Er öffnete alle Türen und kontrollierte alle Räume. Angst vor Tätlichkeiten brauchte ich nicht zu haben, er war einen Kopf kleiner als ich und bestimmt fünfzehn Kilo leichter, auch wenn er sich benahm wie

ein Schwergewichtler. Weil es kein Badezimmer in der Wohnung gab, stand mein Rasierzeug in der Küche; er nahm es in die Hand, starrte es an wie ein sensationelles Beweisstück und warf am Ende Messer und Pinsel in den Ausguß. So drohend ich konnte, sagte ich, er sollte das nicht noch einmal tun, aber eigentlich hatte ich Mitleid. Den Mann möchte ich sehen, der an seiner Stelle vergnügt gewesen wäre. Ich versuchte, ihm das Nötigste zu erklären, bevor er noch den Verstand verlor und sich auf mich stürzte. Meine Informationen beruhigten ihn oder auch nicht, jedenfalls öffnete er eine Schublade, holte eine Schachtel heraus, aus der nahm er Geld, ein kleines Bündel, und steckte es ein. Es waren ein paar hundert Mark, ich erinnere mich, daß ich dachte: Da nimmt er mein Geld. Plötzlich ging mir aber auch durch den Kopf, der Mann könnte ein Einbrecher sein, oder nein, kein Einbrecher, sondern ein Bekannter von Lucie, der zufällig wußte, wo sie ihr Geld versteckt hielt und geistesgegenwärtig ihre Abwesenheit nutzte. Ich rief sofort zu Hause an, Lucie sollte mir sagen, was ich zu tun hatte. Sie war nicht da, nur Amanda war da, und bevor ich ihr erklären konnte, was vor sich ging, hörte ich die Wohnungstür ins Schloß fallen. Später erfuhr ich, daß der Mann Ferdinand hieß und zu Lucie so stand, daß er jederzeit an ihr Geld durfte. Wie Amanda an meines.

Die Tage nach der Rückkehr in die eigene Wohnung waren hoffnungsvoll, Amanda behandelte mich ungewöhnlich zuvorkommend. Offenbar ahnte sie, daß sie mit Lucies Einquartierung zu weit gegangen war. Und was mir noch wichtiger zu sein schien: Offenbar *wollte* sie nicht zu weit gehen. Sie küßte mich wieder, sie erkundigte sich, was ich gern essen wollte, sie ließ sich nicht nur widerwillig verführen, sondern unternahm selbst entsprechende Anstrengungen. Wenn das der Lohn ist, dachte ich, dann kann Lucie jedes Jahr für ein paar Tage bei uns wohnen. Sie wusch sogar meine Wäsche, obwohl bis dahin ein ungeschriebenes Gesetz gegolten hatte, wonach jeder für seine eigene Wäsche verantwortlich war. Einen schönen Augenblick lang stellte ich mir vor, Amandas Verhalten wäre nicht Folge eines schlechten Gewissens, es könnte sie *wirklich* freuen, daß ich wieder zu Hause war.

Dann geschah eine kleine Katastrophe, die alles wieder verdarb. Ich mußte auf das Kind aufpassen, das auf dem Sofa lag und schlief, während Amanda in der Küche beschäftigt war; der Fernseher lief, ich vertiefte mich in eine Sportübertragung, und wie es das Unglück will – Sebastian wacht auf, dreht sich zur falschen Seite und fällt vom Sofa. Natürlich war es meine Schuld, keine Frage. Er schrie wie wahnsinnig, Amanda kam gelaufen und schrie auch wie wahnsinnig, wir hatten Angst, es könnte ein Schädelbruch sein. Wir fuhren ins Krankenhaus, es war nichts, nur eine Beule auf der Stirn. Doch Amandas Entgegenkommen war von diesem Moment an wieder dahin.

Stellen Sie sich vor, ich durfte tagelang meinen Sohn nicht anfassen. Sie tat, als müßte er vor mir geschützt werden. Sie verstieg sich zu der irren Behauptung, es habe sich nicht um einen Unfall gehandelt, sondern um die zwangsläufige Folge meiner Gleichgültigkeit, die wiederum Teil meiner allumfassenden Gleichgültigkeit sei. Mir fehle jede Aufmerksamkeit fürs Kind, ich würde ihm nie zusehen, beim Spielen nicht und beim Essen nicht und beim Schlafen nicht, wahrscheinlich könnte ich nicht einmal seine Augenfarbe nennen. Solche Vorwürfe prägen sich ein. Plötzlich rief sie, los, sag

seine Augenfarbe, und ich sagte, ich lasse mich nicht wie ein dummer Junge examinieren, und sie schrie, los, sag sie, und ich ging wieder einmal aus der Wohnung. Als ich zurückkam, folgte die nächste Beschimpfung: Ein Kind großzuziehen bedeute mehr, als es bis zur Volljährigkeit irgendwie am Leben zu erhalten. Nur wisse sie nicht, ob es vernünftig sei zu wünschen, daß ich mich intensiver um Sebastian kümmere; dann wachse schließlich die Gefahr, daß er ein ähnlich gefühlsarmer, seelisch zweitklassiger Mensch wie ich würde, das könne keine Mutter wollen.
Ich gebe Ihnen mein Wort, daß ich mich selten im Leben so auf etwas gefreut habe wie auf die Geburt Sebastians. Wahr ist, daß ich lieber ein Mädchen gehabt hätte, doch hielt sich die Enttäuschung keine zwei Tage. Sie können jeden fragen, ich war verrückt nach dem Baby. Ich habe ihm stundenlang vorgesungen, ich habe es gefüttert und mir alle Hemden mit Spinat vollsabbern lassen, ich habe in seinem ersten Sommer einen Gazerahmen gebaut, damit es bei offenem Fenster schlafen konnte. In der Redaktion stand sein Bild auf meinem Schreibtisch, und manchmal stellte ich mich nach der Arbeit in eine endlose Schlange, um ein Kilo Bananen zu ergattern.
Amanda war das alles zu wenig. Auch wenn sie es nie ausdrücklich verlangte, hätte ich nach ihrer Überzeugung der Hauptverantwortliche sein sollen, und *das* war ich nicht. Ich finde nichts Mittelalterliches an der Forderung, daß eine Mutter sich mehr um ihr Kind zu kümmern hat als der Vater. Vor allem dann, wenn an ihm die ganze Last des Lebensunterhalts hängt. Und weil das so offenkundig ist, hat Amanda nie direkte Forderungen gestellt, nur verschlüsselte. Zum Beispiel gab es, wenn wir zerstritten waren, keinen geraderen

Weg, ihre Geneigtheit zurückzuerobern, als mich mit Sebastian zu beschäftigen. Oft konnte ich das aus Zeitmangel nicht. Aber ich hatte noch mit einer zweiten Schwierigkeit zu kämpfen, über die man leicht die Nase rümpfen kann, so wie Amanda es getan hat: Ich wußte nichts mit Sebastian anzufangen.

Vergessen Sie nicht, daß wir über einen Jungen sprechen, der heute zwei Jahre alt ist. Was sollte ich mit ihm tun, wenn ich mich *kümmerte*? Ich trug ihn herum, ich warf ihn in die Luft, ich hob auf, was er immer wieder fallen ließ, ich zischte und fauchte, bis er endlich gelangweilt lächelte, ich machte ihm hundertmal etwas vor, das er doch nie lernte. Ich beklage mich nicht darüber, verstehen Sie das nicht falsch, ich will nur andeuten, daß die vielen Stunden, die wir zusammen verbrachten, nicht zu den abwechslungsreichsten zählen. Anders wäre es gewesen, wenn ich die Nerven gehabt hätte, mich sozusagen in abgeschaltetem Zustand zur Verfügung zu stellen, ohne eigene Erwartungen, so wie Amanda es konnte. *Ich* bin nicht der Mensch dafür. Wenn ich im Zimmer saß und Zeitung las, und Sebastian unzufrieden im Gitter meckerte, kam sie garantiert herein und fragte, warum ich ihn sich selbst überlasse; wenn ich dann sagte, das sehe nur so aus, in Wirklichkeit bringe ich ihm bei, sich selbst zu beschäftigen, hob sie das mißhandelte Kind auf, küßte es zum Trost, und die nächste Verstimmung war da. Ich habe noch nie eine Frau gesehen, die so verächtliche Blicke werfen kann wie Amanda.

Heute schon weiß ich, daß ich den Jungen elend vermissen werde. Wenn es Ihnen scheint, als wäre unser Leben eine einzige Folge von Mißhelligkeiten gewesen, dann liegt das daran, daß ich natürlich eine Auswahl treffe. Wolkenlose Erinnerungen bringen uns nicht weiter. Welchen Sinn sollte es haben, Ihnen oder einem Richter die Annehmlichkeiten zu schildern, die es in meiner Ehe gegeben hat? Doch es existiert noch ein zweiter Grund, das Erfreuliche wegzulassen, ein Grund, der für Außenstehende schwer verständlich ist: Ich *will* mich nicht daran erinnern. Ich will die Trennung so unversehrt wie möglich überstehen, dafür kann ich wehmütige Rückblicke nicht brauchen. Ich muß die Sehnsucht loswerden, anstatt ihr immer neue Nahrung zu geben.

Vielleicht war es ein Fehler, mich so heftig gegen die Einschränkung meiner Bewegungsfreiheit zu wehren. Amanda hat mir immer wieder vorgehalten, daß ich die Wärme nicht zu schätzen weiß, die mit Sebastian in mein Leben gekommen sei. Ob ich nicht finde, hat sie gefragt, daß die überall herumliegenden Bauklötzchen und Plüschtiere und Papierfetzen der Wohnung eine Behaglichkeit geben, wie wir sie vorher nicht kannten. Im Streit war sie das eine Mal grob und dann wieder so pathetisch, daß man sich wie im Theater vorkam.

In unserer frühen Zeit, als alles noch in Ordnung zu sein schien, hatte ich ein Erlebnis, das mich an meinem Verstand zweifeln ließ. Ich kam übelgelaunt nach Hause, weil in der Redaktion hundert Sachen schiefgelaufen waren, und ich hoffte, der Anblick des schlafenden Babys könnte mich trösten. Ich ging ins Kinderzimmer, stellte mich an sein Bett und hatte im Halbdunkel eine Vision, die einzige in meinem bisherigen Leben: Die süßen Ärmchen fingen zu wachsen an. Zuerst wurden seine Finger größer, dann die Handteller, dann dehnten sich die Arme, als wären es Ballons, die er mit jedem Atemzug aufblies. Schließlich hingen an dem zierlichen Babyleib gewaltige Pranken, die sich um meinen Hals legten und mich würgten. Bis Amanda kam und flüsterte, ich solle nicht so laut schnaufen, ich wecke noch das Kind auf. Seitdem geschieht es immer wieder, daß ich, wenn Sebastian schläft, an seinem Bett vorbeigehe und mir die Arme ansehe, verstohlen, als wollte ich den Kontrollblick vor mir selbst geheimhalten. Ich weiß, es klingt überspannt.

Wenn ich je wieder heiraten sollte, werde ich Vorsichtsmaßregeln beachten, die mir beim ersten Versuch überhaupt nicht in den Sinn gekommen sind. Schon vor unserer Hochzeit gab es Alarmzeichen, die einen Klügeren als mich gewarnt hätten, die ich aber im Zustand der Verliebtheit übersah. Und selbst wenn ich sie bemerkte, dachte ich: Halb so schlimm, es sind Kleinigkeiten im Verhältnis zur *ganzen* Amanda. Dabei handelte es sich durchaus nicht immer um Bagatellen. Andere waren nicht so leichtgläubig wie ich, meine Schwester zum Beispiel, die eigens aus Dresden nach Berlin kam, um die künftige Frau ihres Bruders zu begutachten. Ihr Urteil über Amanda war erstaunlich hart, nach einem einzigen Abend: Sie halte sich für etwas Besseres, sie sei so unheilbar unzufrieden, daß jede Ehe mit ihr darunter leiden werde, sie sei eine unnatürliche Person, die immer irgendeine Rolle spielen müsse, weil sie die eigene noch nicht gefunden habe. Meine Schwester ist Psychologin. Doch anstatt auf sie zu hören, habe ich alle Warnungen als Eifersucht abgetan.
Ich will Ihnen eine aufschlußreiche Geschichte erzählen: Letzten Herbst mußte ich über den Besuch einer Moskauer Boxstaffel berichten, denn der Kollege, der fürs Boxen zuständig ist, hatte Urlaub. Der Artikel sollte nicht nur von den Kämpfen handeln, sondern auch von einem Empfang, den der Oberbürgermeister zu Ehren der sowjetischen Gäste gab. Der Empfang

dauerte bis Mitternacht, der Artikel mußte aber spätestens um vier Uhr in der Redaktion sein, es war kaum zu schaffen. Als ich nach Hause kam, schlief Amanda schon, ich weckte sie und bat um Hilfe, an der Schreibmaschine ist sie mir überlegen. Sie war sofort bereit, ich schrieb meinen Text mit der Hand, sie tippte ihn in die Maschine. Um Zeit zu sparen, verzichtete ich darauf, die Abschrift zu lesen. Als ich anderntags den Artikel in der Zeitung las, stellte ich fest, daß sie nach Belieben geändert hatte.

Das müssen Sie sich vorstellen – ohne den Autor zu fragen, hatte sie Worte ausgewechselt, die ihr nicht gefielen, Passagen umgeschrieben, die ihrer Meinung nach ungünstig formuliert waren, und einen ganzen Absatz gestrichen. Die Zahl der Änderungen weiß ich noch heute: neunzehn. Neunzehn Vertrauensbrüche. Ich will nicht behaupten, es hätte sich durchweg um Verschlechterungen gehandelt, dennoch kam mir Amandas Handlungsweise ungeheuerlich vor. Es machte die Sache nicht besser, daß der Bericht in der Redaktion gelobt wurde. Ich stellte Amanda zur Rede, sie grinste uneinsichtig und verteidigte sich mit dem lächerlichen Argument, daß keine Zeit zum Diskutieren gewesen sei. Um so mehr hätte sie ihre Finger von dem Artikel lassen müssen, sagte ich, worauf ich zu hören bekam, ich solle mich nicht so aufplustern. Als ich sagte, mit viel gutem Willen könne man den Zeitmangel als Grund für einige kleine Änderungen gelten lassen, nicht aber als Grund für die Streichung eines ganzen Absatzes, antwortete sie: Diese Passage sei so anbiederisch gewesen, daß es selbst mir hätte auffallen müssen. Ein paar lausige Boxkämpfe seien kein Anlaß, um Hymnen über die deutsch-sowjetische Freundschaft anzustimmen. Oder ob eine Menschenseele in der Redaktion das Fehlen meiner Jubelgesänge bemerkt und mich dafür getadelt hätte?

Tatsache ist, daß die Ehe mit Amanda meinem Renommee in der Redaktion geschadet hat. Ihre sektiererischen Ansichten sind dort bekannt, ihre Ausfälle geradezu berühmt. Der Mann einer solchen Frau kommt leicht in Verdacht, daß ihm Äußerlichkeiten mehr bedeuten als politische Standfestigkeit. Und wenn Sie mich fragen – nicht zu Unrecht. Die Chefredaktion hält mich für weniger zuverlässig als früher, für bestimmte Aufgaben komme ich nicht mehr in Frage; das hat mir niemand formell mitgeteilt, aber es ist so. Es *kann* kein Zufall sein, daß ich vor der Heirat regelmäßig ins westliche Ausland geschickt wurde, danach nur noch ein einziges Mal. Verstehen Sie mich nicht falsch, Amanda war mir immer wichtiger als alle kapitalistischen Länder zusammen. Ich spreche nur von einer Entwicklung, die mir nicht angenehm sein konnte, weil sie wie ein Abstieg war.

Amanda hatte das richtige Gespür: *Natürlich* wollte ich mit dem Artikel auch Signale aussenden. Schließlich handelt jeder Artikel nicht nur von dem Ereignis, über das zu berichten ist, sondern auch von dem, der ihn schreibt. Wenn ich sage, daß ich mich über den Abstieg nicht beklage, dann heißt das nicht, daß ich ihn kampflos hinnahm. Ich wollte mit ein paar gerngehörten Sätzen andeuten, daß ich immer noch der alte bin, und genau das hat sie mir vermasselt. Warum? Aus Überzeugung? Aus Schamgefühl? Aus Kampfeslust? Ich will Ihnen sagen, was der wahre Grund war: Überheblichkeit. Überheblichkeit und Achtlosigkeit, dazu Mangel an Solidarität.

Man darf verlangen, daß eine Frau die Ansichten ihres

Mannes gelten läßt, wenn sein Beruf diese Ansichten zwingend erfordert. Aber für Amanda war das zuviel. Die Grenze ihrer Toleranz war so unverhofft und so mühelos erreicht, daß ich ständig auf der Hut sein mußte. Wer kann sich in einer Ehe wohlfühlen, in der er jedes Wort auf die Goldwaage legen muß, in der er sich vorwärtstasten muß wie in Feindesland? Nur dem Kind und Lucie gegenüber war sie von unerschöpflicher Nachsicht. Ich glaube, daß ich viel liebevoller zu Sebastian gewesen wäre, wenn ich ihn als Leidensgenossen gesehen hätte. Eigentlich war ich neidisch auf ihn.

Das Glück, daß sie etwas gegen ihre Überzeugung machte, nur mir zuliebe, habe ich also nie kennengelernt. Zuerst habe ich darauf wie auf eine Selbstverständlichkeit gewartet, später wie auf ein Wunder. Und noch später habe ich es von ihr verlangt. Glauben Sie nicht, daß es sich immer um Kleinigkeiten gehandelt hat, manchmal wäre ich auf ihre Hilfe angewiesen gewesen wie ein Ertrinkender auf den Rettungsschwimmer. Aber sie ließ mich absaufen. Einmal hatten wir einen Autounfall: Wir kamen nachts von einer Einladung, ich hatte ein bißchen getrunken, war unkonzentriert und fuhr auf schnurgerader Straße gegen einen Baum. Niemand war zu Schaden gekommen, außer dem Wagen, der sah zum Weinen aus. Zeugen gab es nicht, aber während wir noch dastanden und diskutierten, tauchte plötzlich ein alter Mann mit Hund auf: Damit war es unvermeidlich, die Polizei zu rufen. Ich bat Amanda, den Polizisten zu erzählen, sie habe am Steuer gesessen, ich *flehte sie an*, es zu tun. Erstens war sie nüchtern, zweitens brauchte ich den Führerschein dringender als sie. Drittens das Gerede der Kollegen. Amanda hätte nichts auszuhalten gehabt, *sie* ist in keinem Kollektiv, trotzdem hat sie abgelehnt. Das Resultat war so, wie ich es vorausgesehen hatte: ein Jahr Fahrverbot, fünfhundert Mark Geldstrafe und Spießrutenlaufen in der Redaktion. In einer stundenlangen Versammlung ging es um nichts anderes als um meine Trunkenheit am Steuer; und während ich am Pranger stand und erklären mußte, wie ich eine solche Schandtat hatte begehen können, empfand ich zum erstenmal im Leben etwas wie Haß auf Amanda.

Ich weiß, die Geschichte läßt sich vor Gericht nicht verwenden, aber Sie sehen jetzt, mit wem wir es zu tun haben. Amanda wirft mir Gefühlskälte vor, dabei ist *sie* erbarmungslos. Wollen Sie wissen, mit welcher Begründung sie abgelehnt hat, den Unfall auf sich zu nehmen? Wenn ich auf sie gehört hätte, wäre nichts passiert – sie hatte vorgeschlagen, das Auto stehenzulassen und ein Taxi zu rufen. Als ob es soviel wert wäre, recht zu haben! Die Reparatur kostete viereinhalbtausend Mark, wovon die Versicherung keinen Pfennig bezahlte und ich jeden einzelnen, ich hatte schließlich getrunken. Daß es genauso Amandas Geld war wie meines, kümmerte sie nicht, plötzlich ging ihr Rechthaberei vor Geiz.

Ja, obwohl sie den Eindruck eines Verstandesmenschen macht, läßt sie sich seltsam oft vom Gefühl hinreißen. Ich müßte froh darüber sein, ich habe impulsive Frauen immer anziehend gefunden, wenn es sich nur nicht ausnahmslos um *negative* Gefühle handeln würde: um Eigensinn, Widerwillen, Jähzorn, Wut. Nie habe ich erlebt, daß sie sich vor Freude vergessen hätte, vor Entzücken oder auch nur vor Vergnügen. Jeder Spaß scheint für sie eine Grenze zu haben, die nicht überschritten werden darf, so als fürchte sie die Welt jenseits dieser Grenze. Nur im Streit ist sie grenzenlos.

Sie müssen wissen, daß diese Einstellung Amandas auch

für den nächtlichen Teil unserer Beziehung folgenreich war. Ich habe angedeutet, daß meine Erfahrungen mit Frauen sich sehenlassen können, deshalb darf ich mir ein Urteil erlauben: Amandas sexuelle Bedürfnisse liegen unter dem Durchschnitt. Möglicherweise bin ich nicht schuldlos daran, auch wenn ich mir keines Fehlers bewußt bin. In unserer ersten Zeit gab es viel Hoffnung: Manchmal kam es zu kleinen Wildheiten, und manchmal hatte sie keine Hemmung, frivole Bemerkungen zu machen, die mich entzückten. Wenn sie zum Beispiel sagte, mein Anstellwinkel sei besonders günstig, oder wenn sie mich kichernd bat, auf das, was in Aufklärungsbüchern mit dem Wort Vorspiel bezeichnet werde, ausnahmsweise zu verzichten, dann hätte ich meinen Kopf gewettet, daß uns von *dieser Seite* keine Gefahr drohte.

Einmal hat sie eine merkwürdige Definition männlicher Impotenz zum besten gegeben: Es handle sich dabei um die Unfähigkeit, einer Frau zum Orgasmus zu verhelfen. Ich fand das sehr amüsant, bis mir die Frage in den Sinn kam, ob es sich nicht um eine Kritik an mir handelte. Ich weiß nicht, von welcher Art die Details sind, die vor einem Scheidungsrichter ausgebreitet werden, aber ich halte es für möglich, daß Amanda vorbringen wird, sie hätte während unserer Ehe nicht einen einzigen Orgasmus erlebt. Das begann sie irgendwann zu behaupten, wahrscheinlich weil sie wußte, wie sehr sie mich damit trifft. Und weil Behauptungen nichts kosten, behauptete sie gleich mit, kein anderer als ihr Ludwig sei schuld daran.

Mit nichts hat sie mich je so aus der Fassung gebracht wie mit dieser Bösartigkeit. Sie hat meinen wunden Punkt gesucht, gefunden und getroffen. Niemand kann sich aussuchen, welches seine Empfindlichkeiten sind,

es ist, wie es ist. Ich schwöre Ihnen, daß sie lügt. Sie hat mit ihrer Intelligenz die einzige Lüge ausfindig gemacht, die man ihr nicht nachweisen kann. Selbstverständlich bin ich nicht imstande zu beweisen, daß sie je einen Orgasmus hatte, obwohl es, grob geschätzt, vierhundert Stück gewesen sind. Ich könnte höchstens nachweisen, daß andere Frauen zufriedener mit mir gewesen sind, daß ich folglich nach ihrer Definition nicht impotent sein *kann*. Und ich will Ihnen noch etwas sagen: Sollte Amanda, entgegen aller Wahrscheinlichkeit, doch die Wahrheit sagen, dann würde mir vor ihr grausen. Dann hätte sie mich vierhundertmal elend betrogen, mit Mienen, mit Geräuschen, mit ihrem Augenzukneifen, mit ihren Krallen in meinem Rücken.
Warum hätte sie das tun sollen? Ich fand es immer aufregend, wenn sie kühl und beobachtend unter mir lag. Oder können Sie sich vorstellen, daß es einer Frau Vergnügen macht, eine Befriedigung vorzutäuschen, von der sie Welten entfernt ist? Ich will zu Amandas Gunsten annehmen, daß sie sich von ihrem Scheidungszorn hat hinreißen lassen und mich treffen wollte. Dasselbe habe ich ja auch versucht, wenn auch nicht annähernd mit so viel Erfolg.
Meine Behauptung, Amanda mache sich nicht viel aus Sex, und die Mitteilung, sie sei regelmäßig von mir befriedigt worden, widersprechen sich nur scheinbar. Der springende Punkt ist, daß sie nicht zuviel Vergnügen *wollte*. Der Himmel weiß, was sie über Abhängigkeiten gelesen oder gehört hatte – sie hatte ein überspanntes Bild von Freiheit. Sie wünschte sich die äußeren Annehmlichkeiten des Verheiratetseins und dazu eine Unabhängigkeit, wie keine Ehe sie auf Dauer aushält. Ich habe es schon angedeutet: Ich war mit Haut

und Haar verheiratet, sie nicht. Auch wenn ich lange Zeit nicht mal im Traum an Scheidung dachte, muß ich zugeben, daß Amanda in jeder Sekunde dazu bereit war. So jedenfalls kommt es mir rückblickend vor. Unser Verhältnis war nie etwas, woran sie bedingungslos festklebte – sie konnte sich immer frei bewegen. Sie war wie von einer Schutzhaut umgeben, sie trug einen Taucheranzug, und die Ehe war das Wasser, von dem sie nicht naß wurde. Vielleicht habe ich deshalb so an ihr gehangen, weil es mich reizte, den Abstand zwischen uns zu überwinden. Je größer er wurde, desto mehr verlor ich den Blick für die Aussichtslosigkeit des Unterfangens. Ich war wie ein Hund, der einer Wurst hinterherläuft, die am Ende der Deichsel vor seiner Nase hängt, und der nicht merkt, daß er einen Wagen zieht.

Einmal hat sie sogar von ihrem Orgasmus *gesprochen*, es muß während eines Urlaubs gewesen sein. Ich habe Amanda gefragt, ob etwas nicht stimmte, ihre Seufzer und Jauchzer waren ausgeblieben, auch sah sie irgendwie unbeteiligt aus. Ich erinnere mich noch an meine Worte: Ob wir eben einen Fehlversuch gehabt hätten. Worauf sie den Kopf schüttelte und sagte, noch in hundert Jahren würde ich nichts von Frauen verstehen: Wie könnte ich sonst ausgerechnet nach dem Augenblick, da das Vergnügen ungewöhnlich groß gewesen sei, eine Pleite vermuten. Sie machte ihr anzüglichstes Gesicht und fragte, ob sie in Zukunft jeden Orgasmus mit einem Bestätigungsstöhnen anzeigen müsse, und ich küßte sie begeistert und sagte: Bloß das nicht.

Wenn es eine Wissenschaft von der erotischen Akustik gäbe, wäre ich Fachmann, ich habe ein Ohr für falsche Töne. Ich kann einen Kunstschrei von einem echt empfundenen unterscheiden. Ich höre, wann ein Seufzen aus der Seele kommt und wann es aufgesetzt ist. Einmal habe ich ein Verhältnis abgebrochen, weil eine Frau zu freigebig mit ihrem Lustgeschrei war: Kaum berührte ich sie, schrillte sie los, als gingen alle ihre geheimen Wünsche in Erfüllung. Das zerrte an den Nerven. Sie verhielt sich so, wie Amanda mir unterstellte, daß ich mich in meinen Artikeln der Partei gegenüber verhielt. Amanda war von solcher Heuchelei weit entfernt, ich spreche vom Liebesleben. Wenn sie die Augen zumachte, dann folgte sie zweifellos einer Empfindung, wenn sie Luft herauspreßte, mußte sie einen Überdruck loswerden, wenn sie einen Laut ausstieß, wollte der unbedingt von innen nach außen. Solche Äußerungen waren zuverlässige Aussagen, nie ist sie glaubwürdiger gewesen als beim Lieben, auch wenn sie es nachträglich zu entwerten versucht. Wissen Sie, was für ein Verdacht mir auf einmal kommt? Daß sie solche Behauptungen nicht aufstellt, um vor Gericht etwas zu erreichen, sondern weil sie mir die Erinnerung nicht gönnt.

Es gibt Frauen, die ihren Mann wie ein rohes Ei behandeln, zumindest zeitweilig; sie *müssen* es tun, weil der Mann zu einer bestimmten Leistung sonst nicht fähig ist, man hört es tausendfach. Solch ein Mann bin ich nie gewesen, ich hätte Lust hinzuzufügen: leider nicht. Und solch eine Frau war Amanda schon gar nicht. Sie hat das prompte Funktionieren aller meiner Körperteile für eine Selbstverständlichkeit gehalten. Es klappte ja auch immer, als würde ein Schalter umgedreht. Ich sage das nicht, um mich zu loben, denn längst nicht mit allen Frauen ging es so mühelos. Eher war es die Ausnahme. Amanda hatte daran das Hauptverdienst, durch ihre bloße Existenz; kaum waren wir zusammen, schon war ich bereit. Ich vermute, daß es an ihrem überwältigenden Geruch lag, an einem winzigen Duft, an dem andere achtlos vorbeigingen. Vielleicht war es auch etwas anderes, zum Glück steckt Liebe voll von Unbegreiflichkeiten. Amanda hätte sich außerordentlich gewundert, wenn ich neben ihr nicht einsatzbereit gelegen hätte. Es wäre eine interessante Frage, ob ich klein und müde und hilfsbedürftig für sie anziehender gewesen wäre, aber wozu noch die Antwort suchen.

Auf zweierlei Weise hat Amanda dafür gesorgt, daß uns das Bettvergnügen nicht in den Himmel wuchs: Indem sie die Zahl unserer Liebesnächte kleinhielt, und indem sie sie zu verderben suchte. Sie machen sich keine Vorstellung, wieviel guten Willen es kostet, im Zustand der Wollust Schmähreden über sich ergehen zu lassen. Und wenn nicht Schmähreden, dann doch sachfremde Bemerkungen, die gerade in solchen Augenblicken tödlich wirken. Wie oft hatte ich Lust zu sagen: Halt endlich die Klappe und besinne dich auf das, was wir tun. Aber ich schwieg, um aus einem kleinen Unglück nicht ein viel größeres zu machen. Ich kann mir Männer vorstellen, die sie in solchen Situationen gewürgt hätten, was nicht heißen soll, daß mir selbst je ein solcher Gedanke gekommen wäre.

Einmal hat sie in meinen Armen zu lächeln angefangen, obwohl es weit und breit nichts zu lächeln gab. Als ich nach dem Grund ihrer Heiterkeit fragte, antwortete sie mit harmloser Stimme, es sei ihr noch nie so deutlich geworden wie jetzt, daß ich das Lieben als harte Arbeit betreibe, sie nannte es *Erotik mit äußerstem Einsatz*. Sie hatte einen unguten Hang, alles, was in Ordnung war, zu beschädigen.

»Wann kommt das Terrorkind zurück?«
»Du sollst sie nicht so nennen.«
»Es ist der freundlichste Name, der mir einfällt. Wann mußt du sie wieder abholen?«
»Morgen im Laufe des Tages. Sie darf bei einer Kindergartenfreundin übernachten.«
»Die Frau muß Nerven wie Drahtseile haben. Sie tut dir diesen Gefallen zum erstenmal?«
»Ja. Wie kommst du darauf?«
»In unserer Druckerei haben wir einen Packer, der alle Berliner Kneipen kennt. Er träumt davon, irgendwo Stammgast zu werden, aber es gelingt ihm nicht. Sobald er betrunken ist, benimmt er sich auf eine Weise, daß sie ihn überall rausschmeißen und ihm Hausverbot erteilen. Also muß er beim nächstenmal woanders sein Glück versuchen. Woran erinnert dich das?«
»An absolut nichts.«
»*Das* ist Mutterliebe.«
»Anstatt meine Tochter zu beschimpfen, solltest du überlegen, ob man sie nicht einem von deinen Leuten für eine Nacht andrehen könnte. Schließlich muß sie weg, weil du es so willst, nicht meinetwegen.«
»Vergiß nicht, daß meine Leute auch Amandas Leute sind. Sie würde sofort alles erfahren. Dann können wir das Terrorkind gleich hierlassen.«
»Und warum tun wir es nicht?«
»Ehrlich gesagt, wundert es mich, wie schnell du bereit bist, das Verhältnis zu deiner besten Freundin zu ruinieren. Warum *ich* hier bin, läßt sich leicht erklären: Nicht nur, weil du mir gefällst, sondern auch, weil meine Ehe hin ist. Niemand weiß besser als du, wie ich dich seit

Jahren ansehe, aber der Gedanke an die möglichen Folgen hat immer wieder verhindert, daß ich auch nur den kleinen Finger nach dir ausgestreckt habe. *Du* scheinst solche Skrupel nicht zu kennen: Deine Beziehung zu Amanda ist tadellos, trotzdem findest du nichts dabei. Das ist kein Vorwurf, ich staune nur. Du strengst dich ja nicht einmal an, die Sache vor ihr geheimzuhalten.«

»Wir reden zu viel.«

»Glaubst du, daß Amanda inzwischen so weit von mir entfernt ist, daß es ihr nichts ausmachen würde? Daß unsere Geschichte für sie nichts anderes wäre als ein Verhältnis zwischen ihrer Freundin und irgendeinem Mann? Oder *weiß sie es etwa schon*?«

»Bist du übergeschnappt?«

»Weiß Amanda Bescheid?«

»Von mir nicht. Und wenn sie etwas erfahren hätte, könnte sie es nie vor mir geheimhalten. Sie ist eine miserable Schauspielerin.«

»Sie ist eine *großartige* Schauspielerin.«

»Ich kenne sie länger als du. Wenn sie vorhatte, den Lehrer zu belügen, mußte sie mit mir üben. Und meistens hat sie es dann doch gelassen.«

»Habt ihr auch geübt, mich zu belügen?«

»Mein Gott, plagen den Mann Sorgen! Ich glaube, ich muß eine Erklärung abgeben: Amanda ist und bleibt meine Herzensfreundin, und keine der Positionen, die du und ich ausprobieren, kann daran etwas ändern. Zwing mich bitte nicht, sie zu verraten, versuch bitte nicht, mich auszuhorchen. Du kannst dich darauf verlassen, daß du kein Wort hören wirst, das im Scheidungsverfahren von Nutzen für dich sein könnte.«

»Du glaubst doch nicht, daß ich deswegen hier liege?«

»Bis jetzt nicht. Du hast gedroht, trübsinnig zu werden, wenn ich mich nicht auf der Stelle mit dir hinlege, und dann fällt dir nichts Besseres ein, als mich auszuhorchen. Amanda hat Andeutungen über deine Leistungsfähigkeit gemacht, aber bis zu dieser Sekunde ist mir unklar, was sie gemeint haben könnte.«
»*Was* hat Amanda?«
»Vor langer Zeit hat sie erwähnt, daß wenigstens in einem Punkt auf dich Verlaß ist. Keine näheren Angaben.«
»Habt ihr oft solche Gespräche geführt?«
»Für meinen Geschmack zu selten. Du wirst beobachtet haben, daß deine Frau, was Sex und Männer angeht, sehr zurückhaltend ist. Wenn wir je über dergleichen gesprochen haben, war es immer meine Sache, davon anzufangen, und ihre, damit aufzuhören.«
»Hat sie je gemerkt, daß du mir gefällst? Wenn ich dich ansah, habe ich zwar immer darauf zu achten versucht, wo ihre Augen waren. Aber sie ist eine scharfe Beobachterin.«
»Sie ist sicher, daß du mich nicht ausstehen kannst. Das wundert sie, weil du nach ihrer Überzeugung mit jeder hübschen Frau gern ins Bett gingst.«
»Wie kam sie darauf?«
»Keine Angaben.«
»Hat es sie gestört?«
»Sie hat sich nie beklagt.«
»Es ist traurig, daß man dir jedes Wort aus der Nase ziehen muß. Ich sammle kein Material, ich bin einfach neugierig.«
»Als wir uns verabredet haben, hast du mich glauben lassen, du wärst nicht neugierig auf Amanda, sondern scharf auf mich.«
»Muß eins das andere ausschließen?«

»Im Moment scheint es so. Ich kann mir nicht vorstellen, daß lange Gespräche über Amanda *uns* vorwärtsbringen.«

»Dein Verdacht wird sich in wenigen Minuten in Luft aufgelöst haben.«

»Warum erst in wenigen Minuten?«

»Weil der Mensch keine Maschine ist.«

»Normalerweise hätte ich dafür Verständnis. Allerdings hat Amanda behauptet...«

»Laß uns deinem Rat folgen und Amanda vergessen. Ich erinnere mich,wie ich dich zum erstenmal gesehen habe, es muß drei Jahre her sein. Ich war noch nicht verheiratet, Amanda saß bei mir zu Hause und kündigte deinen Besuch an: Ihre einzige Freundin würde gleich kommen, um mich unter die Lupe zu nehmen. Kaum hatte sie es gesagt, klingelte es. Ich machte die Tür auf, da stand eine wahnsinnig hübsche junge Frau, in einem grauen Kleid, auf dem Arm ein Kind, das noch nichts Terroristisches an sich hatte. Ich erinnere mich sogar an deine ersten Worte.«

»Ich habe in meinem ganzen Leben kein graues Kleid besessen. Ich habe Jeans getragen, dazu eine weiße Bluse.«

»Ist das *so* wichtig?«

»Es ist vollkommen unwichtig. Aber soll ich deswegen zugeben, ich hätte ein graues Kleid getragen? Gleich wirst du behaupten, dir hätten vom ersten Moment an meine Beine gefallen.«

»Genau das wollte ich sagen.«

»Habe ich in deiner Gegenwart je etwas anderes als Hosen getragen? Wenn ich nicht irre, hast du noch nie meine Beine gesehen. Ich meine, bevor ich mich vor dir ausgezogen habe.«

»Ich habe dich vor Jahren *nackt* gesehen. Nackt und

bloß und verschwenderisch. Genaugenommen sogar zweimal.«
»Wie bitte?«
»Zum erstenmal in dem Winter, als du bei Amanda und mir gewohnt hast, weil es in deiner Wohnung zu kalt war. Ich bin mitten in der Nacht in die Küche gegangen, um etwas zu trinken, da kam unser Logiergast aus seinem Zimmer und verschwand im Bad, ohne mich und meine Stielaugen zu bemerken.«
»Nackt und bloß und verschwenderisch?«
»Genau. Ich bin zur Badezimmertür geschlichen und habe mich ans Schlüsselloch gebeugt, aber du warst im toten Winkel. Also habe ich mich in die Küche verdrückt und zehn Minuten hinter der angelehnten Tür gewartet. Ich habe gehofft, du könntest auch Durst haben und würdest in die Küche kommen. Man hätte das Treffen als Zufall feiern können. Hoffentlich erinnerst du dich daran, daß wir uns *nicht* in der Küche begegnet sind?«
»Ich wäre gestorben.«
»Allerdings muß ich zugeben, daß ich bei jener Gelegenheit *deine Beine* kaum wahrgenommen habe. Es gab so viel zu bestaunen, daß dafür keine Zeit blieb.«
»Wann *hast* du sie denn nun gesehen?«
»Kurze Zeit später. Als ich für eine Woche bei dir wohnte. Hier in diesem Zimmer.«
»Hier hast du meine Beine gesehen?«
»An einem Abend kam dein wütender Freund, der dein Geld aus der Schublade holte und damit verschwand.«
»Der hat dir meine Beine gezeigt?«
»Er hat mich auf eine Idee gebracht. Ist er der Vater des Terrorkindes?«
»Nein. Aber lenk nicht ab.«
»Als er weg war, habe ich mich geärgert. Ich habe das

Geld zwar nicht gesucht, aber ich hätte es gern gefunden und Amanda gezeigt. Ich war wütend, weil sie dir andauernd Geld borgte oder schenkte. Das weißt du hoffentlich?«

»Erstens habe ich mir nicht *andauernd* Geld geborgt, sondern genau zweimal. Und zweitens hat sie gesagt, du wärst einverstanden. Was meinst du mit *geschenkt*?«

»Hat sie dir kein Geld geschenkt?«

»Nie.«

»Seltsam.«

»Das finde ich auch.«

»Jedenfalls habe ich, nachdem der böse kleine Mann gegangen war, deine Wohnung abgesucht...«

»Wenn du das nächstemal kommst, sollten wir kein Wort reden. Je länger wir reden, um so mehr verlieren wir unseren Grund aus den Augen.«

»Wir sind nicht so weit davon entfernt, wie du fürchtest.«

»Ich habe Augen im Kopf.«

»Gib nicht so viel auf Äußerlichkeiten. Die Situation kann sich jeden Augenblick ändern.«

»Gut, hoffen wir auf ein Wunder. Ferdinand ist mit dem Geld also abgehauen, und du hast die Wohnung durchsucht?«

»Ich war auf nichts Bestimmtes aus. Ich habe einfach gekramt.«

»Und dabei meine Beine gefunden?«

»In der schwarzen Kommode da drüben.«

»Die Bilder! Du hast dir die Fotos angesehen?«

»Du mußt zugeben, daß man sich danach ein Urteil erlauben kann. Man sieht, wo die Beine anfangen, man sieht, wie sie aufhören, die Bilder haben etwas Zugreifendes.«

»Ich weiß noch, daß ich gedacht habe: Hoffentlich

schnüffelt er nicht in der Kommode und findet die Bilder.«
»Bevor ich sie sah, hast du mir gefallen, wie mir viele Frauen gefallen. Nach den Bildern wurde das anders: Du wurdest zum Projekt.«
»Hast du auch meine Wäsche inspiziert?«
»Deine Wäsche?«
»Die Bilder lagen zwischen der Wäsche.«
»Das muß ich übersehen haben.«
»Sei froh. Das meiste stammt aus der Schulzeit, als mein Hintern doppelt so groß war wie heute. Amanda war auch ein Monster. Hat sie dir je Klassenfotos gezeigt?«
»Sie hat gesagt, es gäbe keine.«
»Verständlich. Bevor wir den Jungs gefallen mußten, haben wir gegessen, als hinge das Leben von jedem Bissen ab. Leider waren wir beim Abnehmen nicht so erfolgreich wie zuvor beim Fettwerden. Erst mit sechzehn lagen wir einigermaßen günstig im Rennen. Amanda hatte es ein paar Monate vor mir geschafft, das muß ich zugeben.«
»Ging es *sehr* wild bei ihr zu?«
»Keine Angaben.«
»Sie hat von einer Geschichte mit dem Physiklehrer erzählt, der daraufhin die Schule wechseln mußte.«
»Dann weißt du ja schon das Wichtigste. Nur war es der Russischlehrer. Und er mußte nicht die Schule wechseln, sondern die Klasse. Ich habe sie so darum beneidet, daß unsere Freundschaft fast in die Brüche ging.«
»Sie hat vom Physiklehrer gesprochen.«
»Verbeiß dich nicht wieder in Amanda.«
»War nicht auch etwas mit einem Martin?«
»Ich kenne keinen Martin.«
»Ein rotblonder Mensch mit einem angeberischen Grübchen im Kinn. Eines Tages stand er an der Ostsee

grinsend über unserem Strandkorb und verdunkelte die Sonne. Amanda hat ihn mir als Schulfreund vorgestellt, aber ich hatte den Eindruck, das war nicht die ganze Wahrheit. Es gibt ein Grinsen, zu dem eine bestimmte Vorgeschichte gehört. Wenn irgendein beliebiger Mann sie so angesehen hätte, wäre sie entrüstet gewesen.«

»Ich kenne die Handvoll Freunde Amandas wie meine eigenen, ein Martin war nicht darunter.«

»Findest du das nicht verdächtig? Wenn der an eurer Schule gewesen wäre, *würdest* du dich erinnern. Die einzige Erklärung ist, daß es ein Verhältnis aus letzter Zeit war, vielleicht aus allerletzter. Das sagt dir jemand, der nie eifersüchtig gewesen ist und sich auf einmal fragt, ob er recht damit hatte.«

»Daß du nicht auf Knopfdruck funktionierst, muß man als einfühlsame Frau akzeptieren, aber es sollte wenigstens ein Bemühen spürbar sein. Wäre es nicht am klügsten, unser Vorhaben aufzuschieben?«

»Als ich herkam, war ich hinter dir her, sonst nichts. Dann erst wurde mir klar, daß du auch eine einzigartige Zeugin bist.«

»Stört es dich, wenn ich das Licht ausmache?«

»Ich möchte noch ein Glas trinken.«

»Ich bin früh aufgestanden, Soja mußte vor halb acht im Kindergarten sein. Willst du hier übernachten?«

»Du bist der Stimmungsmörder, nicht ich.«

»Wenn wir uns weiter unterhalten wollen, dann erzähl mir, was du außer den Fotos noch gefunden hast.«

»Nach einem solchen Fund sucht man nicht weiter. Man bringt die Beute in den Bau und ist zufrieden.«

»Du hast dich hingelegt und so lange die Bilder angesehen, bis du eingeschlafen bist?«

»Zuerst habe ich ein halbes Huhn gegessen, das ich mitgebracht hatte, dann mußte ich auffegen, weil mir der Aschbecher auf den Boden gefallen war, und *dann* bin ich eingeschlafen. Hätte es noch etwas Aufregendes zu finden gegeben?«

»Vielleicht Briefe.«

»Briefe, die den Fotos ähnlich sind? Die hätte ich nicht gelesen. Ich bin diskreter, als du glaubst. Daß ich mir die Bilder angesehen habe, scheint das Gegenteil zu beweisen, aber das war ein Fall von Mundraub.«

»Briefe, die Amanda und ich uns im Lauf der Jahre geschrieben haben.«

»Interessieren mich nicht.«

»Vielleicht Briefe, die von dir handeln.«

»Laß uns aufhören damit.«

»Was sollen wir sonst tun?«

»Was wir tun *wollen,* läßt sich nicht erzwingen, und eine andere Idee habe ich nicht. Vielleicht sollten wir tatsächlich schlafen.«

»Du mußt nicht glauben, daß ich enttäuscht bin. Es ist alles in Ordnung.«

»Ich war so verdammt gierig, daß ich dachte, man kann ungestraft über alles reden. Und plötzlich lag Amanda neben uns. Amanda, Amanda, Amanda! Wenn der Scheidungsrichter mich fragt, wann ich zum letztenmal mit ihr im Bett gelegen habe, werde ich sagen: heute. Ich kann mir nicht erklären, was da unten im Süden los ist. Es bekümmert mich nicht weniger als dich, es ist schmählich. Schon beim letztenmal hat unser Freund sich nicht gerade ruhmreich geschlagen, auch wenn man ihm nicht vorwerfen kann, er hätte uns vollkommen im Stich gelassen. Er hat Dienst nach Vorschrift geleistet, mehr nicht. Netterweise hast du behauptet, du wärst zufrieden, ich war es nicht. Für heute hatte ich ihm größere Taten zugetraut, statt dessen stellt er sich tot, der Hund. Er weiß, daß man ihn nicht bestrafen kann und nimmt sich immer größere Frechheiten heraus. Ich kann verstehen, wenn du allein sein möchtest. Ich wollte nicht gehen, weil mir davor graut, nach Hause zu kommen, den Korridor entlangzuschleichen, am Schlafzimmer vorbei, in dem Sebastian an meiner Stelle liegt, bis zu dem unbequemen Gästesofa. Ich gebe auf und verschwinde.«

»Ach was. Laß dich umarmen, mein armer Lieber. Komm, ich will dich umarmen. Du sollst mich aber auch umarmen, jetzt machen wir das Licht aus, jetzt halten wir den Mund. Für eine Viertelstunde kein Wort, ja? Dort ist eine Uhr . . .«

»Das war eine *halbe* Stunde.«

»Tut es dir leid um die Zeit?«

»Wäre das eine traurige Heimkehr geworden, wenn ich wie ein geprügelter Hund hätte abziehen müssen! Sei nicht böse, wenn ich sage, daß ich weniger befriedigt als erleichtert bin.«

»Um diese Zeit wankt Soja meist ins Zimmer und fragt, ob sie sich zu mir legen darf. Wenn ich es nicht erlaube, geht sie zurück in ihr Bett, mault unverständliches Zeug, dann schläft sie wieder ein und pinkelt sich voll.«

»Wie reagiert sie, wenn ein Mann bei dir ist?«

»Ungewöhnlich rücksichtsvoll: Sie gibt sich Mühe, nicht aufzufallen. Sie hat noch nie für eine Katastrophe gesorgt, falls du das meinst. Allerdings muß ich sagen, daß sie solche Proben nicht oft zu bestehen hatte.«

»Es kommen so selten Männer her?«

»Bin jetzt *ich* dran?«

»Amandas wenigen Bemerkungen habe ich entnommen, daß du ein ausgefülltes Liebesleben hast.«

»*Das* hat sie bestimmt nicht gesagt. Im Gegenteil, sie

kann ja die Klagen nicht mehr hören, wie bleiern und gottverlassen meine Nächte sind. Du glaubst doch nicht, es geben sich hier die prächtigsten Männer die Klinke in die Hand?«

»Ich weiß nicht, ob sie prächtig sind – der einzige, den ich gesehen habe, war es jedenfalls nicht. Aber ich würde wetten, daß du nicht unter Männermangel leidest. Das schließe ich nicht nur aus Amandas Andeutungen, es ist auch ein persönlicher Eindruck.«

»Expertenurteil?«

»Menschenkenntnis. Vergiß nicht, daß ich dich seit Jahren im Auge habe. Mit der Zeit ist ein Bild entstanden, das nicht ganz falsch sein kann: Die weiß, wie sie auf Männer wirkt, die wird gern angesehen, die verfolgt mit Kennerblick, was sich an der Männer-Frauen-Front abspielt. Die kennt ihren Wert.«

»Sei froh, daß du nicht von Menschenkenntnis leben mußt. Du bist auf männerversessene Frauen aus und sollst glauben dürfen, du hättest ein solches Exemplar gefunden. Sei eine Weile froh, auch wenn ich keine Ahnung habe, mit was für Handgriffen ich deine Erwartung erfüllen kann.«

»Bis jetzt ist dir kein Fehler unterlaufen.«

»Das macht mich stolz. Einen Rat könntest du mir aber geben: Eine Frau, die ständig neues Männerfutter braucht und dabei nicht *vollkommen* anspruchslos ist – wo kriegt die Nachschub her?«

»Seltsame Frage. Als gäbe es ringsum nicht genug Auswahl. Als wären nicht alle Straßen und Plätze und Häuser voll von Männern, die nur hinter einem her sind: hinter dir.«

»Du redest von Personen männlichen Geschlechts. Ich meine *Männer*.«

»Dieser Unterschied ist mir nicht geläufig. Wie sind

Personen männlichen Geschlechts beschaffen, die keine Männer sind? Fehlt ihnen ein Körperteil?«

»Anatomisch gesehen sind sie komplett. Es ist eher ihre geistige und seelische Beschaffenheit, die sie unerträglich macht. Beim Kennenlernen sehen sie dich nicht begehrlich an, sie stieren. Sie können nicht draufgängerisch sein, nur grob. Anstatt zu essen, mampfen sie, anstatt zu lächeln, grinsen sie. Sie sind zu dick, selbst die mageren. Sie sehen immer verschwitzt und überanstrengt aus. Sie halten Rücksichtslosigkeit für die männlichste aller Eigenschaften und tun dir weh, sobald sie dich berühren, und sind noch stolz darauf. Am schlimmsten wird es, wenn sie den Mund aufmachen. Sie benutzen immer die falschen Worte, sie haben kein Ohr für ihre Peinlichkeiten, so wie sie keine Nase für die Ausdünstungen ihrer Körper haben. Sie glauben, sie müßten dich mit Schlüpfrigkeiten unterhalten, und wenn du zu verstehen gibst, dergleichen sei dir unangenehm, halten sie das für Getue und legen sich erst recht ins Zeug. Es ist ihre unerschütterliche Überzeugung, daß aller Widerwillen, den Frauen zeigen, nur vorgeschoben ist. Sie lachen sich über ihre eigenen Witze kaputt, als wäre das die einzige Bestätigung, die sie brauchen. Wenn ihnen nichts Anzügliches mehr einfällt, fangen sie an, dir Geschichten über sich selbst aufzudrängen, über ihre Heldentaten. Sie prahlen, wie sie dem Druck ihrer Vorgesetzten widerstanden oder wie sie eine verfahrene Situation durch Geistesgegenwart gerettet haben. Ihre eigene Tatkraft rührt sie zu Tränen. In Wahrheit haben sie noch nie jemandem widerstanden, sie geben dem kleinsten Druck nach, weil sie furchtsam sind wie Feldmäuse. Und das einzige, was sie je zu retten versuchen, ist die eigene Haut. Sie sind Anpasser und Feiglinge und Schwächlinge, nur im Umgang mit Frauen besinnen sie sich auf Stärke. Sie lügen aber nicht nur auf die kindischste Weise, sie tun es auch noch so, daß man einschlafen möchte. Man bleibt nur wach, weil sie so laut sind. Wenn du einen Einwand wagst, um sie vor immer neuen Verstiegenheiten zu bewahren, eine kleine Spitze oder einen skeptischen Blick, bemerken sie es nicht. Denn sie sind unempfindlich wie Steine. Sie labern unbeirrbar weiter, und wenn du Pech hast, erzählen sie dir auch ihre Weibergeschichten. Nach einer Weile sind sie überzeugt davon, sie hätten dich genug beeindruckt, sie hätten genug geflirtet, dann machen sie das große Licht aus. Sie beginnen mit dem, was sie für Zärtlichkeiten halten, das heißt, sie grabschen nach dir und zerren an deinem Gürtel und stecken dir ihre Zunge ins Ohr. Spätestens jetzt bleibt dir nichts anderes übrig, als zu flüchten. Meist verfolgen sie dich nicht, weil sie sich vor Skandalen fürchten. Während du weggehst, hörst du, wie sie dich als verklemmte Kuh beschimpfen, das ist noch am verständlichsten, denn gescheiterte Verführer legen ihre Worte nicht auf die Goldwaage.«

»Meine Güte, das klingt nicht gut. *So* sind Männer?«

»So ungefähr.«

»Alle?«

»Die meisten. Wenn ich einen treffe, der keine Ähnlichkeit mit diesem Steckbrief hat, betrinke ich mich vor Freude.«

»*Heute* hast du sehr maßvoll getrunken.«

»Ich hatte keinen Durst.«

»Als ich Amanda einmal fragte, warum eine so ansehnliche Frau wie du nicht heiratet, hat sie geantwortet: Die erträgt keinen Mann länger als ein paar Wochen. Jetzt verstehe ich, warum.«

»Du findest es überzogen?«

»Ich stelle mir vor, mit was für Augen du mich siehst. Wieviel Punkte auf deiner Skala gibst du mir? Ich bin ein in fast jeder Hinsicht durchschnittlicher Mensch, warum schüttelt es dich nicht?«
»Entrüstung steht dir. Wenn deine Augen schmal werden und dein Unterkiefer sich vorschiebt, möchte man sich nicht mit dir anlegen.«
»Das kenne ich von Amanda: Wenn ihr ein Gespräch lästig wurde, ich aber nicht gleich bereit war aufzuhören, hat sie versucht, mich lächerlich zu machen. Einmal hat sie gesagt, ich stelle meine Füße immer dann Spitze gegen Spitze, wenn eine Unterhaltung mich intellektuell überfordert. Zufällig standen meine Füße gerade Spitze gegen Spitze. Oder sie sagte mit der ernstesten Miene, daß Behauptungen, die ich wider besseres Wissen aufstelle, mir Mundgeruch verursachen. Natürlich hatte ich am Morgen vergessen, mir die Zähne zu putzen. Jetzt macht mich also Entrüstung schön – ich erkenne Amandas Schule. Sind eure Männermaßstäbe dieselben?«
»Sie sind ähnlich.«
»Und warum hat sie mich geheiratet?«
»Du bist nicht so furchtbar, wie du denkst, allerdings hat sie dich überschätzt. Ich hoffe, daß ich keinen Vertrauensbruch begehe, wenn ich dir sage: Erste Andeutungen hat sie schon vor zwei Jahren gemacht, während ihrer Schwangerschaft. Später, als ihr Ächzen immer häufiger wurde, bin ich als Anwalt eurer Ehe aufgetreten. Ich habe ihr von der Scheidung abgeraten, indem ich mich, die Unverheiratete, als abschreckendes Beispiel hingestellt habe. Ob sie so leben will wie ich, habe ich gefragt, ohne Aussichten, ohne Sicherheit. Ich bin viel weiter in meinem Zureden gegangen, als ich es bei nüchterner Überlegung verantworten kann. Wahr-

scheinlich, weil ich ein konservativer Mensch bin. Über die Ehe läßt sich nun wirklich wenig Positives sagen, außer daß sie manche Notsituation lindert: Krankheit, Erschöpfung, Geldmangel, Vergeßlichkeit und dergleichen. Das ändert nichts daran, daß sie selbst eine permanente Notsituation ist. Ich aber habe getan, als müsse Amanda vom Teufel besessen sein, etwas so Gutes wie die Ehe mit dir wegzuwerfen.«

»So lange ist sie mit mir schon unzufrieden? Was hatte sie mir vorzuwerfen?«

»Nichts anderes als heute. Sie hält dich inzwischen auch noch für einen miserablen Vater – sonst sehe ich keine Entwicklung in ihren Klagen.«

»Meine Fehler haben sie immer mehr gestört, als meine Vorzüge sie erfreuen konnten. Frag jetzt nicht, was für Vorzüge ich meine, es wäre ein billiger Witz. Jeder hat Vorzüge, selbst ich. Aber sie hat sich nie darum gekümmert, das hat mich lange Zeit gekränkt. Inzwischen geht es mir nur noch auf die Nerven. Wenn du einen unverfänglichen Weg findest, ihr diese Information zukommen zu lassen, dann tu es bitte. Ich sage zwar immer noch, daß ich lieber mit ihr verheiratet wäre, als von ihr geschieden zu sein, aber eigentlich ist das leeres Gerede. Ich sage es aus Gewohnheit. Jawohl: Amanda geht mir auf die Nerven. Es gab eine Zeit, da schien mir aller Ärger nur eingebildet zu sein, wenn sie mit ihrem Hintern ins Zimmer kam. Ich habe unser Verhältnis durch den Hosenschlitz gesehen, aber das ist vorbei.«

»Warum hängst du dann noch an ihr?«

»Ich hänge nicht an ihr, ich hänge an der Ehe. Ich ahne, daß ich an meiner nächsten Frau nicht weniger auszusetzen hätte.«

»Sag ihr das. Es wird ihr das Herz erwärmen.«

»Hältst du sie für aufrichtig?«

»Mir gegenüber bestimmt.«

»Ich werde die Angst nicht los, daß mir eine Überraschung bevorsteht. Ich werde mit ihr beim Scheidungsrichter sitzen, mit der Amanda, die ich seit Jahren zu kennen glaube, und plötzlich wird sie die Maske vom Gesicht nehmen. Plötzlich wird ein Gesicht zum Vorschein kommen, das ich noch nie gesehen habe.«

»Ein häßliches?«

»Natürlich ein häßliches, sonst hätte ich ja keine Angst. Sie ist rachsüchtig. Ich habe keinen konkreten Anhaltspunkt dafür, aber ich *weiß* es.«

»Wofür sollte sie sich rächen wollen?«

»*Das* weiß ich nicht. Als Sechzehnjähriger hatte ich eine Freundin, Bettina Eckstein. Sie war ein Jahr jünger als ich, alle an der Schule sagten, sie sei hinterhältig, nicht nur die Mädchen. Weil sie sehr hübsch war, hätte ich selbst das in Kauf genommen, aber zu mir war sie so offenherzig und sonnig, daß ich über nichts zu klagen hatte. Eines Tages sagte sie, ihre Mutter wollte mich kennenlernen. Ich nahm es als Hinweis darauf, wie ernst es Bettina mit mir war. Also zog ich mein Sonntagsjackett an und machte mir die Fingernägel sauber. Sie bewohnten eine riesige Wohnung in Pankow, ihr Vater war Künstler. Bettina führte mich in einen Raum, in dem ein Klavier stand und zwei Palmenkübel und dessen Wände bis unter die Decke mit Büchern und Bildern voll waren. Ich kam mir vor wie im Film, ich wohnte mit meinen Eltern, zwei Brüdern und einer Großmutter, in zweieinhalb Zimmern. Bettina setzte mich in einen Sessel, gab mir etwas zu lesen und befahl mir zu warten; wir seien zu früh gekommen, sagte sie, ihre Mutter lege sich jeden Nachmittag für ein Stündchen hin, es werde eine kleine Weile dauern, bis Marlene, so nannte sie ihre Mutter, sich zurechtgemacht habe. Dann ging sie hinaus. Ich will dir erzählen, was außerhalb des Zimmers vor sich ging, was ich aber später erst erfuhr: Bettina zog sich ein Kleid ihrer Mutter an, ich hatte sie nie zuvor in einem Kleid gesehen. Sie stülpte sich eine Perücke über ihr langes, blondes Haar, eine rotbraune mit kurzen Locken, sie schminkte sich auf übertriebene Weise, setzte sich eine Brille ihrer Mutter auf die Nase, zog deren Stöckelschuhe an und kam zu mir ins Zimmer, durch eine andere Tür als die, aus der sie hinausgegangen war. Ihre Tarnung war so gut, daß ich eine Stunde gebraucht hätte, sie zu erkennen, wenn ich genau hingesehen hätte. Aber ich sah nicht genau hin, ich wußte vor Verlegenheit nicht, wohin mit meinen Augen. Ich sprang auf, hielt der Mutter meine schwitzende Hand hin und blickte zur Tür, wo jeden Augenblick Bettina erscheinen mußte, um mich zu retten. Die Mutter sagte mit lächerlich schriller Stimme, wie sehr es sie freue, endlich den Freund ihrer Tochter zu sehen, nachdem sie schon so viele nette Geschichten über ihn gehört habe. Das machte mich noch verlegener, ich stammelte, daß auch ich mich freute. Und weißt du, was dann geschah? Die Mutter bückte sich, ergriff ihren Rocksaum, zog sich blitzartig den Rock über den Kopf und schrie so laut und hoch, wie nur eine Fünfzehnjährige schreien kann. Sie konnte es gefahrlos tun, denn *sie* wußte, daß wir allein in der Wohnung waren. Ich stand entsetzt da, es schüttelte mich vor Schreck. Dann rannte sie, den Rock überm Kopf, hinaus. Ich brauchte einen ganzen Tag, um mich zu erholen. Ich habe nie herausgefunden, was Bettina Eckstein zu ihrer Vorstellung bewogen hat, was sonst als Bosheit. Ich habe nicht mehr mit ihr gesprochen. Ich wollte sie durch Verachtung strafen, ihr schien es aber nichts auszumachen.«

»Willst du damit sagen, daß in manchen Leuten, vorzugsweise in Frauen, eine Niedertracht steckt, die keine Anstöße braucht, sondern einfach da ist?«
»So ungefähr. Nur weiß ich nicht, wie du auf Frauen kommst: Ich habe Menschen allgemein im Auge. *In dieser Beziehung* sind Frauen nichts Besonderes.«
»Amanda weiß, daß du sie oft betrogen hast. Aber du kannst beruhigt sein: Ich glaube nicht, daß sie vorhat, eine große Sache daraus zu machen.«
»*Was* weiß Amanda?«
»Hast du geglaubt, es wäre möglich, jahrelang deine Lügereien zu übersehen und zu überhören und zu überriechen? Die fremden Haare in deinen Kleidern, die Gerüche auf deiner Haut, die fadenscheinigen Entschuldigungen für dein häufiges Weggehen und Zuspätkommen? Möchtest du mit einer Idiotin verheiratet gewesen sein?«
»Was weißt denn du davon?«
»Nur das, was sie mir erzählt hat.«
»Warum hat sie mit dir darüber gesprochen und nicht mit mir, den es mindestens genausoviel angeht?«
»Vielleicht weil ich sie nicht belogen habe. Tu nicht so, als wäre es ein Verbrechen, von den Gaunereien seines Mannes zu wissen und ihn nicht zur Rede zu stellen.«
»Ich werde dir sagen, warum sie nicht mit mir geredet hat: Weil sie *nichts* weiß, *absolut nichts*! Und ich sage dir auch warum: Weil es nichts zu wissen *gibt*.«
»Mach dich nicht zum Gespött. Die spitznasige Sekretärin aus deiner Redaktion ist Phantasie? Eine Hildegard, deren Telefonnummer unbegreiflicherweise wochenlang auf eurem Kühlschrank lag, ist Phantasie? Die Frau, deren Parfum du Amanda geschenkt hast, damit sie nicht riechen konnte, wenn du von ihr kamst, ist Phantasie?«

»Das ist die verrückteste Aufzählung, die ich je gehört habe. Wenn sie schon unter dieser fixen Idee litt – warum hat sie das Parfum dann getragen, anstatt es mir an den Kopf zu werfen?«

»Ich nehme an, weil es ihr gefallen hat.«

»Wenn du recht hättest, wäre ich mit einer Tiefkühltruhe verheiratet, und *das* trifft auf Amanda nicht zu. Ich habe einen anderen Verdacht, einen so naheliegenden, daß ich staune, nicht früher darauf gekommen zu sein. Amanda hat den Kopf voll von Vermutungen, die alle unbeweisbar sind. Wenn sie so wirres Zeug einem Richter erzählen wollte, würde der sich kranklachen. Darum hat sie dich in Marsch gesetzt, um mich auszuhorchen. Was sagst du *dazu*?«

»Du wirst beleidigend.«

»Ich behaupte nicht, sie hätte dich beauftragt, mit mir ins Bett zu gehen, *das* kann auch deine Idee gewesen sein. Du hast vielleicht gedacht, du könntest das Angenehme mit dem Nützlichen verbinden. Du hast gedacht: Jetzt, da sie mir sozusagen freie Hand gegeben hat, ist nichts Verwerfliches dabei, wenn ich mit ihm schlafe – ich tue es schließlich auch für sie. Denn daß du irgendwelche Skrupel überwinden mußtest, halte ich für sicher. Zu allem Glück habe *ich* dir auch noch die Offerte gemacht, so daß du nur schwach zu werden brauchtest: Der Hahn hat sich darum gerissen, der Köchin in den Topf zu springen. Weißt du, was schon immer meine größte Schwäche war? Meine Arglosigkeit. Ich sage das nicht wie jemand, der sich freimütig zu seinen Nachteilen bekennt, weil er sie in Wirklichkeit für sympathisch hält. In meinen Augen ist Arglosigkeit eine Form von Blödheit. Ich habe schon immer dazu geneigt, Gefahren zu verharmlosen. Aus Mangel an Vorstellungskraft. Wenn ich Angst habe, jemand könnte hinterhältig sein, beruhige ich mich jedesmal bei dem Gedanken, daß es bestimmt ein Irrtum ist.«

»Du siehst nur das Gute im Menschen, weil du selbst keiner Schlechtigkeit fähig bist.«

»Verhöhne mich nur. Du wirst zugeben, daß ich nicht vorsichtig gewesen bin. Es ist mir nicht einen Augenblick in den Sinn gekommen, daß du als Amandas Ohr neben mir liegen könntest. Und warum nicht? Aus purer Einfältigkeit. Ich erzähle so freimütig, als hättest du nie vorher von Amanda gehört. Und selbst wenn du nicht den Auftrag hast, mich auszuspionieren – wärst du nicht verpflichtet, ihr jedes Detail weiterzugeben, das für sie von Vorteil sein könnte? Ich höre mir nicht halb so aufmerksam zu, wie du es wahrscheinlich tust. Ich weiß nicht, wie viele Einzelheiten ich ausgeplaudert habe, die für unsere Scheidung von Belang sind – ich werde es spätestens erfahren, wenn Amanda sie mir vor Gericht um die Ohren schlägt. Nur eins weiß ich: es werden keine neuen hinzukommen. Was du bis zu dieser Sekunde nicht ausgekundschaftet hast, wirst du nicht mehr erfahren. Hiermit bin ich als Informationsquelle erloschen. Hast du nicht selbst gesagt, daß wir nicht zusammengekommen sind, um zu reden?«

Ich habe Ihnen erzählt, daß Amanda von meinen Frauengeschichten nichts weiß; nach gründlichem Überlegen bin ich mir dessen nicht mehr sicher. Es hat zwar nie Eifersuchtsszenen gegeben, doch erinnere ich mich an einige Bemerkungen von ihr, die mir plötzlich in neuem Licht erscheinen. Als ich einmal, während irgendeines Streits, sagte, eine Ehe bedeute nun mal eine gewisse Einschränkung der Bewegungsfreiheit, wie jede andere Verpflichtung auch, antwortete sie: Erzähl *du* mir, was in der Ehe erlaubt ist und was nicht! Und als ich mich ein andermal beklagte, weil wir seit einer Woche nicht miteinander geschlafen hatten, sagte sie den merkwürdigen Satz: Sei doch nicht so wählerisch. Es gäbe von noch mehr Zweideutigkeiten zu berichten, mit denen verschone ich Sie lieber; ich will nur sagen, daß mir der Gedanke, sie könnte beim Termin auf dieses Thema zu sprechen kommen, nicht mehr so abwegig scheint wie noch vor wenigen Tagen. Daß sie nichts Konkretes weiß, steht auf einem anderen Blatt – das behaupte ich nach wie vor.
Ich habe mich entschlossen, Ihnen jetzt eine Information zu geben, die Sie, darum bitte ich ausdrücklich, nur im äußersten Notfall verwenden sollten: Amanda steht mit einem westlichen Verlag in Kontakt. Ich weiß nicht, wie die Beziehung zustande gekommen ist und wie lange sie schon dauert, jedenfalls existiert sie.
Sie erinnern sich, daß Amanda an etwas schreibt, von dem sie behauptet, es sei ein Roman? Offenbar hat sie die Absicht, das Buch im Westen zu publizieren, warum sonst hätte sie sich mehrmals mit einer Angestellten dieses Verlages treffen sollen. Ich selbst bin der Dame

dreimal in unserer Wohnung begegnet, zuletzt im vergangenen Monat. Amanda war das Zusammentreffen nicht angenehm, das sah man deutlich, doch wohin hätte sie mit ihr gehen sollen. Sie stellte sie mir mit den Worten vor: Frau Mangold, eine Bekannte. Ich werde später erzählen, woher ich weiß, was es mit Frau Mangold auf sich hat, zuerst war sie mir unverdächtig. Amanda ließ, während sie mit ihr redete, die Zimmertür angelehnt, wie um mich zum Lauschen einzuladen. Und ich *habe* gelauscht, wenn auch nicht lange, denn schnell wurde das Zuhören langweilig. Die beiden Frauen unterhielten sich über Amandas Manuskript, über mikroskopische Einzelheiten darin: über einzelne Wörter, über Synonyme, über Wortwiederholungen, über ein verwirrendes Komma. Auch ein mißtrauischerer Mensch als ich hätte an dem Gespräch nichts Verdächtiges gefunden: nicht eine Bemerkung, nicht eine Floskel deutete auf Frau Mangolds Herkunft hin. Ich hielt sie für eine ältere Dame, die sich auf ähnlich verschrobene und unnütze Weise mit Literatur beschäftigt wie Amanda.

Mir war klar, daß die beiden sich häufiger trafen, als ich es wahrnahm, doch es kümmerte mich nicht. Frau Mangold trug einen Lippenstift, den man kaum von den Kaffeetassen abbekam – auf diesem Umweg erfuhr ich von drei, vier weiteren ihrer Besuche. Eine andere Spur, die sie hinterließ, waren Anmerkungen auf Amandas Manuskriptseiten, mit spitzem Bleistift akribisch gesetzte Striche und Einfügungen und Korrekturen; Amanda muß gehörigen Respekt vor ihr gehabt haben, sonst hätte sie ihr niemals gestattet, auf eine solche Weise mit ihrem Manuskript umzuspringen. Auch schrieb Frau Mangold Amanda Briefe, die ich manchmal sah, wenn ich die Post aus dem Hausbriefkasten holte. Sie trugen keine Briefmarke, waren also nicht von der Post befördert, sondern persönlich in den Kasten gesteckt worden. Damals fand ich diese Form des schriftlichen Verkehrs normal, später erst sah ich das Konspirative daran.

Auch wenn mich die Gespräche der beiden nicht interessierten, wurde ich mit der Zeit doch neugierig auf Amandas sogenannten Roman. Da sie nie darüber sprach, ich aber keine Lust hatte, ihr deshalb Vorwürfe zu machen und so für neuen Unfrieden zu sorgen, verschaffte ich mir auf andere Weise Kenntnis: Zweimal ging ich, als ich allein in der Wohnung war, in ihr Zimmer und las. Ich wußte, wo sie war und wann sie frühestens nach Hause kommen würde, brauchte mich also vor Entdeckung nicht zu fürchten. Abgesehen davon, daß auch eine Entdeckung kein Beinbruch gewesen wäre. Um es Ihnen gleich zu sagen – ich wurde enttäuscht. Meine Erwartung war nicht übertrieben hoch, ich wußte schon vorher, daß ich nicht in das Zauberreich einer bedeutenden Schriftstellerin eindringen würde; aber ich wußte zugleich, daß sie eine aufregende Person und witzig ist. Auch wenn ich es mir nicht eingestand – ich hätte für mein Leben gern etwas Großartiges entdeckt.

Die Geschichte, an der sie schrieb, handelte von einer Kindheit, ich nehme an, von ihrer eigenen. Ich las natürlich nur Ausschnitte, in allen gab es ein kleines Mädchen, einmal drei Jahre alt, ein andermal neun, das keinen Namen hatte. Sie war Brillenträgerin und lief mit einem zugeklebten Auge herum, weil ein Schielen korrigiert werden sollte; alle fürchteten sich vor ihr, denn sie war aggressiv und hinterhältig. Ich konnte kaum glauben, was für Belanglosigkeiten meine kluge Amanda für berichtenswert hielt. Wenn ich versucht

hätte, ihr Mitteilungen von ähnlicher Nichtigkeit zu machen, hätte sie die Annahme verweigert. Sie hätte einen ihrer Lieblingssätze gesagt: Entschuldige, aber *dafür* habe ich keine Zeit – und ich hätte sie verstehen können. Damit Sie einen Eindruck gewinnen, wovon ich spreche, hier ein Beispiel:
Das dreijährige Mädchen geht mit seiner Mutter am Sandstrand der Ostsee spazieren. Es ist übelgelaunt, denn es möchte lieber in der Nähe des Strandkorbs sitzen und an einem Kanalsystem weiterbauen, das vor der Vollendung steht. Es darf aber nicht bleiben, im Strandkorb schläft der Vater; auch das Versprechen, es werde sich nicht von der Stelle rühren, nützt dem Mädchen nichts. Die Mutter lockt es mit der Aussicht auf ein Eis, aber das Mädchen weiß nach drei Schritten, daß in der Richtung, die die Mutter einschlägt, weit und breit kein Eisstand ist. Wenigstens frei laufen möchte es, der Mutter voraus oder ein Stück neben ihr her, doch auch das wird nicht gestattet: Die Mutter fürchtet, es werde mit seinem einen Auge hinfallen oder auf eine Muschel treten und sich verletzen. Es muß sich von der Mutter an der Hand halten lassen und mit ihr durch tiefen Sand waten, obwohl es sich viel leichter dort geht, wo der Sand naß ist. Die Mutter fragt, ob es nicht schön hier sei, und das Mädchen schüttelt verdrossen den Kopf; bei jedem Schritt muß es daran denken, daß man denselben Weg auch zurückgehen muß. Nach einer Weile trifft die Mutter eine Bekannte, mit der sie stehenbleibt und sich unterhält. Während des Gesprächs läßt sie die Hand des Mädchens los. Das Mädchen läuft nicht weg, es tut so, als höre es dem Gespräch der Frauen zu, in Wirklichkeit verfolgt es eine Absicht. Es findet, seine Mutter habe häßliche Füße, es schämt sich dieser Füße; alle Zehen sind wie Vogelkrallen nach unten gebogen. Es denkt,

das Stehen sei für die Mutter besonders ungünstig, weil jeder dann in aller Ruhe die Füße betrachten könne. Deshalb beginnt das Mädchen, mit seinen eigenen Füßen Sand über die Füße der Mutter zu scharren. Als sei es ein Spiel, häuft es zwei Hügel auf. Es sieht dabei die fremde Frau an, nicht die Mutter, es möchte mit seinem Blick die Frau davon abhalten, die Augen nach unten zu richten. Es hört nicht ein einziges Wort von dem Gespräch, obwohl es Gespräche von Erwachsenen gern belauscht. Es erschrickt, als die Mutter plötzlich den Sand von ihren Füßen schüttelt und unwillig sagt: Was machst du denn da!

Entschuldigen Sie diese tödliche Ausführlichkeit, *ich* habe all die Einzelheiten nicht erfunden. Eine zweite Episode, an die ich mich erinnere, ist nicht weniger nebensächlich, dafür aber unglaubhaft. Das Mädchen ist neun oder zehn, ihm muß nur noch an jedem zweiten Tag das Auge verklebt werden, dafür trägt es jetzt eine Zahnspange. Die Schriftstellerin will uns allen Ernstes erzählen, daß das Kind seinen Vater erpreßt. Es holt ihn von der Arbeit ab, der Vater ist Chirurg in einer Unfallklinik. Als es von zu Hause losging, hat die Sonne geschienen, jetzt regnet es, und das Mädchen ist triefnaß, als der Vater aus dem Krankenhaus auf die Straße tritt. Er nimmt es unter seinen Regenmantel, das Mädchen fühlt sich so wohl dort, daß es beinah den Grund seines Kommens vergißt. Erst in der Nähe der Wohnung besinnt es sich darauf: Es sagt dem Vater, es möchte eine neue lederne Schultasche gekauft bekommen, die alte sei nur aus Kunstleder, und außerdem einen orangefarbenen Bademantel aus der Damenabteilung des Centrum-Warenhauses, es habe noch nie einen Bademantel besessen. Der Vater lehnt beide Wünsche ab: Der alte Schulranzen sei noch tadellos, es komme nicht in Frage, einen Gegenstand, der seinen Dienst tue, nur deshalb zu ersetzen, weil in irgendeinem Schaufenster ein angeblich besserer liege. Und seit wann denn ein neunjähriges Kind einen Bademantel brauche. Er glaube, daß es so winzige Bademäntel überhaupt nicht gebe, und wenn doch, dann seien sie überflüssig. Das Mädchen bleibt stehen, es hat dem Vater eine bedeutungsvolle Mitteilung zu machen: Wenn der Vater ihm die gewünschten beide Dinge kaufe, werde es der Mutter nicht verraten, daß er sich mit Frau Baldauf treffe und sie küsse. Es zittert vor Aufregung. Die Autorin behauptet, seine Worte hätten dem Mädchen leidgetan, es hat den Vater viel lieber als die Mutter, aber es will allzugern die Tasche und den Bademantel haben und weiß keinen anderen Weg. Der Vater, wird weiter behauptet, hat sich gut in der Gewalt, er fragt leichthin, was denn Schlechtes am Küssen sei, zumal mit einer so hübschen Frau wie Frau Baldauf. Da sagt das Mädchen, die Antwort auf diese Frage solle doch lieber die Mutter geben. Dann wird beschrieben, wie das Mädchen den verstörten Vater stehenläßt, wie es unter dem Regenmantel hervorkommt, durch den Regen über die Straße rennt und von einem Auto angefahren wird.

In meiner Redaktion gibt es einen Kollegen, dessen Name nichts zur Sache tut, der hier aber einen Namen braucht, weil ich von ihm erzählen muß – sagen wir Norbert. Gleich werden Sie den Grund für meine Zurückhaltung verstehen: Norbert übt neben seinem Beruf des Journalisten noch einen zweiten aus, das weiß jeder im Verlag. Die meisten haben dennoch ein gutes Verhältnis zu ihm, man schätzt ihn als gewissenhaften Kollegen und gibt bereitwillig Auskunft auf seine gelegentlichen Fragen. Wohl kommt es vor, daß Gespräche verstummen oder eine andere Richtung nehmen, sobald er auftaucht, doch es wäre ungerecht, daraus *ihm* einen Vorwurf zu machen; Norbert hat nichts von einem Denunzianten an sich. Besonders mögen ihn die Frauen, er ist ein sogenannter gutaussehender Mann, ohne sich etwas darauf einzubilden.

Vor einiger Zeit legte mir Norbert die Hand auf den Arm und sagte, er müsse mit mir über meine Frau sprechen. Amanda hatte damals die Scheidung noch nicht beantragt, obwohl schon ein paarmal die Rede davon gewesen war. Wollen Sie hören, was für ein nichtswürdiger Wunsch sofort in mir aufkam? Ich dachte, hoffentlich steckt sie in Schwierigkeiten, ein schwerer Sturm könnte uns wieder zueinander bringen. Gleichzeitig hatte ich Angst, die Schwierigkeiten könnten unüberwindlich sein, wenn sich schon Norberts Behörde mit ihnen befaßte.

Er fragte ohne Umschweife, ob mir bekannt sei, daß Amanda Verbindung zu einem westlichen Verlag aufgenommen habe, doch nicht im Verhörton, eher mitfühlend. Als er mein Erschrecken sah, nickte er bekümmert. Die Kontaktperson, sagte er, sei eine gewisse Katharina Mangold, die man von einschlägigen, leider nicht immer erfolglosen Versuchen, unsere Literaten in die westliche Kulturwelt hinüberzuziehen, bereits kenne. Ob ich denn nicht Einfluß genug auf meine Frau hätte, fragte er, eine so folgenschwere Entscheidung zu korrigieren, die, von aller moralischen Fragwürdigkeit abgesehen, auch strafrechtliche Konsequenzen haben könnte. In unserem Land gebe es genug literarische Verlage, seines Wissens habe Amanda nie versucht, mit einem davon zusammenzuarbeiten. Ob ein solcher Versuch, fragte Norbert, nicht in jedem Fall dem Abenteuer vorzuziehen sei, in das Amanda sich und mög-

licherweise ihre ganze Familie stürze, wenn niemand sie zur Vernunft bringe.
Daraufhin mußte ich Norbert zweierlei erklären: zum einen, daß ich Frau Mangold in unserer Wohnung begegnet sei, ohne gewußt zu haben, wen ich vor mir hatte; daß ich sie für eine literaturinteressierte Bekannte Amandas gehalten habe, und daß die wenigen Worte zwischen beiden, die ich aufschnappen konnte, keinen Hinweis auf etwas anderes enthalten hätten. Zum anderen, sagte ich, überschätze Norbert meinen Einfluß auf Amanda. Sie frage mich *nie* nach meiner Meinung, sie halte *jeden* Rat für eine Einmischung in ihre Angelegenheiten. Er möge sich das einmal vorstellen: Die eigene Frau schreibt an einem Roman, und ich erfahre es durch Zufall! Natürlich sei ich zu dem Versuch bereit, ihr die Ungeheuerlichkeit auszureden, doch könne er sicher sein, daß mein ganzer Erfolg darin bestehen werde, sie in ihrer Handlungsweise nur zu bestärken.
Ich machte ihm den Vorschlag, zu uns nach Hause zu kommen und selbst mit Amanda zu sprechen, sozusagen mit hochgeklapptem Visier. Vielleicht finde er, entgegen aller Wahrscheinlichkeit, die richtigen Worte, um Amanda zur Besinnung zu bringen. Norbert sagte, mein Vorschlag sei überlegenswert, doch bevor er ihn annehme, müsse er sich mit jemandem beraten. Das verstand sich von selbst. Zwei Tage später hatte er grünes Licht erhalten. Ohne Amanda zu fragen, verabredete ich mich für den nächsten Abend mit ihm. Fast wäre meine Kühnheit bestraft worden. Denn als ich Amanda bat, für diesen Abend etwas Ordentliches zu essen zu kaufen, es komme ein netter Kollege aus der Redaktion, den sie noch nicht kenne, sagte sie, sie kenne genug Kollegen von mir; sie werde den Abend mit Sebastian bei Lucie verbringen, dort könne es unmög-

lich trister werden. Schnell war mir klar, daß ich sie mit nichts anderem locken konnte als mit der Wahrheit, also sagte ich, der Kollege wolle ihretwegen kommen. Ich beschrieb, so verschlüsselt wie möglich, Norberts besondere Stellung im Verlag; Amanda unterbrach mich und sagte: Ich verstehe, du hast den Redaktionsspitzel eingeladen. Und sie sagte, selbstverständlich werde sie da sein, *den* möchte sie kennenlernen.

Diese Mitteilung enthielt etwas unüberhörbar Bedrohliches, so als hätte sie sich vorgenommen, mir zu zeigen, wie man mit Spitzeln umgeht. Obwohl sie mir gewissermaßen in die Falle getappt war, fürchtete ich mich vor dem Abend – Amanda konnte ihn zur Katastrophe werden lassen. In meinem Unbehagen versuchte ich etwas, das ich selbst für aussichtslos hielt: Amanda zu instruieren. Ich bat sie um minimale Rücksichtnahme, um Rücksicht auf *mich*, nicht auf Norbert, mit vorhersehbarem Resultat: Du Ärmster, sagte sie, ich weiß, wie dir zumute ist, aber du kannst nicht alles auf einmal haben.

Um es kurz zu machen, der Abend *wurde* zur Katastrophe, zu einer Katastrophe, von der ich mich bis heute nicht erholt habe. Zwar kenne ich Norberts Bericht nicht, doch was sollte er sonst enthalten als eine Sammlung von Staatsfeindlichkeiten, die er in *meiner* Wohnung gehört hat, von *meiner* Frau? Ich verrate Ihnen ein Geheimnis, das nicht einmal Amanda kennt: Es ist seit langem mein Ziel, Leiter der Sportredaktion zu werden. Daß diese Hoffnung nicht unbegründet *war*, dafür gab es Hinweise. Zum Beispiel stand mein Name weit oben auf einer Liste der förderungswürdigen jungen Kollegen. Bald nach Norberts Besuch verschwand er von dieser Liste. Ich unterstelle, daß Norbert mir wohlgesonnen ist und daß sein Bericht nichts Unwahres enthielt, daß er beschrieb, wie ich Amanda zu bremsen versuchte und wie bestürzt ich über ihre Reden war. Aber Sie wissen, wie das ist, irgendwie bleibt die Sache an einem hängen: Es war, als hätte eine Überprüfung meiner hygienischen Gewohnheiten ergeben, daß ich auf den ersten Blick zwar sauber bin, daß aber unter meinem Bett fingerdick Staub liegt.

Es fingt damit an, daß Amanda zu Norbert, kaum hatte er die Blumen ausgewickelt, sagte, sie habe sich ihn ganz anders vorgestellt. Wie denn, fragte er arglos, und warum sie sich ihn überhaupt vorgestellt habe. Amanda sagte, ihres Wissens sei er der erste Geheimdienstler, der sie besuche, ob er sich da nicht denken könne, wie das die Phantasie beschäftige; und was die andere Frage betreffe, da sei sie wohl Opfer ihres vielen Fernsehens geworden: Sie habe geglaubt, Staatssicherheitsmenschen trügen immer billige Lederjacken, hätten keine Manieren und sähen nicht gut aus. Mit viel gutem Willen konnte man das als Kompliment durchgehen lassen, obwohl die Richtung schon klar war. Norbert verzichtete darauf, ihr zu widersprechen, er sagte höflich, daß, wie in den meisten anderen Berufen, auch in diesem das Mittelmaß überwiege. Er vermute, daß auch die meisten Hausfrauen oder Schriftsteller keine besonders schönen Menschen seien und nicht besonders geschmackvoll gekleidet herumliefen. Über deren Manieren würde er sich auch nicht generell äußern, die seien mehr an die Person als an die Tätigkeit gebunden, er kenne einen Pförtner mit sehr guten Manieren und einen Chefredakteur mit fürchterlichen. Das imponierte Amanda.

Beim Essen – Amanda hatte sich schließlich doch bequemt zu kochen – fragte sie ihn süßlich, welchen Beruf er als seinen eigentlichen betrachte, den des Journalisten oder den des Informanten. Auch hierauf reagierte er gelassen, er sagte, dieses Problem existiere nur in der Theorie, in der Praxis habe er keine Schwierigkeiten damit; da sei ihm stets die Tätigkeit die wichtigere, die er gerade ausübe, heute abend also *nicht* die des Journalisten. Da lächelte Amanda und warf mir einen heimlichen, anerkennenden Blick zu, der sagen sollte: Der ist ja gar nicht so schlecht. Zu diesem Zeitpunkt hätte der Abend noch einen glücklichen Verlauf nehmen können.

Norbert verhielt sich zuvorkommend, ich gewann den Eindruck, daß er bald vergessen hatte, wozu er gekommen war. Er schien nichts anderes als ein Mann zu sein, der einer hübschen Frau den Hof macht, und der schien das zu gefallen. Ich selbst saß irgendwie überflüssig dabei. Zuerst störte es mich nicht, später wurde ich, wie lächerlich es klingen mag, eifersüchtig. Ich erinnere mich, daß ich einen Blick unter den Tisch warf, was die Füße der beiden machten. Ich fing an, mit den Fingern zu trommeln und auf die Uhr zu sehen. Als Amanda mich bat, den Nachtisch aus der Küche zu holen, fühlte ich mich wie ein Kind, das aus dem Zimmer geschickt wird. Ich stellte mir die absurde Frage, ob Norbert am Ende nur einen Vorwand gesucht hatte, Amanda kennenzulernen. Aber er hätte mir ja auch weismachen können, seine Behörde wünschte, daß er allein mit ihr sprach; wahrscheinlich wendete er nur eine bestimmte Taktik an, beruhigte ich mich, um Amanda gesprächsbereit zu machen.

Minuten später waren alle solche Überlegungen gegenstandslos geworden, beim Kaffee brach die Feindseligkeit aus. Amanda stellte eine *wirklich* sehr geschmacklose Frage: Sagen Sie, wie wird man das eigentlich – Zuträger? Bewirbt man sich, wird man

zwangsverpflichtet oder wie geht so etwas vor sich? Norbert stellte seine Tasse ab und zündete sich, ohne zu fragen, das erste Zigarillo an. Ein paar Züge lang kämpfte er dagegen an, grob zu werden, dann sagte er, die entsprechende Behörde sei auf ihn zugekommen. Der Eindruck, den man von ihm gewonnen hatte, schien auf seine Bereitschaft hinzudeuten, und dieser Eindruck sei richtig gewesen. Er fügte hinzu, er wolle ihrer nächsten Frage zuvorkommen und etwas über die Bezahlung sagen: Sie sei nicht der Rede wert, doch er mache diese Arbeit nicht des Geldes wegen, sondern aus Überzeugung: Aus der Überzeugung heraus, daß der Staat über die Vorgänge in seinem Innern einen Überblick brauche, den er sich ohne Mitarbeiter wie ihn nicht verschaffen könne. Allein dieses Motiv sei für ihn ausschlaggebend, warum sollte er sonst eine solche Belastung auf sich nehmen? Amanda wisse ja, daß das Ansehen bei den meisten dadurch eher sinke als steige. Das stimmt, sagte sie.
Es sei für ihn ein Glück, sagte Norbert dann, daß sie nicht aufhöre zu sticheln, so werde er immer wieder daran erinnert, warum er hier sei: Der Grund für seinen Besuch sei, ihr ins Bewußtsein zu rufen, daß die Gesetze um niemanden herum einen Bogen machten. Und daß niemand einen Bogen um die Gesetze herum machen dürfe, so wie sie es gerade versuche. Der Verkauf geistigen Eigentums ins Ausland sei, wie jeder andere Verkauf auch, präzise geregelt und nicht ins Ermessen des Einzelnen gestellt. Sie aber setze sich darüber hinweg, oder, freundlicher ausgedrückt: Sie scheine das nicht bedacht zu haben. Falls sie darauf bauen sollte, daß der Gesetzesverstoß unbemerkt bliebe, so möchte er ihr hiermit diese Hoffnung nehmen. Sie fordere mit ihrem Verhalten eine staatliche Reaktion heraus, die er ihr gern ersparen würde.

Wovon reden Sie? fragte Amanda, zum erstenmal ernst. Obwohl das ja nun wirklich klar war.
Nüchtern wie ein Sachbearbeiter leierte Norbert seinen Text herunter: Sie habe sich soundso oft mit der und der Frau getroffen, die im Auftrag dieses und jenes Verlages handle; sie habe ihr ein Manuskript nicht nur gezeigt, sondern auch mitgegeben, dieses sei über die Grenze geschmuggelt worden; sie habe einen Vorvertrag unterzeichnet und Geld dafür erhalten, wovon Frau Mangold ihr, gegen die geltenden Devisenbestimmungen, einen Teil in bar mitgebracht habe. Davon hatte ich, nebenbei bemerkt, keine Ahnung, ich schwöre es! Der Rest des Geldes, fuhr Norbert fort, befinde sich auf einem Konto in Hamburg, das bei den Behörden nicht gemeldet sei. Ob ihr *jetzt* klar sei, wovon er rede.
Woher er das alles wisse, fragte Amanda, und Norbert antwortete mit einem stolzen Lächeln: Ich bin nicht der einzige Mitarbeiter. Ich hoffte inständig, daß Amanda die Beschuldigungen von sich weisen und ihn im Handumdrehen davon überzeugen würde, wie unbegründet sie waren. Gleichzeitig spürte ich, daß Norbert die Wahrheit gesagt hatte. Sie dürfen nicht vergessen, daß ich von all diesen Ungeheuerlichkeiten zum erstenmal hörte und, obwohl meine Rolle an jenem Abend gering war, mit großem Unbehagen dabeisaß, wie ein Mitangeklagter. Mir war, als erlebte ich einen der seltenen Augenblicke, da alles sich verändert, und zwar nicht zum Guten.
Zufällig fing in diesem Moment das Kind im Kinderzimmer an zu weinen. Amanda ging hinaus, kam aber gleich darauf mit Sebastian im Arm zurück, damit nicht erst der Eindruck entstand, als hätte sie fliehen wollen. Sie wiegte ihn in den Schlaf, während sie leise, beinah

flüsternd, zu Norbert sagte, sie stelle sich das Zustandekommen seiner Informationen folgendermaßen vor: Zuerst werde, unter Bruch des Briefgeheimnisses, die Post kontrolliert, und es würden, unter Bruch des Fernmeldegeheimnisses, die Telefongespräche abgehört; dies geschehe ohne konkrete Verdachtsmomente, es sei wie das Fischen mit Dynamit. Nachdem so festgestellt worden sei, welche Personen sich durch verfassungswidrige Gesetze nicht davon abbringen ließen, auf ihren verfassungsmäßigen Rechten zu bestehen, laufe die Aktion erst richtig an: Es würden die verfügbaren Spitzel in Gang gesetzt, zum Beispiel bei Hamburger Banken oder bei Verlagen, um Einblick in die Privatangelegenheiten der betreffenden Personen zu erlangen. Einen Einblick übrigens, der auf legale Weise nicht zu gewinnen wäre. Anschließend würde eine zweite Kategorie von Spitzeln ausgeschickt, man könnte sie Einschüchterungsagenten nennen, ausgerüstet mit allen auf die beschriebene Weise gesammelten Einzelheiten. Die Aufgabe dieser Leute sei es, wie der Name schon sage, Angst zu verbreiten. Die Behörde sei nämlich interessiert daran, daß es zu einer Einigung im sogenannten Guten komme, daß also das Opfer auf die Wahrnehmung seiner Rechte verzichte; sonst gäbe es bloß Theater, die bösartigen ausländischen Zeitungen könnten Wind von der Sache kriegen, alle Welt könnte mit Fingern auf einen zeigen, da sei die Lösung im stillen besser. Er möge sie nun entschuldigen, sagte Amanda schließlich, sie wisse nicht, was noch zu besprechen wäre; sie müsse sich dringend hinlegen und ausschlafen, morgen früh warte eine Arbeit auf sie, die er in groben Zügen ja kenne. Sie ging mit dem Kind im Arm hinaus, und erst jetzt merkte ich, daß ich schweißgebadet war.

Norbert zündete sich sein zweites Zigarillo an, wir

saßen minutenlang stumm da, dann sagte er resigniert: Was willst du machen. Irgendwann erhob er sich, ächzend wie ein alter Mann, und ging zu einer Flasche Magenlikör, die auf dem Buffet stand. Wir hatten beide den Schnaps nötig, Norbert schien nicht weniger bekümmert zu sein als ich. Er sagte: Du hast ein hübsches Kind, ehrlich, so als falle ihm kein besserer Trost ein. Ich bin überzeugt davon, daß er in seinem Bericht versucht hat, mich zu schonen. Aber ich habe Ihnen auch erklärt, warum ich einen solchen Freundschaftsdienst für nutzlos halte.

Norbert und ich kamen nicht mehr auf diesen Abend zu sprechen. Unser Verhältnis wurde wieder so, wie es vorher gewesen war, freundlich und nicht familiär. Nur daß es inzwischen seinen Bericht gab. Zu Hause aber hatte der Abend sehr wohl Folgen: Tagelang beschimpfte Amanda mich als Handlanger Norberts. Nicht etwa sie war für das Unheil verantwortlich, sondern ich, der ich es gewagt hatte, diesen Homunkulus, wie sie Norbert jetzt nannte, ins Haus zu bringen. Als ob die Staatsmacht nicht auf andere Weise mit ihr in Verbindung hätte treten können, zum Beispiel in Form einer Vorladung! Sie sagte, man müsse Gott danken, daß die Behörde Norbert zu ihrem Redaktionsspitzel auserkoren habe und nicht mich. Auf einmal sah sie mich an, als wäre ihr eine böse Ahnung gekommen, und sie stellte die unglaubliche Frage: Woher will ich denn wissen, daß es nicht *zwei* solche Kreaturen in der Redaktion gibt!
Ich antwortete, ich würde erst dann wieder mit ihr sprechen, wenn sie sich entschuldige, und wissen Sie, was sie darauf sagte? Wenn ich in aller Form erkläre, am besten vor Zeugen, daß ich die Unterstellung, Mitarbei-

ter jener Behörde zu sein, als beleidigend empfinde, werde sie mich auf der Stelle um Verzeihung bitten. Tatsächlich haben wir drei Tage nicht miteinander gesprochen. Bis dahin hatte ich an eine Scheidung nur wie an ein Unglück denken können, doch während dieser drei Tage fing ich an, die Scheidung nur für ein Übel zu halten, das man im Verhältnis zu einem anderen Übel sehen muß, nämlich mit Amanda verheiratet zu sein. Nach den drei Tagen, beim Abendbrot, sagte sie, sie müsse mir endlich auch etwas Positives sagen: Für welche Behörde ich auch immer arbeite – sie sei überzeugt davon, daß man mich nicht *auf sie* angesetzt habe. Wir lachten beide, von meiner Seite war es ein bitteres Lachen. In der folgenden Nacht schliefen wir zum letztenmal miteinander, aber wie gesagt, all das sollte beim Termin nur dann zur Sprache kommen, wenn es absolut nicht anders geht.

Ich habe erwähnt, daß Amanda nichts zu unserem Lebensunterhalt beitrug und daß ich sie deswegen, obwohl mir das nicht gefallen konnte, nie mahnte. Von nun an änderte sich das. Nachdem ich gehört hatte, daß sie zu einem westlichen Verlag nicht nur in platonischer Beziehung stand, sondern Geld von dort erhielt, war ich mit meiner Großzügigkeit am Ende. Es wollte mir nicht mehr einleuchten, warum mein Einkommen uns beiden zusammen gehörte, das Geld aber, das sie verdiente, nur ihr allein. Also sagte ich, ich wäre zwar froh, wenn es diese Westverbindung und damit das Geld nicht gäbe; solange es aber fließe, gehöre es in den ehelichen Topf und damit zur Hälfte mir. Ich habe keine Ahnung, was daran komisch gewesen sein soll – sie lachte, als wäre mir ein brillanter Witz gelungen. Sie fragte, ob ich denn alle Anschuldigungen, die dieser

nette Kerl vorgebracht habe, für wahr halte, und ich sagte: Jedes einzelne Wort. Amanda entzog sich einer weiteren Diskussion auf die bekannte Weise, indem sie wieder einmal aus dem Zimmer ging. Doch am nächsten Tag – ich hatte inzwischen keine Gelegenheit, sie weiter zur Rede zu stellen – lag, als ich von der Arbeit kam, ein Kuvert mit sechshundert Westmark für mich da.
Ich glaube, daß sie klüger war als ich und sich mit der Zeit einen Vorrat an Geld angelegt hat, für den Fall unserer Trennung. Es handelt sich nur um eine Vermutung, ich kann es nicht beweisen. Wenn eine so geizige Person wie Amanda ohne Murren sechshundert Westmark herausrückt, dann gibt es da noch mehr. Ich selbst habe nichts zur Seite geschafft, ich habe jeden Pfennig abgerechnet: Es gibt leider keinen Besitz, von dem Amanda nicht wüßte und der daher bei der Scheidung nicht durch zwei geteilt werden muß. Schon aus diesem Grund werde ich nicht übertrieben großzügig sein. Die sechshundert Westmark liegen unberührt in meiner Schublade, sie sind mir unheimlich. Bei Gelegenheit müssen Sie mich beraten, was ich damit tun darf und was nicht: Einerseits ist das Geld auf illegalem Wege hier angelangt, andererseits ist niemand unschuldiger daran als ich. Ist es ratsam, es Amanda zurückzugeben? Habe ich Anspruch auch auf die Hälfte jenes Kontos in Hamburg, das Norbert erwähnt hat? Mir ist zwar nicht bekannt, was westliche Verlage ihren Autoren an Honoraren zahlen, aber glauben Sie nicht auch, daß sechshundert Mark weit weniger als die Hälfte sind?

Lange bevor ich von dem Roman wußte, hielt ich Amandas Schreiberei hinter der Tür für eine Art Verzweiflungstat. Niemand wollte ihr Aufträge geben, keiner druckte ihre Artikel, und auch wenn die Schuld

dafür bei ihr selbst lag, muß sie gelitten haben. Ihr Stolz hielt sie davon ab, sich bei mir zu beklagen, aber sie *hat* gelitten, das sagt einem der gesunde Menschenverstand. Ich glaube, das es auf Dauer unmöglich ist, sein Selbstbewußtsein nur aus den eigenen Gedanken zu nähren, ohne Bestätigung von draußen. Nach meiner Vermutung wurde Amandas Schreiben von der Furcht angetrieben, überflüssig zu sein. Das fand ich immer verständlich, und deshalb behinderte ich es nie, auch wenn Zweifel angebracht sind, ob ein Gefühl der Nutzlosigkeit sich mit etwas Nutzlosem bekämpfen läßt. In jedem Fall wäre es besser gewesen, wenn Amanda einer regelmäßigen Tätigkeit nachgegangen wäre.
Einmal kamen ihre Eltern zu Besuch, es war kurz nach der Hochzeit; damals trafen wir uns noch wöchentlich und meinten, eine Verbindung erhalten zu können, die später doch im Sande verlief. Wir separierten uns, wie fast immer bei diesen Besuchen: an dem einen Tisch oder in dem einen Zimmer Frau Zobel und ich, in gehöriger Entfernung von uns Amanda mit ihrem Vater. Es war eine Aufteilung, die sich wie von selbst ergab: Ich hätte mit dem Vater kein Gespräch zustande gebracht, Amanda hätte mit ihrer Mutter nur gestritten. In diesen Zweiergruppen aber verging die Zeit auf angenehme Weise. Violetta Zobel erkundigte sich an jenem Nachmittag danach, wie unsere Ehe sich anließ, und ich antwortete, meiner damaligen Überzeugung entsprechend: sehr gut. Wehmütig erinnerte sie sich, daß nach so kurzer Zeit auch in ihrer Ehe der Himmel noch blau gewesen war, aber ich behauptete, mein Glück mit ihrer Tochter sei von der zuverlässigen Art. Unsere Wesensverschiedenheiten, aus denen Unfrieden erwachsen könnte, seien längst nicht so groß, sagte ich zuversichtlich, wie die Einigkeit, die uns verbinde. Da lächelte sie

und klopfte meine Hand, als kenne sie das Leben zu gut, um an eine so optimistische Prognose zu glauben, wolle aber lieber den Mund halten, um den Schaden nicht herbeizureden.

Nur eines mache mir Sorgen, sagte ich, das sei Amandas faktische Arbeitslosigkeit. Es gehe mir nicht ums Einkommen, obwohl es Schlimmeres gebe, als mehr Geld zu haben, es gehe um Amandas innere Stabilität. Sie höre auf, sich um Gelegenheitsarbeiten zu bemühen, das könne keine guten Folgen haben: Es isoliere sie – sie verkehre nur noch durch mich und durch Lucie mit der Außenwelt, es mache ihre Ansichten immer entschiedener. Und diese falschen Ansichten seien keinem Druck mehr ausgesetzt. Als Folge davon entfremde sie sich unserem Leben, sie denke sich eine Gesellschaft, die in Wirklichkeit nicht existiere, ihr Bild von unserem Land werde zum Zerrbild. Es wäre die Rettung, sagte ich, wenn man sie in ein Kollektiv einordnen könnte und wenn sie Pflichten auferlegt bekäme, deren Erfüllung wie von selbst ihr Weltbild wieder zurechtrückte. Aber wie?

Für die Mutter war all das keine Überraschung, auch wenn sie hoffte, die Ehe würde aus ihrer Amanda einen gemäßigteren Menschen machen. Gern hätte ich gesagt, unsere Ehe sei noch jung, ich brauchte noch Zeit für Amandas Verwandlung; doch schon damals ahnte ich, daß ich mir *daran* die Zähne ausbeißen würde. Violetta Zobel, die eine praktische und entschlußfreudige Frau ist, fragte, ob nicht in meiner Redaktion irgendeine Stelle zu haben sei. Für den Fall, daß Amanda sich bewerbe, würde sie aus dem Hintergrund versuchen, mögliche Einstellungshindernisse aus der Welt zu schaffen. Sie werde auch selbst herumhorchen, es müsse ja nicht unbedingt meine Redaktion sein. Eine Voraus-

setzung für den Erfolg sei allerdings, daß Amanda nichts von ihrer, der Mutter, Mitwirkung erfahre, sie werde sonst jeden Posten ausschlagen, selbst den verlockendsten. Ich versprach, mich in der Redaktion umzuhören, und ich versprach Stillschweigen über die Hilfsaktion.
Meine Mitwirkung bestand im wesentlichen darin, daß ich zweierlei herausfand: daß Amanda nicht prinzipiell abgeneigt war, eine interessante Arbeit anzunehmen, und daß es in meiner Redaktion keine freie Stelle gab. Den Rest erledigte die Mutter. Etwa eine Woche später rief sie an, nicht zu Hause, sondern im Büro: Sie sei einer aussichtsreichen Sache auf der Spur, einer Stelle bei einer anderen Zeitung, in ein paar Tagen werde sie mehr wissen.
Die gelegentlichen Telefongespräche zwischen Violetta Zobel und mir hatten eine seltsame Eigenart, die sich bis heute erhalten hat: Nach Mitteilung der Information, um derentwillen der Anruf stattfand, mochten wir beide nicht auflegen. Es war, als gäbe es noch etwas anderes, etwas Unsagbares, das, wenn uns schon die Worte dafür fehlten, beim Austausch von Nichtigkeiten oder beim gemeinsamen Schweigen zumindest empfunden wurde. Das Telefon war der einzige Ort, an dem wir uns ein wenig bei der Hand halten konnten. Die Gespräche waren immer aufregender, als ein zufällig Mithörender auch nur hätte ahnen können. Ich bin neugierig, wie die Dinge zwischen Violetta Zobel und mir sich entwickeln, wenn ich geschieden bin. Obwohl ich nicht übersehe, daß seit den Telefonaten, von denen ich berichte, zwei Jahre vergangen sind, und daß Frau Zobel inzwischen in einem Alter ist, in dem die Jahre doppelt zählen.
Ein paar Tage später trafen wir uns in einem Café. Sie

hatte tatsächlich eine Stelle für Amanda gefunden, in der Lokalredaktion der *Neuen Zeit*. Einer ihrer Bekannten, ein Mitglied der Bezirksleitung, hatte ihr versprochen, daß Amandas Bewerbung dort erfolgreich sein würde, sie müßte sich nur bewerben; meine Aufgabe war es nun, Amanda zu einem solchen Schritt zu bewegen. Violetta Zobel hielt den ins Auge gefaßten Arbeitsplatz für ausgesprochen glücklich: Der christliche Anstrich der Zeitung würde es Amanda erleichtern, auf den Vorschlag einzugehen. Zwar ist Amanda alles andere als religiös, doch auch ich war der Ansicht, daß sie sich daran nicht stören würde, daß im Gegenteil der unangepaßte Hauch, der eine solche Zeitung umgibt, sie anziehen würde. Ich war beeindruckt, bis wohin Violetta Zobels Beziehungen reichten. Übrigens trug sie in dem Café ein auffälliges Parfum, ein für meinen Geschmack etwas süßliches, und hatte lackierte Zehennägel, zum erstenmal, seit ich sie kannte. Ich erinnere mich, daß wir Kognak zum Kaffee tranken, um unsere Aktion zu begießen, und daß wir uns herzlich in die Augen sahen; sie sagte, Amanda sollte nicht übers Monatsende hinaus mit ihrer Bewerbung warten, die Zusage gelte nicht für alle Zeiten. Dann dachten wir uns eine Geschichte aus, auf welchem Wege ich von der freien Stelle bei der Christenzeitung erfahren haben könnte.

Als ich die frohe Botschaft überbrachte, machte Amanda ein Gesicht, als hätte ich ihr zugemutet, in einem Bordell zu arbeiten. Sie war so befremdet, daß ich das Angebot wiederholte, weil ich glaubte, ich hätte mich beim erstenmal mißverständlich ausgedrückt. Ihre Ablehnung war endgültig und bestand zuerst nur aus einem Nein. Ich erinnerte sie an die Zusicherung, die sie vor wenigen Tagen gegeben hatte: Zu einer Zeitung gehen zu wollen, falls sich eine Arbeit für sie finde. Was sich inzwischen geändert habe? Sie antwortete, mein Gedächtnis funktioniere nicht zuverlässig; sie sei einverstanden, habe sie vor kurzem gesagt, wenn sich eine *interessante* Arbeit finde, und das sei ein himmelweiter Unterschied. Meine folgende Frage ergab sich von selbst: Woher sie wissen wolle, daß es sich bei der angebotenen um eine uninteressante Arbeit handle. Sie sagte: Weil die Arbeit bei Domestiken niemals so interessant sein könne wie die bei der Herrschaft, selbst dann nicht, wenn die Herrschaft unausstehlich sei.

Wenn ich einen einzigen Grund nennen müßte, warum Violetta Zobels und meine Bemühungen gescheitert sind, würde ich sagen: Amandas Faulheit. Kennen *Sie* jemanden, der unumwunden zugibt, daß er eine Arbeit deshalb nicht tut, weil er zu faul ist? Je intelligenter der Müßiggänger, je wortgewandter, desto phantasiereicher die Gründe, die er für seine Verweigerung anführt: Dem ersten ist die Arbeit zu monoton, dem zweiten zu unproduktiv, dem dritten zu umweltschädlich, der vierte fühlt sich unterfordert, den fünften stört ein moralischer Aspekt. Amandas Variante haben Sie gehört. Es gab noch ein kleines Nachspiel.

Ich hatte Amanda erzählt, die Information über die freie Stelle stamme von einer Kollegin aus unserer Lokalredaktion, die früher selbst bei der *Neuen Zeit* gearbeitet habe. Am nächsten Tag bat mich Amanda um den Namen jener Kollegin; scheinheilig sagte sie, ihre Ablehnung sei vielleicht vorschnell gewesen, vielleicht sei die Arbeit doch nicht *so* schlecht, am Ende könnte es von Nutzen sein, wenn sie selbst sich bei dieser Frau nach Einzelheiten erkundige. Sofort war mir klar, woher der Wind wehte – sie hatte Verdacht geschöpft. Andererseits, beruhigte ich mich, *konnte* sie nichts herausfinden, wenn ich dichthielt. Bestimmt hätte ich in der Redaktion eine Kollegin auftreiben und präparieren können; bevor ich aber eine solche Mühe auf mich nahm, wollte ich sicher sein, daß der Aufwand lohnte. Was hatte Amandas Argwohn geweckt?

Ich bin kein guter Lügner, Amanda spürte meine Verwirrung. Es mag sein, daß ich andere Worte benutze, wenn ich verlegen bin, ohne mir dessen bewußt zu sein, daß mein Blick und meine Stimme anders sind. Amanda sah mir vergnügt zu, überzeugt von der Nutzlosigkeit meines Herumredens. Ich sagte, ich kenne die Kollegin nur flüchtig, ich werde sie in den nächsten Tagen bitten, Amanda anzurufen. Amanda sagte: Warum kannst du mir nicht ihren Namen sagen? Ich sagte: Schlag mich tot, ich habe ihn vergessen. Amanda sagte: Das kann jedem passieren, aber ich werde ihn herausfinden. In welcher Redaktion sitzt sie? Ist sie jung, alt, hat sie helle Haare, dunkle? Ich sagte: Was soll das Verhör? Macht man sich verdächtig, wenn man dir Arbeit beschaffen will? Da umarmte sie mich, als hätte sie Mitleid. Damals behandelte sie mich noch schonend, unseren Auseinandersetzungen fehlte noch das Unerbittliche. Zwar wollten wir beide am Ende recht behalten, doch ohne den anderen zu demolieren.

Noch während unserer Umarmung entschied ich mich für eine bestimmte Kollegin aus der Auslandsredaktion, von der ich glaubte, sie würde mitspielen, wenn ich ihr meine Lage schilderte. Zu Amandas Erstaunen würde sie anrufen, jede meiner Angaben bestätigen und noch weitere Einzelheiten hinzufügen, die ich bis dahin herauszufinden hoffte. Vielleicht will es der Teufel, sagte ich mir, und wir schaffen es auf diese Weise sogar noch, Amanda zur Annahme der gottverdammten freien Stelle zu bewegen.

Doch das waren Wunschgebilde eines Tagträumers, Amanda machte sie im Handumdrehen zunichte. Als ich schon glaubte, ihre Umarmung könnte ein Schlußstrich gewesen sein, sagte sie, sie kenne den Namen meiner Kollegin. Jetzt lächelte *ich,* nicht nur weil Amanda so gut wie niemanden in der Redaktion kannte, sondern weil bis zu dieser Sekunde kein Mensch außer mir den Namen wußte. Selbst wenn sie, durch einen verrückten Zufall, die Kollegin, an die ich eben gedacht hatte, erraten hätte, konnte ich mich immer noch für eine andere entscheiden. Amanda sagte: Ist ihr Name nicht zufällig Violetta Zobel?
Hätten *Sie* die Geistesgegenwart besessen, souverän zu reagieren? Ich hatte sie nicht, ich starrte Amanda an wie ein Kind den Zauberkünstler, der ihm eben ein grünes Tuch aus dem Ohr gezogen hatte. Ich war unfähig, mich *jetzt noch* zu verstellen, wahrscheinlich dachte ich, na und, dann weiß sie es eben, was ist schon dabei. Amanda war nicht im mindesten ärgerlich; sie hatte ein Spiel gewonnen, und Sieger sind meist milde gestimmt. Ich sagte, sie dürfe ihrer Mutter nicht böse sein, die habe bestimmt nicht vorgehabt, ihr mit der Vermittlung zu schaden. Und Amanda sagte: Das war schon seit meiner Kindheit nicht anders.

Sagt Ihnen der Name Fritz Hetmann etwas? An einem Nachmittag komme ich von der Arbeit, wer sitzt in meinem Wohnzimmer? Fritz Hetmann. In meinen Augen ist er einer jener Schriftsteller, die aus ihrer Feindseligkeit gegenüber unserem Staat einen Beruf gemacht haben, und zwar einen einträglichen. Ich will das nicht weiter ausführen, aber Sie können sich meine Freude vorstellen, als ich einen Menschen dieses Schlages in meiner Wohnung antraf. Amanda stellte uns auch noch

mit einem Gesicht vor, als müßte ich glücklich sein über so hohen Besuch. Sebastian saß auf Hetmanns Schoß und spielte mit seiner seidenen Krawatte, ich bitte Sie, was hat mein Sohn auf dem Schoß dieses Menschen zu suchen! Auf dem Tisch lag eine wichtigtuerische Pralinenschachtel, natürlich aus dem Westen. Mir ist bis heute nicht klar, warum ein bekannter Schriftsteller, nennen wir ihn so der Einfachheit halber, der sich bereit erklärt, mit einer jungen Frau über deren Texte zu reden, Pralinen mitbringt. Dazu gleich einen halben Zentner. Ich zeigte ihm deutlich, wie wenig angenehm mir sein Besuch war: Nicht indem ich es ihm gesagt hätte, sondern indem ich mir eine Tasse Kaffee und meinen Sohn nahm, hinausging und mich nicht mehr blicken ließ, bis er verschwunden war.
Sie muß die ganze Welt verrückt gemacht haben mit ihrer Romanschreiberei. Offenbar hatte sie Hetmann ihr Manuskript aufgedrängt, und allem Anschein nach hatte der es für interessant genug befunden, um sich mit ihr zu treffen. Kommt es Ihnen nicht auch bezeichnend vor, in welcher Umgebung sie Fuß zu fassen suchte und wen sie für kompetent hielt?
Kaum war ich in meinem Zimmer, wurde mir bewußt, daß Hetmanns Besuch nicht einfach nur lästig war, sondern mich in einen Loyalitätskonflikt stürzte. Nachdem eine staatliche Stelle mich wenige Wochen vorher offiziell über Amandas verbotene Kontakte unterrichtet und somit, ohne es ausdrücklich zu verlangen, um meine Mithilfe gebeten hatte, mußte ich nun eine Entscheidung treffen: Sollte ich Norbert – Sie erinnern sich? – von Hetmanns Besuch erzählen, oder sollte ich ihn für mich behalten. Und schlimmer noch – mit ziemlicher Sicherheit wußte Norbert von der Sache, zumindest seine Behörde wußte davon, und man beob-

achtete nun auch mich, ob ich kooperativ war oder schwieg.
Um es kurz zu machen, ich sagte nichts. Dabei hatte ich während der folgenden Tage nicht nur einmal das Gefühl, als sähe Norbert mich aufmunternd an, bei Redaktionssitzungen oder in der Kantine, als wollte er mir zurufen: Na, was ist, alter Freund, hast du uns nichts zu sagen? Aber ich blieb stumm. Auch wenn ich mein eigenes Verhalten für wenig hilfreich hielt, konnte ich mich nicht dazu durchringen, den Mund aufzumachen; ich wurde die kleinbürgerliche Empfindung nicht los, ich dürfe die Behörden nicht mit Informationen über die eigene Frau beliefern. Zum Glück kam Hetmann nur dieses eine Mal. Oder vorsichtiger gesagt: Meines Wissens kam er nur dieses eine Mal.

Vor kaum zwei Wochen hat es einen Abend gegeben, den ich gern ungeschehen machen würde. Ich habe mir eine Verfehlung zuschulden kommen lassen, da gibt es kein Herumreden, auch wenn Amanda nicht so tun sollte, als hätte ich ihr ein Messer ins Herz gestoßen. Nach einer Versammlung war ich mit ein paar Kollegen durch die Kneipen gezogen, Sie wissen, wie das ist, immerzu schlängelt sich Ihnen irgendein Arm um die Schulter, immerzu schiebt sich einem ein neues Glas in die Hand. Als ich nach Hause kam, war ich so betrunken, wie Amanda mich noch nie gesehen hatte. Anstatt mich still ins Bett zu legen, lärmte ich in der Wohnung herum, machte überall Licht, stieß überall an, warf alle Türen und meinte, mir Eier braten zu müssen. Natürlich fiel mir die Pfanne aus der Hand, und die Gabel fiel auf den Teller, es fiel überhaupt alles klirrend und scheppernd auf die Küchenfliesen, was ich mit meinen betrunkenen Fingern zu fassen bekam. Schließlich

stand Amanda in der Tür, sah mir einige Sekunden lang angewidert zu und äußerte dann die wenig originelle Bitte, ich solle nicht solchen Lärm machen und mich hinlegen. Oder nein, sie sagte nicht, ich solle mich hinlegen, sie sagte, ich sollte mich in meinen Koben legen. Aber das nahm ich nicht krumm, ich war nicht in der Lage dazu. Wenn sie nicht gekommen wäre, wäre ich wahrscheinlich bald in einer Ecke zusammengesunken und vor dem nächsten Mittag nicht aufgewacht. Sie übersah, daß es nicht die Art der Betrunkenen ist, behutsam zu sein und folgerichtig zu denken.
Ich wollte ihr etwas entgegnen, hatte aber solche Artikulationsschwierigkeiten, daß Amandas Geduld nach drei Worten erschöpft war und sie sich wieder zurückzog. Kaum war sie gegangen, folgte ich ihr. Ich dachte etwas Ähnliches wie: Das könnte ihr so passen, daß sie mich zuerst beschimpft und sich dann nicht einmal Zeit nimmt, meine Rechtfertigung anzuhören! Unglücklicherweise hatte sie ihre Zimmertür nicht versperrt, ihr fehlte die Erfahrung im Umgang mit mir als Betrunkenem. Als ich vor ihrem Bett stand, hatte ich meine ursprüngliche Absicht nicht etwa geändert, sondern schlicht vergessen. Jetzt dachte ich: Da liegt sie und wartet auf mich. Und ich dachte: Jetzt wird alles gut! Wenn Sie je in Ihrem Leben gründlich betrunken gewesen sind, werden Sie wissen, daß dann die Gedanken mit großer Geschwindigkeit einander ablösen, sozusagen ohne eigenes Zutun, und daß sie alle ein gemeinsames Merkmal haben – sie taugen nichts.
Ich legte mich zu ihr, und ich schwöre Ihnen: Weder bemerkte ich, daß sie etwas dagegen hatte, noch kam ich auf eine solche Idee. Amanda schrie zwar, aber ich hörte nicht was. Ich muß ein Gegner gewesen sein, wie man ihn sich nur erträumen kann, langsam und täppisch und

kaum bei Sinnen, sie wurde spielend mit mir fertig. Das nächste, woran ich mich erinnere, ist, daß ich am nächsten Vormittag vom Telefonklingeln aufwachte. Ich lag auf dem Fußboden zwischen Bett und Tür, neben mir eine Blutlache, die in der Mitte noch nicht trocken war.

Die Schilderung, die ich Ihnen gebe, ist die Schilderung Amandas, aber es gibt keinen Grund, daran zu zweifeln; sie ist eine logische Fortsetzung des bis dahin Vorgefallenen, ebenso paßt sie zu den Folgen, die am nächsten Tag sichtbar wurden. Amanda hat mich, als ich mich auf sie zu wälzen versuchte, aus dem Bett gestoßen, das war ihr gutes Recht. Wahrscheinlich habe ich das nicht als Gegenwehr aufgefaßt, sondern als eine Art Hindernis, das mein Liebeswerben nicht beenden konnte, sondern nur erschwerte. Also rappelte ich mich auf und strebte von neuem dem Ziel entgegen, das begehrenswert und zum Greifen nahe vor mir lag. Sie werden wissen, wie unendlich hartnäckig Betrunkene sein können. Ich kletterte immer wieder ins Bett, sie warf mich immer wieder auf die Bretter. Ich hätte verstehen können, wenn ihr bei dem Spiel langweilig geworden wäre, aber Amanda behauptet, sie hätte sich bedroht gefühlt. Was wäre geschehen, fragt sie, wenn ich sie mit meinen ekelhaften, außer Kontrolle geratenen Händen zu packen gekriegt hätte?

Als Folge ihrer Angst ergriff sie den einzigen schweren Gegenstand in ihrer Reichweite und drosch ihn mir auf den Schädel, eine Nachttischlampe aus Messing. Dann stieg sie über mich, der ich ohnmächtig dalag, hinweg, ich hätte tot sein können, holte Sebastian aus seinem Bett und fuhr zu ihren Eltern. Man kann sich vorstellen, was sie denen erzählt hat: Unhold, Alkoholismus, Vergewaltigung, Lebensgefahr. Der Arzt, zu dem ich zwei

Tage später gehen mußte, weil die Kopfschmerzen nicht nachließen, stellte eine mittelschwere Gehirnerschütterung fest; er fragte, wie es zu der Verletzung gekommen sei, ich antwortete, durch meine eigene Ungeschicklichkeit, ich sei hingefallen, aber er sagte, das könne ich meiner Großmutter erzählen. Da ich der Schuldige bin, will ich jede Meinung zurückhalten, ob Amanda sich nicht auf weniger brachiale Weise hätte wehren können. Es gibt Anhaltspunkte, daß selbst sie ihre Reaktion für überzogen hielt.

Am nächsten Vormittag rief sie in der Redaktion an, da war ich nicht, dann rief sie in der Wohnung an, da hob niemand den Hörer ab. Vielleicht kam ihr jetzt zum erstenmal der Gedanke, sie hätte kräftiger zugeschlagen als nötig. Sie eilte nach Hause, riß die Tür auf und hatte Mühe, ihre Erleichterung zu verbergen, daß ich noch am Leben war. Das Blut hatte ich nicht weggewischt, das wollte ich ihr nicht ersparen. Sie kam in die Küche, wo ich Kaffee trank, besah sich die Verletzung auf meinem Kopf und löste mit einem feuchten Lappen den Schorf aus meinen Haaren. Mit der Nagelschere schnitt sie mir eine kleine Tonsur, die bis heute nicht zugewachsen ist, um die Wunde besser reinigen zu können. Nachdem sie fertig war, setzte sie sich hin und erzählte, was sich in der Nacht ereignet hatte. Sie fragte, wo ich meinen Verstand gelassen hätte, und ich sagte: Ich weiß es nicht, ich muß ihn verloren haben. Mehr wurde nicht gesprochen, es war unsere letzte Unterhaltung. Sie nickte, als wäre sie mit meiner Erklärung zufrieden, dann fuhr sie wieder zu ihren Eltern, um Sebastian zu holen; irgendwie war in diesem Nicken Absolution enthalten.

Ich will nichts beschönigen, aber Sie glauben doch nicht, daß sie so leichten Herzens zurückgekommen wäre, wenn sie noch eine Spur von Angst gehabt hätte? Für mich glich Amandas Rückkehr der Revision einer Fehleinschätzung, die sie auf ihre Art vornahm, nämlich ohne viel Worte. Genauer gesagt – ohne ein einziges. Sie beließ unser Zerwürfnis auf dem alten Stand, vielleicht weil sie meinte, es sei auch so schon groß genug, vielleicht weil ihr der Mordversuch, nachdem es Tag geworden war, grotesk vorkam. Ich selbst habe mir wegen dieser verfluchten Nacht die schwersten Vorwürfe gemacht, nicht nur wegen der Kopfschmerzen, die ich noch heute spüre, und zwar jedesmal dann, wenn ich nickte. Ich bin entsetzt über das Vieh, das offenbar in mir steckt, das losgezogen ist, um eine Tat zu begehen, mit der ich nichts zu tun haben will und die doch, wenn dieses Tier sie vollbracht hätte, *meine* Tat gewesen wäre.

Hinzu kommt die Blöße, die ich mir vor Amanda gegeben habe. Sie kann jetzt glauben, es hätten sich ihr, nachdem meine Selbstbeherrschung in Schnaps ersoffen war, meine geheimsten Wünsche offenbart. Sie kann glauben, ich begehre sie noch immer, sie hätte noch Macht über mich. Wenn ich jetzt sage, auch ich sei heilfroh, sie loszuwerden, dann lacht sie doch nur. Wissen Sie, ich erleichtere ihr die Scheidung, und das ärgert mich. Es ist ja einfach, sich von solch einem Tier zu trennen, das einen brünstig und sabbernd bedrängt. Wenn ihr jemals die Erinnerung an eine Annehmlichkeit mit mir kommt, und solche Erinnerungen *gibt* es, dann braucht sie nach dieser Nacht nur eine zweite Erinnerung dagegenzusetzen, die frischeste von allen, und die Welt ist wieder im Lot. Sie kann jetzt noch selbstbewußter die Scheidung betreiben, sozusagen in Siegerpose, und ich Dummkopf habe ihr dazu verholfen.

Sie werden nicht glauben, wer mich wenige Tage später im Verlag aufsuchte: Thilo Zobel. Mir war sofort klar, worüber er sprechen wollte, schon wie er mich bei der Begrüßung ansah, mit einem Ernst in den Augen, der sein Gesicht geradezu entstellte. Ich hätte ein halbes Monatsgehalt hergegeben, wenn ich mich von ihm hätte freikaufen können, wenn ich damit meinen Fehltritt aus dem Gedächtnis aller Beteiligten hätte streichen können, übrigens auch aus meinem. Jetzt verfolgte mich der Vater des Opfers bis an den Arbeitsplatz, vielleicht, so fürchtete ich, um mir vor den Kollegen die peinlichste Szene zu machen.

In den Verlag und nicht zu mir nach Hause sei er deshalb gekommen, sagte er, weil Amanda von dem Besuch nichts zu wissen brauche. Mir lag auf der Zunge zu antworten, meinetwegen müsse er den Besuch nicht vor ihr geheimhalten, ich würde mich sogar lieber in ihrer Gegenwart mit ihm unterhalten als unter vier Augen; aber es war so offenkundig, daß seine Rücksicht nicht mir, sondern Amanda galt, daß ich ihn nicht reizen wollte. Ich saß da und wartete darauf, daß er mir einen Vortrag hielt, warum man Frauen nicht vergewaltigen soll.

Vielleicht hatte er die Absicht, ein Gespräch zu führen, doch er erzählte mir nur eine Art Geschichte. Ich verstand nicht, worauf er hinauswollte, allerdings halte ich es für wahrscheinlich, daß er das selbst nicht wußte; am Ende wollte er mich warnen, seine Tochter noch einmal zu bedrängen, und versteckte die Drohung zwischen so vielen Worten, daß sie kaum mehr zu erkennen war. Ja, ich glaube, er wollte mir drohen. Dabei klang er nicht aufgeregt, er hörte sich eher an, als habe das Vorgefallene seine gute Meinung von mir nicht erschüttern können. Er sprach freundlich und leise, er schien Rücksicht darauf nehmen zu wollen, daß die Sache niemanden außer uns beiden etwas anging. Obwohl ich heilfroh war, daß er nicht schrie, kam mir sein sanfter Ton wie das eigentlich Bedrohliche an seiner Rede vor.

Zuerst stellte er fest, wie bedauerlich es sei, daß die meisten Menschen, die sich trennten, kurz vor Schluß noch dafür sorgten, daß sie nicht einfach enttäuscht auseinandergingen, sondern im Haß. Dagegen gab es nichts einzuwenden. Noch eine Woche früher hätte ich unbefangen sagen können, daß ich selbst alles tun würde, um einer solchen Gefahr zu entgehen. Dann fragte er, ob Amanda mir je von ihrem Onkel Leopold erzählt hätte. Ich verneinte, und er nickte, als hätte er es nicht anders erwartet. Leopold ist der jüngere Bruder Violetta Zobels, fing Thilo zu erzählen an, von Beruf Reichsbahnangestellter im Außendienst, ein Mensch ohne Auffälligkeiten; etwas begriffsstutzig, etwas behäbig, doch zuverlässig. Als Amanda ein Kind war, kam er öfter zum Mittag oder zum Abendbrot, je nach Dienstplan, er hatte keine Frau. Ihm, Thilo, gingen die häufigen Besuche auf die Nerven, aber er wollte nicht abweisend zu Violettas einzigem Bruder sein. In ihrem Urlaub goß er jedesmal die Blumen und holte ihre Post aus dem Kasten. Auch hatte Amanda ihren Onkel offenbar gern, er spielte so unermüdlich und hingebungsvoll mit ihr, wie nur Kindsköpfe es können.

Einmal ging Thilo in das Zimmer seiner Tochter, die zu jener Zeit gerade acht Jahre alt war, und sah, wie der Onkel schnell die Hand unter Amandas Rock hervorzog. Es sei der grausigste Anblick seines Lebens gewesen, sagte Thilo, er befahl Amanda, ins Wohnzimmer zu gehen und die Türen hinter sich zu schließen. Die Sekunden, die sie brauchte, um seiner Anweisung zu folgen, retteten Leopold womöglich das Leben; während sie hinausging und den Korridor entlangschlurfte, verwandelten sich seine zum Würgen bereiten Hände in Fäuste. Damit fiel er über den Onkel her und zerschlug ihm das Gesicht. Leopold habe sich nicht verteidigt, erzählte Thilo, nicht einmal die Hände erhoben, er habe sich verprügeln lassen wie jemand, der seine Strafe annimmt. Thilo, der damals noch Wasserball spielte, ist enorm stark. Er sagte zu Leopold, der bald am Boden lag: Wenn du sie noch einmal berührst, bringe ich dich um. Dann trieb er ihn mit Fußtritten aus der Wohnung.

Um mir diese Geschichte zu erzählen, war Thilo Zobel also in die Redaktion gekommen. Als er fertig war, schien er kurz nachzudenken, ob er noch etwas hinzufügen sollte, dann sah er auf die Uhr, tat so, als sei es wunder wie spät und mußte gehen.

Halten Sie mich nicht für wankelmütig – ich möchte nun doch nicht, daß wir die Scheinforderung nach dem Sorgerecht für Sebastian stellen. Sie würde im Widerspruch zu der Ernsthaftigkeit stehen, mit der eine Scheidung betrieben werden sollte. Ich hätte damit ja nichts anderes vor, als ihr das Leben schwerzumachen. Wenn man dann noch bedenkt, daß ich auf diese Weise auch mir selbst das Leben schwermache – indem ich Amanda zwinge, so viel Nachteiliges wie möglich über mich zusammenzutragen, um meine Forderung abzuschmettern –, müßte ich doppelt verrückt sein. Ich müßte dreifach verrückt sein: Wenn ich behaupte, mich von Sebastian nicht trennen zu wollen, wird Amanda mir nicht glauben, sie kennt mich. Mir wird ganz schlecht bei der Vorstellung, wie sie mich zuerst groß und verwundert ansieht, wie sie zu grinsen anfängt, ihrem Anwalt die Hand auf den Arm legt, um ihn am Wider-

spruch zu hindern, und dann sagt: In Ordnung, soll er ihn haben.
Ich hoffe, Sie sehen es nicht anders als ich: Wir müssen zwischen zwei gegensätzlichen Methoden wählen. Die eine wäre, übertrieben viel zu verlangen, damit am Ende viel im Netz hängen bleibt. Die andere würde darin bestehen, nur solche Forderungen zu stellen, die unverzichtbar sind, um dann von keiner abzurücken. Das kommt mir vernünftiger vor, diesen Weg möchte ich lieber gehen. Die Wohnung für mich, das Sorgerecht für Amanda. Das Auto für mich, das Wochenendgrundstück für Amanda. Das Geld auf dem Konto soll geteilt werden, und zwar alles Geld auf jedem Konto. Selbstverständlich Alimente für das Kind, aber keine Unterhaltszahlung an Amanda. Sie ist jung, intelligent und arbeitsfähig. Ich verdiene nicht genug, um ihr das Leben einer Frührentnerin zu ermöglichen.
Ich überlege, was ich Ihnen sonst noch erzählen könnte. Wissen Sie, ich habe das Gefühl, daß Sie inzwischen viel zu viele Einzelheiten über meine Ehe wissen und im Grunde doch sehr wenig. Ich wollte all das ausbreiten, was Sie brauchen, ohne zu wissen, *was* Sie brauchen. Oft habe ich mir vorgestellt, wie Sie mich während der Verhandlung vorwurfsvoll fragen: Warum haben Sie nichts davon erzählt?
Bevor Amanda ihr Kind bekam, ist sie wochenlang zur Schwangerengymnastik gegangen, hat Atemübungen gemacht und Bücher über jede Phase der Geburt gelesen, sie hat sie fast auswendig gelernt. Aller Aufwand war umsonst, am Ende gab es einen Kaiserschnitt. Mir wird es wahrscheinlich nicht besser ergehen, aber was hätte ich tun sollen? Ich konnte nicht zu Ihnen kommen und schweigen. Ich mußte etwas erzählen, und etwas anderes mußte ich weglassen.

Die verlorene Geschichte

FRITZ

Ich bin sicher, der kleine Dreckskerl Sebastian war es. Ich bin sicher, daß Sebastian, den ich liebe wie ein eigenes Kind, die Arbeit von vier Monaten zunichte gemacht hat, eine Arbeit, die mir gelungen war wie selten etwas. Auch wenn der Gedanke alles andere als überzeugend ist, daß ein zehnjähriges Kind so abgefeimt gehandelt haben könnte, wie ich es ihm unterstelle – es gibt keine vernünftige andere Erklärung.
Zuerst muß er die Diskette, auf der meine fast fertige Novelle gespeichert war, genommen und in den Computer gesteckt haben. Nein, zuerst muß er sie gesucht haben, denn es kann nicht Zufall sein, daß er von den zweihundert Disketten, die ich besitze, ausgerechnet diese eine erwischt hat. Er muß sie gesucht, gefunden, genommen und in den Computer gesteckt haben. Nachdem er so weit gekommen war, muß er den Titel der Novelle korrekt eingetippt und anschließend den Löschbefehl gegeben haben. Ein solcher Befehl besteht aus drei Schritten, die in bestimmter Reihenfolge auszuführen sind. Danach muß er die nun leere Diskette an ihren Platz zurückgestellt und sich von einem Monster in ein Kind zurückverwandelt haben, dem man nichts anmerkt. Wenn ich ihn frage, ob er dies und jenes getan hat, mit aller Vorsicht natürlich, denn nie würde ich ihn durch wüste Behauptungen verstören wollen, sieht er mich aus Augen an, die auch jeden anderen entzücken würden; und tut so, als würde er für sein Leben gern verstehen, wovon ich spreche, sei aber nicht in der Lage dazu.
Die zwei Personen, die von der Sache wissen, halten meinen Verdacht für grotesk; selbst mir kommt er

manchmal überspannt vor. Meine Mutter lächelte sanft, als ich ihr davon erzählte. Ob ich noch nie gehört hätte, fragte sie, daß in Computern mitunter die unbegreiflichsten Dinge vor sich gehen, daß Computer um Haaresbreite schon Kriege ausgelöst und ganze Wirtschaftszweige ruiniert hätten. Wie bedauerlich der Verlust auch sei, sagte sie, ich hätte ihn selbst zu verantworten: weil ich, anstatt zu schreiben, wie es die Schriftsteller von Beginn an getan hätten, mit Papier und Bleistift nämlich und das nicht ganz erfolglos, es für richtig halte, meine Einfälle einer unzuverlässigen und eigensinnigen Maschine anzuvertrauen. Nebenbei gesagt hält sie nicht viel von mir als Autor. Noch keiner meiner Texte hat sie zu Beifallsstürmen hingerissen; die größte ihrer Ovationen, an die ich mich erinnern kann, bestand darin, daß sie über ein Buch von mir, ein mittlerweile in neun Sprachen übersetztes, sagte: Ganz nett.

Und mein Freund und Lektor Baruch hat mich verhöhnt: Nächstens werde ich behaupten, das Kind habe im Auftrag einer fremden Macht gehandelt, die um jeden Preis die Entstehung eines gefährlichen Kunstwerks verhindern wollte. Damit war er der von mir vermuteten Wahrheit verdammt nahe, aber ich hätte mich für alle Zeiten lächerlich gemacht, wenn ich das laut gesagt hätte. Tatsache ist jedenfalls, daß Sebastian vor vier Wochen bei mir war, von Freitagabend bis Sonntagabend, daß ich ihn am Vormittag des Sonnabend nicht zum Einkaufen mitnahm, weil er bettelte, einen Fernsehfilm sehen zu dürfen, daß er mehr als eine Stunde allein in der Wohnung war und daß ich, als ich montags früh die Arbeit an der Novelle fortsetzen wollte, auf den leeren Bildschirm meines Computers starrte. Wenn es nicht so peinlich wäre, würde ich jemanden von der Kriminalpolizei bitten oder einen Pri-

vatdetektiv beauftragen, am Computer, am Diskettenfach und an der Diskette nach Sebastians Fingerabdrükken zu suchen. Handschuhe wird er ja wohl nicht getragen haben.
Der Titel meiner Novelle lautet: Der Feminist. Richtiger müßte ich sagen, daß er so lautete. Mit Sicherheit handelt es sich um eine Wortschöpfung, die für Sebastian keine Bedeutung hat. Es deutet viel darauf hin, daß Sebastians Mutter hinter der Aktion steckt, eigentlich deutet alles darauf hin. Sie hat keinen Zugang zu dem Computer, das ist vorbei, sie kommt nicht einmal mehr in meine Wohnung, deshalb wird sie das Kind benutzt haben. Niemand kennt sich hier besser aus als sie, auch den Computer beherrscht sie im Schlaf, nicht nur weil sie ihn jahrelang für ihre eigene Arbeit benutzt hat. Denn was habe ich ihr zum Abschied geschenkt? Haargenau denselben Computer! Ich wollte ihren Vorwurf nicht hören, unsere Trennung stürze sie in den Abgrund: Sie sollte ihre literarische Hausfrauenarbeit an derselben Stelle wiederaufnehmen könnnen, an der sie sie abgebrochen hatte. Und nun wird der Alptraum aller Waffenexporteure wahr: Sie hat die Waffe gegen den Lieferanten gerichtet.
Sie wird die Sabotageaktion mit Sebastian in allen Einzelheiten trainiert haben, so lange, bis sie es wagen konnte, ihn hinter die feindlichen Linien zu schicken. Ein wenig wundert es mich, wie sehr sie sich auf seine Verschwiegenheit verläßt, aber die Ereignisse geben ihr recht. Ich hätte nicht die Nerven dafür – ein unbedachtes Kinderwort, und man käme in Teufels Küche. Doch der kleine Lump hält dicht, er führt mir auf schaurige Weise vor, daß es keine verschworenere Komplizenschaft gibt als die zwischen Mutter und Kind.
Vor wenigen Tagen, als er wieder in meiner Wohnung

war, zum erstenmal seit jenem schwarzen Sonnabend, habe ich ihn einem Test unterzogen, den er glänzender nicht hätte bestehen können: Ich drückte ihm eine Diskette in die Hand und bat ihn, so beiläufig es ging, das Ding in den Computer zu stecken. Er lief bereitwillig zum Tatort, daß mir das Herz vor Erwartung pochte. Ich dachte: Schieb sie rein, du Hurensohn, dann feiern wir ein Fest! Im letzten Augenblick aber zögerte er, drehte sich zu mir um und fragte treuherzig, wo der Schlitz sei. Dabei bin ich überzeugt, daß er mich liebt, oder sagen wir, daß er mich zumindest gern hat.

Kaum hatten wir uns getrennt, Amanda und ich, faßte ich den Entschluß, etwas über uns beide zu schreiben, über die Blüte unserer Beziehung ebenso wie über deren Siechtum und Ende. Das war keine akademische Entscheidung, es drängte mich danach. Ich witterte, daß die Geschichte bestes Material war, daß sie vieles von dem enthielt, was ich mir sonst mühsam zusammenerfinden mußte, Gefühle, Bosheit, Irreführung, Zuversicht; und wer sonst sollte sie schreiben, wenn nicht ich. Ich dachte, wenn meine Zeit mit Amanda nicht aus dem Fenster geworfen sein soll, müßten ein paar ordentliche Seiten daraus werden, man mag das Schriftstellergeiz nennen. Passiert war in den sieben Jahren weiß Gott genug, noch nie hatte ich es mit einem Stoff zu tun, der mich so lockte. Es ist kompliziert zu erklären, worin seine Anziehungskraft bestand, auf keinen Fall hatte ich das Bedürfnis, schreibend ein Verhältnis zu bewältigen, das mir in Wahrheit mißglückt war. Ich halte nichts von jener Art Literatur, in der Autoren sich selbst öffentlich therapieren, aus dem Drang heraus, sich und vor allem ihrer Kundschaft einen Dienst zu erweisen, sie sollten Sozialarbeiter werden. Ich habe

noch nie zu den Leuten gehört, die abends erst dann einschlafen können, wenn sie etwas Nützliches gestiftet haben. Ich hatte einfach die richtigen Worte für die Amanda-und-Fritz-Geschichte in meinen Fingern.
Amanda, der ich mein Projekt nicht verschweigen durfte (heute frage ich mich: warum eigentlich nicht?), war entschieden dagegen. Eine kleinliche Furcht vor Bloßstellung war der Grund, das gab sie nicht zu, aber ich weiß es. Als ob ich ein halbes Jahr Schwerstarbeit darangeben würde, um sie bloßzustellen! Ein einziges Motiv gibt es, das mir eingeleuchtet hätte: Wenn sie selbst über ihre Jahre mit mir hätte schreiben wollen. Auch dann hätte ich mich nicht abhalten lassen, gerade dann nicht, aber ich hätte es verstanden. Ich dachte damals: Wenn ich mich über die staatliche Zensur hinwegsetze, dann über die durch Amanda bestimmt. Später hat sie nie gefragt, ob ich das Vorhaben nun aufgegeben hätte oder nicht, auch ich habe es nicht mehr erwähnt. Lange war sie es gewohnt, daß ich ihre Wünsche erfüllte, als wären es Anweisungen. Vielleicht kam also zur Furcht vor Bloßstellung Ärger hinzu, der Ärger eines Offiziers über die Nichtbefolgung seiner Befehle.
Da wir nicht verheiratet waren, blieben uns all die Lästigkeiten erspart, wie sie zur Auflösung von Eheverträgen gehören. Keiner bedrängte den anderen mit Ansprüchen, folglich mußten auch keine abgewehrt werden, jede Regelung zwischen uns besaß den Vorzug der Freiwilligkeit. Ich hatte nur eine einzige Bitte, ich wollte Sebastian von Zeit zu Zeit sehen dürfen. Er ist das erste und voraussichtlich letzte Kind in meinem Leben, ich glaube, daß meine Empfindungen für ihn mit dem pathetischen Ausdruck Liebe zutreffend benannt sind. Tagelang überlegte ich, wann und mit welchen

Worten ich davon anfangen sollte, denn zur Trennungszeit war es nicht unser Ehrgeiz, dem anderen die Wünsche von den Augen abzulesen. Am Ende aber ließ ich alle taktischen Überlegungen außer acht. Ich verließ mich darauf, daß Amanda Sebastian nicht weniger liebte als ich und daß sie erkannte, wie gut es für ihn war, Verbindung zu mir zu halten.

Sie willigte sofort ein, daß Sebastian mich ein bis zwei Mal im Monat besuchen dürfe. Aber ja doch, antwortete sie auf die entscheidende Frage und sah mich an, als hätte ich mich nach etwas erkundigt, worüber kultivierte Menschen kein Wort zu verlieren brauchen. So sagte ich nichts anderes, als daß ich erleichtert sei und daß ich ihre Zustimmung nobel fände, irgend etwas mußte ich ja sagen.

Ich bin überzeugt davon, daß ich die Wahrheit aus Sebastian hervorlocken könnte. Ich bin verschlagener und stärker und geduldiger und hoffentlich klüger als er, auch steht mir das Mittel der Bestechung zur Verfügung – vor jedem Schaufenster eines Spielzeugladens verklärt sich sein Gesicht. Aber ich will nicht bestechen und überlisten, ich verzichte aus demselben Grund darauf, aus dem ich Amanda gebeten habe, ihn regelmäßig sehen zu dürfen. Es ist Lüge, wenn ich behaupte, mir habe vor Erwartung das Herz schneller geschlagen, als er mit der verdammten Diskette auf den verdammten Computer zuging – es ist mir fast gebrochen. Ich schämte mich, so grobe Methoden gegen ein so zartes Kind anzuwenden, ich war stolz auf ihn, weil er auf meinen Trick nicht hereinfiel. Vielleicht erzählt er mir eines Tages aus eigenem Entschluß, was geschehen ist, in fünf Jahren, in zehn, vielleicht wenn er merkt, daß er mich auch liebt. Vor mir ist er jedenfalls sicher, ich werde ihn nicht wieder bedrängen. Ich will nicht, daß er

sich jetzt schon wie einer vorkommt, auf den kein Verlaß ist, er wird es früh genug entdecken.
Ein zweiter Verdacht, der mich quält, ist ebenso phantastisch und zugleich naheliegend wie der erste: Daß Amanda den regelmäßigen Besuchen Sebastians bei mir nur deshalb zugestimmt hat, damit er an den Computer herankommt. Damit sie herankommt. Ich stelle mir ihr Frohlocken vor, als sie meine Bitte hörte; wie sie sich in Gedanken den Schweiß von der Stirn wischte, nun der Mühe enthoben, Sebastian oder sonstwen bei mir einschleusen zu müssen. Es kann aber auch anders gewesen sein, ein wenig anders: Ich äußerte meine Bitte, und erst da kam sie auf die Idee, den Jungen zu benutzen, als Roboter. Diese Erklärung ist wahrscheinlicher, denn Amanda konnte nicht im voraus wissen, mit was für einer Bitte ich ihr kommen würde. Wenn sie in Zukunft versuchen sollte, Sebastians Besuche bei mir einzuschränken oder gar zu beenden, nach getaner Arbeit sozusagen, werde ich den Beweis haben.
Niemand wäre froher als ich, wenn meine Verdächtigungen sich als haltlos erwiesen: Wenn die Novelle durch einen wüsten Zufall von der Diskette verschwunden wäre, durch niemandes Schuld oder durch meine eigene, wenn Sebastian sich nicht zu verstellen brauchte, um mir als argloses Kind zu erscheinen (dann könnten ihm auch meine Tricks nichts anhaben); wenn Amanda ihn ohne Hintergedanken zu mir schicken würde, allein zu seinem Besten. Dann hätte ich zwar immer noch meinem Text nachzutrauern, aber ich brauchte Amanda nicht für eine Betrügerin zu halten. Ich habe keine Ahnung, was ich tun würde, wenn der Beweis für ihre Schuld plötzlich vor mir läge. Was heißt, sie zur Rede stellen? Dem Bedürfnis, ihren Hals zu packen und sie zu würgen, würde ich ja doch nicht

nachgeben. Am Ende sollte ich über die Ungewißheit nicht klagen, sondern froh sein; meine dauernde Wut auf Amanda wäre wie ein andauerndes Verhältnis zu ihr, nichts steht einer Trennung so sehr im Wege wie Wut.

Nein, ich will nicht erzählen, was zwischen uns gewesen ist, ich will die Geschichte wiederfinden, um die ich gebracht wurde. Amanda hieß darin Louise. Aus Sebastian war ein Mädchen mit Namen Henriette geworden, ich selbst hieß Rudolf. Doch das war nicht endgültig, Rudolf heißt mein wichtigster Bruder, ich hätte das wahrscheinlich noch geändert. Als Kind habe ich eine Louise gekannt, als ich bei einem Onkel in Groß-Kreuz lebte. Sie war die Tochter des Nachbarbauern und lag eines glühenden Nachmittags halbnackt zwischen den Sonnenblumen; ihre Brüste waren die ersten, die ich unverhüllt sah und die nicht zu meiner Mutter gehörten, jedenfalls hieß Amanda Louise. Ich weiß, daß mir eine Rekonstruktion nicht gelingen wird. Ich werde mich an Szenen erinnern, an Situationen, an den Fortgang einer Handlung und kaum an Worte. Verlorengegangen aber sind Worte. Wozu also ein Versuch, dessen Aussichtslosigkeit feststeht?
Genau das ist es – fest steht das nicht. Obwohl ich es für unwahrscheinlich halte, daß mir ein zweiter Wurf gelingt – vielleicht gelingt er mir doch. Auch habe ich keine Lust zu resignieren: Solange ich mich mit einer Sache beschäftige, ist diese Sache existent. Ich werde erst damit aufhören, wenn ein Projekt auftaucht, das mich mehr lockt. Und sollte nichts anderes glücken als eine Sammlung von Notizen, wäre das mehr als nichts; ein kleiner Vorrat an Gedächtnisstützen wäre angelegt, der mir von Nutzen sein kann, irgendwann, wenn ich von neuem die richtigen Worte in den Fingern spüre. Noch ist die Erinnerung an beides frisch, an die Jahre mit Amanda ebenso wie an die Novelle. Kaum war

mein Manuskript vernichtet, hatte ich nichts anderes im Kopf als: Das wollen wir doch mal sehen! Es kann ein lebenserhaltender Gedanke sein, ich habe mich schon oft an ihm aufgerichtet, wenn alle anderen mich verlassen hatten.

Rudolf und Louise trafen sich zum erstenmal bei einer Lesung. Lesung ist ein etwas hochtrabender Name für das, was tatsächlich stattfand: eine Zusammenkunft in einer Privatwohnung, bei der junge Leute sich Texte vorlasen, die weniger literarischer als pamphletistischer Art waren. Eine halbe Stunde brauchte ich, um mich daran zu gewöhnen, daß mein Stuhl klebte. Als mich zwei Wochen vorher ein junger Mann mit unglaublich langem Bart, einer der Organisatoren, eingeladen hatte, hatte ich zuerst abgelehnt. Ich hätte nichts Neues vorzulesen, redete ich mich heraus, und alte Sachen trüge ich nicht vor. Er sagte, es käme weniger auf einen Vortrag als auf meine Präsenz an, was Schmeichelei und Unverschämtheit in einem war. Manche der Eingeladenen hätten Furcht zu kommen, sagte er, vor dem Haus werde wahrscheinlich ein Auto mit Ledermantelmenschen stehen; durch die Anwesenheit eines so renommierten Schriftstellers würden die durchweg unbekannten Autoren sich aber geschützt fühlen. Ich brachte es nicht fertig, noch einmal nein zu sagen, obwohl ich ahnte, was für ein strapaziöses Zuhören mich erwartete.
Nachdem die ersten beiden Autoren gelesen hatten, wußte Rudolf, daß bis zum Schluß nichts Neues mehr zu erwarten war. Jede der in den Texten aufgestellten Forderungen hätte er, ohne zu murren, unterschrieben, aber auf Dauer anhören mochte er sie nicht. Sein Wohlbefinden wurde auch dadurch beeinträchtigt, daß sämt-

liche Vorleser sich direkt an ihn zu wenden schienen; alle blickten in kleinen Abständen von ihren Manuskripten auf und sahen ihm, Rudolf, in die Augen, als hofften sie, ein Zeichen von Zustimmung zu finden. Eine Zeitlang nahm er die Strapaze auf sich und verströmte papstähnlichen Segen. Dann wurde ihm das zu viel, er fand, daß sein Kommen Solidarität genug ausdrückte.

Er fing an umherzublicken, er kannte niemanden in der Runde. *Eine Zählung ergab, daß einundsiebzig Menschen im Zimmer saßen, von denen vierzig rauchten.* Es war nicht abzusehen, wie lange das Ganze dauern würde; wenn ein Autor den Vortragsstuhl geräumt hatte und der Beifall für ihn verstummt war, ein obligatorisch kurzer und stets müder, stand immer wieder jemand auf, zog ein paar Seiten aus der Tasche und ging aufgeregt nach vorn. Rudolf gab sich Mühe herauszufinden, wer von den Anwesenden zum Staatssicherheitsdienst gehörte, aber er wollte sich nicht festlegen, er hatte schon die seltsamsten Überraschungen erlebt. Es kam ihm sogar in den Sinn, daß die ganze Zusammenkunft von der Behörde veranstaltet sein konnte. Er nahm seinen Kalender aus der Tasche, um sich ein paar Notizen für eine Sache zu machen, an der er in jener Zeit arbeitete. Dann bemerkte er die vielen Blicke, die ihn dabei beobachteten, seine Nachbarin sah ihm sogar ungehemmt über die Schulter, und er steckte den Kalender wieder ein. Es war ihm klar, daß alle glaubten, er mache sich Notizen zu dem Text, den man gerade hörte, und würde sich gleich zu Wort melden. Ohnehin fürchtete er sich davor, nach seiner Meinung gefragt zu werden.

Die Gefahr ging vorüber, aber später, als man aufstand, bulgarischen Wein aus Tassen trank und sich zu unterhalten versuchte, kam eine junge Frau zu ihm und fragte, wie ihre Gedichte ihm gefallen hätten. Bis zu diesem Augenblick hatte er nicht gewußt, daß auch Gedichte vorgelesen worden waren. Während er überlegte, was weniger peinlich wäre – die Wahrheit zu sagen oder eine allgemeine Erklärung abzugeben, die sich auf alle Texte bezog, trat der Bärtige hinzu und rettete ihn. Er sagte zu der Frau, wenn ich gewünscht hätte, mich zu äußern, dann hätte ich es schon getan, es sei nicht in Ordnung, mich so zu bedrängen. Rudolf fiel ihm in den Rücken, indem er sagte, ach, lassen Sie nur und die junge Frau freundlich ansah, aber die zog sich glücklicherweise gekränkt zurück. *Rudolf hielt sich nun ständig in der Nähe des Bärtigen auf, damit der weitere Angriffe abwehren konnte.*

Bis hierher immer noch nichts von Amanda, heute kommt mir das eigenartig vor, denn unter den Gesichtern, die auftauchten und wieder verschwanden, war inzwischen kaum mehr eines, das ich noch nicht gesehen hatte. Jemand erkundigte sich nach Rudolfs Gesamteindruck von der Lesung, diese Frage ließ der Bärtige zu. Rudolf sagte, die Texte seien wohl sehr verschieden gewesen, dennoch sei ihm immer wieder der eine Gedanke gekommen: daß junge Autoren am besten sichtbare Vorgänge beschreiben und nicht so häufig philosophieren und ihre Ansichten über das Leben darlegen sollten. Ihm entging nicht die Enttäuschung des Fragers, aber mehr wollte er ihm nicht bieten.

Als er sah, daß die ersten die Wohnung verließen, meinte er, er dürfte nun auch gehen, ohne unhöflich zu wirken; gerade von einem Ehrengast konnte niemand erwarten, daß er auch noch dem letzten Besucher zur Verfügung stand. Er zeigte dem Bärtigen über die Köpfe hinweg seine Armbanduhr, tippte auf das Zifferblatt und zuckte bedauernd mit den Schultern. Der Bärtige rührte sich nicht vom Fleck, war aber offenbar einverstanden; er hob beide Hände hoch und schüttelte, zum Zeichen des Dankes, mit seiner rechten Hand die linke. Rudolf fand die Geste ein wenig zu gönnerhaft, fühlte sich aber entlassen.

Tatsächlich war ich nicht erst gegangen, als ich die ersten Gäste aufbrechen sah, sondern hatte mich verdrückt, während noch gelesen wurde. Auf dem langen Korridor der Wohnung, den ich menschenleer zu finden hoffte, sah ich Amanda und dachte: Wo hattest du bisher deine Augen? Sie stand fassungslos vor einer Flurgarderobe, die sie eben aus der Verankerung gerissen haben mußte, ihr zu Füßen ein Mantelberg. Amanda hielt einen Zipfel des eigenen Mantels fest und zerrte daran, bekam ihn aber nicht aus dem Haufen. Zweifellos hatte sie schon genauso gezerrt, als die Mäntel noch an der Wand hingen, und damit die Katastrophe ausgelöst. Es war leichtfertig von mir, so herumzustehen, denn jeden Moment konnte jemand aus dem Wohnzimmer kommen und mein Desertieren entdekken.
Amanda blickte sich endlich um, sie schien erleichtert zu sein, daß es keinen anderen Zeugen gab als mich. Sie sagte, die Garderobe sei ihr plötzlich entgegengekommen, und ich sagte, ich könne mir das sehr gut vorstellen, und sie fragte: Aber was jetzt? Ich sagte, am besten wäre es, so schnell wie möglich zu verschwinden, das leuchtete ihr ein. Sie schien sogar bereit, auf ihren Mantel zu verzichten und wandte sich sofort zur Tür, doch ich hielt sie mit der Bemerkung zurück, der letzte Mantel, der einzig übriggebliebene, werde den Täter entlarven. Ich zog eine Art Furche durch das Kleidergewirr,

die es ihr ermöglichte, mit einem letzten Ruck den Mantel zu befreien, einen lavendelfarbenen, ziemlich verschlissenen. Auf der Treppe wurde mir bewußt, daß die meisten mich für den Vandalen halten würden, mein Verschwinden würde mehr Gästen aufgefallen sein als das Amandas. Dabei war ich ohne Mantel gekommen, ich besitze nur einen Regenmantel, ich mußte auf das Gedächtnis des Bärtigen hoffen, der mich an der Tür begrüßt hatte. Unten vor dem Haus zog Amanda ihren Mantel an, ich bot meinen Wagen als Fluchtauto an, und sie war einverstanden. Das alles war mir aber für Rudolf zu albern.

Die Lesung hatte an einem Nachmittag angefangen, Rudolf hatte gehofft, sich für den Abend an irgendeine lebendige Runde anhängen zu können, wenigstens das. Auf der Treppe wurde ihm bewußt, daß er keinen Menschen in der Stadt kannte, den er jetzt gern angerufen und gefragt hätte: Hast du Zeit? Und der einzige Klub, in den er hätte gehen können, war ihm dadurch verleidet, daß fast immer eine seiner zwei früheren Ehefrauen dort herumsaß. Es gab eventuell noch eine Freundin, mit der er sich treffen konnte, Corinna, eine Maskenbildnerin von der Komischen Oper (aber das war noch nicht endgültig entschieden, es mußten noch die Konsequenzen durchdacht werden).

Im Hauseingang stand Louise. Sie hatte sich untergestellt, weil es heftig regnete, die grauen Schneehügel am Straßenrand schmolzen unter den Tropfen dahin oder so ähnlich. Als Rudolf kam und, ebenfalls zögernd, neben ihr stehenblieb, sagte sie: Sie wollen auch schon gehen? Diesen Worten entnahm er, daß auch sie aus der Wohnung des Bärtigen gekommen sein mußte, obwohl er ihr Gesicht nicht kannte. Und er dachte: Wo hattest du nur deine Augen? Er sagte, die Veranstaltung habe länger gedauert als erwartet, er müsse noch etwas erledigen, und sie nickte. Auf keinen Fall war sie unter den Vortragenden gewesen, daran hätte er sich erinnert. Er sagte, eigentlich habe er doch nichts zu erledigen, es sei ihm da oben nur langweilig geworden, und sie lächelte und nickte wieder. *Er sah, daß sie sich an ihrem lavendelfarbenen Mantel verknöpft hatte, oben war ein Loch übriggeblieben und unten ein Knopf.*

Sein Auto stand nicht weit vom Hauseingang, er hätte hinspringen können, ohne groß naß zu werden, doch beim Stand der Dinge wäre das unhöflich gewesen, fand Rudolf, er mußte ihr anbieten, sie zumindest bis zur nächsten U-Bahn-Station zu bringen. Ihm fiel nichts Besseres ein, als sich nach ihrer Beziehung zur Literatur zu erkundigen, sie antwortete wie jemand, der darüber schon reichlich nachgedacht hatte: Neugier. Er sagte: Genau wie bei mir.

Einige Sekunden schwiegen sie, *er streckte eine Hand nach draußen, wie um die Intensität des Regens zu prüfen.* In Wirklichkeit überlegte er, ob er den Vorschlag wagen konnte, in einem Restaurant auf der anderen Straßenseite etwas zu essen oder zu trinken. Das heißt, er war schon entschlossen dazu, er suchte nur noch nach einer witzigen Formulierung, um die Plumpheit des Angebots zu verdecken. Am Ende sagte er aber doch nur, das einzig erreichbare Ziel bei diesem Wetter sei jenes Lokal dort, was sie davon halte. Sie sah auf die Uhr, als könne höchstens ihre knappe Zeit sie daran hindern, die Einladung anzunehmen. Während der zwei oder drei Sekunden, die sie bis zur Antwort verstreichen ließ, beschloß er zu fragen, ob man sich nicht an einem anderen Tag treffen könnte, falls an diesem Abend das Zeitproblem nicht zu lösen sei. Doch sie sagte, ja, es ließe sich machen, mit etwas Phantasie

konnte man sogar glauben, fand Rudolf, daß sie sich freute.
Als sie bei dem Lokal ankamen, waren sie doch naß geworden und bekamen zudem keinen Platz. Er kannte ein Restaurant, wo man ihnen bestimmt einen Tisch geben würde. Er bat sie, in der Eingangstür zu warten, dann rannte er zurück über die Straße und holte sein Auto. Plötzlich war man in eine Unternehmung geraten. Der Weg spielte keine Rolle, die beschlagenen Scheiben, die westdeutschen Illustrierten, die angeberisch auf dem Rücksitz lagen, Louises Geruch. Sie wußte zwar, wer er war, hatte aber noch kein Buch von ihm gelesen. Dieses Los teilen Sie leider mit sehr vielen Menschen, sagte Rudolf.
Für jung gehalten hatte er sie natürlich von Anfang an, doch während sie die Speisekarte las, erkannte er, daß der Altersunterschied mindestens zwanzig Jahre betrug. Nie hätte er es so schreiben können: Er fand sie zum Verlieben. Sie wolle nichts essen, sagte sie, vielleicht eine Winzigkeit, mit einem Restaurantabend habe sie nicht gerechnet. Er nahm sich die Frage heraus, welche Pläne sie für den Rest des Tages gehabt habe, in der Gewißheit, sie werde schon noch zu der Einsicht kommen, daß es nichts Lohnenderes gab, als mit ihm zu sitzen. Sie antwortete: Mein Mann paßt auf das Kind auf, und ich bin schon über die Zeit.
Vor Jahren hatte er eine Erzählung verfaßt, in der das Zusammenleben einer Frau mit einem erheblich älteren Mann beschrieben wurde. Später war ihm klargeworden, daß diese Konstellation einer uneingestandenen Sehnsucht entsprang. Seine erste Frau war älter, die zweite nur ein Jahr jünger als er, es wurde seine Überzeugung, daß zu einem alterslosen Mann wie ihm eine viel jüngere Frau paßte. Aber an allen Studentinnen

oder Lektorinnen, mit denen ein Verhältnis möglich, zumindest nicht ausgeschlossen gewesen wäre, hatte er zu viel auszusetzen. Eine meiner Schwestern, Selma, lebt mit einem um viele Jahre älteren Mann, und jedesmal, wenn ich die beiden sehe, muß ich denken: Der hat es gut!

Ich habe vergessen, wie lange sie in dem Restaurant saßen. Es fallen mir noch manche Einzelheiten zu dem Abend ein, aber ich weiß nicht mehr, ob die nur Teil des Konzepts waren und beim Schreiben ausgemustert wurden, oder ob sie wirklich zur Novelle gehörten. Wie sie die Schuhe auszog, weil ihre Füße naß geworden waren. Wie ein paar Tische weiter plötzlich eine Frau aufsprang und weinend auf die Straße lief, und wie ihr Begleiter entschuldigend in die Runde blickte und ihr nicht folgen durfte, weil er noch bezahlen mußte. Wie ich Amanda nach ihrem Namen fragte, wie sie sagte, Amanda Weniger, geborene Zobel, und wie ich dachte, endlich mal ein Name. Es war ihr zweiter Hinweis darauf, daß sie verheiratet war, beim dritten wollte ich sagen: Ich glaube, ich habe das jetzt verstanden.

Während wir auf unser serbisches Reisfleisch warteten, das einzige Schnellgericht auf der Karte, wünschte ich, sie mit irgendeiner Bemerkung zu verblüffen und nicht nur Fragen zu stellen wie bei einem Einstellungsgespräch. Sie tat nichts für unsere Unterhaltung, vielleicht aus Befangenheit (was mir gefallen hätte), vielleicht weil sie eine wortkarge Person war; sie antwortete nur.

Die Wirkung meiner Frage, woran sie zur Zeit schreibe, war auf den ersten Blick zufriedenstellend, Amanda machte die erstauntesten Augen. Sie überflog einige Sekunden lang den bisherigen Verlauf unseres Gesprächs (was ihr keine Mühe machte, denn sie hatte kaum etwas gesagt) und fragte endlich, wie ich darauf komme, daß sie schreibe. Ich sagte, ich könne zwei und zwei zusammenzählen, und tat so, als handle es sich bei solchen Kunststücken um hellseherische Fingerübungen. Aber mein Erfolg war zweifelhaft, sie ärgerte sich, so mühelos durchschaut worden zu sein, fühlte sie sich gedemütigt? Sie sei eine Dilettantin, bisher jedenfalls, sagte sie verlegen, und halte die Begegnung mit mir keinesfalls für ein Treffen unter Kollegen. Sie wurde noch schweigsamer und schüttelte auf alle Fragen nach ihrem Schreiben nur den Kopf. Auch meine Behauptung, es gebe keine andere Literatur als solche von Nichtfachleuten, alle Schriftsteller seien Dilettanten, von denen es einigen wenigen gelinge, sich mit den Jahren gewisse Fertigkeiten anzueignen, konnte sie nicht aus ihrem Schweigen locken. Ich bot an, mich über ihr Ich-weiß-nicht-Was bei Gelegenheit mit ihr zu unterhalten, ich hielt das für den unverfänglichsten Weg, ein nächstes Treffen einzuleiten, doch erfolglos. Sie sagte nur, das sei zu freundlich, sie habe mir wirklich nichts zu zeigen, und blickte wieder auf ihre Uhr.

Als sie ging, hätte Rudolf schwören können, daß sie eine unglückliche Ehe führte. Er konnte nicht sagen, warum, doch er spürte es mit überzeugender Sicherheit: Menschenkenntnis. Er stellte sich Louise als leidenschaftliche Person vor, zudem als eine Frau, die Liebesaffären nicht abgeneigt war, auch wenn hierfür nicht die Spur eines Belegs existierte. Louise in seinen Armen (natürlich mit anderen Worten); mit Louise an einer Hotelrezeption, die Anmeldung ausfüllend; Louises Gesicht, mit geschlossenen Augen, der Mund gespitzt und leicht geöffnet, in Kußerwartung. Er war kein frauenversessener Mann und bemühte sich nicht um jede Frau, die ihm gefiel; *trotz seiner siebenundvierzig Jahre quälte ihn nicht das Gefühl, seine Zeit verstreichen zu lassen.* Manchmal hinderte ihn Trägheit am Werben um eine Frau, wenn ihre Vorzüge ihm nicht überragend genug erschienen, manchmal hielt er sich aber auch aus Furcht zurück, abgewiesen zu werden. Wenn schon verschmäht, meinte er, dann mußte es den hohen Einsatz lohnen, und bei Louise fand er diese Bedingung erfüllt.

In der folgenden Nacht suchte ich nach einer Geste oder einem Wort Amandas, das man als Ermutigung hätte auslegen können. Bis auf die Tatsache, daß sie meine beiden Einladungen angenommen hatte (sowohl ins erste Restaurant als auch ins zweite, was immerhin einen gewissen Aufwand bedeutete), fand ich nichts. Ich kenne Menschen, die es nicht berührt, zurückgewiesen zu werden, ich gehöre nicht zu ihnen. Ich sagte mir, das Fehlen ermutigender Zeichen müsse nicht gleichbedeutend sein mit Zurückweisung; doch das Argument kam mir wie ein Abgleiten in eine Theorie vor, die mit dem konkreten Fall wenig zu tun hatte. Als junger Mann verübelte ich es jeder Frau, wenn ich ihr nicht gefiel, als handle es sich um ein Fehlverhalten; ich will nicht behaupten, ich sei heute darüber erhaben, doch ist mir das Lächerliche einer solchen Position bewußt: Ich sehe es mittlerweile als erlaubt an, mich nicht zu mögen.
Auch Rudolf hatte es zu dieser Einsicht gebracht. In derselben Nacht gestand er sich ein, daß Louise einen größeren Eindruck auf ihn gemacht hatte als er offenbar auf sie. Eine Enttäuschung ohne Zweifel, aber ein Unglück? Liebesabenteuer mit Ehefrauen konnten heimtückisch sein, sein Freund Baruch war daran fast zugrunde gegangen (das heißt, mein Freund Baruch): Einmal hatte er sich mit der Frau eines Kollegen eingelassen, der war den beiden auf die Schliche gekommen, hatte sich von der Frau getrennt, und Baruch stand da.

Möglich sogar, daß der Mann die Sache eingefädelt hatte, um seine Frau loszuwerden, Baruch hatte diesen bösen Verdacht, konnte aber nichts beweisen. Doch selbst wenn es ihm möglich gewesen wäre, den Schurken zu überführen, was hätte er tun können? Er lebte fünf Jahre mit der Frau zusammen, was ihm normalerweise nicht im Traum eingefallen wäre.
Im Falle Louises kam hinzu, daß sie nicht nur einen Mann hatte, sondern daß der auch noch ein Kind hütete. Und verschlossen war sie, rechnete sich Rudolf vor, kein Anzeichen von Humor, nichts Strahlendes. Konnte man alles darauf schieben, daß sie so beeindruckt war von ihm? Er schrieb in sein Tagebuch, daß, um einer verheirateten Frau nachzustellen, eine Entschlossenheit nötig sei, die er wahrscheinlich nicht mehr aufbringe.
Es war ein Problem, Kontakt mit Louise aufzunehmen, er wußte keine Adresse, und im Telefonbuch stand sie nicht. Zehn Tage quälte er sich am Schreibtisch mit Konzentrationsschwierigkeiten, dann fand er Gefallen an der Vermutung, daß sie ihn nur deshalb nicht anrief, weil sie seine Nummer nicht kannte. Er überwand sich und rief den Bärtigen an. Dem erzählte er, er habe Louise ein signiertes Buch versprochen und es in der Eile versäumt, sich nach ihrer Adresse zu erkundigen. Der Bärtige sagte, das sei ein seltsames Zusammentreffen, denn vor wenigen Tagen habe Louise ihn angerufen und um seine, um Rudolfs Nummer gebeten. Die habe er natürlich nicht herausgerückt, Rudolf könne sich auf ihn verlassen. Für die Auskünfte hätte Rudolf ihn umarmen können, es war der glücklichste Augenblick seit langem; um sich zu revanchieren, sagte er, er habe es nicht eine Sekunde bereut, zu der Lesung gekommen zu sein.

Welches waren die angemessenen Worte, um seinen Anruf zu begründen? Jetzt, da er hoffen durfte, daß Louise ein nächstes Treffen nicht für abwegig hielt, brauchte er sich nicht zu winden. Hätten Sie Lust, sich mit mir zu treffen? Was halten Sie davon, wenn wir uns wiedersehen? Wollen Sie mir nicht doch eine Seite Ihres Manuskripts zeigen? Ich habe gehört, daß Sie sich um meine Telefonnummer bemüht haben – hier bin ich? Ich würde Sie gern wiedersehen? Leider fiel ihm kein Weg ein, ihr seine eigene Nummer zuzuspielen; seinen Freund, den Bärtigen, konnte er schlecht darum bitten, und andere gemeinsame Bekannte gab es nicht.
Die unverfänglichste Möglichkeit wäre gewesen, seinen achtundvierzigsten Geburtstag abzuwarten. Er hätte eine Feier veranstalten können (was er seit Jahren nicht mehr getan hatte) und Louise als einen Gast unter vielen einladen. Aber drei Wochen wollte er sich nicht gedulden. Dann kam der Augenblick, in dem er alle solche Überlegungen seiner unwürdig fand. Er nahm sich ein Glas Kognak und schritt in erzwungener Ruhe zum Telefon. *Wenn sie ablehnt, bin ich auch nicht weniger wert,* war sein letzter Gedanke, bevor er anrief.
Nicht ein Ehemann nahm den Hörer ab, nicht ein Kind, es war Louise. (In einer ersten Fassung hatte sich Louises Mann gemeldet, aber es war nichts Interessantes daraus entstanden, nicht mehr als eine Verzögerung.) Im Hintergrund hörte Rudolf den Fernseher, nicht etwa das Radio; er erkannte eine Stimme aus dem Film, dessen Ton er eben abgestellt hatte, um zu telefonieren. In seinem Zimmer die Filmbilder, aus dem Hörer der Ton dazu. Louise machte kein Geheimnis daraus, daß sein Anruf sie freute. Vor ein paar Tagen habe sie versucht, seine Nummer zu erfragen, sagte sie, vergeblich. Rudolf sagte, genau deshalb melde er sich, und kam sich

wie ein Gelegenheitsdieb vor; denn gerade die Möglichkeit, auf ihre Nachforschung zu verweisen, hatte er vorher als besonders unfair verworfen. Ob sie sich nun doch entschlossen habe, fragte er, mit ihm über ihr Manuskript zu sprechen.

Es verging eine längere Pause, bevor sie antwortete: So ist es. Warum diese Pause? Überhaupt gab es viele Pausen, *sie telefonierten wie Leute, die Zeit haben:* immer wieder ein Schweigen, das ahnen ließ, daß der Wert ihres Gesprächs weniger im Austausch von Informationen bestand als in der Kontaktaufnahme. In eine solche Stille hinein sagte Rudolf: Jetzt entdeckt sie, daß die Liebesbriefe gestohlen sind. Zuerst verstand Louise nicht, doch dann löste sie ohne seine Erklärung das Rätsel. Sie kicherte, schaltete den Fernseher aus und sagte, sie hätte nicht gedacht, daß auch richtige Schriftsteller sich so stumpfsinnige Filme ansehen.

Während eines weiteren Schweigens entschloß er sich zu einer befreienden Tat. Er sagte, es sei nur die halbe Wahrheit zu behaupten, er habe von ihrer vergeblichen Nachfrage gehört und rufe deshalb an, es sei sogar eine ausgemachte Lüge. Er habe von sich aus den Bärtigen angerufen, um nach ihrer Nummer zu fragen. Wozu er die brauche? Weil er sie gern wiedersehen möchte, um es nicht überschwenglich auszudrücken, mit oder ohne Manuskript. Weil er nur selten jemanden treffe, den er gern öfter treffen würde.

Louise scheute sich nicht zuzugeben, daß sie ihn aus einem ähnlichen Grund hatte anrufen wollen. Zu Hause erst habe sie gemerkt, daß die traurige Vorstellung, die sie im Restaurant geboten habe, ihr nicht gleichgültig sei, sondern sie unglücklich mache. Sie halte sich für unterhaltsamer, als sie es an jenem Abend habe zeigen können, vielleicht wegen des Zeitdrucks, vielleicht we-

gen einer heranziehenden Grippe. Jedenfalls habe sie störrisch wie ein Maultier dagesessen, und er müsse den Eindruck gewonnen haben, daß sie nur mitgegangen sei, um ihm den Abend zu verderben.
Rudolf hörte hingerissen zu, wobei ihn an ihren Worten nur eines wirklich interessierte: daß sie mit einem nächsten Treffen einverstanden war. Ja, mehr als das, es war ihr offenbar daran gelegen, ihn wiederzusehen, er war verwirrt bei der Vorstellung, daß sie sich am Ende in ihn verliebt hatte. Für den nächsten Nachmittag verabredeten sie sich in einem Café.

Am Morgen des großen Tages rief Amanda an und sagte ab. Ihre Freundin, bei der sie ihr Kind habe unterbringen wollen, sei verhindert, und eine andere Möglichkeit sehe sie nicht. Sie wisse nicht, wann ihr Mann aus der Redaktion komme; das lasse sich zwar herausfinden, doch habe sie Skrupel, ihm den Jungen zu geben, um sich dann mit mir zu treffen. Im ersten Moment fand ich das ein wenig grob, im nächsten ungeheuer feinfühlig. Ich bot ihr an, das Kind von meiner Mutter hüten zu lassen, die sei die kinderverrückteste Person, die sie je gesehen habe, doch Amanda sagte: Nein, nein, das ist ganz unmöglich. (Trotzdem hielt ich es für geschickt, meine Mutter ins Spiel zu bringen; es war kein spontaner Einfall, ich bot meine Mutter gezielt als Kinderhüterin an. Wer eine Mutter hat, die mit Kindern in die Achterbahn steigt oder ins Schwimmbecken springt, kann kein alter Mann sein.)
Ich wartete, bis Amanda von sich aus einen neuen Termin vorschlug, ich selbst wollte nur im Notfall davon anfangen. Sie tat es auf so uneitle Weise, daß ich mir vornahm, mein prestigebedachtes Gehabe besser unter Kontrolle zu halten. In der nächsten Woche könne ich

mir jeden beliebigen Tag aussuchen, sagte sie, und ich zog sofort die Konsequenz aus meinem Vorsatz und antwortete: Montag. Noch während wir redeten, blätterte ich im Kalender und sah, daß Montag überhaupt kein günstiger Tag war. Ich mußte ein Interview verschieben und einen Besuch absagen, aber ich beließ es dabei. Amanda überraschte, ja, verblüffte mich mit dem Angebot, zu ihr in die Wohnung zu kommen. Falls es Ihnen nicht unangenehm ist, sagte sie, wie hätte ich das ablehnen können? Nie, wenn eine Frau mich zu sich in die Wohnung eingeladen hatte, war ich mir so wenig über ihre Absichten im klaren wie jetzt. Was um Himmels willen sollte ich erwarten? Wo würde ihr Mann sein, wollte er nächste Woche verreisen? Würde sie das Kind bei ihrer Freundin abgeben oder zu Hause lassen? Wollte sie mich jemandem als Trophäe vorführen? Und als wildeste Vermutung: Spürte sie meine Schüchternheit und wollte es mir erleichtern, beim übernächsten Mal sie in meine Wohnung einzuladen?

Viel Zeit brachte ich damit zu, die Zeremonie des Besuchs zu planen. Blumen zum Beispiel, waren Blumen angebracht? Was für Blumen? Viele Rosen, wenige Rosen, rote Rosen, Rosen überhaupt? Am Ende wurde eine Schachtel Pralinen daraus, eine möglicherweise zu groß geratene. Krawatte, offenes Hemd oder Pullover? Lederjacke oder Sakko, Jeans oder Wollhose, Rasierwasser oder kein Rasierwasser, ich hatte eine Unzahl lebenswichtiger Entscheidungen zu treffen. Als ich in Unterhosen vor dem Spiegel stand und Hemden anprobierte, rief einer meiner Brüder an, Benno, dem ich sagen mußte, ich hätte nicht viel Zeit zum Telefonieren, ich bereitete mich auf ein Rendezvous mit der Frau meines Lebens vor. Er fing vor Neugier zu stottern an und stellte sofort die üblichen Fragen; als er hörte, wie

lange ich sie kannte und daß es sich obendrein um eine verheiratete Frau handelte, zog er die einzige Schlußfolgerung, die sein Dutzendverstand zuließ: Ich sei unzurechnungsfähig, wie man es im Zusammenhang mit Frauen von mir nicht anders kenne. Ich sagte, nicht jeder Mann könne solch ein Glück haben wie er mit Dorothea, und er antwortete spitz, ich müsse ihm die Einladung zur Hochzeit mindestens vier Wochen vor dem Termin schicken und nicht wieder so spät wie beim letztenmal. Er ist Finanzbeamter im Ruhrgebiet und führt eine Ehe, um die man ihn nicht beneiden kann, selbst bei viel gutem Willen nicht. Ich entschied mich für einen hellen Pullover, der aber plötzlich ein Mottenloch hatte, mitten auf der Brust. Also nahm ich in letzter Sekunde doch ein Hemd, dazu die erstbeste Krawatte. Angesichts meiner Mantelsituation und des immer noch kalten Wetters zog ich ein Unterhemd aus Angorawolle darunter, ein Geschenk meiner Mutter; es ist immer warm darin wie im Juli, nur läßt es einen um Hüften und Bauch herum dicker erscheinen, als man ohnehin ist. Vielleicht lasse ich Rudolf später einmal das gleiche Anziehtheater aufführen, denn nachdem es mir jahrelang pubertär vorgekommen ist, finde ich es heute, mit einigem Abstand, auch rührend.
Sorge machte mir das geheimnisvolle Manuskript. Dummerweise hatte ich am Telefon selbst damit angefangen, so daß Amanda kaum eine andere Wahl blieb, als es mir zu zeigen. Aller Wahrscheinlichkeit nach würde es nichts taugen. (Und in dieser Annahme drückt sich nicht etwa Geringschätzung gegenüber Amanda aus: Kaum ein Manuskript taugt etwas. Gelungene Manuskripte sind selten wie Goldadern, zu meiner Prognose gehörte also kein Mut. Später zeigte es sich, wie recht ich hatte: Das Buch, an dem sie schrieb, war kaum

der Rede wert. Nicht, daß ich es stümperhaft fand, eine gewisse Veranlagung zum Sätzekomponieren war ebenso erkennbar wie ein beträchtliches Maß an Intelligenz; aber es fehlte ihm jede Frechheit und fast alle Originalität. Es war auf dem Weg, eines jener Bücher zu werden, wie sie zu Tausenden die Regale der Buchläden füllen und von niemandem begehrt werden. Entspannt wurde die Situation dadurch, daß Amanda mir das Manuskript zwar zeigte, auf meine Meinung aber zum Glück keinen Wert legte.)

Bei Rudolf war Louise allein zu Haus, bei mir legte Amanda, kaum hatte sie die Tür geöffnet, einen Finger auf den Mund und flüsterte, ihr Sohn schlafe. Rudolf brachte ihr zwei Bücher von sich mit, ein verbotenes und ein erlaubtes, ich, wie gesagt, die Pralinen. Bei Rudolf trug sie eine schwarze Bluse, die neu gekauft war; er hätte geschworen, daß sie sie zum erstenmal trug, er sah am Kragen noch Fäden vom abgetrennten Firmenschild. Ich dagegen habe vergessen, was sie anhatte. Bei Rudolf kam sie nicht mehr auf das Manuskript zu sprechen, bei mir lag es groß und breit auf dem Tisch. Ich nahm mir vor, es so lange wie möglich zu ignorieren, um nicht Neugier vorzutäuschen. Das machte mich geschwätziger, als ich normalerweise bin.

Das Zimmer, in das sie mich führte, hatte etwas Bedrückendes, ich wunderte mich, wie ein so frischer Mensch wie Amanda darin wohnen mochte. Später erfuhr ich, daß sie in diese Polstergarnitur, in Eichentisch, Übergardinen, Anrichte, Bleikristallvasen und Bilderrahmen aus Stuck hineingeheiratet und es nicht der Mühe wert gehalten hatte, dagegen vorzugehen. Es genügte ihr, wenn ihr eigenes Zimmer davon verschont blieb (obwohl ich fand, daß auch dort nicht alles zum besten stand. Aber ich will das nicht aufbauschen, viel-

leicht handelte es sich schlicht um ein Geldproblem). Sie hatte schon Kaffee aufgebrüht und holte das Tablett aus der Küche, während ich vor einem Bücherschrank stand und die durch das Bleiglas verzerrte Schrift auf den Buchrücken zu entziffern versuchte.
Wir saßen uns mit Kaffeetassen gegenüber, die Tischdecke aus Brokatstoff zwischen uns, und hatten die Aufgabe des Sichkennenlernens zu lösen. Amanda steckte sich eine Praline in den Mund und sagte, ich solle ihr etwas erzählen; als sei sie überzeugt davon, ich hätte die interessanteren Mitteilungen zu machen. Ich bin für einen solchen Fall gerüstet, ich habe noch nie erlebt, daß eine Erzählung über meinen ältesten Bruder jemanden gelangweilt hätte.
Rudolf ist die mit Abstand wichtigste Person in unserer Familie. Als er zwanzig war, Mitte der fünfziger Jahre, rief er eines Morgens unsere Mutter an, die ihn aber nicht zu Worte kommen ließ, sondern ihn drängte, sofort zu ihr in die Wohnung zu kommen; er müsse ihr beim Umräumen helfen, am nächsten Morgen seien die Maler da, und keine Hilfe weit und breit. Die beiden liebten sich wie Täubchen, Rudolf hätte ihr nie eine Bitte abgeschlagen, doch diesmal druckste er herum und sagte schließlich, er könne nicht kommen, er rufe aus Amsterdam an und habe vor, ein paar Jahre dort zu bleiben. Meine Mutter stieß einen so schrillen Schrei aus, daß eine Nachbarin besorgt an die Tür klopfte, vor zwei Tagen hatten sie noch zusammen im Kino gesessen. Sein nächstes Lebenszeichen kam aus Stockholm, ein Vierteljahr später, wo er als Küchenhilfe in einem Restaurant arbeitete. Meine Mutter sagte: Machen wir uns nichts vor, der Junge wäscht Teller.
Wenn ich richtig gezählt habe, saß er fünfmal im Gefängnis, nie länger als ein paar Wochen. Inzwischen ist

er reich, es arbeiten drei Anwälte für ihn, und er geht nicht einen Schritt ohne Leibwache aus dem Haus. Jedesmal in den letzten Jahren, wenn er anrief und ich ihn fragte, wo er stecke, antwortete er: Das tut nichts zur Sache. Ich kann nicht sagen, wie er zu seinem Geld gekommen ist (zu sehr viel Geld, denn seine Geschenke sind beeindruckend), ich weiß nur, daß es mit Taschendiebstählen nicht zu schaffen gewesen wäre. Wenn ich ins Ausland reise, scheut er keine Entfernung, um mich zu sehen. Er kommt allerdings immer erst nach Beratung mit seinen Anwälten, der eine Ort ist für ein Treffen geeignet, der andere scheidet aus, eine Frage des jeweiligen Auslieferungsrechts. Am häufigsten sind wir uns in Budapest um den Hals gefallen, aber auch nach Belgrad, Sofia und Kairo kam er. In Budapest wohnte ich gewöhnlich im Gästehaus des Schriftstellerverbandes und er im Hotel Gellert, wo er für sich und seine beiden Begleiter (die maßlos dezent waren und meinen Blick kaum ertrugen) eine ganze Zimmerflucht mietete. Ich wußte nie, woher er kam und wohin er wieder verschwand, er sagte: Belaste dich nicht auch noch damit. Einmal in Budapest, nachdem er abgereist war, ging ich zur Hotelrezeption und erkundigte mich nach dem Herkunftsort des Gastes Hetmann, ich müsse ihm etwas nachschicken. Der hilfsbereite Empfangsmensch blätterte in seinem Buch, fragte noch einmal nach dem Namen, ich sagte Rudolf Hetmann, er sei heute früh abgereist. Doch der Mann lächelte nach einer weiteren Prüfung so untröstlich, wie nur Ungarn es können; es tue ihm leid, sagte er, ein Herr Hetmann habe nicht im Gellert gewohnt.

Bei diesem Stand der Geschichte wurden wir von einem Kind unterbrochen, das augenreibend und in weinerlicher Stimmung ins Zimmer kam, Sebastian. Während des Erzählens hatte ich mich weiter in Amanda verliebt, beim Erzählen steht das Leben ja nicht still, und jetzt sah ich mit großer Neugier den Jungen kommen, ohne den sie nicht zu haben war. Er war federleicht und hübscher, als meine sechs Geschwister jemals gewesen sind. Mit dem ließe es sich aushalten, dachte ich, auch wenn er mich mit einer Miene ansah, die wenig Gutes verhieß.

Eindringlinge haben nichts lieber, als mit offenen Armen empfangen zu werden, doch ein solches Glück erlebt nur selten einer. Auch Rudolf war entzückt von dem Kind, von Henriette. Er war nicht geübt im Umgang mit Kindern (anders als ich, der ich elffacher Onkel bin), deshalb setzte er sie sofort auf seinen Schoß. Geschrei, verlegene Tröstungsversuche der Mutter, Henriette beruhigte sich, als Rudolf so tat, als verlasse er die Wohnung. Auf dem Korridor stehend, hinter der angelehnten Zimmertür, hörte er Louise ihr gut zureden, er fand, daß es unendlich liebevoll klang. Die beiden spielten, als hätten sie ihn vergessen, und er schwankte, ob er tatsächlich gehen und zu Hause auf Louises Anruf warten sollte, auf ihre Entschuldigung. Noch fünf Minuten, dachte er, aber nach dreien fand er in der Küche einen Einkaufskorb, band sich ein buntes Tuch, das er von der Garderobe nahm, um den Kopf und betrat Rotkäppchens Zimmer als verkleideter Wolf.

Sein Erfolg bei Henriette bestand aus der Andeutung eines Lächelns, bei Louise dagegen hätte er nicht größer sein können. Nach einer Schrecksekunde, während der sie sich davon überzeugte, daß er noch bei Verstand war, lachte sie laut und lange, bis selbst Rudolf fand, so komisch sei der Einfall nun auch nicht gewesen. *War das Eis gebrochen?* Als sie wieder zu Luft kam, brachte sie hervor, Rudolfs Aufzug amüsiere sie nicht so sehr wie die Vorstellung, ihr Mann käme nichtsahnend ins Zimmer. Sie rief: Der Förster! Diesen Gedanken fand Rudolf so wenig erheiternd, daß er sich sofort das Kopftuch abband und den Korb in die entlegenste Zimmerecke stellte. Er mochte nicht fragen, wieviel Zeit ihnen noch blieb, aber er rechnete von nun an jeden Augenblick mit dem Auftauchen des Hausherren. Wenigstens ein kleines Gespräch wollte er zustande bringen, einen Gesprächsanfang, irgend etwas, was eine Fortsetzung lohnte.

Er sah, wie Henriette eines seiner Bücher in die Hand nahm, ohne daß ihre Mutter es merkte, und darin herumzumalen begann, das verbotene der beiden. Er hätte es für ein Zeichen übertriebener Eitelkeit gehalten, das Kind anzuschwärzen, zumal er zu Hause einen ganzen Schrank voll Ersatz hatte. Lieber stellte er sich vor, wie Louise später ausrief: O Gott, was hast du da angestellt, verzeihen Sie vielmals! Er vermied die Ungeschicklichkeit, das Gespräch auf die Lesung beim Bärtigen zu bringen, wozu sollte er Louise daran erinnern, daß sie angeblich über das Manuskript mit ihm reden wollte. Es kostete ihn Mühe, nicht auf ihre nackten Beine zu sehen und nicht auf die Arme, die sich in den dunklen Löchern ihrer ärmellosen schwarzen Bluse verloren.

Als Sebastian freiwillig auf meinen Schoß kam, vielleicht um den Pralinen näher zu sein, fiel die Wohnungstür ins Schloß. Amanda schien es nicht zu bemerken (was ich für Schauspielerei hielt), ich aber brach irgendeinen Satz ab und horchte. Von nun an durfte nichts mehr gesagt werden, was niemand außer uns hören sollte. Schnell und ohne Zusammenhang sagte ich noch, wenn sie je einen Gegenbesuch bei mir machen sollte, brauche sie den Jungen nicht einer Freundin anzudrehen, sondern könne ihn mitbringen, wobei ich darauf achtete, nicht leiser zu sprechen als vorher. Amanda antwortete, sie müsse schon deshalb kommen, um die Geschichte meines Bruders Rudolf weiterzuhören, und ich dachte zufrieden, jetzt könne sonstwer ins Zimmer einfallen, alles Wichtige sei erledigt.

Der Mann, der gleich darauf eintrat, war mir von der ersten Sekunde an unsympathisch. Ich gebe zu, daß er es schwer hatte, mein Herz im Sturm zu erobern, auf welche Weise hätte einer, der Amandas Mann war, das tun sollen? Als er die Tür öffnete, erwartete er keinen Besuch und hatte einen Ärmel seines Jacketts schon abgestreift. Nach zwei Schritten bemerkte er mich, blieb stehen, zog sich das Jackett wieder an und sah fragend zu Amanda. Da ich von der Situation nicht überrascht war, konnte ich jede Einzelheit registrieren: daß Amanda alles andere als erfreut zu sein schien, daß Sebastian nur kurz den Kopf seinem Vater zuwendete und dann weiter mit meiner Krawatte spielte, daß Ludwig Weniger, während Amanda uns bekanntmachte, nicht mich ansah, sondern auf dem Tisch die offene Pralinenschachtel. Diese Ehe sollte glücklich sein?

Mein Name bedeutete ihm zuerst nichts (ich fing schon an, enttäuscht zu sein), doch dann wurde sein Blick aufmerksamer. Sein Gesicht nahm einen feindseligen Ausdruck an, und er fragte, ob ich der Schriftsteller sei. Ich nickte erleichtert. Beim Händeschütteln, das ihn Überwindung kostete, deutete ich ein Aufstehen nur an, damit Sebastian bleiben konnte, wo er war. Männer sollten wohl vorsichtig sein bei der Beurteilung des Aussehens ihrer Konkurrenten, doch zögere ich nicht, ihn gutaussehend zu nennen, auch wenn mir die Komponenten Stärke und Männlichkeit übertrieben ausgeprägt vorkamen. Er hatte dunkelgrüne, von Natur aus schläfrige Augen, einen fleischigen Mund mit geraden, weißen Zähnen und kaum eine Spur Fett am Leib. Bestimmt verbrachte er einen guten Teil seiner Zeit in Sportvereinen, an Trainingsgeräten, um die ich immer einen Bogen gemacht habe. Er roch leicht nach Pfefferminz und Schweiß, woraus ich ihm, nach einem langen Arbeitstag, nie einen Vorwurf machen würde. Am Revers der Jacke trug er ein Parteiabzeichen (aber das war bestimmt nicht der Grund für meine Abneigung, dafür ist der Anblick einfach zu gewöhnlich); schlimmer waren die Ringe an fast allen seinen Fingern, die aussahen, als hätte er sie beim Preisschießen gewonnen. Amandas Mann.

Ich sagte, daß ich mich freue, ihn kennenzulernen, er nickte, als hätte er es nicht anders erwartet. Irgend etwas machte ihm Sorge, womöglich hatte er mit Amanda eine wichtige Angelegenheit besprechen wollen, nun saß ich da und verhinderte es. Ohne meine Floskel zu erwidern, ging er hinaus, zu Amanda und zu seinem Kind hatte er keine Silbe gesagt. Mich überkam das Gefühl, in die Endphase einer Ehe hineingeraten zu sein, und es ist seltsam, wie wenig dieses Gefühl mich erwärmte. Anstatt mich darüber zu freuen, daß es sich gar nicht günstiger hätte fügen können, sah ich die Trümmer meiner eigenen Ehen vor mir, und ich erinnerte mich, wie ramponiert und unglücklich man in einer solchen Zeit herumläuft.

Vielleicht hätte ich Rudolf die Begegnung mit Louises Mann (der in der Novelle nicht als Handelnder auftaucht und keinen Namen hat) nicht ersparen sollen. Ich habe darauf verzichtet, weil ich es ergiebiger fand, Rudolf diesen Menschen sich vorstellen zu lassen, anstatt ihn zu beschreiben. Er konnte seinen Ruf als Hell-

seher bei Louise festigen, indem er Sätze über ihn sagte oder Urteile abgab, die sie verblüfften. *Er hat zu Anfang nichts anderes als eine Schönheit in dir gesehen, ein frappierendes Schmuckstück; wenn er geahnt hätte, was du sonst noch bist, hätte er dich wie die Pest gemieden.* Oder: *Wenn du ihm immer wieder gesagt hast, daß er eine Niete ist, wie konntest du da erwarten, daß er aufblüht? Woher willst du das wissen? Hast du es ihm nicht gesagt?* Es war ein Spiel, dessen er lange nicht müde wurde, weil es Louise immer wieder staunen ließ. *Wie hat er eigentlich reagiert, als du ihm zum erstenmal sagtest, daß er auch im Bett nicht die Erfüllung für dich bedeutet?* Eine Begegnung zwischen Rudolf und Louises Mann hätte der Sache das Besondere genommen, das scheinbar Übernatürliche, dafür hätte ich ein, zwei Szenen einfügen können, die, so meinte ich beim Schreiben, kein Äquivalent gewesen wären. Jetzt, da ich mich an die wirkliche Begegnung erinnere, kommen mir Zweifel, andererseits ist Schreiben nichts anderes als eine endlose Reihe von Zweifeln, die zugunsten eines Satzes schließlich überwunden werden müssen.
Eher hätte ich mir die Zunge abgebissen, als eine kritische oder ironische Bemerkung zu machen, etwa daß Ludwig Weniger aussehe, als dürfe man ihn mit seinen Sorgen nicht alleinlassen. Sollte Amanda, wenn sie Lust hatte, den Auftritt ihres Mannes kommentieren, ich war nicht hier, um im Dickicht einer fremden Ehe den Helden zu spielen. Doch auch sie überging das Vorkommnis und tat so, als hätte die Zeit für ein paar Minuten ausgesetzt; sie sah mich nicht nur dementsprechend an, ein wenig amüsiert, ein wenig betreten, sie fragte tatsächlich: Wo waren wir stehengeblieben? (Sebastian ruinierte meine Seidenkrawatte, indem er sie nach dem Genuß einer gefüllten Praline als Serviette benutzte.

Seine Mutter bemerkte es nicht, während ich aus Befangenheit stillhielt.) Ich sagte, wir hätten zuletzt ihren Gegenbesuch erörtert, am liebsten mit Kind (der Himmel weiß, warum ich das sagte), und Amanda nickte. Sie verbarg nicht mehr, daß wir eine Frau und ein Mann waren, die einander genauer kennenlernen wollten, nur ich hatte die Ziererei noch nicht überwunden.
Das Manuskript lag nicht mehr so drohend auf dem Tisch, wie hätten wir jetzt noch darüber sprechen sollen. Da handgeschriebene Zettel oder Blätter aus dem Stapel, den ich auf zweihundert Seiten schätzte, herausragten, konnte ich mir auch nicht vorstellen, daß Amanda es mir zum Lesen mitgeben würde. Gleichgültig, wie gut oder schlecht es war, es hatte seinen Dienst als Anknüpfungspunkt getan und war damit jetzt schon mehr wert, als sich von den meisten Manuskripten behaupten läßt. Amandas Unlust, es mir zu zeigen, wurde immer offenkundiger, wie gern hätte ich ihr für diese Zurückhaltung ein Kompliment gemacht. Doch ich fragte nur, in welcher Redaktion ihr Mann arbeite, er sei doch Journalist? Statt einer Antwort lächelte sie an mir vorbei und sagte: Wenn man vom Teufel spricht ...
Weniger kam mit einer leeren Tasse herein, immer noch komplett angezogen. Er fragte, ob noch etwas Kaffee für ihn da sei, überflüssigerweise, denn die Kanne war aus Glas. Während Amanda eingoß und ihn aufforderte, sich zu uns zu setzen, blieb er stehen und sagte, dies sei die prächtigste Pralinenschachtel, die er je gesehen habe. Wie um mich in Schutz zu nehmen, sagte Amanda: Und wie sie erst schmecken! Ich fand es eindrucksvoll, daß er aus seiner Abneigung gegen mich kein Geheimnis machte, es war der erste sympathische Zug an ihm, den ich bemerkte. Er trank im Stehen einen Schluck, bevor er sagte, er habe kürzlich im Radio ein

Interview mit mir gehört, im Rias, wenn er nicht irre, und er müsse sagen, ich beherrsche mein Geschäft. Ich wartete einen Augenblick, ob er Einzelheiten zu diskutieren wünschte, aber er schien fürs erste seine Pfeile verschossen zu haben. Als er sich Zucker nahm und stumm den Kaffee umrührte (mit Amandas Löffel), sagte ich, auch ich sei mit dem Interview zufrieden gewesen. Amanda gefiel das, sie sah mich mit einem Blick an, der mich anfeuern sollte.
Das Umrühren dauerte lange. Weniger war sich seiner Rolle als Hauptakteur bewußt, an dessen Lippen jeder hing. Als er fertig war, deutete er auf das Manuskript und sagte, ich solle es gründlich prüfen, es könne bestimmt noch eine Prise Staatsfeindlichkeit vertragen. Dann schritt er zur Tat: Er nahm die Tasse vom Tisch, mit der anderen Hand seinen Sohn von meinem Schoß und ging hinaus, wobei Kaffee über den Tassenrand schwappte. Sebastian ließ es sich gefallen, weil er im Aufgehobenwerden eine letzte Praline erwischt hatte. Als die Tür geschlossen war, hörten wir, daß er zu schreien anfing, Amanda fand sofort die Erklärung: weil er ihm die Praline weggenommen hat.

Ich ließ es Sommer sein, als Louise und Rudolf sich zum drittenmal trafen. Zwei Monate lang verabredeten sie sich am Telefon Woche für Woche, doch immer wieder kam ihnen etwas in die Quere; fast alle Bitten um Terminverschiebung gingen von Louise aus, dabei hatte er nie den Eindruck, daß es sich um Ausreden handelte. Im Gegenteil, die dauernden Absagen schienen Louise mehr Verdruß zu bereiten als ihm, wenn man dem Tonfall ihrer Stimme und ihren Beteuerungen glauben durfte. Er selbst war nicht einmal unglücklich darüber: Inzwischen hatte sich seine Angst verflüchtigt, die Be-

ziehung könnte ihm davonlaufen, und er ahnte, daß es während der folgenden Monate oder Jahre, die sie hoffentlich dauerte, keine freudigere Zeit mehr geben würde als diese Tage der Erwartung.
Eines Tages begründete Louise ihre Absage für den nächsten Abend damit, daß sie zum Anwalt gehen müsse, wegen ihrer Scheidungssache, der Anwalt habe nur an diesem einen Abend Zeit. Überrascht war Rudolf nicht und deshalb auch nicht erleichtert. Er empfand höchstens die Beruhigung, wie sie ein Ereignis auslöst, an dessen Zustandekommen man eigentlich nie gezweifelt hat. Nach dem Telefonat schritt er seine Wohnung ab und stellte Berechnungen an, ob neben ihm eine Frau mit Kind darin genügend Platz hätte oder ob man sich eine neue suchen müßte. (Genau wie ich kam er zu dem Schluß: Ja, es müßte gehen. Ich ließ ihn recht haben mit dieser Einschätzung, doch bei mir war das eine reichlich optimistische Prognose.)
Sie waren in seiner Wohnung verabredet, Louise kam ein paar Minuten vor der Zeit. In einem Anfall von Ungeduld hatte er beschlossen, sie zu küssen, sobald die Tür offen war, doch nach dem Klingeln, während er den Flur entlangging, besann er sich anders. Es war ihm ein Wort eingefallen, das ihn abschreckte, es hieß Überrumpelungsküsser. Ohnehin hatte er einen Plan, der Überraschung genug war: In seinem Kofferraum lagen Decken und Handtücher und ein Picknickkorb, er wollte den lauwarmen Abend nutzen und mit Louise an einen See vor der Stadt fahren.
Aus verschiedenen Gründen hielt er die Idee für glänzend. Es habe Würde, fand er, eine Frau, die seine Wünsche bestimmt ahnte (ihre Telefongespräche waren zuletzt nicht arm an Andeutungen), zu sich nach Hause einzuladen und die Wohnung dann wieder zu verlassen,

ohne jeden Versuch, die Situation auszunutzen. Oder *er fand, daß es eine vital wirkende Unternehmung war, in der Dunkelheit an einen See zu fahren, mit seinen Untiefen und Rheumagefahren.* Oder er stellte sich vor, wie Louise zumute sein würde, wenn sie am Ufer saß (natürlich würde sie keinen Badeanzug bei sich haben), während er, mondbeschienen, ins Wasser tauchte; wie sie ihm am Ende vielleicht doch folgte. Oder er stellte sich vor, auf einer Waldwiese Louise zum erstenmal zu küssen und sie gar zu erobern (oder, nicht auszudenken, sich erobern zu lassen!); aber er war keineswegs entschlossen zu solch einem Versuch, es handelte sich eher um eine Option als um ein Programm.

Der Vorschlag amüsierte Louise. Sie sah Rudolf mit einem Blick an, den er so verstand, als hätte sie geantwortet: Geschickt! Seit Stunden hatte er kein Fenster geöffnet, Louise sollte selbst das Verlangen spüren, aus dieser stickigen Wohnung hinaus ins Freie zu fahren. Er brauchte sie nicht zu überreden (was er auch nie versucht hätte); als er fragte, ob sie sich zuerst hinsetzen und ausruhen wolle, sagte sie: Wovon? *Alles ging so leicht.* Seit dem letzten Mal hatte sie sich verändert. Er wußte nicht genau wie, vielleicht war sie durch die zermürbenden Begleitumstände der Scheidung abgemagert. Ihre Backenknochen waren plötzlich sichtbar. In ihren Augen war eine Müdigkeit, die nicht allein von ein, zwei Nächten mit zuwenig Schlaf herrühren konnte.

Bevor sie fuhren, fragte sie, ob sie einen Blick in sein Arbeitszimmer werfen dürfe. Sie ging nicht hinein, sie blieb in der Tür stehen und betrachtete einige Sekunden das Chaos. Rudolf hatte nicht damit gerechnet, er fragte sich, ob er sonst aufgeräumt oder die herumliegenden Blätter und Bücher zumindest auf andere Weise angeordnet hätte.

Die Fahrt an den See (die Stelle kannte er von früher, genau dorthin hatte ihn seine zweite Frau an ihrem ersten Abend geführt) sollte keinen großen Raum einnehmen, das heißt – sie nahm keinen großen Raum ein. Wichtig daran war vor allem, wie es nicht dazu kam, daß Louise und Rudolf sich am Seeufer zum erstenmal liebten, obwohl Louise möglicherweise bereit gewesen wäre. Sie hatten gegessen und getrunken, Louise war entzückt von alldem, was er neben dem Eßbaren aus seinem Kofferraum hervorholte wie ein Zauberer aus dem Zylinder: Tischdecke, Sektgläser, Pfeffermühle, Eisbehälter, Leinenservietten. Dann saßen sie nah beieinander, ihre Knie berührten sich, und es wäre nur eine Frage des Schneids gewesen, sie zu küssen, nicht eine des Mutes. Doch Rudolf hatte es sich in den Kopf gesetzt, die Sache hinauszuzögern.

Plangemäß stand er irgendwann auf und fragte, was sie davon halte zu schwimmen. Nicht viel, sagte sie, aber der unentschlossenen Antwort konnte man anhören, daß sie bereit war, sich überreden zu lassen. Sie habe hoffentlich nichts dagegen, sagte Rudolf, wenn er allein ins Wasser gehe, und sie sagte lächelnd, daß es ihr ein Vergnügen wäre. Er trat in den Mondschatten und zog sich aus. Da er ihr die Möglichkeit, ihm nachzukommen, erhalten wollte, verzichtete er auf seine Badehose, die im Handschuhfach lag, und lief nackt zum Wasser. Er erinnerte sich, daß das Wasser schnell tief wurde, nur war der Grund morastiger als bei seinen früheren Besuchen. Er schwamm ein paar Züge, gab sich ausgelassen und lockte sie mit Rufen, daß es warm sei wie in der Badewanne, daß es keinen saubereren See weit und breit gebe, daß sie es ewig bereuen werde, am Ufer zu sitzen. Das Schwimmen konnte er nur dann glaubhaft als spontanen Einfall hinstellen, mußte er denken, wenn er später keines der beiden Handtücher aus dem Kofferraum benutzte. Die Behauptung, er habe immer Handtücher bei sich, würde lächerlich klingen.

Das Wasser war tatsächlich angenehm, nicht nur in Rudolfs Lockrufen, er spürte eine Zufriedenheit wie lange nicht mehr. Als er sich ein Stück vom Ufer entfernt hatte, sah er Louise mit den Fußspitzen die Wassertemperatur messen, noch in Kleidern; er rief sie nicht mehr, sie würde schon das Richtige tun. Es muß gesagt werden, nicht unbedingt jetzt, aber warum nicht jetzt, daß er sich ihr nicht überlegen fühlte, daß er sie als absolut gleichwertig empfand, von einigen Fingerfertigkeiten abgesehen, die für Außenstehende wohl gravierend sein mochten, für eine Beziehung aber, wie er sie vor Augen hatte, nebensächlich waren. Sie rief, er solle nicht so weit hinausschwimmen, er rief zurück, warum nicht, sie rief: Weil es Nacht ist. Vielleicht war sie eine schlechte Schwimmerin, eine Nichtschwimmerin gar, die ihm nur unter Lebensgefahr hätte folgen können. Er wollte nichts verderben, weder durch Kühnheit noch durch Zögern, weder durch jugendliches Draufgängertum, noch durch die Zurückhaltung eines älteren Herrn. Vielleicht sollte ich mich einfach nach meinen Instinkten richten, dachte er, bevor ihm zu Bewußtsein kam, daß er deren Sprache nicht verstand. Er durfte nicht den Fehler begehen, seine Instinkte mit seinen Trieben zu verwechseln: deren Befehle waren eindeutig. Konnte ein guter Instinkt einen nicht auch davor bewahren, seinen Trieben zu folgen?

Als er bemerkte, daß er schon bis zur Mitte des Sees gekommen war, beschloß er, ans gegenüberliegende Ufer zu schwimmen. Was auch immer ihm mit Louise bevorstand – stets würde es mehr Gelegenheiten geben, ihr durch gescheite Bemerkungen zu imponieren als

mit Beweisen seiner physischen Leistungsfähigkeit. Er spürte einen beruhigenden Vorrat an Kraft, und wenn Louise sich um ihn ängstigte oder auch nur seine Abwesenheit bedauerte, konnte das nicht schaden. Er war selbst überrascht, wie leicht ihm die Anstrengung fiel, obwohl er inzwischen so schnell wie möglich schwamm, um das Ganze nicht unnötig in die Länge zu ziehen.
Vom anderen Ufer aus hatte er Mühe, die Stelle auszumachen, an der Louise stehen mußte; er sah sie nicht, er erkannte nur die Lücke im Schilf, aus der er gekommen war. Dann hörte er ihre Stimme: Hallo, wo sind Sie? Sie riefen ein wenig hin und her über den See, hier bin ich, wo, ich sehe Sie nicht, na hier – gegenüber, kommen Sie sofort zurück, bis sich eine ärgerliche, laute Männerstimme in ihren Dialog mischte: Ruhe da! Weil Rudolf nackt war und die Stimme so nah klang, als käme sie von dieser Seite und nicht von der Louises, schwieg er lieber und stieg sofort zurück ins Wasser. Die Breite des Sees schätzte er auf vierhundert Meter, eine kleine Pause hätte ihm nicht geschadet, doch er wagte nur noch zu rufen: Ich komme.
Bis zur Mitte des Sees bereitete ihm der Rückweg keine Schwierigkeiten, dann spürte Rudolf Stiche in der Seite und zugleich ein Nachlassen seiner Kraft. Er machte eine Pause. Nein, einen Grund zu ernsthafter Sorge gab es nicht, die lumpigen paar Meter würde er allemal schaffen, aber eine Wutwelle drohte, ihn zu überrollen. Er legte sich auf den Rücken und ruhte aus, mit leichten Handbewegungen für die nötige Balance sorgend, in der Schule hatte eine solche Übung Toter Mann geheißen. Bis zum Ufer war sein Keuchen bestimmt nicht zu hören. Er wußte, daß die Kraft, deren Wiederkehr er abwartete, gering sein würde, er sah sich japsend, frie-

rend und mitleiderregend nackt ans Ufer klettern und vor Louise ganz und gar nicht als der markige Kerl dastehen, als der er losgeschwommen war. Nichts war vom Übermut und von der Zuversicht übrig, die ihn in den See getrieben hatten, er verfluchte seine Unüberlegtheit.

Er zählte die Schwimmzüge, um nicht an die Szene denken zu müssen, die auf ihn wartete, vor der es kein Entrinnen gab. Als er schließlich aus dem Wasser taumelte, gab er sich nicht einmal Mühe, seine Erschöpfung zu verbergen. Louise erwartete ihn mit einem der Handtücher, die sie längt gefunden hatte; er war froh darüber, denn jetzt noch eine halbe Stunde zu trocknen und zu zittern wäre unerträglich gewesen. Auch ihre Laune schien gelitten zu haben, denn sie schwieg und machte keine der fröhlichen Bemerkungen, wie man sie sich nach solch einem Ausflug hätte vorstellen können. *Rudolf hatte den Eindruck, daß sie kopfschüttelnd dastand, obwohl sie sich nicht rührte.* Dann rieb sie ihm mit dem zweiten Handtuch den Rücken ab und sagte, nicht einmal ein Zwanzigjähriger hätte sich infantiler benehmen können. Rudolf antwortete: *Bei dem wäre Ihnen das aber nicht so aufgefallen.*

Genau mit denselben Worten hatte Amanda mich am Ufer empfangen, im Unterschied zu Rudolf hatte ich dazu geschwiegen. Im Zustand des Beschämtseins kriege ich den Mund nicht auf. Es war längst nicht so warm wie in der Novelle, ich war so durchgefroren, daß mir die Zähne aufeinanderschlugen und mein Schwanz in einem Maße geschrumpft war, wie ich es nicht für möglich gehalten hätte. (Amanda hatte ihm inzwischen den Namen Einakter gegeben, ich mußte das akzeptieren, obwohl ich ihren Einfall nicht für den Gipfel der

Einfühlsamkeit hielt.) Amanda war längst geschieden, sie wohnte seit einem Monat bei mir, wir hatten unseren ersten Streit hinter uns. Wir waren an den See gefahren, um zu baden (ich kannte ihn tatsächlich von einem Ausflug mit einer Freundin, deshalb fand ich es auch eine Spur anrüchig, mit Amanda dorthin zu fahren; andererseits, sagte ich mir, sei das Angebot an Seen nicht groß genug, um leichtfertig auf eine der wenigen guten Badestellen zu verzichten). Doch als wir ankamen, fand Amanda das Wasser viel zu kalt, so badete ich allein.

Da ich keinen Zweifel hatte, daß Amanda eine Art Endstation für mich war (vorausgesetzt natürlich, sie hielt es mit mir aus), bot ich mich ihr schon während des Scheidungsvorgangs als Sicherheit für die Zukunft an. Ich riet ihr, beim Termin so wenig Forderungen wie möglich zu stellen und so viele Forderungen ihres Mannes zu akzeptieren wie möglich; nicht weil ich ihre Position für die schwächere hielt, sondern damit sie ihre Nerven schonte. Das kostete uns allerhand Töpfe, Stühle und Tischdecken, Amanda verließ ihre Ehe mit nicht viel mehr als mit Sebastian und mit heiler Haut. Aber es verhalf ihr auch zu einer Gelassenheit, deren Wert ich nicht geringer einschätzte.

Nur einen Angriff Ludwig Wenigers galt es abzuwehren. Eines Tages erzählte sie, ihr Mann verlange Geld, von irgendeinem Konto in Hamburg, einem nicht offiziell angemeldeten, von einer lächerlich geringen Summe, die sie als Vorschuß für ihr Buchprojekt (aus dem später nichts wurde) erhalten hatte. Er habe gesagt, entweder sie zahle ihm seinen Anteil freiwillig aus oder er werde den Fall vor Gericht zur Sprache bringen. Beim Erzählen bebte sie vor Empörung, und als ich sie bat, die Sache mir zu überlassen, war sie sogleich einverstanden. Man hätte ihm die paar Mark vor die Füße werfen können, doch dieser Mensch war so unverschämt, daß weder Amanda noch ich klein beigeben wollten. Ich rief Weniger an, in seiner Redaktion, und bat ihn, sich mit mir zu treffen, er wisse schon in welcher Angelegenheit. Er sagte kühl, das wisse er ganz und gar nicht, und ich sagte, es gehe um eine Zahlung, über die man, in einem Land, in dem fast jedes Telefongespräch abgehört werde, besser nicht am Telefon sprechen sollte. Das sah er ein. Er muß sich gewundert haben, was ich mit alldem zu tun hatte, er wußte nichts vom Verhältnis zwischen Amanda und mir (zumindest behauptet das Amanda), und plötzlich trat ich als Bevollmächtigter auf.

Eine Stunde später trafen wir uns in einer Kneipe, die er vorschlug, in der Nähe seines Verlages. Der Scheidungstermin war für die nächste Woche angesetzt, ich sagte Weniger, ich sei gekommen, um Amanda bei diesem Termin vor einer kleinen Unannehmlichkeit zu bewahren und ihn vor einer großen. Er entgegnete, das sei außergewöhnlich zuvorkommend, doch um welche Unannehmlichkeit es sich auch immer handle – er würde sie lieber erdulden, als durch mich davor bewahrt zu werden. Ich sagte: Warten Sie ab.

Ich lud ihn zu einem Glas Bier ein, was er erstaunlicherweise annahm, dann gab ich die wohl bösartigste Vorstellung meines Lebens: Eine Forderung, wie er sie gegenüber Amanda erhoben habe, sagte ich, komme von einem offensichtlich so schamlosen Menschen, daß es keinen Sinn habe, mit ihm über deren Berechtigung zu diskutieren. Deshalb wolle ich ihn warnen: Wenn er es wagen sollte, die Drohung vor Gericht wahrzumachen, werde dasselbe Gericht von seiner Erpressung erfahren. Er habe fünftausend Westmark von Amanda verlangt, und zwar dafür, daß er das Gericht von ihrem Hamburger Konto nicht informiere. Zum Glück habe es Zeugen gegeben. Ich würde nicht zögern, sagte ich, ihn auf der Stelle anzuzeigen, ja, mehr als das, es wäre mir eine Genugtuung.

Danach schüttelte er so lange den Kopf, daß mir schon langweilig wurde, er drehte immerzu an einem seiner vielen Ringe, er brauchte viel Zeit, um seinen Denkapparat auf Trab zu bringen. Endlich fragte er, ob Amanda mir allen Ernstes erzählt habe, er habe sie erpressen wollen. Ich sagte, sie habe es mir nicht erzählen müssen, ich sei dabeigewesen, ich hätte im Nebenzimmer gesessen und jedes Wort mitangehört; ich sei einer der beiden Zeugen, den anderen werde er bei Bedarf kennenlernen. Dieser Probe hielt seine Freundlichkeit nicht stand, sie fiel ihm vom Gesicht wie eine überflüssig gewordene Maske. Er spielte mir nun vor, er widerstehe mit Mühe der Versuchung, sich auf mich zu stürzen, andauernd spielte er mir etwas vor. Seine verkrampfte Hand auf der Stuhllehne sollte mir Angst einjagen, die mahlenden Backenknochen verrieten, wie seinesgleichen sich die Darstellung von Wut vorstellt. Statt seiner stand ich auf.

Ich ging zur Theke und zahlte. Weniger kam hinter mir her, er hatte sich zu einem bösen Grinsen entschlossen, die Verschiedenheit seiner Gesichtsausdrücke wurde zu einer wahren Plage. Er fragte leise, ob ich in meinem Nebenzimmer (in was für einem Nebenzimmer übrigens? sagte er) tatsächlich gehört hätte, daß er fünftausend Westmark verlangt habe und nicht dreitausend oder hunderttausend. Der Himmel weiß, woher ich die Kraft nahm zu antworten: Ich habe jedes Wort gehört. Er hatte sein Bierglas in der Hand, ich ließ es nicht aus den Augen, obwohl ich dazu neigte, ihn für einen Feigling zu halten. Vielleicht war das Zittern seiner Hand echt. Er sagte, meine Darbietung füge sich nahtlos in alles Sonstige, was er über mich wisse, dann trank er das Bier. Es sind fast acht Jahre seitdem vergangen, wiedergesehen haben wir uns nicht.

Rudolfs Wohnung war größer als meine, so daß es kaum Mühe machte, Louise und ihre Tochter unterzubringen. Henriette war ein zurückhaltendes Kind, es bedeutete keine so große Nervenbelastung, mit ihr zusammenzuleben, wie er befürchtet hatte. Sie verschonte ihn mit Lärm und mit ihrem Kinderleben so auffällig, daß er Louises Gegenwirken vermutete, ohne aber je eine Ermahnung gehört zu haben. An manchen Nachmittagen, wenn sie aus dem Kindergarten kam und auf dem Küchenboden saß, ihre Milch trank, malte oder mit Holztieren spielte, fand er, daß getrost ein wenig mehr Kind in der Wohnung hätte sein können.
Es dauerte ein Vierteljahr, bis er ihr die erste Gute-Nacht-Geschichte erzählte. Louise belauschte ihn hinter der Tür, nicht um ihn zu kontrollieren, sondern um zu sehen, wie gut er sich schlug. Als er aus dem Kinderzimmer kam, sagte sie, er erzähle zu ehrgeizig; es komme weniger auf Geschliffenheit als aufs Erzählen selber an; für Henriette sei es wahrscheinlich am interessantesten, wenn er jeden Abend dasselbe erzähle. Sie spreche aus Erfahrung, sagte sie. Er könne sich weiter solche Mühe geben, doch er werde sehen, wie schnell er sich verausgabe und Henriettes kleine Bedürfnisse verfehle. Er hielt ihr entgegen, daß die Lust auf gute und immer bessere Geschichten nicht mit zunehmendem Alter größer werde wie etwa die Nase, sondern daß sie durch gute und immer bessere Geschichten herausgebildet werden müsse. Jedenfalls war er einen Monat später so

weit, daß Henriette ohne seine Geschichte, die er jeden Abend aufs neue improvisierte, nicht mehr einschlafen wollte.

Die Zeit mit Louise fing großartig an. Er profitierte davon, daß sie sich auf dem Nullpunkt befand, daß sie mit Aufmerksamkeit und Freundlichkeit und Großzügigkeit leichter zu beeindrucken war als jemand in gesicherten Verhältnissen. Er wußte das, dennoch hatte er genug Selbstvertrauen, um sich nicht als Notbehelf zu fühlen. Er hatte in seinem Leben genug Frauen gefallen, denen es gutging, man mußte nicht in verzweifelter Lage sein, um sich in ihn zu verlieben. Liebe sei nicht nur das Resultat einer Begegnung zweier Personen, meinte er, sondern auch die Folge bestimmter Umstände, in denen diese Personen sich befänden. Und diese Umstände waren nun einmal günstig, auch die seinen, die ihn so bereit für Louise gemacht hatten.

Ihre erste Liebesnacht, ein paar Wochen vor Louises Einzug, war alles andere als bewegend. Rudolf war enttäuscht von sich, er kam sich wie ein übermotivierter Sportler vor, dem im entscheidenden Augenblick alles mißlingt. Seine Hände waren ungeschickt, seine Füße waren kalt wie Eisblöcke, und seinen Einakter hatte er auch schon in besserer Verfassung erlebt (diesen Namen hatte ich in die Novelle übernommen, es gab niemanden außer Amanda und mir, der ihn kannte und eine Anspielung auf uns beide darin hätte erblicken können). Er nahm es deshalb besonders schwer, weil er gehofft hatte, Louises Bedenken wegen des Altersunterschieds, die sie zwar nie zur Sprache gebracht hatte, die aber zweifellos existierten, durch einen prächtigen Auftritt zu zerstreuen. Er war schon nahe daran, die Rede auf den unglückseligen Stern zu bringen, unter dem erste Liebesnächte nicht selten stehen, als er bemerkte, wie zufrieden sie neben ihm lag. Sie seufzte leise und weltvergessen, sie sah mit verklärten Augen auf die Stehlampe wie auf eine Erscheinung und drückte seine Hand. Er fand das weit übertrieben und fürchtete, es handle sich um einen Akt der Nächstenliebe, bis sie ihm ins Ohr gestand, sie habe eben den ersten Orgasmus seit langer Zeit erlebt. Seit wie langer Zeit, fragte er, und sie sagte, seit einer Affäre vor ihrer Ehe, da fühlte er sich wie ein König.

Obwohl er sich immer für einen reinlichen Menschen gehalten hatte, fing er nach Louises Einzug an, sich auf besessene Weise um seine Körperpflege zu kümmern. Morgens duschte er, und abends nahm er zusätzlich ein Wannenbad, er benutzte Haarwässer und ein Eau de Cologne und Badeessenzen, die er sich aus West-Berlin mitbringen ließ. Er wusch sich täglich die Haare – früher hatte er es nur an jedem dritten Tag getan, weil sein Friseur ihn vor Haarausfall gewarnt hatte. Er verpulverte Stunden mit dem akribischen Schneiden seiner Fuß- und Fingernägel, einmal ging er sogar in einen Pediküresalon, weil er fand, ein fachmännischer Rat für die Fußpflege könne nicht schaden. (Als Amanda davon erfuhr, ich hatte idiotischerweise die Rechnung des Salons im Auto liegengelassen, lachte sie sich halbtot.) Schließlich trieb er Zahnseide auf, er wollte nichts unversucht lassen, um der Gefahr von Mundgeruch zu begegnen.

In wachsendem Gegensatz zu seinem vor Frische strotzenden Körper stand der Zustand der Wohnung. Henriette. Wohl blieb sie ein unaufdringliches und stilles Kind, doch waren ihre Spuren auf Tischen und Stühlen, auf dem Fußboden und an den Wänden bald unübersehbar. Louise kämpfte nur kurze Zeit dagegen an, dann ließ sie es schleifen. Zweimal wöchentlich kam die

Putzfrau, danach war es für Stunden sauber, nie länger; denn Henriette war nicht davon abzubringen, ihren Saft überallhin mitzunehmen und ständig einen Buntstift in der Hand zu halten und jedes Ding auf der Stelle loszulassen, sobald sie ein hübscheres sah. Rudolf war nicht gerade froh darüber, doch er unterdrückte alle Bemerkungen, die nach Vorwurf hätten klingen können. Als einmal seine Zeitung am Küchentisch festklebte, nahm er einen Lappen und wischte demonstrativ den Tisch sauber; dann aber, als er Louises Blick sah, wurde ihm klar, daß eine solche Handlungsweise ein schwererer Vorwurf war, als Worte es hätten sein können, und er ließ es von da an kleben. *Allein Louise hätte den Tisch abwischen dürfen, sie tat es nur nicht.* Die Besuche der Putzfrau, die er früher zwar als nötig, doch auch als lästig empfunden hatte, wurden jetzt freudige Ereignisse; *er erhöhte ihren Stundenlohn und machte ihr kleine Geschenke.*

Ich erinnere mich, einmal kam Amanda in die Küche und sah, wie ich Sebastian fütterte. (Er war ein mäkliger Esser, immer nur trinken, trinken, und wenn es Ärger mit ihm gab, dann meist wegen des Essens.) Wir hatten uns ein Spiel ausgedacht: Ich hatte zwei belegte Scheiben Brot in Stücke geschnitten, die lagen hintereinander in Form einer Schlange, abwechselnd ein großes Stück für mich und ein kleines für ihn. Man durfte aber immer nur das in den Mund stecken, das gerade an der Reihe war; ich jammerte laut, ich hätte großen Hunger und könnte nicht essen, weil seine Häppchen die meinen blockierten. Er ließ sich immer wieder von meinen fürchterlichen Bauchschmerzen erweichen, so fraßen wir uns bis zum Ende der Schlange vor, an deren Schwanz zwei Bonbons lagen, der eine für ihn, der andere für später.

Mir kam die Sache nicht ungewöhnlich vor, doch Amanda stand hingerissen in der Tür. Später, als Sebastian schlief, sagte sie, er habe in den zwei Jahren mit seinem Vater nicht ein Hundertstel der Wärme zu spüren bekommen wie in den wenigen Tagen mit mir. Ich sagte, ich müsse mich nicht groß dafür anstrengen, worauf sie antwortete, das sei es ja gerade.
An jenem Abend küßte sie mich besonders innig, mir war das nicht recht: Ich wollte keine Hingabe als Ausgleichszahlung dafür, daß ich ihren Sohn besser behandelte, als Herr Weniger es getan hatte. Sebastian wuchs mir schnell ans Herz, ich habe ihm nie ein Opfer gebracht, zumindet kein großes. Vermutlich wäre ich ein brauchbarer Vater geworden, die Umstände hatten es nicht dazu kommen lassen. Nun war Sebastian in meine Biographie gefallen und profitierte von den Resten dieses Talents, bevor es ungenutzt verlorenging.
Nein, nein, in mich verliebt war sie, kein Zweifel. Manchmal küßte sie mich auf so besinnungslose Weise, daß ich nahe daran war zu sagen: Ist ja schon gut, kein Mensch nimmt dir etwas weg. Wie gern wäre ich sicher gewesen, daß es aus Leidenschaft geschah, ich meine, daß der Gegenstand ihrer Lust wirklich ich war und daß hinter ihrer Gier nicht die Entbehrungen steckten, die sie in ihrer Ehe hatte erdulden müssen. Inzwischen steht für mich fest, daß solche Angst unbegründet war, dennoch plagte sie mich nicht nur einmal; sie verhinderte, daß ich unser Verhältnis unbeschwert genoß und machte aus mir oft dessen Beobachter. Bei den Ängsten, die meinen Protagonisten Rudolf nicht zur Ruhe kommen ließen und die seiner Beziehung zu Louise viel von jener Leichtigkeit nahmen, ohne die Glück nun einmal nicht möglich ist, handelt es sich leider nicht um pure Erfindung. Es ist merkwürdig, wie meine Selbstsicher-

heit unter dem Eindruck Amandas dahinschmolz. Bei jeder Wolke, die unseren Himmel verdunkelte, bei jedem ihrer vorwurfsvollen Blicke, die sie bei Streitigkeiten einsetzte wie ein Präzisionsinstrument, fürchtete ich, sie könnte zu der Schlußfolgerung kommen: Ich hätte mich lieber doch nicht mit einem um so vieles älteren Mann einlassen sollen. Gesagt hat sie dergleichen nie, auch nicht in Andeutungen, doch offenbar gibt es Ängste, die Nahrung nicht nötig haben.

Eines Nachts wachte ich auf und sah verwundert, daß Amanda wach neben mir lag und las. Ich fragte, warum sie nicht schlafen könne, und sie antwortete, ohne von ihrem Buch aufzublicken, ich schnarchte so laut. Kein Vorwurf in ihrer Stimme, sie hatte nur nicht die Unhöflichkeit begehen wollen, mir eine Auskunft zu verweigern, doch für mich waren ihre Worte schockierend. Natürlich, alte Männer schnarchen, alte Männer räuspern sich, alte Männer sind nichts anderes als Belästigungen auf zwei, meist zu dünnen, Beinen, erträglich nur für solche, die mit ihnen zusammen in die Jahre gekommen sind. Manchmal gelingt es ihnen, ihre Umgebung über das Ausmaß ihrer Unzumutbarkeit zu täuschen, mit Verstellung und Hochstapelei, doch höchstens für kurze Zeit. Wenn diese Zeit abgelaufen, wenn der Blick auf die Tatsachen nicht mehr verstellt ist, müssen sie ihre Täuschungsmanöver büßen: Sie werden dann nicht einfach als sie selbst gesehen, als alte Männer, sondern es schlägt ihnen der Ärger über die Enttäuschung entgegen, daß sie nicht die sind, für die man sie gehalten hat.

Am nächsten Tag bot ich ihr an, in getrennten Zimmern zu schlafen. Das Sofa in meinem Arbeitszimmer reiche mir aus, wir hätten es doch nicht nötig, uns aus falschverstandener Rücksichtnahme zu quälen. Sollte sich herausstellen, fügte ich hinzu, daß unser Liebesleben darunter leide, könnten wir nach einer anderen Lösung suchen, fürs erste sollten wir es mit den getrennten Zimmern versuchen. Wir saßen uns am Tisch gegenüber, ich hatte mir Mühe gegeben, so beiläufig wie möglich zu sprechen, aber Amanda sah mich an, als hätte ich die Trennung vorgeschlagen. Ich konnte es kaum glauben, ihre Augen füllten sich mit Tränen. Sie stand auf, ließ Sebastian und mich allein und ging aus der Küche.

Zuerst lief ihr Sebastian hinterher, dann, als ich ihn im Flur weinen hörte, auch ich. Sie hatte sich im Bad eingeschlossen. Als ich klopfte und sagte, ich hätte ihr nur einen Vorschlag gemacht, vielleicht einen nicht sehr gescheiten, rief sie durch die Tür, die Sache mit den getrennten Schlafzimmern gehe in Ordnung, wir sollten aber auch darüber nachdenken, ob getrennte Wohnungen nicht noch besser wären. In diesem Moment empfand ich unseren Altersunterschied so intensiv wie noch nie. Als sie in die Küche zurückkam, wo wir zwei sie erwarteten, sagte sie, es sei traurig, daß ich Vorwände brauchte; sie hätte nie gedacht, daß unsere Zeit so schnell zu Ende gehen würde. Es kostete mich Tage, das Mißverständnis aufzuklären.

Zuvor schon hatte es eine Auseinandersetzung gegeben, die uns alle vier betraf (Rudolf wie Amanda, Louise wie mich), und wenn sie auch nicht dramatisch verlief und scheinbar im guten endete, glaube ich, daß ihre Wirkung bis zur viele Jahre später erfolgten Trennung nicht überwunden wurde. (Bei Amanda und mir vermute ich das, bei Louise und Rudolf bin ich sicher.) Natürlich hatte ich irgendwann Amandas Manuskript gelesen, natürlich hatte es mir nicht gefallen, natürlich spürte ich

die Gefahr, die uns daraus drohte. Da ich es nicht fertigbrachte, mir ein verlogenes Lob abzuquälen, verfiel ich auf den Ausweg, mich dumm zu stellen. Ich schwieg, ich legte die Seiten heimlich auf ihren Schreibtisch zurück und hoffte, das wäre Antwort genug. Ja, ich war mir sogar sicher, daß die sensible, hellhörige Amanda sich eher die Zunge abbeißen würde, als ein Urteil von mir anzumahnen. Ich täuschte mich.
Bis heute ist mir unbegreiflich, was sie sich von der Nachfrage versprochen hat. Unmöglich kann sie geglaubt haben, ich hätte das Manuskript aus Ordnungsliebe zurückgelegt, ich hätte in der Eile nur vergessen zu erwähnen, wie begeistert ich war. Meinen Tadel hören wollte sie aber auch nicht, was wollte sie? Da ich mit ihrer Frage nicht gerechnet hatte, war ich auf eine Antwort auch nicht vorbereitet. Ich konnte ihr nicht an den Kopf werfen, was sich beim Lesen an Ablehnung aufgetürmt hatte: Daß Intelligenz keine hinreichende Voraussetzung fürs Schreiben ist (wahrscheinlich eher eine nebensächliche), daß ihr Text krank an Sprachlosigkeit war (daß sie eine gehobene, gespreizte Ausdrucksweise für Literatursprache hielt), daß sie offenbar glaubte, der Banalität vieler beschriebener Vorgänge mit Ausführlichkeit beikommen zu können, daß ihr Erzählzug gemächlich in der Gegend herumfuhr und keinen Zielort hatte. Was um Gottes willen sollte ich der Frau, die ich von Herzen liebte, sagen, ohne sie zu verletzen und ohne mich selbst zu verletzen?
Auch Rudolf stand vor diesem Problem, und er löste es ebensowenig wie ich. Sein Dialog mit Louise und meiner mit Amanda sind inzwischen so sehr eins geworden, daß ich sie nicht mehr auseinanderhalten kann. Ich erinnere mich, daß ich an keiner Passage der Novelle länger gearbeitet habe, daß keine mir schwächer vor-

kam, also müßte der Verlust gerade dieses Abschnitts am leichtesten zu verschmerzen sein. Ich fand ihn so wenig überzeugend, daß ich sogar erwog, Louise keine Schriftstellerin sein zu lassen und auf diese Weise das Manuskript zu eliminieren. Doch die Konsequenzen für die ganze Geschichte kamen mir beängstigend vor. Auch fürchtete ich, daß Amanda, wenn sie die Novelle später las und sich als Lehrerin oder Architektin wiederfand, sich eines ihr wichtigen Stückes Vergangenheit beraubt und aufs neue beleidigt fühlen könnte.
Fest steht, daß Amanda, als wir im Bett lagen (wir vier), eine Umarmung von mir abwehrte und sagte, ich sei ihr noch eine Antwort schuldig. Ich wußte sofort, wovon sie sprach. Sie klang nicht ärgerlich oder gekränkt, es schien ihr nur etwas eingefallen zu sein, das wir längst hätten bereden sollen. Ich fragte noch, ob es keinen besseren Zeitpunkt dafür gäbe als eine beginnende Liebesnacht, und sie sagte ja, es habe bessere Zeitpunkte gegeben, ich hätte sie nur alle ungenutzt verstreichen lassen. Ich zog die Schlafanzughose an, ich fand meinen Aufzug unpassend für das, was sich wahrscheinlich gleich ereignen würde, und dann begann der mißglückte Dialog.

Rudolf sagte, er hätte längst schon über das Manuskript mit ihr gesprochen, wenn er nicht solch ein Feigling wäre, sein langes Schweigen sei kein Zeichen von Vergeßlichkeit, sondern Ausdruck fehlenden Mutes. Louises Augenbrauen hoben sich ruckartig und rasteten in der obersten Position ein; sie sagte, diese Einleitung deute darauf hin, daß sein Urteil nicht überschwenglich ausfallen werde. (Etwas Ähnliches sagte auch Amanda und löste einen internen Wutausbruch bei mir aus, wie ich ihn bis dahin nicht kannte, nicht in Zusammenhang

mit ihr. Mit Mühe hielt ich die Antwort zurück: Ja, was hast du denn sonst erwartet? Daran erinnere ich mich genau, und auch daran, daß Rudolf dieselbe Antwort nicht für sich behielt.) Er fühlte sich zu einer Roheit gezwungen, die leicht hätte vermieden werden können, das nahm er ihr übel. Jetzt sich nur nicht in neuen Rücksichten verlieren, dachte er, jetzt muß die Sache vom Tisch. Aber als er sah, wie bestürzt sie schon auf seine ersten Worte reagierte, verflog der gröbste Ärger, die Entschlossenheit wurde von Mitleid erstickt.
Rudolf und ich fingen an zu stammeln, daß wir für niemanden sprechen könnten als für uns, mit unserem anerkannt dürftigen Geschmack. Daß uns Hunderte von anderen Büchern auch nicht gefielen, auch solche, die von den anderen hochgelobt und sogar für Weltliteratur gehalten würden, und daß die Fragwürdigkeit unserer Ansichten sich schon daraus ergebe, daß sie von einem Schriftsteller stammten, dessen Bücher von wahnsinnig vielen Menschen abgelehnt würden, weiß Gott nicht nur vom Zensor. Wir sagten nichts anderes als: Dein Buch taugt zwar nicht viel, aber gib nichts auf unser Gerede.
Amanda, sie war es bestimmt, ließ sich davon nicht besänftigen. Kurz dachte sie nach, wie wichtig sie mein Urteil (das aus unverständlichen Gründen überraschend für sie kam) nehmen sollte, sie klammerte sich an ein böses Lächeln. Der Rest des Gesprächs glich einem Kreuzverhör, wie man es aus amerikanischen Filmen kennt. Sie fragte, warum ich so viele Wochen gezögert hätte, ihr meine ablehnende Meinung zu sagen, und ich antwortete: Aus Feigheit. Darauf nickte sie und fragte, warum ich das Manuskript nicht ihr zurückgegeben, sondern es auf ihren Schreibtisch gelegt hätte, ich sagte: Auch aus Feigheit. Wieder nickte sie, bevor

sie fragte, wann denn meine Zögerei beendet gewesen wäre, wenn sie mich nicht so bedrängt hätte. Ich sagte: Wahrscheinlich nie. Louise ließ eine längere Pause vergehen, so als wollte sie den Geschworenen Zeit geben, sich nach diesen beschämenden Aussagen selbst ein Urteil zu bilden. Als Rudolf in ihr Schweigen hinein den Mund öffnete, um etwas zu seiner Verteidigung vorzubringen, hob sie die Hand: Jetzt bin ich dran.

Wenn ich der Meinung sei, sagte Amanda, daß meine Ansichten über Bücher und literarische Manuskripte unmaßgeblich seien, warum ich dann ihr Manuskript beurteilte. Ich war ja nicht wirklich dieser Meinung, aber das konnte ich nicht zugeben, nicht jetzt. Statt dessen sagte Rudolf: Das würde ich auch gern wissen. Er merkte selbst, daß es nicht günstig stand.

Heute begreife ich nicht, wie ich mich so behandeln lassen konnte; ich sehe es als eine der größten Torturen an, sich gegen ungerechtfertigte Vorwürfe nicht wehren zu dürfen. Mein Verhalten war von einer Ängstlichkeit, die Amanda unmöglich gefallen konnte und die ich gern aus meinem Gedächtnis streichen würde. Wir saßen zerknirscht im Bett, Rudolf wie ich, wir ließen alle Züchtigungen über uns ergehen und warteten darauf, daß das Unwetter sich verzog. Unsere Schuld: Barmherzigkeit. In meiner Vorstellung berieten sich die Frauen, bevor sie das Verfahren fortsetzten, sie suchten nach einer letzten Demütigung für uns. Ich muß Amanda zugute halten, daß sie schwer getroffen war. Sie wird die Ablehnung ihres Textes wie ein Fehlen von Sympathie empfunden haben. (Und eigentlich ist es ja auch so. Ich selbst hatte mir solche Empfindlichkeit abgewöhnt, weil Kritik mich so häufig traf, daß ich, hätte ich es nicht getan, nur noch beleidigt gewesen wäre. Bestimmt ist das aber auch ein Verlust, denn es

wird kaum möglich sein, die eine Art von Empfindlichkeit aufzugeben und alle anderen beizubehalten.)
Amanda sagte, sie wolle mir nicht verschweigen, daß sie mit Zustimmung gerechnet habe, vielleicht nicht mit uneingeschränkter, aber doch mit einem Beifall, der sie kräftige. Entmutigung sei das letzte, was sie derzeit brauchen könne. Da meine Einwände offenbar fundamental seien (das war richtig, aber woher wußte sie es?), schlage sie vor: Ich solle weiter schweigen, sie wolle weiter arbeiten. Auch wenn man das nicht gerade ein zufriedenstellendes Resultat nennen konnte, war ich erleichtert. Amanda stand auf (immer noch nackt) und ging hinaus, um nachzusehen, ob (wie sie sagte) wenigstens mit dem Kind alles in Ordnung war; dann legte sie sich wieder hin, machte das Licht aus und stellte sich schlafend. *Es dauerte Tage, bis Rudolf es wieder wagte, sie zu berühren.*

Für seine Bücher schien sie sich nicht zu interessieren, es gab keine Unterhaltungen darüber. Er wußte nicht einmal, ob sie sie kannte. An ein paar Abenden sah er sie einen der beiden Romane lesen, die er ihr zur ersten Verabredung geschenkt hatte, den erlaubten; doch da sie nie Neigung zeigte, darüber zu sprechen, stellte er keine Fragen. Er wollte nicht denselben Fehler begehen wie sie, er wollte Louise nicht zu einem Urteil drängen. Was anderes als Ablehnung konnte hinter ihrem Schweigen stecken, und wozu sollte er sich damit belasten? Er hatte eine Eigenart, die ich bei vielen Autoren beobachtet habe, auch bei mir selbst: Er hielt sich nicht für einen besonders guten Schriftsteller, ärgerte sich aber jedesmal, wenn andere eine solche Ansicht äußerten.
Auf Umwegen wurde dennoch über seine Bücher gere-

det. Louise erinnerte sich, daß die Romane früher einmal öffentlich gelobt, zumindest geduldet worden waren, und sie wollte wissen, was Rudolf um diese Gunst gebracht hatte. Am einfachsten wäre es gewesen zu antworten: Lies, dann kennst du den Grund. Aber weil das wie ein Vorwurf geklungen hätte, erzählte er lieber den ganzen Hergang. Nicht in einem Stück, dafür war die Geschichte zu handlungsreich, zu verschlungen, er ließ sich von Zeit zu Zeit bitten und mahnen, und er achtete darauf, daß die einzelnen Fortsetzungen ihm nicht zu lang gerieten.

Damit sie verstand, was den Unwillen der Zensurbehörde erregt hatte, mußte er ihr Teile seiner Romane erzählen, einzelne Motive oder bestimmte Stellen. Gern tat er das nicht, denn er wußte, daß solche Passagen (die von vielen als brisant bezeichnet wurden, was nichts anderes hieß, als daß sie sich die Maßstäbe des Zensors zu eigen machten) oft erst im Zusammenhang einer Geschichte an Schlüssigkeit gewannen und nicht mehr wie schiere Frechheiten dastanden. Er gab sich deshalb Mühe, die Stellen nicht wie Heldentaten vor ihr auszubreiten, sondern als notwendige Bestandteile einer Komposition. Insgeheim wartete er darauf, daß Louise ihn mit dem Hinweis unterbrach, er könne sich den Rest der Schilderung sparen, sie kenne das Buch. Doch bald schon gab er diese Hoffnung auf.

Als Rudolfs Verlag zum erstenmal Anstoß an einem neuen Manuskript nahm, nach drei unbeanstandeten Büchern, hatte er noch keinen Grund für Aufregung gesehen. Er sträubte sich ein wenig, dann erklärte er sich zu den gewünschten Änderungen bereit, zumal eine Lektorin ihm nachwies, daß gerade das mißbilligte Kapitel im Verhältnis zu den übrigen sprachliche Mängel aufweise. *Er war nicht so naiv, die Meinungsver-*

schiedenheit für ein rein ästhetisches Problem zu halten, er sagte sich: Zuerst versuchen sie es wohl immer so. Doch die gesamte Arbeit kam ihm wichtig genug vor, um sie nicht an wenigen Wörtern in einem einzigen Kapitel scheitern zu lassen. Außerdem hatte die Lektorin, was die Ungeschicklichkeit mancher Sätze anging, nicht nur Unrecht. Später ärgerte er sich über seine Nachgiebigkeit, auch nachdem das Buch ein Erfolg geworden war, er wurde das Gefühl nicht los, daß darin blinde Stellen waren. Sprachliche Schwächen hätten sich in jedem anderen Kapiel auch nachweisen lassen, aber das bemerkte er zu spät, wie immer. Louise lächelte, ohne etwas zu sagen.
Als beim nächsten Buch wieder Korrekturen verlangt wurden (und zwar solche, von denen ich meinte, daß sie dem Roman ans Leben gehen), ließ ich mich auf keine Diskussionen mehr ein. Freund Baruch, der damals gerade seine erste Lektorenstelle angetreten hatte und mir zugeteilt worden war, bestärkte mich in meiner Unnachgiebigkeit. Allerdings wollte er nicht, daß ich mich bei den zu erwartenden Auseinandersetzungen auf ihn berief, das käme seiner Kündigung gleich. Als ich ihn unglücklich fragte, was ich mit dem Manuskript denn sonst anfangen sollte, als es zu ändern (ich hatte sofort das Gefühl, daß man offen mit ihm reden konnte), verdrehte er die Augen und sagte: Ich will ehrlich sein – es ist nicht so umwerfend, wie Sie vielleicht meinen. Aber wenn Sie tun, was die von Ihnen verlangen, wird es noch weniger umwerfend sein.
Es gab keine Auseinandersetzungen. Ich sagte – entweder so oder gar nicht, und der Verlag antwortete – dann eben gar nicht. Beinah im Affekt steckte ich die Seiten in ein Kuvert und schickte sie an den Ellenreuther Verlag in München, in dem zuvor zwei meiner Bücher erschie-

nen waren. Ich kannte keine Seele dort, die beiden bisherigen Veröffentlichungen waren von meinem hiesigen Verlag vermittelt worden, ohne daß mich jemand um Zustimmung gebeten hätte. Jahre zuvor war ein Angestellter von Ellenreuther, dessen Namen ich inzwischen vergessen hatte, zu mir nach Hause gekommen, ein weltgewandter jüngerer Mensch. Ich glaube, er war Vertreter, oder der Chef sämtlicher Vertreter, ich weiß es nicht mehr; er brachte nie gesehene Blumen für meine damalige Frau mit, wir unterhielten uns einen Nachmittag lang über die Tendenzen der gegenwärtigen Literatur, und als er ging, versprach er mir ein großes Bücherpaket (das ich nie erhalten habe). Lieber wäre mir gewesen, das Manuskript an eine bestimmte Person bei Ellenreuther schicken zu können, ich mußte es also an die Verlagsleitung adressieren. Von dem Augenblick an, da ich den Umschlag in einen Briefkasten gesteckt hatte, war ich Dissident.

Ich fühlte mich danach in einer seltsamen Aufbruchsstimmung: Ich erwartete, daß in meinem Leben kein Stein auf dem anderen blieb, ohne zu wissen, ob die bevorstehenden Umwälzungen ausnahmslos zum Fürchten waren oder ob auch angenehme darunter sein würden. Als ich Amanda davon erzählte, fragte sie ungläubig, ob ich denn nicht zuerst die Konsequenzen bedacht und dann erst den Umschlag in den Kasten gesteckt hätte. Ich schüttelte den Kopf, es war die Wahrheit, und sie sagte: Zuzutrauen wäre es dir. Ich glaube, daß sich ein Kompliment dahinter verbarg, das nur für geübte Ohren zu erkennnen war. Nebenbei gesagt, lag Amandas Kritik immer viel offener zutage als ihre Freundlichkeit, auch wenn sich nicht behaupten läßt, daß sie von dem einen zu viel und vom anderen zu

wenig gehabt hätte. Es war bloß eine marottenhafte Furcht in ihr, beim Loben zu dick aufzutragen.
Während ich noch auf eine Reaktion von Ellenreuther wartete, zumindest auf die Empfangsbestätigung, wurde ich telefonisch gebeten, zu einer Aussprache in den Schriftstellerverband zu kommen. So schnell? Ich fragte die Sekretärin, die mich angerufen hatte, worum es sich handle, sie sagte, das wisse sie nicht, sie habe nur den Auftrag, einen von drei möglichen Terminen mit mir zu vereinbaren. Im Verband waren Aussprachen nichts Ungewöhnliches, es wurde dort kaum ein Vorgang für nichtig genug gehalten, um nicht eine Aussprache darüber zu führen. Ich nahm den ersten Termin an und zwang mich, der Sache bis dahin keine Bedeutung beizumessen, anders als Amanda, die behauptete, schon zu wissen, was dort geschehen würde. Das reizte mich, und ich sagte, noch eine solche Besserwisserei, und ich würde aufhören, sie mit Geschichten zu langweilen, die sie, der Himmel wisse woher, längst kenne.
In dem Raum, in den die Sekretärin mich führte, saßen zwei Kollegen (ein Romancier und ein Theaterautor, deren Veröffentlichungen keine Höhepunkte in der Geschichte der Literatur darstellten), dazu ein mir Unbekannter. Der stand als einziger auf und gab mir die Hand, er stellte sich mit einem Namen vor, den ich nicht verstand und der wohl ohnehin erfunden war. (Diese Vermutung gefiel Amanda, sie nickte beifällig, wie um zu sagen: Endlich verstehst du mal etwas.) Es entging mir nicht, daß alle außerordentlich ernst blickten (Amanda: Kunststück, du warst für sie gerade gestorben), eine Hand zeigte auf einen Stuhl. Dann sah ich mich auf dem Tisch um, und als letzter begriff auch ich, wie ernst die Situation war: Dort lag mein Manuskript, daneben der geöffnete Umschlag mit der Anschrift des

Ellenreuther Verlages in meiner Handschrift. Nicht einmal darüber wunderte sich Amanda, aber das kann inzwischen auch ein Spiel gewesen sein.
Da meine Gastgeber in der Folge wie mit einer Stimme redeten, da sie nicht einmal mit verteilten Rollen spielten und nie die kleinste Meinungsdifferenz verrieten, ist es nicht nötig, sie zu spezifizieren: Jeder war der andere, zusammen waren sie die Gegenseite. Sie gaben mir reichlich Zeit, meine Beobachtung zu verarbeiten. Wie verhält sich ein Dissident bei seiner ersten Bewährungsprobe? Amanda wäre aufgestanden und wortlos gegangen, ich sagte es ihr, und sie nickte, ich dagegen blieb sitzen und ärgerte mich, weil ich so unvorbereitet war. Angst hatte ich nicht, obwohl sich das nachträglich leicht behaupten läßt. Ich glaube, meine Gedanken standen einfach still. Ein Telefonklingeln weckte mich auf, sie nahmen den Hörer ab und legten ihn wortlos neben den Apparat, so bedeutsam war unsere Zusammenkunft. Amanda sagte: Der Anrufer konnte jetzt natürlich mithören. Ich sagte: Geh mir nicht auf die Nerven, sie haben vorher auf die Gabel gedrückt. Aber beschwören hätte ich es nicht können.
Mir wurde gesagt, es herrsche ja wohl Klarheit darüber, weshalb wir uns hier versammelt hätten, und ich antwortete: Offensichtlich wegen eines Rechtsbruchs. Dieser Meinung waren auch sie. Beide Parteien legten dar, worin aus ihrer Sicht der Rechtsbruch bestand, aber das war nichts als Geplänkel. Als ich fragte, ob Ellenreuther ihnen etwa mein Manuskript zur Beurteilung geschickt habe, wurde mir geantwortet, ich hätte den Ernst der Lage noch nicht begriffen. Eine Notiz wurde gemacht, eine Pfeife wurde angezündet. Ich sagte, es tue mir leid, aber in einem so engen Raum vertrüge ich den Rauch nicht (was eher ein Ausdruck

meiner Stimmung war als die Wahrheit), darauf öffneten sie das Fenster. Eindeutig hatten sie den Auftrag, es zuerst im guten zu versuchen.
Ob ich denn wirklich wegen einer einzigen Entscheidung meines Verlages, womöglich einer Fehlentscheidung, alle Brücken hinter mir abbrechen und die Fronten wechseln wolle. Ich sagte, der Begriff Fehlentscheidung interessiere mich außerordentlich; wenn die versammelte Runde mir zusichere, daß der Verlag seine Haltung ändern werde, sei unser Streit gegenstandslos geworden. Eine kurze Stille, die Gegenseite wechselte ernste Blicke untereinander, bevor sie sagte, wir sollten nicht mit Erpressungen anfangen. Ihr Wohlwollen war schnell aufgebraucht, unser Gespräch nahm einen gröberen Charakter an (zum Beispiel fragten sie, ob die zweifelhafte Annehmlichkeit, bei unseren Feinden ein billiges kleines Aufsehen zu erregen, tatsächlich mehr zähle als alle Anerkennung und alle Fürsorge, die mir bisher zuteil geworden seien), niemandem fiel ein neuer Gesichtspunkt ein. Ich will die Episode nicht breittreten, Amanda wollte sie hören, in der Novelle kam sie nicht vor. Zum Schluß nahm ich Kuvert und Manuskript wieder in Besitz, ohne daß jemand mich dazu aufgefordert hätte; wenn sie weiter darin lesen wollten, sagte ich – im Keller des Verlages müßten noch drei Durchschläge herumliegen. Dann ging ich, die erzürnten Blicke der drei im Rücken.

Ein Jahr nach Louises Scheidung brachte Rudolf die Rede behutsam aufs Heiraten. Allerdings waren seiner Behutsamkeit Grenzen gesetzt, er konnte sich zwar an das Thema heranschleichen und so tun, als nähere er sich ihm nur zufällig; *aber irgendwann mußte das Wort ausgesprochen werden, und es klang alles andere als*

behutsam. Kaum war es draußen, ahnte er, daß er seine Frage besser nicht hätte stellen sollen. Zuerst sah Louise ihn an wie einen Quälgeist, dann seufzte sie ein wenig, dann nahm sie seine Hand und setzte zu einer Antwort an. Doch er ließ sie nicht zu Wort kommen, er sagte, sie solle sich Zeit lassen, sie solle mit ihrer Ablehnung warten, bis er zum zweitenmal die Frage stelle, für heute ziehe er sie zurück. Louise gab sich keine Mühe zu verbergen, daß sie erleichtert war; sie küßte ihn zur Belohnung und kam nicht auf den Gedanken, daß er verletzt sein könnte. Das verfluchte Alter, dachte er, einen anderen Grund als sein Alter konnte er sich nicht vorstellen. Die halbe Nacht sah er ihr beim Schlafen zu und wurde verrückt über der Frage, warum sie den Vater Henriettes geheiratet hatte, diesen Affenmenschen, ihn aber nicht wollte.
Einige Tage später waren Louise Veränderungen in seinem Verhalten aufgefallen, die sie eine Fröhlichkeitssperre nannte; sie sagte, so wie manche Leute aus heiterem Himmel nachlässig würden und sich plötzlich nicht mehr wüschen, so freue er sich nicht mehr. Über nichts – nicht über eine wilde Liebesnacht, nicht über ein Essen, das sie ihm koche (und er wisse, eine wie leidenschaftliche Köchin sie sei), nicht über die komischsten Sprachschöpfungen Henriettes. Nicht einmal über eine Seite, die ihm am Schreibtisch gelinge. Da der Grund hierfür kein Geheimnis sei, könne sie ihm nun doch nicht den Gefallen tun und mit der Antwort bis zum nächsten Heiratsantrag warten.
Als erstes, sagte sie: Wenn er darauf bestehe, werde sie ihn auf der Stelle heiraten. Wenn er mit einer Frau verheiratet sein wolle, die lieber unverheiratet sein möchte, dann bitte. Das eine Jahr mit ihm sei das angenehmste und sorgloseste in ihrem Erwachsenenleben

gewesen, eigentlich in ihrem ganzen bisherigen Leben – diese Erfahrung sei es also nicht, was gegen das Heiraten spreche. Auch habe sie Phantasie genug, sich vorzustellen, daß Ehen besser geführt werden könnten als die eine, die sie hinter sich habe. Sie sehe weit und breit keinen Grund, ihn nicht zu heiraten, den er, Rudolf, aus der Welt schaffen könnte. (Rudolf könnte eingeworfen haben: Ich weiß selbst, daß ich unseren Altersunterschied nicht aus der Welt schaffen kann.) Das Problem liege allein bei ihr. Falls er es noch nicht bemerkt habe – sie sei mit sich selbst sehr unzufrieden. Einerseits sei sie ehrgeizig und würde sich nie damit abfinden können, sowohl ohne Anerkennung als auch ohne die Aussicht auf Anerkennung zu existieren, andererseits sei sie antriebsarm, eine miserable Arbeiterin. Manchmal fürchte sie, ihre kleine Energie, ihre fehlende Entschlossenheit beim Verfolgen der eigenen Pläne habe nichts mit Trägheit zu tun (das wäre ja nicht so schlimm, dagegen könnte man ja etwas unternehmen), sondern mit Talentlosigkeit. Das herauszufinden sei die dringendste Aufgabe der nächsten Zeit. Sie sei nun siebenundzwanzig Jahre alt und wisse immer noch nicht, was aus ihr einmal werden sollte. Wenn sie ihn heirate, wäre das klar: seine Frau.
Es sei so leicht neben ihm, sich gehen zu lassen und nichts anderes zu tun, als mit ihm zu leben, sie mache das im Grunde jetzt schon. Doch noch gelinge es ihr, das Problem im Auge zu behalten und sich gegen die Selbstaufgabe zu wehren, noch habe sie die Bemühung um eine auffälligere Biographie nicht aufgegeben, auch wenn es nicht immer danach aussehe. Sie meine damit nicht ein Leben ohne ihn, sondern Eigenständigkeit. Eines Tages werde sie ihre Bestimmung gefunden haben (garantiert benutzt sie nicht dieses Wort), dabei müsse

es sich nicht unbedingt um Schriftstellerei handeln, sie halte das noch nicht für entschieden. Sollte sie irgendwann den Kampf aufgeben und sich fügen, so wolle sie diesen Zeitpunkt so weit wie möglich hinauszögern; es sei allemal besser, in fortgeschrittenem Alter zu resignieren als in jungen Jahren. Und sie könne sich nicht vorstellen, an wessen Seite es angenehmer sein sollte zu resignieren als an seiner. Manchmal müsse sie sich sogar Mühe geben, diesen Zustand nicht herbeizuwünschen, er möge ihre Worte also nicht nur als umständliche Abwehr seines Heiratsantrages verstehen, sie seien auch eine Liebeserklärung.

Rudolf war notdürftig getröstet. Er glaubte, was sie ihm gesagt hatte, das heißt, er fühlte sich nicht hinters Licht geführt; doch kamen ihm ihre Worte reichlich einfältig vor. Warum sollte sie in einer Ehe mit ihm nicht herausfinden können, welche Talente sie hatte und wo ihre Grenzen lagen? Weil er so dominierend war? Was sprach dafür, daß er nach der Eheschließung Eigenschaften hervorkehren würde, die er bis jetzt verborgen gehalten hatte? In ihrer bisherigen Zeit, das fand er, hatte eigentlich Louise den Ton angegeben. Sie bestimmte, wann man ausging, was eingekauft wurde, was er anzog, welches Fernsehprogramm man ansah, welche Bekannten nicht mehr eingeladen wurden. Daß er sich hin und wieder die Freiheit nahm, eine Ansicht zu äußern, die sich von der ihren unterschied (mit aller Vorsicht natürlich) – sollte sie das für Bevormundung halten? Er stellte keine Forderungen, er rief sie nie, wenn er vermutete, daß sie allein sein wollte, er bestritt auf die selbstverständlichste Weise ihren Lebensunterhalt, ohne je ein Wort darüber zu verlieren. Wann übte er Druck aus?

Nachdem er dergleichen Ärger lange genug in sich hineingefressen hatte, ein Gemisch aus Verständnis und Unmut, erinnerte er sich, daß ihm ähnliche Klagen in seinen beiden Ehen auch schon zu Ohren gekommen waren: Neben ihm werde man nichts. Er hatte das nie besonders ernst genommen, denn es war nicht sichtbar, bei welcher Art von Karriere seine zwei Frauen durch ihn behindert worden wären. (Rudolfs Vorgeschichte taucht in der Novelle kaum auf, doch bei mir verhielt es sich so, daß die eine der Frauen Tänzerin und Choreographin war, als wir uns kennenlernten, und bei der Scheidung war sie es immer noch, nur eben neun Jahre älter; und die andere war eine Königin des Müßiggangs, sie hat nie einen Beruf gehabt, am Anfang nicht und am Ende nicht, und offenbar zürnte sie mir, weil ich ihr keinen herbeigezaubert hatte.) Auch wenn Louises Befürchtungen ihm nicht plausibler vorkamen als all die früher gehörten, verwirrte ihn doch die Regelmäßigkeit, mit der er solche Befürchtungen auslöste. Diesmal durften sie nicht zur Trennung führen, eine Trennung von Louise wäre das erste wirkliche Unglück in seinem Leben gewesen (so dachte er noch). Diesmal mußte er eine Gefahr abwehren, die er schon zweimal als Hirngespinst abgetan hatte (und tief in ihm saß auch jetzt wieder ein ähnlicher Gedanke), und deren Folgen er sich nicht ausmalen konnte, ohne in Panik zu geraten. Wie aber gibt man jemandem, der alle Freiheiten genießt, mehr Freiheiten?

Oder war es überhaupt nicht eine Frage von Freiheiten? Ging es ihr am Ende um nichts anderes als um Anerkennung? In einem solchen Fall waren ihm die Hände gebunden: Er konnte ihr wohl immer wieder sagen oder sie spüren lassen, wie wichtig sie ihm war, aber was, wenn sie sich nach Ruhm sehnte? Es war nicht seine

Schuld, daß Journalisten in die Wohnung kamen, um Interviews mit ihm zu machen, nicht mit ihr, daß eine Zeitung ihn nach seinem Lieblingswitz gefragt hatte und nicht sie nach dem ihren (obwohl sie die viel besseren Witze kannte) und daß der Verlag, mit dem sie seit langem in Verbindung stand, inzwischen aufgehört hatte, sich für ihr Buchprojekt zu interessieren. Wenn er ihr anbieten würde, ihr Manuskript an seinen eigenen Verlag zu geben und dort ein gutes Wort für sie einzulegen, würde sie das entrüstet zurückweisen. Oder etwa nicht? Er wollte jede Möglichkeit nutzen, er überwand sich und machte ihr diesen Vorschlag, gefaßt auf eine Verstimmung. Wie vorhergesehen, lehnte sie sein Angebot ab, wenn auch mit anderer Begründung als erwartet. Sie sagte, es sei erst ein späterer Schritt, einen Verlag zu suchen, der bereit sei, Louise Niemand zu drucken, das viel aktuellere Problem bestehe darin, daß ihr selbst das Manuskript nicht gefalle.

Es war klar, daß sie unter ihrer Erfolglosigkeit litt, und Rudolf fing an mitzuleiden. Wenn er sie mit der Teekanne in ihrem Zimmer verschwinden sah, an jedem Tag für genauso viele Stunden, wie Henriette im Kindergarten war, dachte er: Vielleicht gelingt ihr heute der Durchbruch. Zugleich wußte er, daß sein Wunsch nichts anderes war als das Hoffen auf ein Wunder. Einmal ging er heimlich in Louises Zimmer, um sich den neuesten Stand ihrer Arbeit anzusehen. Er rechtfertigte den Vertrauensbruch mit Liebe. Aufgeregt blätterte er in den Seiten, die offen auf dem Tisch lagen: nichts. Er las nur oberflächlich, er suchte nichts als ein Stück, das funkelte, aber er fand keines. Er hatte eher den Eindruck, daß sie immer müder wurde und inzwischen mit nachlassendem Ehrgeiz schrieb, daß sie einem Langstreckenläufer glich, der weit vor Ende des Laufs

ahnt, daß er das Ziel nicht erreichen wird, sich aber mit letzter Kraft gegen das Aufgeben wehrt.
Doch es mischte sich auch Ärger in sein Mitgefühl. Immerhin gab es ja auch ihn, und welcher junge Mensch, der zu schreiben anfängt, hatte schon das Privileg, in unmittelbarer Nähe eines leibhaftigen Schriftstellers zu leben. Sie hätte Anteil an seiner Arbeit nehmen, ihm über die Schulter sehen und dabei vielleicht Erleuchtungen haben können, die sie dringend brauchte. Wenn sie schon ihre Texte vor ihm geheimhielt, warum redete sie nicht wenigstens über die seinen, warum errichtete sie zwischen ihren beiden Schreibtischen eine Mauer, an der auf jedes Wort geschossen wurde? Schön, sie hielt ihn offenbar für keinen Giganten, aber warum verzichtete sie so störrisch auf die Möglichkeit, einen erfahrenen Schriftsteller beim Arbeiten zu beobachten und seine Fehlleistungen zu belächeln? Wie um alles in der Welt sollte er ihr helfen?

Ich bin sicher, daß Amanda, als sie die Novelle zerstören ließ, den Stand meiner Arbeit daran nicht kannte. (Immer werde ich glauben, daß sie es getan hat, so lange, bis mir jemand das Gegenteil beweist.) Es sind zwar Varianten denkbar, wie sie Einblick gewonnen haben könnte, doch alle von so abenteuerlicher Unwahrscheinlichkeit, daß man sie außer Betracht lassen kann. Sie hat die Novelle nicht nur blindwütig vernichtet, sondern auch blind. Jetzt, während meines Rekonstruktionsversuchs, empfinde ich zum erstenmal eine Spur von Verständnis. Was bisher für mich bloße Theorie gewesen ist, könnte in unserem Fall den Ausschlag gegeben haben: daß Empfindlichkeit keine nachprüfbare Größe ist. Daß die Empfindlichkeit des einen anders beschaffen ist als die eines anderen, die eines Mannes anders als die einer Frau, die des Gescheiterten anders als die des Gewinners.

Ich habe nicht vor, Amanda nachträglich freizusprechen, ich will nur einen mildernden Umstand nicht übersehen, der plötzlich in meinem Blickfeld auftaucht. Ich stelle mir vor, sie liest unsere Geschichte und kommt zu der Stelle, da Louises Schiffbruch beschrieben wird. Wie es sie krank macht, aus meinem Mund die Gründe für ihre Niederlage zu hören (wir haben ja nie darüber gesprochen), wie all mein Verständnis in ihren Ohren wie Hohn klingt und all meine Hilfsbereitschaft wie Heuchelei. Ein weites Herz ist Sache der Sieger, Nachsicht üben meist die Erfolgreichen, nirgendwo gedeiht Großmut besser als im Sonnenschein des Gelingens. Amanda aber wird gefürchtet haben, daß ich aus ihrer Schmach (und zweifellos hat sie ihr schriftstellerisches Scheitern auch als Schmach empfunden) noch Kapital schlagen will, indem ich sie als Vorlage für meine Kunststückchen benutze.

Als ich kürzlich Sebastian abholte, für eines unserer Wochenenden, habe ich Amanda gefragt, ob ich ihr schon von dem Unglück erzählt hätte, das mir widerfahren sei. Ich folgte keinem Plan, es war ein spontaner Einfall, ich hatte plötzlich Lust, ihr Gesicht zu beobachten. Sie fragte, was für ein Unglück und sah mich aufmerksam an. Noch war Zeit, das Unternehmen abzublasen, an dessen Ende offene Feindschaft stehen konnte: wenn sie heraushören würde, was für einer Tat ich sie für fähig hielt. Denn es ist ja nicht so, daß nur die Arglosen sich gegen Verdächtigungen wehren; vielmehr reagieren oft gerade Täter auf jede Beschuldigung (wenn sie nicht als unwiderleglicher Beweis daherkommt) mit Zurückweisung und Empörung. Doch ich

hatte schon Gefallen an meiner Idee gefunden, das fehlte noch, daß ich Amanda damit verschonte.
Ob sie sich an mein Vorhaben erinnere, fragte ich, eine längere Sache über eine Frau und einen Mann zu schreiben, die uns beiden von ferne ähnelten, eine Novelle oder dergleichen, wir hätten früher einmal darüber gesprochen. Ich solle nicht so scheinheilig fragen, antwortete sie, sie erinnere sich nicht nur daran, sie sehe mit Bitterkeit dem Tag des Erscheinens entgegen; ich wüßte genau, daß sie kein Freund dieses Projekts sei, und es wäre ihr nicht übertrieben zartfühlend vorgekommen, wenn ich darauf Rücksicht genommen hätte. Eigentlich, fügte sie hinzu, habe sie sogar mit meiner Rücksichtnahme gerechnet. Kann es ein raffinierteres Verhalten geben: Ohne Hemmungen nahm sie den Faden wieder auf und setzte die alten Angriffe fort, selbst jetzt noch, nachdem sie den Gegenstand ihres Unbehagens aus der Welt geschafft hatte. Aber das sei Schnee von gestern, sagte sie dann, ich hätte angesetzt, ihr von einem Unglück zu berichten. Ob die Novelle mir mißglückt sei?
Amandas Forschheit, ihr mitleidloser Blick (schließlich hätte von einem Unglück die Rede sein können, für das sogar ich aus ihrer Sicht Anteilnahme verdiente), die Art, wie sie redete und wie sie schon jetzt zu wissen schien, daß alles nur halb so schlimm war, forderten mich heraus. Zu gern hätte ich jetzt eine Bosheit begangen, sie hinters Licht geführt, ihr eine Peinlichkeit beschert, zu gern hätte ich Gewinn aus der Situation geschlagen. Nur nicht eingeschnappt wirken, dachte ich, Gekränktsein ist immer Wasser auf die Mühle der Gegenpartei. Aber mir fiel keine gute Gemeinheit ein. Wie lange kann einer dasitzen, auf eine einfache Frage nicht antworten und dabei überlegen aussehen?

Nein, sagte ich, die Novelle sei nicht mißglückt, zumindest nach meiner Einschätzung nicht, ich sei selten so zufrieden mit einer Arbeit gewesen. (Auch das ein Fehler, auch das war ja Musik in ihren Ohren, dann hatte ihr Vernichtungswerk sich ja doppelt gelohnt.) Zuerst aber noch eine Frage: Ob ich etwas darüber erfahren dürfte, warum sie den Text so vehement ablehne (ich sagte – einen Text, den sie überhaupt nicht kenne und in dem sie am Ende besser dastehe, als sie es offenbar befürchte). Es war die einzige Möglichkeit für eine kleine Heimtücke, die mir in den Sinn kam: ohne daß die Delinquentin ausdrücklich gestand, ewas über ihr Tatmotiv zu erfahren.
Der Grund sei schnell genannt, antwortete sie ohne Zögern: Wie ich während unserer gemeinsamen Jahre bemerkt haben dürfte, sei sie alles andere als exhibitionistisch. Sie habe immer mit ihrem Schamgefühl zu kämpfen gehabt, vielleicht mit einem Übermaß davon. Womöglich sei dies beim Schreiben ihr entscheidender Nachteil gewesen. Jedenfalls bereite es ihr Krämpfe, begafft zu werden und Gegenstand eines Interesses zu sein, das sie nicht für Anteilnahme, sondern für Voyeurismus halte. (Mir fällt ein, daß wir einmal in einem Gartenrestaurant saßen und daß Amanda sich mehrmals darüber beklagte, daß einer der Gäste sie anstarre. Ich sagte, sie solle sich nicht daran stören, sie sei nun mal eine schöne Frau und jener Trottel ein Mann, schließlich tue es nicht weh, angestarrt zu werden. Ich erinnere mich auch an ihren Satz: Was weißt denn du. Die Sache ging so aus, daß wir zuerst unsere Plätze tauschten und dann, als selbst die Blicke im Rücken sie störten, vorzeitig gingen. Aber oft wurde Amanda von Männern angesehen, ohne daß sie soviel Aufhebens davon machte.) Nun lebten wir in einem bizarren Land,

sagte sie, in dem alle verbotenen Autoren Berühmtheiten seien und auf ein lüsternes Interesse stießen. Das Land sei so klein und so überschaubar, daß jeder jeden kenne. Und zu allem Überfluß sei auch noch die Kunst, hinter jedem Wort nach einer versteckten Bedeutung zu suchen, nach der eigentlichen, stark ausgeprägt. Sie fürchte sich, nach Erscheinen meiner Novelle zum Gegenstand eines öffentlichen Grinsens zu werden, ob ich sie nun Esmeralda darin nenne oder sonstwie.

Es war, wie ich gedacht hatte, sie hatte Angst vor Bloßstellung. Wie anders handelte sie als der staatliche Zensor, den eine ähnliche Furcht vor Bloßstellung treibt? Nie wird er begreifen, daß gerade seine Arbeit es ist, die das öffentliche Grinsen erzeugt, und daß die Verbotenen ihren Ruhm ihm verdanken, vor allem ihm. Doch hatte die Parallele auch Grenzen. Die Lage der Zensurbehörde ist ja deshalb so hoffnungslos, weil es ein Draußen gibt, wo sie keine Macht hat: wo man sich an ihren Dummheiten ergötzt, wo man genußvoll alles Zensierte doppelt und dreifach publiziert, von wo alles Verbotene wie ein Bumerang ins kleine Land zurückkommt. Für Amanda aber gab es kein Draußen. Sie hatte meine Seiten gelöscht, ohne das Risiko der öffentlichen Schande auf sich nehmen zu müssen. Die einzige Öffentlichkeit war ich. Ob ich, wenn mir je eine Rekonstruktion gelingen sollte, auch ihren Zerstörungsfeldzug zum Gegenstand der Novelle mache?

Sie wolle mit mir aber, da wir nun schon beim Thema seien, noch über etwas anderes sprechen, sagte Amanda, und zwar über meinen eigenen Beweggrund für die Novelle. Ich behaupte, die Eigenart unserer Beziehung sei es gewesen, die mich zum Schreiben veranlaßt habe, oder anders ausgedrückt, die Qualität der Geschichte, aber das glaube sie nicht. Sie sagte, genau betrachtet, sei an unserer Geschichte nicht viel dran, das bildete ich mir nur ein: zum einen weil ich selbst mit dieser Geschichte zu tun hätte (ich halte jede Geschichte, an der ich beteiligt bin, sagte sie, für besonders), zum anderen weil es angenehmer sei, sieben besondere Jahre hinter sich zu wissen als sieben durchschnittliche.

Und noch eines: Wie jeder normale Mensch, sagte sie, hätte auch ich das Bedürfnis, in einer Auseinandersetzung das letzte Wort zu behalten. Die Novelle solle mein letztes Wort sein, wie könnte ihr das gefallen. Die Veröffentlichung der Novelle werde das monströseste letzte Wort sein, das sie sich vorstellen könne. Du wirst dir ewig die Hände reiben, sagte sie, und ich werde ewig gekränkt sein.

Welch eine Vorstellung, ich würde meine Schreibarbeit als Vehikel für Rechthaberei benutzen, und genau betrachtet, auch welch eine Beleidigung! Aber ich war an einer Diskussion nicht interessiert, denn den Blick, mit dem sie auf die Sache sah, konnte ich ihr nicht schärfen. Sie sollte endlich Sebastian vom Spielplatz holen, dann nichts wie weg hier, ich überließ sie ihren Vermutungen. Die Neugier auf ihre Reaktion war mir verleidet: Ob sie die Überraschte nun gut oder schlecht spielen würde, was machte das noch aus?

Die Novelle habe sich erledigt, sagte ich, sie sei von einer Diskette, auf der ich sie gespeichert zu haben meinte, verschwunden. Sie habe sich in Luft aufgelöst. Amanda saß regungslos da, drei Falten auf der Stirn, leicht geöffneter Mund, im Blick etwas Blödes. Wenn ich ohne meine Gewißheit gekommen wäre, hätte ich geschworen, daß sie unendlich überrascht war, das hatte sie immerhin geschafft. Ich wußte genau, was sie dachte: Ob es ratsam war, Bedauern zu heucheln? Ich

wollte sie davon entbinden, da fragte sie: Und keine Kopie?
Ich schüttelte den Kopf. Was für einen Sinn hätte es gehabt, sie mit einer Lüge in Unruhe zu versetzen, die nicht zu halten gewesen wäre. Sie wunderte sich über so viel Leichtsinn, dann sagte sie, ich werde verstehen, daß sich ihr Ärger über meinen Verlust in Grenzen halte. Aber sie fühle selbstverständlich mit mir, das schon. Dann gab sie mir einen Kuß aufs Haar, einen verwirrend langen.

Auch wenn sie nicht verheiratet waren, hätte Rudolf nicht sagen können, wodurch sich ihr Zusammenleben von einer Ehe unterschied. Es war die beste, die er je geführt hatte, und auch von Louise kamen keine Zeichen, daß sie Veränderung wünschte. Dennoch wurde er das Empfinden nicht los, in einem Provisorium zu leben. Anstatt ihre Beziehung als Alltag zu akzeptieren und den langsam wachsenden Gewohnheiten zu vertrauen, spürte er einen unaufhörlichen Drang, das Verhältnis zu sichern, indem er es attraktiver machte. Geschenke, kleine Dienstleistungen, frische Blumen in ihrem Zimmer, kein Mensch hätte ihm vorwerfen können, achtlos zu sein. Das größte Geschenk, das er ihr aber machen konnte, war Muße. Sie liebte es, Zeit zu haben, eine Zeit für nichts Sichtbares. Nein, er nannte das nicht Faulheit, er hielt sie für ein schöpferisches Wesen, das nur noch nicht seinen Weg gefunden hatte. Und wenn das Ergebnis ihrer Muße in nichts anderem als in Zufriedenheit bestand, wollte auch er zufrieden sein.
Louise kümmerte sich viel um das Kind (Henriette konnte schon mit vier Jahren lesen und Blockflöte spielen), sie machte lange Spaziergänge mit ihr; sie saß auch

viel in ihrem eigenen Zimmer, bei einer Beschäftigung, die Rudolf nicht kannte und die vielleicht in Trödelei bestand. Es freute ihn, daß er ihr diese Pflichtlosigkeit schenken konnte, er sah darin kein Opfer. Der Abstand, den sie sich ließen, war nicht mit Kühle zu verwechseln. Auch Rudolf war jemand, der unter Einsamkeit nicht litt (sofern sie ihm nicht aufgezwungen wurde), deshalb kam ihm dieses Bedürfnis Louises sogar entgegen. *Erst im Zusammenleben mit ihr begriff er, daß seine bisherigen Ehen an zu großer Nähe gekrankt hatten* (wobei Nähe ein viel zu freundliches Wort ist, gemeint war ein Aufeinanderhocken).

Im Herbst des dritten Jahres erhielt er einen Brief aus Amerika, man lud ihn zu Lesungen ein. Er hatte Lust, sofort zuzusagen (natürlich brauchte er ein Ausreisevisum, das ihm keineswegs sicher war; doch hatte er schon die Erfahrung gemacht, daß es aussichtsreicher war, zuerst eine Einladung anzunehmen und dann erst das Visum zu beantragen), aber dann fürchtete er, daß Louise gekränkt sein könnte, wenn er ohne ihr Wissen entschied. Er zeigte ihr den Brief, obwohl er wußte, daß es nichts als eine leere Geste war; was sollte anderes geschehen, als daß sie seufzend die Einladung lesen und ihm dann eifersüchtig sagen würde, sie freue sich für ihn.

Als er sah, mit welch traurigem Lächeln sie ihm den Brief zurückgab, sagte er, er werde die Reise entweder mit ihr zusammen machen oder gar nicht. Sie winkte ab; selbstverständlich würde sie gern mitfahren, sagte sie, für ihr Leben gern, dennoch lohne es nicht, sich in aussichtslose Kämpfe zu stürzen. Aber Rudolf gab sich zuversichtlich. Er gönnte sich die Bemerkung, daß es bestimmt weniger Probleme geben würde, wenn sie verheiratet wären, trotzdem werde er für sie die Reise

beantragen – was man nicht versuche, könne auch nicht gelingen.
Im Kulturministerium kannte er einen Abteilungsleiter, der sich einmal als für ihn zuständig zu erkennen gegeben hatte. Schon ein paarmal hatte er mit ihm zu tun gehabt, anläßlich der verschiedensten Anträge; es ging um Einfuhrgenehmigungen, Druckgenehmigungen, Kaufgenehmigungen, Paßangelegenheiten, *Rudolf fand es praktisch, daß nahezu alle seine Beziehungen zum Staat sich auf diese eine Anlaufstelle konzentrierten.* Der Mann, der Glowatsch hieß, behandelte ihn distanziert (immerhin hatte er es bei Rudolf mit einem Dissidenten zu tun), doch stets respektvoll. Rudolf erinnerte sich, daß man zu der Zeit, da er noch als zuverlässig galt, weit weniger entgegenkommend war, daß Glowatsch häufig keinen Termin freihatte oder ihm mit einem Gesicht gegenübersaß, wie man es Bittstellern zeigt. Und beim letzten Besuch war er sogar gefragt worden, ob er eine Tasse Kaffee trinken möchte.
Den Einladungsbrief brachte er mit. Glowatsch warf einen kurzen Blick auf den Absender und sagte, mit den Vereinigten Staaten von Amerika stehe es zur Zeit nicht günstig. Das war man nicht anders gewohnt, bei jedem einzelnen Reisebegehren tat er zunächst so, als handle es sich um ein Ding der Unmöglichkeit, offenbar eine Dienstanweisung. (Ich habe nachgerechnet, mir selbst sind von neun Anträgen zwei nicht genehmigt worden, einer nach Israel und ein zweiter nach England.) Er legte Papier und Bleistift zurecht, bei jedem ihrer Gespräche machte er sich Notizen, dann las er den Brief. Rudolf wußte seine Bedeutung beim Genehmigungsverfahren nicht recht einzuschätzen; es konnte sein, daß Glowatsch nur eine Art Poststelle

war, bei der Leute wie er ihre Gesuche abgaben, vielleicht durfte er aber auch Empfehlungen aussprechen und so den Vorgang beeinflussen. *Sicherheitshalber behandelte Rudolf ihn so, als wäre er wichtig.*
Nachdem er gelesen hatte, kratzte sich Glowatsch den Kopf und blies die Backen auf, als wäre er noch nie einem so vertrackten Fall begegnet. Rudolf sagte lächelnd, fast könne man Mitleid mit ihm haben, wenn man sehe, welchem Entscheidungsdruck er, Glowatsch, ausgesetzt sei (er wollte keinen Witz auf des Abteilungsleiters Kosten machen, nur die Atmosphäre auflockern). Doch Glowatsch stand der Sinn nicht nach Späßen. Er sagte, hier an Ort und Stelle gebe es sowieso nichts zu entscheiden, er werde die Sache auf den Weg bringen, auch wenn er Rudolf raten möchte, sich keine übertriebenen Hoffnungen zu machen. Aber auch das hatte wenig zu bedeuten.
Noch zwei Informationen müsse er loswerden, sagte Rudolf. Die eine sei, daß er die Einladung, in einem Anfall übertriebenen Selbstbewußtseins, bereits angenommen habe. Glowatsch unterbrach ihn mit der Bemerkung, wenn er sich recht entsinne, sei dies schon der vierte oder fünfte derartige Anfall gewesen. Rudolf sollte unbedingt Maßnahmen dagegen ergreifen. Er notierte etwas auf seinen Zettel, während Rudolf fortfuhr: Seine zweite Mitteilung mache das Ganze erst wirklich kompliziert, denn er habe beschlossen, die Reise nach Amerika nicht ohne seine Lebensgefährtin anzutreten. (Das Wort Lebensgefährtin wollte ihm kaum über die Lippen, doch er mußte es aussprechen, wollte er nicht das Wort Freundin benutzen, durch das Louises Anspruch auf die Reise, so schien es ihm, gemindert würde.) Er genoß die erstaunten Blicke des Abteilungsleiters, die diesmal nicht gespielt waren, und fügte

hinzu, es sei ein hartes Stück Arbeit gewesen, Louise zu überreden; er war in gelöster Stimmung.
Glowatsch legte seinen Stift aus der Hand, es hatte keinen Sinn, sich weitere Notizen zu machen, bei allem guten Willen nicht. Noch einmal überflog er den Brief aus Amerika, es war genauso, wie er gedacht hatte: Kein Wort darin von einer Einladung für zwei. Außerdem, sagte er, sei Rudolf mit dieser Dame ja nicht einmal verheiratet, woraus sich zur Not ein gewisses Verständnis für den Antrag, wenn auch keine Berechtigung, hätte ableiten lassen können. Aber davon ließ sich Rudolf nicht beeindrucken, natürlich hatte er mit einem solchen Einwand gerechnet. Er entgegnete, bisher habe er die Frage, wen er heirate und wen nicht, immer für eine Herzensangelegenheit gehalten und sie nie in Zusammenhang mit der Erteilung von Visa gesehen; auch sei er sicher gewesen, sich ans Ministerium für Kultur zu wenden und nicht an ein Ministerium für Moral.
Einer solchen Diskussion war Glowatsch nicht gewachsen, zumindest ließ er sich nicht darauf ein. Zwar murmelte er noch verdrossen, Kultur und Moral müßten ja nicht einander ausschließen, doch dann nahm er wieder den Stift zur Hand und schrieb sich Rudolfs absonderliche Wünsche auf. *Ohne gefragt zu sein, diktierte ihm Rudolf den Familiennamen Louises und ihr Geburtsdatum.*

Zu Hause erzählte er von der Unterhaltung mit Glowatsch wie von einem amüsanten Abenteuer, aber für Louises Geschmack war er viel zu guten Mutes. Sie an seiner Stelle wäre nicht so fröhlich, wenn sie sich eben um eine Amerikareise gebracht hätte, sagte sie; o ja, es wäre schon großartig, wenn sie mitfahren dürfte, nur werde das Ergebnis der ganzen Mühe darin bestehen, daß sie alle beide nicht führen und daß er irgendwann anfangen werde, sie für einen Klotz an seinem Bein zu halten. Rudolf umarmte sie, sagte, das tue er jetzt schon und ließ sich die Zuversicht nicht nehmen. Nachts flüsterte er ihr ins Ohr, er habe diese Geschichte nicht aus Selbstlosigkeit angezettelt, sondern aus Egoismus: Er könne sich keine Reise vorstellen, die verlockend genug wäre, um drei oder noch mehr Wochen von ihr getrennt zu sein. Solche Geständnisse fielen ihm keineswegs leicht.

Einige Wochen später bekam er recht. Es traf ein kurzer, unpersönlicher Brief von Glowatsch ein, dem zwei Formulare beigefügt waren, zwei Visumsanträge; Glowatsch schrieb, Rudolf und seine Lebensgefährtin sollten die Fragebögen ausgefüllt an ihn zurückschicken, dazu Lichtbilder. Louise mochte noch so skeptisch sein, er, Rudolf, wußte, daß das der Sieg war: Das Zusenden der Anträge bedeutete erfahrungsgemäß schon deren Genehmigung. Sie durfte sich nun endlich auch freuen, aber sie lief mit einer Leidensmiene herum und tat so, als wäre das Nichtzustandekommen der Reise jetzt erst gewiß. Er hielt das für eine Art Aberglauben, ihre Skepsis kam ihm wie ein Daumendrücken vor, das man ja auch nicht beliebig früh abbrechen darf.

Mit dem Ausfüllen des Fragebogens ließ sie sich viel Zeit. Ein paarmal bat Rudolf sie, ihm das Ding zurückzugeben, er wolle es endlich abschicken, doch vergeblich. Als er fragte, ob sie wenigstens schon beim Fotografen gewesen sei, und als sie darauf den Kopf schüttelte, fing er an zu ahnen, daß etwas nicht in Ordnung war. Weil er sich aber nicht vorstellen konnte, daß ein normaler Mensch freiwillig auf solch eine Reise verzichtet, nach New York, zu den Niagarafällen, nach Kalifornien, beschlich ihn Angst. Ging ihr Verhältnis zu Ende? Die Erklärung für ihr Gebaren, die sie schließlich gab, machte ihn wütend.

Sie sei sicher gewesen, sagte sie, daß der Antrag nicht genehmigt werden würde, deshalb habe sie es versäumt, mit ihm über etwas zu sprechen, das nun nicht länger aufgeschoben werden dürfe. Dieses Etwas sei Henriette. Es sei vollkommen unmöglich, ohne Henriette nach Amerika zu fahren, nicht für Rudolf, aber für die Mutter. Kürzlich habe er zu ihr gesagt, kein Reiseziel könne es wert sein, sich wochenlang von ihr, von Louise, zu trennen, um wieviel mehr müsse dasselbe für sie und das Kind gelten. Sicher ließe sich jemand finden, bei dem man Henriette für die Dauer der Reise zur Aufbewahrung geben könnte, doch sie habe Angst vor dem Schaden, der dadurch angerichtet würde. Henriette verstehe noch nicht, was es bedeute, wenn man ihr sage: Wir sind in vier Wochen zurück. Für ein Kind in ihrem Alter sei solch ein Abschied wie ein Abschied für die Ewigkeit. Auf die Reise zu gehen hieße also nichts anderes, als sie zu verlassen, das würde ihnen beiden, Henriette wie ihr, das Herz brechen. Bestimmt höre sich das alles viel zu dramatisch an, deshalb habe sie sich auch bisher um die Erklärung gedrückt. Da sie aber nicht verlangen könne, nun auch noch für Henriette einen Antrag zu stellen, einen garantiert aussichtslosen, sei es wohl das Beste, er fahre allein. Er möge es ohne eine Spur von schlechtem Gewissen tun, wenn er zurückkomme, werde Apfelkuchen auf dem Tisch stehen, und das Bett werde frisch bezogen sein, und sie werde am Flughafen stehen und strahlen, das verspreche sie.

Ich mochte es nicht glauben. Man brauchte mir nicht zu sagen, daß Sebastian keine Freudensprünge vollführen würde, wenn seine Mutter und ich ohne ihn nach Amerika fuhren (er verzog ja schon den Mund, wenn wir ihn nicht zum Einkaufen mitnahmen), daß aber die Reise in seinen Augen einem Verlassen für immer gleichkäme, war nichts als haltlose Vermutung. Dieser hochintelligente Junge sollte nicht wissen, was vier Wochen bedeuten? Er war viereinhalb Jahre alt, wir spielten Dame miteinander, wir spielten Memory, von zehn Partien gewann ich mit Müh und Not vier. Beim Kartenspielen betrog er doppelt so alte Kinder, daß sie vor Ärger rot anliefen, er jonglierte mit Zahlen wie Rastelli mit Bällen, und dann solche Ängste?
Noch am selben Tag schickte ich eine Absage an die Amerikaner. Ich rief auch den Abteilungsleiter an, bedankte mich für seine Geduld und sagte, unsere Sache habe sich aus familiären Gründen leider erledigt. Wahrscheinlich verzichtete ich deshalb auf die Reise, um vor Amanda zu demonstrieren, was sie mir angetan hatte, eine kindische Form von Rache. Was mich aber so aufbrachte, war weniger ihre Entscheidung (zweifellos muß es einer Mutter erlaubt sein, ihre Mutterliebe zu übertreiben), als vielmehr dieses Taktieren und das Verzögern. Wenn sie unmittelbar nach dem Einladungsbrief ihre Bedenken geäußert hätte (meinetwegen drei Tage später, für Bedenken braucht man Bedenkzeit), hätten wir über Kinderpsychologie debattieren können, jetzt hatte es keinen Sinn mehr. Jetzt war die Grenze zwischen Rücksichtnahme auf Sebastian und Rücksichtslosigkeit gegenüber mir meilenweit überschritten.
Amanda gab sich schuldbewußt und hörte selbst dann nicht mit Versöhnungsversuchen auf, als ich tagelang

abweisend blieb. In der dritten Nacht griff sie zu einem unfehlbaren Mittel, sie setzte sich vor die Zeitung auf meine Brust. Natürlich hatte sie Erfolg, doch ich sagte, mit Versöhnung habe das nichts zu tun, das sei nichts als Sex. Erst als sie von meinem Brief nach Amerika und von dem Anruf im Ministerium hörte, wurde sie wieder kühler. Das hätte ich nur getan, sagte sie gereizt, um als ihr Opfer dazustehen; aber so schuldig, wie ich es mir wünschte, fühle sie sich auch wieder nicht, und sie machte eine wegwerfende Handbewegung, die heißen sollte: Aus und vorbei. Man hätte meinen können, sie habe sich auf ein paar Wochen ohne mich gefreut.

Rudolf fand, daß Louises Ärger über seine Absage übertrieben war, es entsprach sonst nicht ihrer Art, Verstimmungen in die Länge zu ziehen. *Das fehlte noch, dachte er, daß sie den Spieß jetzt umdrehte und daß es nun an ihm wäre, für bessere Stimmung zu sorgen.* Wenn er mit der Absage jemanden gestraft hatte, dann doch wohl sich selbst, er unterstellte, daß Louise inzwischen nicht mehr wußte, warum sie übelgelaunt war, daß sie sich gehenließ. Er sagte ihr das und forderte sie auf, nicht von heute auf morgen einer dieser mürrischen Menschen zu werden. Danke, antwortete sie höhnisch, das sei eine Warnung zur rechten Zeit, sie wolle darüber nachdenken. Es änderte sich nichts, Rudolf wollte aber nicht klein beigeben.
Plötzlich befiel ihn ein Verdacht, so unangenehm, daß er ihn am liebsten ausgespien hätte: Louise habe die Amerikareise nutzen wollen, um mit dem Kind im Westen zu bleiben! Zwar erinnerte er sich an ihre Worte, es sei müßig, auch noch für Henriette einen Reiseantrag zu stellen, doch insgeheim könnte sie damit gerechnet haben, daß er es dennoch tun würde und daß ein ähnliches

Wunder, wie es sich in ihrem eigenen Fall angebahnt hatte, noch einmal geschehen würde. Wäre damit nicht ihre Enttäuschung erklärt? Rudolf durchforschte die Vergangenheit nach Anhaltspunkten. Was hielt sie hier fest, was zog sie nach draußen, gab es irgendeinen Hinweis, aufschlußreiche Seufzer, gab es verräterische Bemerkungen, die ihn schon früher auf einen solchen Verdacht hätten bringen können? Er fand nichts anderes heraus, als daß er sich jedes gewünschte Resultat zurechtdenken konnte, und selbstverständlich war es ihm tausendmal lieber, daß er sich irrte. Warum, sagte er sich, hätte sie nicht mit ihm darüber reden sollen, da sie ja wußte, wie wenig er an dem Land hing; man hätte in Ruhe die Vorzüge oder die Unzweckmäßigkeit eines Umzugs erörtern können (der in ihrer beider Augen alles andere als eine Flucht gewesen wäre) – war Louise mit diesem Argument nicht zu entlasten? Letzte Gewißheit konnte nur sie selbst ihm geben (falls sie nicht log), doch er wagte es nicht, sie zu fragen: Er erkannte die Beleidigung, die in seiner Frage gesteckt hätte. Deshalb beruhigte er sich nach einigen Tagen, zumal auch Louises schlechte Laune nicht ewig währte, und hielt es für die beste Erklärung, daß Louise für die Dauer seiner Amerikareise von ihm hatte ausruhen wollen. Das war nicht gerade ein Grund zur Freude, aber auch kein unerträglicher Gedanke.

Rudolf war kein eifersüchtiger Mensch, allerdings bot das zurückgezogene Leben, das sie führten, auch kaum Gelegenheit dafür. (In seinen vergangenen Ehen war das anders, da hatte er von Zeit zu Zeit harte Prüfungen bestehen müssen.) Nach der Reiseverstimmung kamen ihm die Isoliertheit und das Eintönige ihrer Existenz zum erstenmal zu Bewußtsein, und daß er beides deshalb so leicht hinnahm, weil er das Abenteuer seiner

Arbeit hatte. Ob die Ereignislosigkeit aber das Richtige für eine junge Frau wie Louise war – daran kamen ihm Zweifel. Es hatte den Anschein, als bedeute ihr Geselligkeit nichts, aber was, wenn sie den Verzicht als ein Opfer ansah, das mit den Jahren größer und drückender wurde? Daß sie die meisten Angebote Rudolfs, Gäste zu empfangen oder seine Bekannten zu besuchen, ausschlug, mußte nicht unbedingt ein Zeichen von Ungeselligkeit sein; vielleicht gefielen ihr die Leute einfach nicht, die meist viel älter waren als sie. Bestimmt gefielen sie ihr nicht, Rudolf erinnerte sich, daß sie zu den wenigen Abenden, für die er sie gewinnen konnte, eindeutige Kommentare gegeben hatte: Widerstandsplauderei, Empörungssoll, Taschen voll Faust, Dissidentengetuschel. (Amanda wird die Worte erkennen.)

Als Entschädigung für das ausgefallene Amerika fuhren sie in ein reetgedecktes Haus an der Ostsee, in dem Mäuse wisperten. Rudolf konnte es mühelos mieten: Da er den Preis in Westgeld oder in Waren aus dem Westen zahlte, gewährten ihm die Vermieter, ein Werftarbeiter und seine Frau, gegenüber den anderen Bewerbern Vorfahrt. Louise war in jenem Jahr zum erstenmal dort, Rudolf wenigstens zum fünften, doch sie nahm das gleichmütig hin. Nicht einmal als das Gastgeberkind ihnen ein Stoffkamel zeigte, das es von der anderen Frau damals geschenkt bekommen hatte, verzog sie den Mund; sie lächelte Rudolf, dem unwohl dabei war, nur zu, als wollte sie ihm zu verstehen geben, daß er sich vor so unverschuldeten Zwischenfällen nicht zu fürchten brauche.

Um ans Meer zu kommen, mußten sie ein gutes Stück mit dem Auto fahren, obwohl dicht vor ihrem Haus ein schöner Strand war. Aber es durfte dort nackt gebadet werden, und dafür war Louise nicht zu haben. Als

Rudolf sagte, dies sei das erste Anzeichen von Prüderie, das er an ihr bemerke, fragte sie, was ein Unbehagen beim Anblick schwitzender Bäuche, mitteilungsbedürftiger Genitalien und fettriefender Hintern mit Prüderie zu tun habe, nicht zu reden von der Belästigung durch Blicke. (Oft habe ich an Amanda bewundert, wie schnell sie mit ihrem Hohn bei der Hand war, auch dann, wenn er auf meine Kosten ging. Aus eigener Erfahrung weiß ich, wie schwer es ist, einer boshaften Empfindung den entsprechenden Ausdruck zu geben und nicht einfach plump zu sein, sie beherrschte diese Kunst um vieles besser als ich. Ich vermute, daß sie die Fähigkeit in den Jahren ihrer Ehe erworben und immer wieder trainiert hatte; nun glich sie, diese Fähigkeit, einer Armee nach Friedensschluß, die sich nicht einfach auflöst, sondern immer wieder nach Kampfeinsätzen verlangt.) Henriette aber ging, wenn das Wetter es zuließ, zu den Nackten in der Nähe unseres Hauses. Sobald Louise baden fahren wollte, mußte Rudolf sie von dort holen, das ging selten ohne Geschrei ab; Henriette fand, am anderen Strand seien die Kinder noch langweiliger, sie lief dort ebenso nackt herum, für sie bestand der Unterschied nur in einer Fahrt mehr im glühenden Auto. Doch Louise ließ sich nicht erweichen.
In der Strandburg war es warm wie in der Küche einer großen Familie. Louise war das Zentrum, von ihr ging die oberste Autorität aus, daran gab es keinen Zweifel: Wenn sie das Leinentuch ausbreitete, den Eßkorb in die Mitte stellte und in die Hände klatschte, war die Zeit zum Essen gekommen, keine Sekunde früher. Oder wenn sie sagte, morgen müsse man sich eine andere Beschäftigung suchen als zu baden, sonst drohe Sonnenbrand, dann war Widerspruch zwecklos. Eine Zunahme ihrer Entschiedenheit und Stärke war unüber-

sehbar, sie schien Gefallen an einer Rolle zu finden, die sie bis zu dieser Urlaubsfahrt abgelehnt hatte. Rudolf überlegte, ob sie sich auf dem Weg zur Hausfrau befand; der Gedanke war ihm unheimlich, doch er fühlte sich auch glücklich dabei. Er lag im Sand, den Kopf auf Louises Bauch, er hörte das Gluckern in ihren Gedärmen, spürte jeden ihrer Atemzüge und hatte endlich den Augenblick gefunden, den er festhalten wollte.

Nach Rudolfs Überzeugung gab es keine Wonnen, die einem dauerhaft in den Schoß fielen. Also begann er zu überlegen, was zu tun war, um das prächtige Einvernehmen, das zwischen ihnen nun herrschte, haltbar zu machen. Er hatte Lust auf pathetische Bekenntnisse, aber er scheute die großen Worte, weil sie für Louise nur Anlaß zum Spotten gewesen wären. Einmal hatte er ihr, nach irgendeinem Beschluß der Regierung, gesagt, er empfinde einen heiligen Zorn deswegen, und sie hatte geantwortet, der Behörde zur Überwachung von Wutausbrüchen sei ein heiliger Zorn allemal lieber als ein deutlich ausgesprochener. Für die Ungerechtigkeit, die darin steckte (gerade ihm gegenüber, der so darauf bedacht war, keine Zugeständnisse zu machen), hatte sie kein Ohr; in der Art der jungen Leute drosch sie auf jede große Geste ein, auf jeden erhabenen Ausdruck, ob er nun hohl war oder angemessen. *Glücksgestammel ist nur unter Gleichgesinnten möglich, in anderer Gesellschaft wird der Bekennende zur Witzfigur,* das fürchtete Rudolf.

Am Abend vor der Rückreise, als er das Gefühl hatte, den ganzen Urlaub über nur froh gewesen zu sein, ohne etwas Wesentliches dafür getan zu haben, brach er ein prinzipielles Gespräch vom Zaun. Er begann mit der Floskel, daß er über das Folgende schon lange habe reden wollen (was gelogen war, es war ihm erst am sel-

ben Tag eingefallen, und er war keineswegs sicher, ob er nicht besser den Mund halten sollte), ein Gesprächstrick zur Erlangung von Aufmerksamkeit. Während des Urlaubs, inmitten der Urlauber, die alle miteinander bekannt zu sein schienen, habe er sich gefragt, sagte er, ob er Louise nicht zu einem eingeengten Leben zwinge. Auch wenn es schwer sei zu bezeichnen, worin der Zwang oder das Zwangähnliche bestehe, sollte man doch nicht die Augen davor verschließen, daß sie, außer zu ihm, zu dem Kind und zu ihrer nervenaufreibenden Freundin Lilly, Beziehungen nicht habe. Das könne nicht gut sein, und früher, vor seiner Zeit, sei das bestimmt anders gewesen. Selbst wenn ihr Rückzug nicht durch Zwang verursacht, sondern freiwillig sei, müsse man sich fragen, ob sie nicht etwas zu jung sei für Menschenüberdruß und Selbstisolierung. Eines Tages werde sie ihm vorwerfen, er habe ihr den Horizont verhängt, er habe ihr Scheuklappen angelegt, indem er sie vom Rest der Welt abschnitt, dahin sollte es nicht kommen.
Louise fragte: Wovon sprichst du eigentlich? Zum Beispiel, sagte er, habe sie noch nie Gelegenheit gehabt zu bemerken, daß er nicht zu Nachstellungen neige, daß er ihr Recht auf Eigenständigkeit respektieren würde, wenn sie es sich nur nähme. Ihm war nicht wohl bei alldem, denn tatsächlich hätte er nicht genau sagen können, worauf er hinauswollte. Von der ursprünglichen Absicht, Louise sein Hochgefühl mitzuteilen, ihr zumindest eine Ahnung davon zu geben, entfernte er sich immer weiter, das machte ihn angespannt.
Sie fragte, ob er sie eben aufgefordert habe, Geschichten mit anderen Männern anzufangen. Rudolf verzog das Gesicht, gleichzeitig sah er ein, daß sie einen zulässigen Schluß gezogen hatte. (Der Meerwind rüttelte am

Haus, im Zimmer alles, was zu einem guten letzten Urlaubsabend gehörte, Holzscheite, ein funktionierender Kamin, Punsch von der Gastwirtsfrau als Abschiedsgeschenk, zwei Liebesleute, aber anstatt die Umstände zu nutzen, dieser überflüssige Disput.) Er antwortete, er fühle sich wunderbar verstanden, genau das habe er vorschlagen wollen.

Auf ihre folgende Frage, wie seine seltsame Rede sonst zu verstehen sei, konnte er nicht eingehen; *oder doch, er hätte sagen können, er habe sich in eine Dummheit verrannt, denn ein anderer Mann in ihrem Leben würde ihn um den Verstand bringen.* Doch er sagte, selbst das wäre noch nicht das Ende der Welt (während er dachte: Mein Gott, was rede ich zusammen!); eine gute Beziehung dürfe nicht wie eine Fessel sein, man müsse darin nicht immer nur eines anderen Wünsche erfüllen, sondern auch seine eigenen. Er habe ja keine Ahnung, ob ein bald fünfzigjähriger Mann einer Dreißigjährigen in jeder Hinsicht genügen könne, ob da nicht Begierden und Phantasien und Sehnsüchte seien, von denen er sich kein Bild mache. Umgekehrt, das könne er versichern, sei es nicht so (während er dachte: Vorsicht – dafür würde ich nicht meine Hand ins Feuer legen). Natürlich wollte er ihr keine Liebesabenteuer aufschwatzen, er würde unter fremden Kerlen leiden wie ein Hund (Nachlässigkeit im Denken hatte auch Nachlässigkeit in seiner Sprache zur Folge, das will ich so, und in der Novelle war es mir auch geglückt, ohne dieses Unvermögen als mein eigenes erscheinen zu lassen), aber noch entsetzlicher wäre eine Liebschaft, die sie ihm verschwiege. Da erst begänne der eigentliche Betrug.

Louise erkundigte sich noch einmal nach dem dunklen Sinn der vielen Worte, und Rudolf antwortete in seiner

Not, er bilde sich ein, diesen Sinn hell und deutlich vor ihr ausgebreitet zu haben. Da zog sie ihn zu einem Sessel, setzte ihn sich auf den Schoß, verschloß ihm mit dem Finger den Mund und streichelte ihn. Nicht mehr sprechen, er war jetzt das Kind, das sich heillos verirrt hatte, da kam sie mit dem Lämpchen ihres Verständnisses, tröstete es und führte es zurück auf den Weg. Noch nie hatte er eine solche Manifestation von Mütterlichkeit erlebt, er fühlte sich wie der Seefahrer, der ins Nichts aufgebrochen war und unverhofft einen neuen Erdteil erblickte.

Trotzdem ließ es sich Louise während der folgenden Wochen nicht nehmen, ihn aufzuziehen. Auf der Straße zeigte sie ihm einen Mann und sagte, über den würde sie mit sich reden lassen; oder sie waren auf einer Abendgesellschaft, und sie fragte Rudolf, welchen der Männe er ihr reinen Gewissens empfehlen könne. Oder sie sagte, ihre Lilly habe gerade einen Freund übrig, vielleicht werde sie sich bei Gelegenheit den Burschen ansehen. Rudolf murrte nicht: Er erinnerte sich an das Glück seiner Rettung und fand, daß er den Spott verdient hatte.

Amanda sagte, ihr sei etwas passiert, das sie für ein Alarmzeichen halte: Sie sei mit Sebastian auf dem Kinderspielplatz gewesen, er habe im Sandkasten gebuddelt, sie habe sich auf eine Bank gesetzt, um nachzudenken, aber sie habe nicht gewußt worüber. Sie habe mit leerem Kopf dasitzen und, wie die anderen Eltern, so tun müssen, als gebe es nichts Befriedigenderes, als dem Kind beim Spielen zuzusehen.

Etwas Ähnliches hatte ich kommen sehen, wie konnte ich hoffen, nein, erwarten, daß das Nichtstun in ihrem Zimmer, dazu das Kindererziehen und unser bißchen

Liebesglück, sie auf Dauer ausfüllen würden. Vom komischen Ton ihrer Klage ließ ich mich nicht täuschen, die Sache war ernst, und ich hatte allen Grund zu zeigen, daß ich verstanden hatte.

Eine andere Mutter, die ihre Zwillinge beaufsichtigte, erzählte sie weiter, habe ihr gesagt, daß man in ein und derselben Seifenlauge zwei Wäschen hintereinander waschen könne, vorausgesetzt, das Waschgut sei nicht allzu verschmutzt; sie wolle das gern ausprobieren, obwohl sie ihre Zweifel habe, daß die zweite Wäsche nach dieser Methode so sauber würde wie die erste; und außerdem, sagte sie, wie solle sie denn die Lauge, die bei unserer Maschine normalerweise doch in den Ausguß laufe, auffangen. Ich hätte sterben können vor Mitleid, und ich glaube, ganz unbeabsichtigt war das nicht. (Daß ich Rudolf diese Szene ersparte, liegt nicht daran, daß er ebensowenig einen Ausweg gewußt hätte wie ich, Ratlosigkeit entzieht sich ja nicht der Beschreibung. Es war eine Frage der Konzeption: Ich habe ihn weicher gezeichnet, als ich es bin, ihm wäre tatsächlich das Herz gebrochen. Zudem war Louise nach meiner Vorstellung eine verschlossene Person, stolzer und verschlossener noch als Amanda. Auch das machte mich mit der Novelle so zufrieden: wir beide, auf die Spitze getrieben. Die eine Szene hätte mir mein ganzes Gefüge durcheinandergebracht.)

Ich bat sie, Forderungen zu stellen: Was sollte ich tun. Ich könne nichts tun, sagte sie, nur sie könne etwas tun, sie wisse nur nicht was, und ich sah sie zum erstenmal den Tränen nahe. (Wie so häufig in schwierigen Situationen spürte ich eine Kraft zur Veränderung, die sich später meist als Schimäre erwies.) Es ist seltsam, daß der Gedanke, Amanda könnte irgendwo arbeiten gehen, jeden Tag acht Stunden, zwei oder drei Wochen Urlaub im Jahr, mir so absurd vorkam, daß ich ihn nie auszusprechen wagte. Weil sie so empfindlich war? Bestimmt nicht. Weil sie so schwach war? Sie war alles andere als schwach. Weil sie so verletzlich war? Vielleicht.

Wie den meisten Menschen, die ihre künstlerische Fruchtbarkeit überschätzen, stand Amanda ein Absturz bevor. Das heißt, der hatte im Grunde schon stattgefunden. Was jetzt vor ihr lag, war das Sichfügen in die Normalität, in eine Existenz als originelle, intelligente Person, in deren Macht es leider nicht steht, aufsehenerregende Leistungen zu vollbringen. Allein ich konnte ihr darüber hinweghelfen, daß sie sich selbst so enttäuscht hatte. Ich mußte versuchen, eine möglichst scharfe Grenze zwischen Mitgefühl und Mitleid zu ziehen: Auf das eine hatte sie Anspruch, das andere verdiente sie nicht.

Außer Zuspruch, Geduld und einem frohen Gesicht hatte ich aber wenig an Hilfe zu bieten. Meine Beziehungen zum Verlag waren inzwischen auf ein Minimum reduziert, wen hätte ich fragen sollen, ob Amanda nicht von Zeit zu Zeit ein Gutachten schreiben oder einen Text lektorieren könnte; auch hätte eine Empfehlung von mir den Effekt einer Warnung vor der Empfohlenen gehabt. Der einzige von diesen Leuten, mit dem ich noch Kontakt hatte, war Baruch; unsere Freundschaft war im Verlag kein Geheimnis, was ist in dem Zwergenland schon ein Geheimnis. Sie sahen ihn schief an deswegen. Ihn fragte ich um Rat, ohne viel Hoffnung, nur, um nichts unversucht zu lassen.

Wenn er sich recht erinnere, sagte Baruch, habe Amanda sich vor meiner Zeit auf journalistischem Gebiet hervorgetan (dabei hatte er sie gern – wenn er ein paar Gläser getrunken hatte, sah er sie sogar begehrlich an, aber er konnte nicht anders als lästern), ob man da

nicht einen neuen Anlauf nehmen könnte. Ich sagte, erstens würde sie das als schwere Niederlage empfinden, als Zurückstufung in den niederen Dienst, zweitens fiele mir keine Zeitung ein, die bereit wäre, sie zu nehmen. Darauf entgegnete Baruch, Amanda würde jede Arbeit, die beim Stand der Dinge für sie in Frage komme, als Zurückstufung empfinden, ausnahmslos jede, über diesen Teil des Problems brauche man daher nicht länger zu sprechen. Schwerer wiege mein Einwand mit unseren Zeitungen: die hätten alle ein und denselben Chefredakteur, und dieser Mensch sei nachtragend und habe ein Gedächtnis wie ein Elefant. Doch zum Glück habe sein Einfluß Grenzen, genau gesagt, ende sein Einfluß an einer ganz bestimmten Grenze – ob ich nicht mit einem meiner vielen westdeutschen Korrespondenten reden könnte. Vielleicht habe dessen Zeitung oder dessen Radiostation gelegentliche Aufträge für Amanda. Dies käme, sagte Baruch, Amandas Intentionen ohnehin mehr entgegen als ein Artikel für die Thüringer Nachrichten.
Was für ein absurder Einfall, selbst für Baruchs Verhältnisse. Abgesehen davon, daß er sich von den Intentionen Amandas ein ziemlich oberflächliches Bild machte – wie stellte er sich das vor? Wollte er, daß Amanda ein Leben in der Illegalität anfing? Und sollte ich einen Korrespondenten bitten, die Gesetze seines Gastlandes zu brechen und Amanda einen Job hinter den feindlichen Linien zu vermitteln (und damit seine eigene Existenz zu gefährden? Und wen meinte er mit ›meinen Korrespondenten‹?). Er tat so, als hätte ich Heerscharen westlicher Journalisten ins Land geholt, um sie Dienstleistungen für mich ausführen zu lassen. Aber was sollte ich groß mit ihm diskutieren, von seiner Einsicht hing nichts ab. Ich sagte, wenn ich je wieder

einen unsinnigen Rat brauchen sollte, würde ich mich wieder an ihn wenden, worauf er zu dem Schluß kam, so ernst scheine die Sache mit Amanda ja nicht zu sein. Vielleicht wollte er nur andeuten, daß er Amandas Dilemma für unlösbar hielt oder daß er sich Schlimmeres vorstellen konnte, als ohne Existenzsorgen zu Hause zu sitzen und nicht zu wissen, wie man Erfüllung findet. Vielleicht hielt er ihre Ansprüche für kapriziös, er ist ein ausgeprägter Materialist. Aber wer kannte schon Amandas Ansprüche.

Zu einem Geburtstag Louises stand Rudolf, so schien es, mit leeren Händen da. Besondes prächtige Blumen natürlich, Glückwünsche, Küsse, *Henriette hatte die üblichen Bildchen gemalt,* und sonst nichts? Nie hätte Louise gefragt, wo denn der Rest sei, das Eigentliche (obwohl sonnenklar war, daß noch etwas kommen mußte), und auch Rudolf hielt dem Druck stand und sagte nichts. Er blickte nur hin und wieder verstohlen auf die Uhr, bis es endlich an der Tür klingelte. Als Louise sein erleichtertes Lächeln sah, wußte sie noch vor dem Türöffnen, daß nun jemand ihr Geburtstagsgeschenk brachte.
Es war ein Reporter von einer österreichischen Zeitung, den ich Hunsicker nannte. Er hatte unbedingt ein Interview von Rudolf haben wollen, wegen irgendeines aktuellen Ereignisses, das Rudolf nicht interessierte; doch als Hunsicker ihn vor Tagen darum gebeten hatte (es gebe keinen Kompetenteren als ihn, die österreichische Öffentlichkeit brenne darauf, gerade seine Meinung zu erfahren, wie Journalisten das eben tun), hatte er geistesgegenwärtig die Gelegenheit erkannt und seine Bedingung gestellt: Nur wenn Hunsicker ihm in West-Berlin ein Geburtstagsgeschenk für Louise besorgte.

Nichts Verbotenes, nichts, das geschmuggelt werden mußte: einen schwarzen Kaschmirmantel, denn sie trug immer noch den Mantel, mit dem er sie kennengelernt hatte. (In Wahrheit gab es das Interview nicht. Ich kannte den jungen Mann schon lange, er war kein Österreicher, er arbeitete für den Norddeutschen Rundfunk und hatte mir schon oft einen Gefallen getan. Und es war kein schwarzer Kaschmirmantel, sondern eine rote Seidenbluse, obwohl ich eine lavendelfarbene hatte haben wolle. Und zu allem Unglück hatte Doll, so hieß er, sich auch noch um einen vollen Tag geirrt.)
Man hätte auch für ein Drittel des Geldes einen ordentlichen Mantel bekommen, aber Rudolf kannte Louises Schwäche für Luxus. Wichtiger als der Gebrauchswert war ihr die Extravaganz eines Kleidungsstücks, überhaupt aller Gegenstände (in der Novelle habe ich ein Beispiel dafür erzählt, eine kleine Geschichte, die mir entfallen ist), und so war es auch diesmal. Sie machte aus ihrer Freude kein Hehl und raunte Rudolf ins Ohr, sie werde sich, sobald sie wieder allein wären, gebührend bedanken. Dann bedankte sie sich bei Hunsicker, der auf einen unbeobachteten Augenblick wartete, um Rudolf die Rechnung geben zu können, und lud ihn zu einer Tasse Geburtstagstee ein. Da es sich um eine Überraschung handelte, wußte sie nichts von Rudolfs Interviewtermin. Man mußte es ihr sagen, und auch sie stellte eine Bedingung: Nur wenn sie im Zimmer bleiben und zuhören dürfe.
Hunsicker hatte nichts dagegen, aber er war nur aus Höflichkeit in die Frage mit einbezogen worden. Rudolf, um dessen Zustimmung es allein ging, nickte gleichmütig und war verwundert. Bisher hatte sie stets einen Bogen um alles gemacht, was mit seiner Arbeit in Beziehung stand, und auf einmal dieses geradezu auf-

dringliche Interesse. *Rudolf mochte nicht glauben, daß es sich um bloße Freundlichkeit handelte, um eine Gegenleistung für den Kaschmirmantel,* Spontaneität war nicht ihre Stärke. Also legte er sich die Theorie zurecht, sie habe sich umentschieden, sie wolle seine Angelegenheiten von nun an zu den ihren machen, zumindest sie mit größerer Aufmerksamkeit verfolgen. Auch der Zeitpunkt schien dafür ein Indiz zu sein: Legt man den Bruch mit Gewohnheiten nicht gern auf ein einschneidendes Datum, auf Jahreswenden etwa oder auf Geburtstage?

Louise saß in ihrem neuen Mantel in einer Zimmerecke (rührend), so abseits wie nur möglich und mit unbeteiligtem Blick. Bald merkte Rudolf, daß er seine Antworten nur scheinbar an Hunsicker richtete, daß sie tatsächlich für Louise bestimmt waren, das ärgerte ihn. (Weil mir das Interview an sich nicht wichtig war, habe ich es auch nicht erfunden, nur Bruchstücke davon.) Er redete wie vor einer Prüfungskommission, ohne Abstand zu seinen Worten, ohne Witz. Ein paarmal sagte er, nein, die Antwort gelte nicht, er möchte neu ansetzen, dann hielt Hunsicker seinen Recorder an, spulte zurück und wartete auf das Startzeichen. Aber die zweiten Antworten gerieten nicht weniger hölzern als die ersten, Rudolf dachte zornig, wie unsensibel Louise doch sein müsse, seine Notlage nicht zu bemerken und sich nicht hinauszustehlen. Zum Beispiel sagte er, Schriftsteller müßten hierzulande zu viel Aufmerksamkeit daran verschwenden, daß keiner ihrer Sätze eine bestimmte Zulassungsgrenze überschreite, und dann, in einem zweiten Anlauf, Schriftsteller müßten sich nicht einer Behörde verpflichtet fühlen, sondern ihren Lesern. Was er aber meinte, war, daß Schriftsteller so schreiben sollten, wie sie und nicht andere es für richtig hielten, das fiel ihm erst später ein. Nur einmal machte sich Louise bemerkbar, als sie aufstand, um Hunsicker und ihm Tee nachzugießen, sie lächelte dabei wie eine Kellnerin. Hunsicker hatte versprochen, das Interview werde nur eine halbe Stunde dauern, doch er quälte ihn viel länger. Rudolf bemerkte die Zeitüberschreitung und drängte trotzdem nicht zur Eile; er gab die Hoffnung nicht auf, daß ihm noch etwas einfiel, womit Louise zu beeindrucken war. Von diesem Moment an hatte das Interview nur noch durch ihre Anwesenheit einen Sinn. Schließlich brach er es aber doch ab, indem er aufstand und sagte, es sei alles gesagt und nichts Neues mehr zu erwarten. Er bildete sich ein, daß Louise kaum merklich nickte.

Als Hunsicker gegangen war, verbarg Rudolf seinen Unmut nicht länger, Geburtstag hin und Geburtstag her. Er sagte, nicht allein er und nicht allein Hunsicker mit seinen einfältigen Fragen seien schuld am Verlauf der Sache gewesen, Louise sei mitverantwortlich. Mit ihr im Genick habe er einfach nichts zustandebringen können, er habe auf ein Zucken ihrer Augenbrauen mehr geachtet als auf seine Antworten. Wenn sie schon so grausam gewesen sei, bis zum bitteren Ende dabeizubleiben, warum sie sich dann nicht wenigstens eingemischt habe. Warum sie nicht, als klar wurde, was für ein Zeug er zusammenredete, ihm beigesprungen sei und Gedanken beigesteuert habe, an denen er sich hätte aufrichten können. So dazusitzen wie ein riesiges Ohr sei nicht nur störend, sondern auch nutzlos gewesen – dann hätte sie das Resultat auch später in der Zeitung lesen können.

Vielleicht weil der Geburtstag sie versöhnlich stimmte (sie trug noch immer den Kaschmirmantel), vielleicht, aber auch aus Überzeugung sagte Louise, sie wisse nicht, wovon er rede, an dem Interview gäbe es kaum etwas auszusetzen. Er habe präzise auf alle Fragen geantwortet (die nicht immer atemberaubend gewesen seien), und wo ihm das nicht gelungen sei, habe er sich das Recht genommen, eine zweite, eine treffendere Antwort zu geben. Wenn sie überhaupt einen Einwand habe, dann den, daß er manchmal eitel gewesen sei. Ihr selbst gefalle diese Eitelkeit, sie finde sie anmutig (könnte ihn küssen), ob man sich aber so der Öffentlichkeit präsentieren müsse, sei eine andere Frage. Manche Antworten seien selbstgefällig gewesen, manchen hätte etwas Selbstzweifel gutgetan, denn es sei nicht immer geschickt, Ansichten wie Offenbarungen vorzutragen.

Rudolf war erleichtert über ihr Urteil, das ihm unverdient wohlwollend vorkam. Da er sie nicht für genügsam hielt, war ihm die Diskrepanz in ihren beiden Einschätzungen ein Rätsel. Er zog ihr den Mantel aus, Louise lächelte frivol und sagte, er brauche sie nicht so plump an ihre Dankesschuld zu erinnern, er werde schon sehen. *Sie setzten sich an den Tisch, tranken Sekt und waren eigenartig froh.* Es kam die Abendbrotzeit, Henriette spielte draußen mit Freundinnen und war seit langem überfällig, doch niemand dachte daran, sie zu suchen.

Weil Rudolf ihre Zustimmung noch ein wenig auskosten wollte, sagte er, manchmal sei er sich seiner Eitelkeit bewußt, manchmal nicht, so wie heute. Doch davon abgesehen: Ob sie es für abwegig halte, daß Eitelkeit auch wie ein Schutzschild sein könne: Um die ständigen Spannungen mit seiner Umgebung besser zu überstehen, zu denen er sich nun einmal entschlossen habe. Louise dachte nach, zuckte bald mit den Schultern und sagte, ja, das sei gut möglich, von dieser Warte

aus habe sie es noch nie gesehen. Der Gedanke schien sie nicht zu interessieren.
Später kamen ein paar Gäste, ein Musikerehepaar, Louises Eltern, die strapaziöse Lilly mit ihrem Kind, meine Mutter. Im Laufe des Abends fragte Louise Rudolf, ob dieser Hunsicker verheiratet sei, Rudolf wußte es nicht. Falls nicht, sagte sie, ob man bei Gelegenheit nicht Hunsicker und Lilly zusammen einladen sollte, *vielleicht wäre er ein passender Mann für sie, dann hätte das Interview am Ende doch noch etwas Gutes gehabt.*

In der letzten Phase ihrer Arbeit an einem Buch geht es manchen Schriftstellern nicht gut. Sie müssen etwas zusammenhalten, das ihnen in alle Richtungen auseinandergelaufen ist, das macht sie reizbar. Sie müssen sich an den Gedanken gewöhnen, daß eine Arbeit zu Ende geht, die längst nicht die Resultate gebracht hat, die sie einmal vor Augen hatten, das macht sie unglücklich. Es ist die Zeit, da sie an ihrem Unvermögen leiden wie niemals sonst. Mit ihnen zu sprechen wird mühsam und unergiebig, sie werden maulfaul, es ist, als brauchten sie jedes Wort zur Rettung ihrer verworrenen Angelegenheiten. Atemlos hin und her denkend, haben sie nichts anderes als Schadensbegrenzung im Sinn; dort ist eine Wand so schief, daß die Türen nicht schließen, dort muß nachträglich eine Heizung eingebaut werden, weil es viel zu kalt in den Zimmerchen ist, dort müssen sie schleunigst eine undichte Stelle im Dach ihrer Hütte flicken, die einmal ein Palast hatte werden sollen.
Rudolf näherte sich dem Ende eines Romans. Louises Verständnis für seine Launenhaftigkeit (das für viele Romane ausgereicht hätte) wurde von ihm als selbstverständlich hingenommen, er bemerkte es kaum. Daß er

wie ein Mondsüchtiger durch die Wohnung lief und den Mund nur dann aufmachte, wenn er bedient werden wollte oder wenn er sich über Störungen durch das Kind beklagte, änderte nichts an ihrer guten Stimmung. Diese Stimmung schien sogar stabiler zu werden, je unerträglicher er sich benahm, so als wäre Louise sich ihrer therapeutischen Funktion bewußt und verfüge über die Erfahrung einer, die sich schon einmal auf der anderen Seite umgesehen hat. Zu der wütenden Henriette sagte sie, sie solle Rudolf wegen seiner Ungeduld nicht böse sein, er brauche jetzt all seine Geduld für sich selbst. Trotzdem konnte sie nicht verhindern, daß es zu einem Handgemenge kam.

Eine der Folgen von Rudolfs Anspannung war Schlaflosigkeit. Er schlich sich dann nachts ins Arbeitszimmer, das heißt, allein er hielt sein Gehen für ein Schleichen, in Wirklichkeit stieß er da und dort an (bei mir war es fast immer das verdammte Spielzeug Sebastians, Autos, Eisenbahnen, Bauklötzchen, die überall herumlagen), er machte die Türen nicht leise genug zu und hustete. Er kochte sich Kaffee, weckte mit der ratternden Klosettspülung das halbe Haus, und beim Frühstück jammerte er, wie unausgeschlafen er sei. Henriette (die inzwischen sieben war) und Louise sahen sich dann verschwörerhaft an und schwiegen nobel; aber einmal, nach einer besonders störungsreichen Nacht, bemerkte Louise spitz, sie habe ihre Zweifel an dem von Rudolf vermuteten Zusammenhang zwischen Arbeit und Schlaflosigkeit: Kürzlich habe sie den medizinischen Fachausdruck für diese Art von Störung gelesen, er laute *Senile Bettflucht.* Oh, das hätte sie nicht sagen sollen.

Sie mußte Rudolf, der in Zeitlupentempo sein Messer aus der Hand legte und dann kopfschüttelnd die Küche verließ, in sein Arbeitszimmer folgen und zwei Tage lang auf den Knien herumrutschen. Sie mußte einsehen, daß es Witze gibt, die man nicht macht und daß es Grenzen gibt, hinter denen der Spaß aufhört. Sie mußte ihm einen Zettel unter der Tür hindurchschieben, auf dem stand, er sei nicht zu alt für sie, und noch einen zweiten, der das Geständnis enthielt, sie sei von allen guten Geistern verlassen gewesen. Schließlich ließ Rudolf sich erweichen, doch es war nicht klar, ob Louises Übertreibungen ihm den Blick auf sein possenhaftes Gekränktsein öffneten, oder ob ihre Zerknirschtheit ihn überzeugte (nicht einmal ich wußte es).

Noch ein paar harte Wochen waren zu überstehen, eine Zeit, in der Rudolf nicht aus dem Bademantel kam und sich nur noch an jedem dritten Tag rasierte. Bis weit in den Roman hinein hatte er noch die Mühe auf sich genommen, regelmäßig ins Badezimmer zu gehen, die Tür zu verschließen, das Schlüsselloch zu verhängen und sich die grauesten Haare auszuzupfen, daran war nicht mehr zu denken. (Dabei durfte der Abstand zwischen zwei solchen Prozeduren nicht zu lang werden: Erstens wurde der Unterschied sonst zu auffällig, zweitens kam man nicht mehr nach.) In der Wohnung wurde weiter geschlichen und geflüstert, am liebsten hielt sich Louise nun bei Lilly auf, und wo Henriette den ganzen Tag steckte, war sowieso ein Geheimnis. Mitunter nahm Louise den Erschöpften in die Arme und brachte ihn dazu, sich unter sie oder auf sie zu legen; doch mit ihrer guten alten Lust hatte das wenig zu tun, Rudolf tat ihr von Herzen leid. Er sah krank aus. Eines Tages blickte er in den Spiegel und dachte: Mein Gott, wie reizlos! Aber es beschäftigte ihn nicht lange, er mußte wieder an den Schreibtisch gehen, um in seinem Text herumzustochern.

Als er mit dem Buch fertig war (*irgendwann mußte er ja dieser Ansicht sein*), bat er Louise, mit einer dummen Angewohnheit zu brechen und das Manuskript zu lesen. Sie hörte es nicht gerne, denn was er Angewohnheit nannte, kam ihr wie eine stillschweigende Verabredung vor, die nicht gebrochen werden sollte. Sie sah, wie leicht er mit strengen Urteilen aus dem Gleichgewicht zu bringen war, zudem fürchtete sie, daß er Kritik für eine späte Rache halten könnte. Doch er ahnte solche Gedanken und entband sie von aller Rücksichtnahme. Je strenger, sagte er, desto besser; er könne seinen Text nicht mehr ertragen, er erkenne nur noch einen einzigen Brei, er brauche das Urteil einer zweiten Menschenseele. Er mißtraue den Leuten in seinem Verlag, die gar nicht anders könnten, als mit Staatsaugen zu lesen; die seien nur hinter aufsässigen Stellen her, aber am Verhältnis der einzelnen Wörter zueinander kaum interessiert. Wenn sie, Louise, es nicht lese, müßte er das Manuskript gleich in den Westen schicken, dann sei es für jede neue Einsicht zu spät.
Was blieb ihr anderes übrig als nachzugeben. Früher, als sie selbst noch schrieb, wäre sie den Verdacht nicht losgeworden, daß er ihr ein scheindemokratisches Angebot machte, um sein eigenes Urteil über ihre Texte verkünden zu können – Kritik gegen Kritik. Heute konnte sie sich, wenn sie wollte, auch geschmeichelt fühlen. Sie nahm sich vor, nicht zu tadelsüchtig zu lesen, aber auch nicht wie ein gutmeinender Freund, dem zu allem noch ein freundliches Wort einfällt.
Nach der Lektüre war sie erleichtert, der Roman hatte ihr nicht schlecht gefallen und sie an vielen Stellen sogar interessiert; sie fühlte sich wie einer Gefahr entronnen. (Über den Inhalt des Buches kein Wort in der Novelle, es genügte mir, daß ich es selbst geschrieben hatte.) Sie

gab Rudolf eine Liste mit Seiten- und Zeilenangaben, auf der sie Wörter, Teile von Sätzen und ganze Sätze notiert hatte, die ihrer Meinung nach ungünstig oder verloren herumstanden. Einzelner Vorschläge zur Besserung enthielt sie sich. Sie sagte, in dieser Liste sehe sie die einzige Möglichkeit einer Hilfe (wahrscheinlich sei es überhaupt keine), über konzeptionelle Dinge oder über die Geschichte sei sie nicht imstande zu sprechen. Er möge ihre Liste aber nicht zu wichtig nehmen, eigentlich habe sie bei jedem einzelnen Wort, das sie niederschrieb, das Gefühl einer Amtsanmaßung gehabt, doch diese Suppe habe er sich selber eingebrockt.

Nach dem ersten Blick auf die Liste wußte Rudolf, daß sie ihm nützen würde. Er war nicht überrascht, im Gegenteil, gerade sein Vertrauen in Louises Gescheitheit hatte ihn ja bewogen, sie einzuspannen. *Ach, Louise,* sang er zu Ehren des Augenblicks, *welch Freude macht mir diese* (Ach, Amanda, wie froh ist doch dein Mann da, erinnere ich mich). Er ermunterte sie, auch den zweiten Schritt zu tun und über das Ganze mit ihm zu reden, er sei stark genug. Woher nur dieser Tick komme, nicht kompetent zu sein. Wenn sie hören könnte, welch ein meschuggenes Zeug die professionellen Lektoren oft zusammenredeten, würde sie solche Skrupel nicht kennen. Na schön, sagte Louise endlich, doch es klang, als fürchtete sie trotz seiner Beteuerung Streit.

Wenn es die Zensur nicht gäbe, so begann sie, wäre das Buch anders geworden. Er fragte, ob sie damit ausdrükken wolle, er habe allzuoft an den Zensor gedacht, und sie antwortete nach längerem Überlegen: Ja. Sie meine aber nicht, er habe darauf geachtet, dessen Wünsche zu erfüllen, vielmehr sei es ihm darum gegangen, keinen Zweifel an seiner unnachgiebigen Haltung aufkommen zu lassen. Er habe auf eine Weise geschrieben, daß dem armen Zensor gar keine andere Wahl bleibe, als zu verbieten, er habe ihm keinen Ausweg gelassen. Nichts sei dem Autor wichtiger gewesen. Der Zensor sei, abgesehen von all seiner Lästigkeit, auch eine berechenbare Figur, und sie werde den Eindruck nicht los, daß er, Rudolf, ihn kujoniere und in seinem Käfig herumtanzen lasse.

Was es denn heißen solle, fragte Rudolf gutgelaunt, daß er genau die Markierung kenne, an der das Verbieten beginnt, und daß er sie bewußt überschreite? Sie tue so, als gäbe es eine natürliche Grenze, jenseits derer Zensur zu Recht bestehe und die man daher zu respektieren habe. Ob sie es nicht richtig finde, wenn man diese Grenze ignoriere? Wenn man sich um die Grenzkontrollen nicht schere, wenn man so oft über die Grenze hin und her gehe, wie es einem beliebe, mit keiner anderen Legitimation in der Tasche als mit der, ein Schreiber zu sein? Er könne nicht ausschließen, daß er manchmal dabei übertrieben habe, daß manche Ausflüge nicht unbedingt hätten sein müssen, daß die Geschichte, die er erzählen wollte, womöglich ohne diese Ausflüge zu erzählen gewesen wäre. Aber warum die Rücksicht, und vor allem: auf wen? Vielleicht habe er sich auch selbst Mut machen müssen, ähnlich wie die Soldaten in einem Film, die laut schreiend über ein Schlachtfeld gestürmt seien, obwohl sie das ja auch leise hätten tun können.

All das verstehe sie gut, sagte Louise, aber es sei ein himmelweiter Unterschied, ob eine Geschichte Grenzverletzungen gebiete oder ob der Autor sich diese vornehme, über den Kopf der zu erzählenden Geschichte hinweg. Was für ein Verbot er denn für erstrebenswerter halte: eines, das wegen einiger herausfordernder

Passagen ausgesprochen werde, um einiger Stellen willen, ohne die der Roman auch denkbar wäre, oder eines, das sich sozusagen zwingend aus der Logik und der Struktur des Romans ergebe? Sie habe ein Beispiel im Gedächtnis. Irgendwann komme seine Figur Johannes vom Rendezvous mit einer Kollegin nach Hause, und sein Bruder erkundige sich, wie es war. Was antworte Johannes? Anstatt einfach zu sagen, es sei sterbenslangweilig gewesen, sage er: Langweilig wie auf einer Parteiversammlung. Sticheleien seien dem Autor wichtiger gewesen, als etwa zu beschreiben, wie Johannes sich nach dem Aufstehen die Zähne putzte. Dieses Ungleichgewicht sollte beseitigt werden, wenn er sie schon nach ihrer Meinung frage.

Rudolf seufzte und erbat sich Bedenkzeit. Insgeheim bedauerte er seine Hartnäckigkeit, lieber hätte er die Einwände nicht gehört. Er spürte, daß sie nicht aus der Luft gegriffen waren und hatte zugleich Angst, daß er gedrängt werden könnte, ein neues Buch zu schreiben. *Bei einem nächsten Buch wollte er sich daran erinnern, dieses war schon geschrieben.* Zwei Tage versteckte er sich hinter dem Manuskript, in der Hoffnung, der letzte Teil der Unterhaltung, seine Antwort, könnte ihm erspart bleiben. Dann wollte er nicht auch noch als Feigling dastehen, ging entschlossen zu Louise und sagte, er danke ihr für alle Mühe, er fühle sich aber den Änderungsvorschlägen nicht gewachsen. Ihre Kritik sei so grundlegend, daß er, wollte er sie beherzigen, noch einmal von vorn anfangen müßte, dazu sei er zu ausgelaugt. Es wäre günstiger gewesen, das Gespräch schon im Projektstadium zu führen, beim nächstenmal werde er nicht wieder so dumm sein.

Falls Louise enttäuscht von seiner Reaktion war, zeigte sie es nicht. Sie sagte, ohnehin habe er ihr ein Urteil entlockt, das sie lieber für sich behalten hätte; ihre Ansichten übers Schreiben stünden auf so tönernen Füßen, daß sie bei jedem Wort habe denken müssen: wie vorlaut. Ein nächstes Buch gab es in der Novelle jedenfalls nicht mehr.

Einmal rief Rudolf bei uns an, der richtige Rudolf, ich war nicht zu Hause. Amanda ging an den Apparat und sagte, sie wisse nicht, wo ich steckte und wann ich wiederkäme; Rudolf sagte, er sei nicht traurig darüber, er freue sich, sie auf diese Weise kennenzulernen. Er wisse genau, wer sie sei, sein Bruder habe ihm viel von ihr erzählt (das stimmte, ich hielt ihn über meine Angelegenheiten immer auf dem laufenden), er sei sogar in der Lage, behauptete er, sie zu beschreiben. Amanda war amüsiert und geschmeichelt, der große ferne Rudolf. Über das Telefonat bin ich gut informiert, beide haben mir davon berichtet, beide ungefähr dasselbe. Da sei sie sehr neugierig, sagte Amanda, was soll man sonst sagen, wenn man unvorbereitet und zum erstenmal miteinander redet; lieber hätte sie ihn nach seinen geheimnisvollen Geschäften gefragt, dann wäre das Gespräch vermutlich schnell gestrandet. Also hörte sie sich ihren eigenen Steckbrief an, reizlos war das nicht. (Rudolf betrog, wie es seine Art ist. Ich hatte ihm zwar eine Beschreibung Amandas gegeben, vor allem aber stand, während sie telefonierten, ein Foto vor ihm auf dem Tisch: ich mit Amanda.)
Mittelgroß sei sie, das einzig Durchschnittliche an ihr, etwa einssiebzig, vorbildlich gerade Haltung. Sie habe einen auffällig langen Hals, im Unterschied zu ihm, dessen Kopf so knapp auf den Schultern sitze, daß er keine gestärkten Hemden tragen könne, ohne sich das Kinn wundzureiben. Einen Hals wie Nofretete. Ihre

Beine, wenn er das frei und unschuldig sagen dürfe, seien nicht nur so geformt, daß sich die Männer nach ihr umdrehten, sie befänden sich auch im günstigsten Verhältnis zur Körperlänge. Er selbst sei Sitzriese, endloser Oberkörper auf kurzen Beinen, er spreche also nicht so sehr als Bewunderer, wie als Neider. Amanda, wenn ich nicht irre, zerfloß vor Wohlbehagen. Ein Kapitel für sich sei das Haar, sagte Rudolf. Wenn er Verständnis für jemanden habe, dann für eine Frau, die solches Haar glatt und lang und rötlichbraun herunterhängen lasse – mit welchem Haar sollte das sonst möglich sein? Doch trotzdem. Er habe eben ihren, mit Verlaub, Schwanenhals erwähnt, dessen Wirkung man mit allen Mitteln unterstreichen sollte. Und welches Mittel wäre sinnvoller, als das Haar hoch zu tragen, hoch über dem Hals und nicht darunter, daneben oder drumherum? Mit ihrem herabhängenden Haar verberge sie den Hals ja eher, als daß sie ihn vorzeige, welch eine Verheimlichung! Andererseits habe das Haar selbst natürlich auch seinen Präsentationswert. Ach, sagte er, eine verteufelt schwere Abwägung, zu gern würde er sich an der Lösung des Problems beteiligen. Und er sagte, er habe mit den Jahren einen Blick dafür entwickelt, welche Aufgaben es verdienten, sein Herzblut dranzugeben. Zum Schluß erkundigte er sich nach mir – ob alles in Ordnung sei. So gut wie alles, antwortete Amanda, keine Katastrophen, keine anderen Unannehmlichkeiten als die alltäglichen, ob er etwas Bestimmtes im Auge habe. Nein, es handle sich nur um die routinemäßige Kontrollfrage eines besorgten Bruders.
Als ich nach Hause kam, saß sie vor meinem Familienalbum und sah sich Bilder an. Zu meiner Mutter Claire (die beinah jedes der Fotos mit fürchterlichen Kommentaren versehen hat) hatte sie ein gutes Verhältnis,

allein schon deshalb, weil Sebastian nach ihr süchtig war. Die übrigen Geschwister interessierten sie wenig, nur Rudolf, der in ihrer Vorstellung Clark Gable ähnelte. Jeder amerikanische Gangsterfilm erinnerte sie an Rudolf. Bis heute weiß ich nicht, ob es eine richtige Entscheidung war, meine Mutter und Rudolf in der Novelle nicht vorkommen zu lassen, ich fand keinen Platz für sie.

Amanda wollte eine Rudolf-Geschichte hören, aber ich erzählte ihr etwas anderes: Wie der Offizier der ruhmreichen Sowjetarmee Arkadij Rodionowitsch Pugatschow (ich glaube, daß er Major war) eine gewisse Zuneigung zur Literatur in mir weckte. Nachdem mein Vater kurz vor Kriegsende gefallen war, hielt Claire sich nicht lange mit Trauer auf, nichts als Trauernde um sie herum, sie stürzte sich in die Aufgabe, ihre vier Kinder am Leben zu erhalten und dennoch nicht zu verkümmern. Ihre ersten beiden Geliebten nach Ausbruch des Friedens waren Amerikaner, dann kam Arkadij Rodionowitsch; als ich sie später einmal fragte, ob sie bewußt auf Franzosen und Engländer verzichtet oder ob es sich zufällig so ergeben habe, sagte sie nüchtern, die seien viel zu arm gewesen. Damals habe man viel deutlicher als heute sehen können, wer zu den Supermächten gehörte und wer nur zu den Großmächten. Einen Franzosen, und wäre er noch so nett gewesen, hätte sie sich gar nicht leisten können.

Ich weiß nicht, ob Arkadij Rodionowitsch eine eigene Familie hatte (in Charkow, von wo aus er zum Kämpfen ausgezogen war), ich glaube es nicht. Anfangs verbrachte er halbe Nächte in unserer Wohnung, dann komplette Nächte, dann Abende und Nächte, bis er schließlich, so kann man es sagen, bei uns wohnte. Er schleppte gewaltige Mengen von Lebensmitteln an,

Wurstringe, Fischbüchsen, eingelegte Gurken, aber auch andere Wertgegenstände wie Stoffballen oder Kinderschuhe. Einmal stand meine beglückte Mutter vor einem Karton mit Seifenpulver und flüsterte: Welch eine Liebe! Er muß einen einflußreichen Posten gehabt haben, wie hätte er sonst sein Leben außerhalb der Russenkaserne führen und sich an manchen Morgen von einem Fahrer abholen lassen dürfen? Meiner Mutter machte es nichts aus, daß die Frauen im Haus hinter ihr her tuschelten, sie hätte sich einem Iwan an den Hals geworfen; sie sagte, das sei der blanke Neid von Naziweibern. Sie wurde immer schöner (nicht nur in meiner vielleicht verklärenden Erinnerung, ich sehe die Fotos ja vor mir), und Arkadij mochte glauben, von allen Alliierten die begehrenswerteste Eroberung gemacht zu haben. Sie sah in ihm nicht nur den Ernährer, sie muß ihn geliebt haben. Als sie in zwei aufeinanderfolgenden Sommern, 48 und 49, zwei Töchter für ihn zur Welt brachte, Laura und Selma, wurde in unserer Wohnung tagelang vor Glück getrunken. Das soll Berechnung gewesen sein?

Arkadij Rodionowitsch war ein Verehrer der Poesie. Er schrieb selbst Gedichte, an guten Tagen fünf. Er erkundigte sich, ob uns die Namen Lermontow und Puschkin und Jessenin und Blok etwas sagten, und als wir verlegen mit den Schultern zuckten, schlug er die Hände über dem Kopf zusammen. Mit seinem Fahrer ging er in eine private Leihbücherei und suchte so lange in den Regalen, bis er ein von der Militärkommandantur verbotenes Buch gefunden hatte. Zur Strafe beschlagnahmte er alle deutschen Übersetzungen russischer Dichter, die er finden konnte. Er brachte die Bücher nach Hause und befahl uns, sie zu lesen. Ich gestehe, daß ich mir nach seiner emphatischen Ankündigung

mehr versprochen hatte, dennoch überflog ich sie alle und sagte mit meinen vierzehn Jahren: Ganz ausgezeichnet. Arkadij merkte uns an, daß wir logen. Aber er gab es nicht auf, uns zu zivilisieren. Wir läsen nur mit unserem dahinhastenden Verstand, sagte er zu meiner Mutter, zu Rudolf, zu Benno und zu mir, nicht aber mit weit geöffneter Seele, darin liege der Fehler. Er hielt kleine Vorträge über Techniken des Seelenöffnens, und eines Tages griff er zum Äußersten, er las seine eigenen Gedichte vor. Natürlich übersetzte er sie nicht (sein Deutsch hätte dafür nicht ausgereichet), doch darauf komme es auch nicht an, sagte er – eine offene Seele verstehe jede Sprache. Wir saßen wie im Theater, alle verfügbaren Kerzen brannten, Arkadij stellte sich vor uns hin, hüstelte wie ein erkälteter Kammersänger und begann. Nie habe ich eine eindrucksvollere Lesung gehört: Er schluchzte und flüsterte und sang und griff sich ans Herz. Er blickte in unendliche Fernen, sah uns bohrend in die Augen, fuhr einen plötzlich vor ihm auftauchenden Feind an oder lauschte seiner Stimme nach, die sich an ein letztes Wort gehängt hatte und mit ihm im Grab versank. Viele Gedichte endeten mit einer Frage, auf die er keine Antwort erwartete, weder von uns noch von sonst jemandem, denn eine Antwort gab es nicht. Ich war überzeugt davon zu verstehen, was es bedeutet, mit der Seele zu hören, auch wenn ich es inzwischen vergessen habe.
Alles gut und schön, sagte Amanda, doch sie habe von Rudolf hören wollen. Ich antwortete, wenn der Kellner versehentlich eine falsche Speise bringe, dann esse man nicht zuerst den Teller leer und mache den armen Menschen dann erst auf seinen Irrtum aufmerksam. Albernheit, sagte sie humorlos, es sei an der Zeit für die endgültige Wahrheit über Rudolf, und zwar für eine ganz

bestimmte. Was das für ein Mann sei, der mich in Zweimonatsabständen besuche und mit dem ich mich in meinem Zimmer vor ihr verberge? Ein Abgesandter Rudolfs? Wie Rudolf zu Fotos von mir komme, obwohl ich doch seinen Aufenthaltsort angeblich nicht kenne? (Natürlich war ihr nicht entgangen, daß er sie während des Telefonats von einem Bild herunterbeschrieben hatte.) Und plötzlich wurden ihre Augen klein, von einem ungeheuerlichen Verdacht: Ob Rudolf uns schon einmal besucht habe, unter falschem Namen, mit falschem Paß oder wie immer die Herren Kriminellen in der Welt umherreisten, und ob ich so abgebrüht gewesen sei, ihr das zu verheimlichen?

Na gut, sie hatte ein Geheimnis erwittert, das einzige, das ich noch vor ihr bewahrte. Was sei schon dabei, dachte ich, ihr auch das noch zu offenbaren, es lebt sich unbequem mit Geheimnissen. (Rudolf hätte geschwiegen, ich meine den Rudolf in der Novelle, er hatte zu Louise weniger Vertrauen als ich zu Amanda. Gegen Ende ihrer Zeit kam ihm sogar der Gedanke, sie könnte vom Sicherheitsdienst auf ihn angesetzt worden sein, allerdings hielt er sich nicht lange damit auf. Feststeht, daß er geschwiegen hätte, wenn er diesen Bruder und dieses Geheimnis gehabt hätte. Vielleicht habe ich ihm deshalb keinen Bruder gegeben, weil er Louise nicht genug vertraute.)

Als der wirkliche Rudolf von meinen Schwierigkeiten erfahren hatte (nicht von mir, sondern durch den Presserummel, der meiner ersten nichtgenehmigten Romanveröffentlichung bei Ellenreuther folgte), rief er an und fragte harmlos, ob ich in nächster Zeit eine Auslandsreise plane. Ich sagte ja, ich hätte vor, nach Warschau zu fahren, und er sagte, Warschau sei gut, Warschau müßte sich einrichten lassen. Er kam nach

Warschau geflogen und führte mich in ein übertrieben elegantes Restaurant. Er trug einen Hut, unter dessen breiter Krempe wir uns zur Begrüßung umarmten, er roch nach einem Rasierwasser, das einen mit Händen zu greifen schien. Ich hatte ihn immer nur barhäuptig erlebt, aber er tat sehr vertraut mit dem Hut, wir sahen uns so selten.

Gleich bei der Vorspeise fragte er, ob ich es nicht für ratsam hielte, in den Westen zu ziehen, es komme ja voraussichtlich Ärger auf mich zu. Als ich entgegnete, einem solchen Umzug stünden allerhand Formalitäten im Wege, sagte er, genau aus diesem Grund säßen wir zusammen; er sei bereit, mich auf so sanfte Weise in den Westen zu schaffen, daß ich selbst kaum etwas davon merken würde. Und läge der Transport erst hinter uns, sagte er, dann wäre ich, nach allem, was man so höre, ein gemachter Mann. Bis zu einem Zwischengericht überlegte ich (ich war damals besonders unglücklich verheiratet, und die Vorstellung, mit einem Schlag alle Probleme zu lösen, war schon verlockend), dann lehnte ich ab: Der Ärger, mit dem zu rechnen sei, werde schon nicht so schlimm werden, und ich sei aus demselben Holz geschnitzt wie er, also widerstandsfähig, und mir sei ein kompliziertes Leben in einiger Bedeutsamkeit lieber als ein sorgenfreies im Vergessenwerden. Offenbar hatte er keine andere Antwort erwartet, denn er war sofort mit einem zweiten Plan bei der Hand.

Es sei meine Sache, wenn ich in fortgeschrittenem Alter Lust bekäme, den Helden zu spielen, er wolle sich da nicht einmischen. Er mache mein bisher im großen und ganzen aufregungslos verlaufenes Leben dafür verantwortlich, deshalb würde ich ihm bestimmt nicht glauben, daß ein Zuviel an Aufregung schwerer zu ertragen sei als ein Zuwenig. (Bemerkungen, die mich erstaunten, denn sie lagen abseits von allem, worüber wir uns bisher unterhalten hatten.) Was er aber tun werde, sei, mich unter Beobachtung zu halten – dabei handle es sich nicht um einen Vorschlag, sondern um eine Mitteilung. Zum Beispiel werde er in Zukunft regelmäßig anrufen. Er werde sich erkundigen, ob es irgendwelche Probleme gäbe, und er bitte mich, offen zu antworten, je offener, desto besser: Die zweifellos mithörende Behörde müsse wissen, daß draußen einer sei, der sofort von den mir zugefügten Schikanen erfahre. Auf jedes Haar, das man mir krümme, werde es eine laute öffentliche Reaktion geben, diese Drohung müsse bekannt sein. Da er selbst mich nicht besuchen könne, werde er von Zeit zu Zeit einen Vertrauten schicken, einen Anwalt. Dem könne ich blind vertrauen. Der werde mitbringen, was ich brauche, Bücher, notfalls Geld, alles, was in eine Aktentasche hineingehe, und er werde mitnehmen, was ich nach draußen zu schaffen wünsche, zum Beispiel Manuskripte. Ich müsse nicht fragen, auf welche Weise das Wunder funktioniere, Hauptsache, es funktioniere. Auch Mitteilungen, vor denen ich am Telefon zurückschreckte, könne ich dem Mann anvertrauen, sagen wir Wünsche, für die der Zoll sich interessieren könnte. Er traue den Lumpen alles zu, sagte Rudolf später beim Nachtisch (ich glaube, er sagte Hurensöhne), deshalb seien die rabiatesten Vorkehrungen die einzig richtigen, Gewalt gegen Gewalt. Wenn ich jemanden bemerke, der mich beobachte, solle ich am Telefon unbedingt darüber reden und hinzufügen, ich hätte Angst, von diesen Menschen überfallen zu werden; wenn eine überfällige Postsendung nicht eintreffe, solle ich sagen, jetzt raubten sie mir auch die Post; wenn ich bemerkte, daß ein Auto mich verfolge, solle ich sagen, sie wollten mich wahrscheinlich in einen Unfall verwickeln. (Ich bin nicht sicher, ob dies

Rudolfs ehrliche Befürchtungen waren oder ob er mich nur beeindrucken und damit verhindern wollte, daß ich mich sträubte.)
Beim Espresso nahm ich sein Angebot an, oder war es beim Wodka, ich stellte mich unter meines Bruders Schutz und folgte seinen Anweisungen. Tatsache ist, daß mir grobe Repressalien bis auf den heutigen Tag erspart geblieben sind. Ich wurde nicht mehr gedruckt, das versteht sich von selbst. Einmal, nach einem provozierenden Fernsehinterview, war ein Autoreifen zerstochen, ein paarmal wurde ein Telefongespräch gekappt (nie bei Anrufen Rudolfs), Ämter verwickelten mich in Ärger. Die Zusammenhänge, die ich sah, können Einbildung gewesen sein, jedenfalls kamen für das Ausbleiben weiterer Schikanen nur zwei Gründe in Frage: die Wirksamkeit unserer Strategie oder meine Bekanntheit. Toleranz schied ja aus. Jetzt weißt du alles, Amanda, warum habe ich nur so lange auf meinem kleinen Geheimnis gehockt?

Wenn sie ihn schon nicht heiratete, wollte Rudolf von Louise wenigstens ein Kind. Das heißt, sein Wunsch nach einem Kind war eigentlich zweitrangig, wichtiger war es ihm, für die Unauflösbarkeit ihrer Beziehung zu sorgen. Er sah, daß es damit nicht weit her war. Ihre Unterhaltungen verloren an Witz, und wenn Henriette nicht gewesen wäre, hätte die Wohnung dem Lesesaal einer Bibliothek geglichen, wo man schweigend aneinander vorbeigeht. Rudolf konnte den Grund nicht mehr sehen, warum sie zusammenlebten, außer daß es sich vor einer Reihe von Jahren so ergeben hatte. Allein, was in den Nächten geschah, war rühmlich, da bekamen sie einander nicht über, da schienen sie nachholen zu wollen, was tagsüber versäumt wurde.

Als er die Rede auf ein Kind brachte, tat Louise so, als habe sie sich verhört. Mit offenem Mund saß sie da, mit dem leicht amüsierten und zugleich verunsicherten Gesichtsausdruck einer Person, die nicht weiß, ob sie hinters Licht geführt werden soll. Noch bevor sie ein Wort sagte, war er gekränkt. Was daran so schwer zu verstehen sei, sagte er, *ein Kind, ein normales Kind mit zehn Fingern, vorne mit einem Bauchnabel und hinten mit einem Arschloch.* Der Himmel stürzte ein wenig ein, irgendein Topf lief über, aber er nahm sich zusammen und schrie nicht los. Statt dessen sagte er, man dürfe ja auch einmal etwas Komisches sagen, er habe sie nur belustigen wollen. Er wollte aufstehen und aus dem Zimmer gehen, doch Louise hielt ihn fest und fragte, um Gottes willen warum ein Kind. Jede Erklärung hätte armselig geklungen, vor allem wäre sie demütigend gewesen; er machte sich los, stumm, ging aus der Wohnung und fuhr mit dem Auto in der Stadt herum, bis Zeit zum Schlafen war. Ich glaube, er traf jemanden, ja, in einer Kneipe lernte er einen Mann kennen, den gerade die Frau verlassen hatte und der ihm erzählte, daß er an ihrer Stelle schon viel früher weggelaufen wäre, aber er betrank sich nicht mit ihm.
Am nächsten Tag sagte er zu Louise, er habe noch einmal gründlich nachgedacht, heute komme ihm seine Idee genauso merkwürdig vor wie gestern ihr. Von einem Menschen in seinem Alter dürfe man seriösere Vorschläge erwarten, aber sie brauche keine Angst zu haben, er werde sich in Zukunft besser unter Kontrolle halten. Er stelle sich vor, wie schockiert sie gewesen sein müsse, es tue ihm leid, daß er sich das nicht früher vorgestellt habe, rechtzeitig. Er werde ihr die ganze Wahrheit sagen, auch wenn seine Fehlleistung dadurch noch größer erscheine: Er habe sich eingebildet, den

Kinderwunsch hege in Wirklichkeit sie selbst. Er habe geglaubt, Rücksichten auf sein Alter oder auf seine Arbeit oder worauf auch immer hätten sie davon abgehalten, ihn auszusprechen, und solche Rücksichten habe er gegenstandslos machen wollen. Er habe versucht, ihr nach dem Munde zu reden, so verblendet könnten Menschen sein.

Genau wie einen Tag zuvor, wußte Louise nicht, was sie von seinen Worten halten sollte, ob sie aufrichtig gemeint waren oder aus einem gekränkten Herzen kamen. Ich ließ sie aber sagen, er habe recht, sie habe schon oft an ein Kind gedacht (sie sagte, an ein zweites Kind) und aus verschiedenen Gründen den Mund gehalten. Auf eines könne er sich aber verlassen: Sein Alter sei keiner dieser Gründe gewesen. Er fange immer wieder von seinem Alter an, so wie ein Alkoholiker, der durch alles, was er erlebe, an seinen Durst erinnert werde, buchstäblich durch alles. Und sie habe bisher nicht aus Rücksichtnahme ein Kindergespräch vermieden, sondern aus Unentschiedenheit. Zu spät sei es für ein Kind auf keinen Fall, nicht einmal höchste Zeit. Da ihm dies offenbar nicht bewußt sei, möchte sie ihn daran erinnern, daß ihm zum Kinderzeugen erheblich mehr Jahre blieben als ihr zum Kinderkriegen. Dann sagte sie noch, daß ihr gestern, als er türenschlagend die Wohnung verlassen habe, auch warm ums Herz geworden sei und daß sie sich sehr geehrt fühle.

Rudolf war besänftigt, aber nicht befriedigt. Auf den ersten Blick schien es, als hätte sie wieder einmal ein Stück ihrer Ratlosigkeit offenbart und ihm so Gelegenheit zur Anteilnahme gegeben; bald aber fand er, daß ihm der Mund gestopft worden war, wie sollte man es sonst nennen. Ihm kam in den Sinn, Offenheit könne auch ein Trick sein. Da er voller Skrupel war und andauernd fürchtete, sie zu einem Verhalten zu zwingen, das ihr nicht entsprach, würde viel Zeit vergehen müssen, bevor er die Rede wieder auf ein Kind bringen konnte. Eigentlich hatte sie sich ausgebeten, daß er wartete, bis sie selbst es tat, darin bestand ja die Nötigung, und er dachte: Wahrscheinlich kann ich lange warten.

Inzwischen hatte Louise eine Beschäftigung angenommen. Auf Vermittlung Lillys, der die Arbeit selbst angeboten worden war, die sie aber nicht für einträglich genug hielt, saß sie jede Woche für drei Tage in einer staatlichen Galerie und verkaufte Grafiken. Das Geschäft lief müde, Louise hatte Verständnis für jeden Kunden, der den Laden betrat, sich kurz umsah und dann wieder ging, die meisten der ausgestellten Blätter hielt sie für wertlos: Unschöne Gegenstände oder Menschen, fand sie, nichts was den Blick festhielt, alles auf Erkennbarkeit bedacht. Und selbst in den wenigen Fällen, da Künstler sich anscheinend um etwas Geheimnisvolles bemühten, kamen ihr die Darstellungen uninspiriert und brav vor. Einmal ging Rudolf hin und sah durch die Schaufensterscheibe, wie sie hinter dem Verkaufstisch saß, ein Buch las und Tee trank, den sie in einer Thermosflasche mitgebracht hatte, selbstverständlich tat sie ihm leid. Links befand sich ein Gemüsegeschäft, rechts eine Werkzeughandlung, in beiden wimmelte es von Käufern, dazwischen das traurige Kunstlädchen mit seiner Louise.

Einmal kam ein hübscher junger Mann mit blauschwarz glänzendem Haar herein, ein Chilene. Er sei Maler, sagte er, er hatte eine Mappe mitgebracht und fragte Louise, ob sie nicht einige seiner Arbeiten verkaufen könnte, sie seien nicht teuer. Louise hätte sagen müssen, daß sie eine solche Entscheidung nicht treffen dürfe, er habe zu der und der Stelle zu gehen, die den

Verkauf genehmige oder auch nicht und die zudem den Preis festsetze; doch da die Zeichnungen ihr besser gefielen als alles, was sie im Angebot hatte, ging sie auf die Bitte des jungen Mannes ein. Sie mahnte ihn nur, die Sache nicht groß herumzuerzählen, er möge in zwei, drei Wochen wiederkommen, dann werde man sehen. Zu ihren wenigen Kunden sagte sie, sie habe in der Schublade noch etwas, sie zeigte ihnen die Mappe und konnte manche der Zeichnungen tatsächlich verkaufen. Überall werde unter dem Ladentisch gehandelt, rechtfertigte sie sich Rudolf gegenüber, in jeder Fleischerei, in jedem Hosengeschäft, Handel unter dem Ladentisch sei landesüblich. Als Rudolf sagte, man werde sie hinauswerfen, sobald die Galerieleitung davon Wind bekomme, sagte sie: Wäre das ein Unglück!

(Amanda hatte mit dem chilenischen Maler ein Verhältnis, zumindest halte ich das für wahrscheinlich. Baruch erzählte mir einmal, er habe sie in einem Café mit einem fremdaussehenden jungen Mann sitzen sehen, das kann nur der Chilene gewesen sein. Ich hatte nichts in der Hand, was für Vorwürfe gereicht hätte; ein paarmal während der Wochen damals war sie später nach Hause gekommen als üblich, ein Abend mit Lucie, sagte sie, ein Besuch bei den Eltern. Hätte ich sie fragen sollen, was das für ein junger Mann war, mit dem sie im Café gesessen habe? Ich selbst saß mit hundert Leuten in Cafés, ohne ihr davon zu erzählen, ich hätte mich lächerlich gemacht. Kein blauschwarzes Haar auf ihren Pullovern, keine Zeichnungen in ihrem Zimmer. Im Radio fand ich einen Sender mit südamerikanischer Volksmusik, die ließ ich durchs Zimmer dröhnen, aber sie verzog nur gequält das Gesicht. Ich war Baruch böse, weil er mich mit solchen Nebensächlichkeiten belästigte. Ich strengte mich an, meine Eifersucht vor

Amanda zu verbergen, und es gelang mir wohl. In unseren Liebesgewohnheiten blieb alles so, wie es war, also gut. Wenig später kündigte sie in der Galerie. Es blieb mir ein Rätsel, warum ich bei Amanda weniger eifersüchtig war als bei meinen früheren Frauen, obwohl ich sie doch mehr liebte.)

Das ganze Land dämmere dahin, sagte Louise, und sie sitze auf diesem Bilderfriedhof, so kommentierte sie ihre Kündigung. Rudolf fand den Entschluß verständlich, auch wenn er ihr eine dauerhafte Beschäftigung gewünscht hätte. Louises Worte schienen ein aktives Element zu enthalten, ein Ankündigen von Taten, doch Rudolf erkundigte sich nicht, was sie damit meinte. Auf die Frage, was sie denn tun wollte, hätte sie ja doch nur antworten können: Ich weiß es auch nicht. Aber seine Schlußfolgerung war voreilig. In der nächsten Zeit verbrachte sie viele Abende in einer Kirche, nicht aus plötzlich erwachter Religiosität, um Gottes willen; sie traf dort mit Leuten zusammen, die das ehrgeizige Ziel verfolgten, die Regierung zu stürzen. Zu Rudolf sagte sie, sie könne sich denken, wie rührend ihm ein solches Verhalten vorkommen müsse, sofort schüttelte er den Kopf und sagte, nein, nein, sie brauche sich nicht zu rechtfertigen. Sie tat es dennoch.

Es gehe weniger um den Bau von Barrikaden und um die Besetzung von Fernsehsendern, man komme eher zusammen, um sich gegenseitig zu ermutigen. Man rede über die täglichen Ungeheuerlichkeiten, für die man fast schon den Blick verloren habe, man diskutiere Sinn oder Unsinn von Widerstand, man übe sich darin, vielen Dingen wieder ihren richtigen Namen zu geben; und das alles nicht zu Hause, nicht hinter schallschlukkenden Wänden, sondern öffentlich. Rudolf nickte wie

jemand, dem man nichts Neues sagen kann, dann fragte er, ob sie sich darüber im klaren sei, daß die halbe Kirchengesellschaft aus Spitzeln bestehe. Louise mußte über so viel Fürsorge lächeln; das sei allen bekannt, sagte sie, auch wenn seine Schätzung gewiß übertrieben sei. Man lasse sich davon nicht beirren. Es sei Sinn der Zusammenkünfte, Ansichten zu verbreiten, nicht zu verbergen, und die Verbreitung durch Spitzel sei auch eine Form der Verbreitung. Rudolf nannte das eine bemerkenswert positive Denkweise, da wurde sie ärgerlich: Ja, man könne sich über alles lustig machen. Man könne alles für sinnlos halten und verbittern, das täten die meisten. Man könne auch hin und wieder ein keckes Interview geben, nachdem man es geschafft habe, sich in den Kreis der Interviewten vorzuarbeiten, und anschließend in Ruhe abwarten, bis die Welt ihre Lehren daraus ziehe. Leider seien ihr solche Wege versperrt, ein Unbehagen am Staat wie das ihre werde einzeln nicht wahrgenommen, sondern nur dann, wenn es in großer Stückzahl auftrete.
Ich habe den Ausbruch als maßvoll in Erinnerung, jedenfalls fühlte sich Rudolf nicht herausgefordert. *Der Umstand, daß sie sich nicht vorher mit ihm beraten hatte, störte ihn mehr als der Entschluß selbst.* Was hätte er auch dagegen einwenden können – Louises Verdrossenheit war berechtigt, andere Möglichkeiten der Betätigung gab es nicht, in Feindschaft mit den Behörden lebte man ohnehin. Endlich kam sie unter Leute, die sie sich selbst ausgesucht hatte, und er mußte einräumen, daß es ein Vorteil für sie sein konnte, die Situation des Landes und der Welt mit jemand anderem zu besprechen als immer nur mit ihm. Vielleicht sogar konnte er selbst auf diese Weise Nutzen aus den Kirchentreffen ziehen, Louise würde nicht nach Hause kommen und

schweigen. Außerdem nahm sie Henriette mit, wenn das Konzil schon nachmittags stattfand, und schenkte ihm paradiesische Ruhe.

Rudolf wußte nicht, ob sie zu den Wortführern gehörte. Eines Abends kam sie, und Rudolf sagte, er freue sich jedesmal auf ihre Rückkehr, es rieche dann in der Wohnung wunderbar nach Weihrauch. Louise entgegnete, eine solche Bemerkung könne nur mit seiner Halbbildung zu tun haben, er müßte wissen, daß die Zusammenkünfte in einer evangelischen Kirche stattfänden und nie bei den immer staatstreuen Katholiken. Das hatte er keineswegs gewußt, er nahm es fröhlich zur Kenntnis. Als sie am Tisch saßen und er auf ihren Bericht wartete, wurde sie auf einmal verlegen. Sie habe eine höchst peinliche Mission zu erfüllen, für die er sie verfluchen werde, der sie sich aber nicht habe entziehen können. Lilly, dieses dumme Schaf, habe den Mund nicht halten können und den anderen erzählen müssen, wer ihr, Louises, Mann sei (sie benutzte dieses Wort, weil er es so gerne hörte): Nun habe man sie beauftragt, ihn zu einer Lesung mit anschließender Diskussion in die Kirche zu bitten. Einen offiziellen Einladungsbrief des Gemeindepfarrers kramte sie aus der Handtasche, hochverehrter Herr Autor, die Veranstaltung müsse angemeldet werden, sagte sie, doch das sei nur eine Formalität.
Was blieb ihm anderes übrig, als einverstanden zu sein. Mißgelaunt kam er in die überfüllte Kirche, wenigstens das, wenigstens viel Publikum, und las aus dem Roman vor, den Louise einmal zänkisch genannt hatte (und der längst im Westen veröffentlicht war, mit einigem, wenn auch nicht mit überragendem Erfolg). Er suchte solche Passagen aus, die keine Handhabe für ihre damalige

Kritik geboten hatten, ein elegisches Abendbild zweier Brüder mit einer Frau, in die sie beide verliebt waren, dazu Impressionen von einer Reise in eine verfallende Kleinstadt. *Louise saß zwischen Lilly und dem Pfarrer in der ersten Reihe, er suchte immer dann ihren Blick, wenn eine Wortfolge ihm besonders adrett oder unwiderstehlich vorkam, und er hatte das flüchtige Empfinden, daß sie nicht unzufrieden war.* Man folgte seiner Lesung ohne Reaktionen, ohne Lachen an den wenigen Stellen, an denen es möglich gewesen wäre, *ohne die undefinierbaren Geräusche von Bewunderung.* Obwohl nie Unruhe aufkam, entstand gegen Ende der Eindruck nachlassenden Interesses (ich selbst habe das ein paarmal erlebt, ohne die Herkunft des Eindrucks erklären zu können).

Der Beifall war kurz und höflich. Nur Lilly war außer sich vor Begeisterung, Rudolf hätte sie erwürgen können; als einzige Verzückte weit und breit hörte sie nicht auf zu klatschen, bis Louise sie anstieß. Es war klar, daß die meisten sich eine andere Lesung versprochen hatten, daß sie genau das vermißten, was Rudolf ausgesondert hatte. Der Pfarrer setzte sich neben Rudolf; er wartete, bis ein Teil des Publikums gegangen war und wieder Ruhe herrschte, dann fragte er, ob jemand Fragen an den Gast zu stellen wünsche. Es verging eine quälende Pause, während der Rudolf Louise nicht aus den Augen ließ (er brauchte sie nicht nur zum Festhalten, der Blick sollte auch den Vorwurf transportieren, daß für alles, was hier geschah, sie die Verantwortung trug, nicht er). Als der Pfarrer ihm schon zuflüsterte, er werde den Vorschlag machen, sich anschließend in kleinerem Kreis zu unterhalten, im Gemeindesaal, bei einem Glas Wein, meldete sich eine Frau. Sie sagte, sie habe geglaubt, nicht zu einer gewöhnlichen literarischen Lesung zu gehen, sondern zu einer eher politischen Veranstaltung. Jetzt sei sie verwundert, nicht enttäuscht, aber sie sei mit anderen Erwartungen gekommen und darum vielleicht doch enttäuscht. Wenn man zum Skilaufen in die Berge fahre, sagte sie, freue man sich ja auch nicht über warmes Wetter, obwohl warmes Wetter eigentlich schön sei. Alle hier wüßten, daß Rudolf schärfere Sachen geschrieben habe, schließlich seien deswegen seine Bücher verboten worden; die meisten Besucher seien gekommen, um genau die zu hören und darüber zu diskutieren. Sie möchte gern wissen, was ihn bewogen habe, einen so unverfänglichen Text vorzulesen, Zufall könne das ja nicht sein.

Ratlos blickte Rudolf wieder zu Louise, die lächelte. Sein Zorn richtete sich nicht gegen die Fragerin (deren Vorhaltung ihm sofort berechtigt vorkam), nur gegen Louise. Ich bin neugierig, wie du den Kopf aus der Schlinge ziehst, schien sie ihm zurufen zu wollen, und er faßte einen Entschluß auf ihre Kosten.

Sie habe vollkommen recht, wandte er sich an die Fragerin, hinter der Textauslese habe durchaus eine Absicht gesteckt. Allerdings sei es weniger eine politische als eine familiäre Absicht gewesen, er habe die Auswahl einer Dame zuliebe getroffen, einer hier anwesenden. Er sei zwar nicht darum gebeten worden, doch die Vorlieben und Abneigungen dieser Dame seien sehr ausgeprägt, und er habe auf keinen Fall ihren Unwillen erregen wollen. Wäre es allein nach seinem Geschmack gegangen, dann hätte er wohl genau die Stellen ausgesucht, um derentwillen das Buch zensiert worden sei und die sie, die Fragerin, vermißt habe. Doch unglücklicherweise halte die Dame gerade diese Stellen für wenig gelungen, sie finde sie aufgesetzt und händelsüchtig und im großen und ganzen entbehrlich. Sie meine, ohne

die Stellen stünde das Buch besser da, und nun bitte er um Verständnis dafür, daß er hier nicht die Schwächen seines Romans habe vorführen wollen, sondern die Stärken. Es sei unmöglich, der Diener aller Herren beziehungsweise aller Damen zu sein. Aber er sei bußfertig (dabei lächelte er kurz dem Pfarrer zu), er sei bereit, auch über das zu reden, worüber er bei seiner Lesung geschwiegen habe.
Das Auditorium hatte ihm aufmerksam und belustigt zugehört, die Schilderung seines Familienzwists wurde allgemein als Entschädigung für die ausgefallene Provokation akzeptiert. Selbst Louise schien einverstanden mit der Rolle zu sein, die sie gespielt haben sollte, sie saß in würdiger Haltung da, amüsiert wie der Rest der Gemeinde (sie hätte auch aufstehen und gehen können, Rudolf hatte das für möglich gehalten). Nur Lilly schwamm wieder gegen den Strom, ihre ungläubigen Blicke flogen von Rudolf zu Louise und zurück, wie kann er dir das antun; offenbar hatte sich für sie eine Sache, die so harmlos und gut begonnen hatte, ins Gegenteil verkehrt.
Doch auf der Heimfahrt verschärfte sich die Situation. *Kaum waren sie ins Auto gestiegen, wurde Louise eisig und stieß seinen Arm zurück, den er ihr, wie nach glücklich überstandenem Abenteuer, um die Schulter legen wollte.* Hinten saß Lilly und sagte kein Wort, nicht einmal, als Rudolf sie fragte, wie ihr das Ganze gefallen habe. (Es hatte noch eine Diskussion stattgefunden, die in der Novelle schätzungsweise zwei Seiten einnahm, die mir aber als nicht rekonstruktionswürdig in Erinnerung ist. Ich hatte sie damals erfunden, um Rudolf auch noch eine überflüssige Diskussion durchstehen zu lassen, doch leider geriet nicht nur die Diskussion öde, sondern auch der ganze Text. Zum Bei-

spiel fragte ein junger Mann, warum Rudolf nicht auf den klugen Rat seiner Frau gehört und die Rempeleien aus seinem Roman herausgenommen habe, worauf eine Frau rief, der junge Mann gehöre nicht hierher, er sei mit dem Auftrag hergeschickt worden zu stören. Der Mann verteidigte sich, indem er fragte, was das zu bedeuten habe – er gehöre nicht hierher, dies sei genauso sein Staat wie der aller anderen. Es sollte damit Louises Ärger angefacht werden, da der Eindruck entstand, ihre Forderungen glichen denen der offiziellen Zensur. Inzwischen halte ich das für entbehrlich.) Nachdem sie Lilly abgesetzt hatten, fragte Rudolf, ob es sich bei der Meinungsverschiedenheit, die allem Anschein nach ins Haus stehe, um einen politischen Streit handle, und *Louise antwortete: Nein, es gehe um guten Geschmack und um Feingefühl, wie bei fast allen ihren Streitigkeiten.*

Zu Hause schloß sie sich wieder einmal in ihr Zimmer ein, Rudolf konnte nicht endlos klopfen und rufen, Henriette schlief. Er war sich keiner großen Schuld bewußt, Louise übertrieb. Wie alle Menschen ohne viel Rückhalt war sie dünnhäutig und für Bosheiten und Sticheleien empfänglich (im Unterschied zu ihm selbst, davon war er überzeugt), doch deswegen gleich so ein Drama? Es würde ihn keine Überwindung kosten, sich am nächsten Tag zu entschuldigen; er habe sich von der Situation verführen lassen, würde er sagen, mit seiner spitzen Rede in der Kirche (die im übrigen ja nicht aus der Luft gegriffen war) habe er sich aus einer Klemme befreien müssen, in die er nicht ohne ihr Zutun geraten sei. Sicher, er wäre auch dann nicht untergegangen, wenn er den Mund gehalten oder einfach gesagt hätte, das wären ja schöne Sitten, wenn sich ein Schriftsteller auch noch für seine Textauswahl rechtfertigen müsse. Andererseits, wenn man so vor den anderen stehe, wolle man gut aussehen, man wolle weder die Augen niederschlagen noch kläffen wie ein in die Enge getriebenes Hündchen, das müsse sie verstehen. Er habe nach einem Ausweg gesucht, der ihm in jener Sekunde wie der einzige vorgekommen sei, bei längerem Nachdenken wäre ihm bestimmt ein besserer eingefallen. Also Vergebung.

Mitten in der Nacht legte Louise sich neben ihn, und er sah, daß sie geweint hatte. Er erschrak, denn sie weinte nicht nur selten, sie verabscheute Tränen. (Einmal hatte sie ihm erklärt, jedes Weinen sei ein Versuch, Probleme mit untauglichen Mitteln zu lösen, ja, so war es. Andere mit Tränen unter Druck zu setzen, hatte sie gesagt, sei unwürdig, außer bei Kindern, da liege der Fall anders.) Rudolf hätte sie gern angefaßt und die Versöhnung eingeleitet, am liebsten unter beide Arme gleichzeitig, doch er wagte es nicht. Statt dessen kündigte er an, sich entschuldigen zu wollen, vorher möchte sie ihn nur schnell über die genaue Art seines Vergehens aufklären, damit er die richtigen Worte wählen könne. In der folgenden Pause dachte er, seine Worte seien schon wieder nicht passend gewesen: Jemand, der um Verzeihung bitten will, habe zerknirscht zu klingen, nicht ironisch. Da war es aber schon zu spät.

Louise zog sich ein Hemd an, bisher hatte sie nie etwas dabei gefunden, auch bei heftigem Streit nackt zu bleiben, und setzte sich auf den Bettrand. Also schön, sagte sie: Ihr bisheriges Leben habe unter keinem glücklichen Stern gestanden, alle wichtigen Unternehmungen seien in die Binsen gegangen – das abgebrochene Studium vertane Zeit, die Journalistenarbeit eine Tortur, die Ehe ein totes Meer (der Ausdruck stammt von Amanda, ich

habe ihn noch im Ohr). Und die größte Pleite das Schreiben. Sie leide an einer äußerst seltenen Krankheit: Ehrgeizig zu sein und zugleich die eigenen Fähigkeiten realistisch einschätzen zu können. Ein Mensch, dem diese Krankheit erspart geblieben sei, könne sich keine Vorstellung von den Qualen machen, die die betroffene Person zu erdulden habe. Das eigentliche Unglück bestehe weniger in der Erkenntnis, daß man unfähig sei, den eigenen Ansprüchen zu genügen, als vielmehr darin, daß diese Ansprüche nun mal da seien. Man könne sie sich nicht aus dem Kopf schlagen, sie verfolgten einen. Sie nötigten einen, wie die Prinzessin auf der Erbse zu leben, man laufe nörgelig durch die Welt, nichts sei einem gut genug, und das bei erwiesener Unfähigkeit. Man werde zum ewigen Zuschauer, denn die Ansprüche verurteilten einen auch zur Passivität: Wer wollte schon dem Ekel, den ihm die Resultate der eigenen Arbeit verursachten, immer neue Nahrung geben. Louise sagte: Soviel nur zum besseren Verständnis des Folgenden.
Nach Jahren des Stillhaltens habe sie sich nun zu einer minimalen Tat entschlossen. Sie sei in diese kleine Kirche gegangen, mit den kleinen Menschen darin, mit ihren winzigen Möglichkeiten. Sie habe sich zwingen müssen, die Sache für bedeutsam zu halten (leichter gesagt als getan, sagte sie), sie habe zuerst einen so hochmütigen Eindruck dort gemacht, daß jemand ihr das vor den anderen vorgehalten habe. Staat und Partei würden sich von hochgezogenen Augenbrauen nicht beirren lassen, habe man ihr gesagt, und keiner hätte sie vermißt, wenn sie zur nächsten Zusammenkunft nicht mehr gekommen wäre. Es sei ihr aber gelungen, die Unart der Hochnäsigkeit abzuschütteln und ein normales Mitglied der Gruppe zu werden; sie arbeite an For-

mulierungen für Protestresolutionen mit, sie nehme an Mahnwachen teil, sie stelle brennende Kerzen ins Fenster, sie trotte bei Schweigemärschen mit, Tätigkeiten, über die sie vor ein paar Monaten noch gelächelt hätte. Sie habe sich ein gewisses Ansehen erworben, man könnte sagen erkämpft, und das sei ihr wichtig gewesen, denn es schien sich damit ein neuer Weg zu eröffnen: Raus aus der Vereinzelung. Und da platze er herein, grobschlächtig wie ein Mafiaboß, eifersüchtig auf ein Renommee bedacht, das kein Mensch in Zweifel gezogen habe, und walze alles nieder. Es sei nicht ihr Einfall gewesen, ihn in die Kirche zu holen, ihr sei von Anfang an unwohl dabei gewesen, auch wenn sie ein solches Gemetzel nicht für möglich gehalten hätte. Ob er denn nicht gespürt habe, wie der Boden unter ihren Füßen wankte. Ob es ihm nichts ausgemacht habe, für ein paar Witzchen ihr mühsam angehäuftes kleines Vermögen zu verspielen. Ob man sich jedesmal, wenn er in einer Verlegenheit stecke, flach auf den Boden werfen müsse, weil man sonst Gefahr laufe, ins Herz getroffen zu werden. Liebe sei, auch den Schmerz des anderen zu spüren, nicht immer nur den eigenen. Nein, sagte Louise, das sei mehr als bloße Unachtsamkeit gewesen, worauf er sich wahrscheinlich herauszureden vorhabe, das sei fehlende Achtung.

Nach dieser Nacht trat Amanda in eine Art Lebensstreik. Es freute sie nichts, nichts regte sie auf, der Himmel weiß, wo ihre Kräfte geblieben waren. Bei allen Handlungen zeigte sie Lustlosigkeit, selbst bei solchen, die von Lust leben, und ich konnte mich nicht gegen den Eindruck wehren, daß ihr auch dieses Demonstrieren wichtig war. Wenn wir auf dem Sofa saßen und ich sie fragte, ob sie nicht irgendwo die Zeitung gesehen hätte, stand sie auf wie vom Totenbett, schleppte sich in die Küche und warf mir dann mit letzter Kraft die schwere Zeitung auf den Schoß. Ja, sie wollte mich strafen, doch mit welchem Ziel? Auch den unendlich klugen Sebastian verstörte die Erschlaffung seiner Mama. Wenn ich sie um etwas bat, erledigte er die Sache an ihrer Stelle, sofern das möglich war; er brachte mir ein frisches Handtuch ins Bad und legte es vorwurfsvoll auf den Wannenrand, als wollte er sagen: Siehst du nicht, daß es ihr schlechtgeht?

Nachdem dieser Zustand einige Zeit angehalten hatte, lud uns meine Mutter zu einem Fest ein. Sie tat geheimnisvoll am Telefon und verweigerte jede weitere Auskunft; ich erfuhr nur, daß ich mich auf einen sehr besonderen Gast gefaßt machen sollte, nicht mehr. Da es nicht viele Personen gibt, mit denen sie mich überraschen kann, hatte ich sofort eine Vermutung: Rudolf! Je länger ich nachdachte, um so sicherer war ich – der Wahnsinnige wollte es wagen, mit falschem Paß oder falschem Bart unsere Mutter zu besuchen. Zuerst wollte ich ihn anrufen und davor warnen, unsere Behörden zu unterschätzen, aber ich beruhigte mich. Er war ein vorsichtiger Mann, er würde sich nicht um einer Umarmung willen ins Verderben stürzen, es würde schon alles geregelt sein; es konnte sogar geschehen, dachte ich, daß ich durch mein Geplapper am Telefon eine Gefahr heraufbeschwor, die er mühsam umgangen hatte. Also keine Warnung. Schnell freute ich mich ohne Bedenken, sogar eine günstige Nebenwirkung des Besuchs war möglich: Vielleicht würde Amanda (die Rudolf auf geheimnisvolle Weise zugetan war) durch die Begegnung aus ihrer Lethargie gerissen; denn ich konnte mir nicht vorstellen, daß sie ihm als Leblose entgegentreten wollte.

Amanda war nicht begeistert von der Nachricht, eher geknickt, alle Mitteilungen knickten sie. Ihr stehe der Sinn nicht nach Geselligkeit. Wonach er ihr sonst stehe? Schulterzucken, Schweigen. Das einzige Zugeständnis, zu dem ich sie bewegen konnte, war zu sagen, es sei noch Zeit, man müsse ja nicht jetzt schon entscheiden, man werde sehen. Doch ich war überzeugt, daß sie mitkommen würde, schon aus Neugier. Einmal machte ich eine Beobachtung, die wie ein Beweis dafür war und mich entzückte: Ich überraschte sie vor dem Spiegel, wie sie ihr langes Haar zu einem Dutt geknotet hatte und sich nach allen Seiten drehte.

Am Tag des Festes war alles anders, sie fühle sich nicht wohl, sie habe Kopfschmerzen. Ich wies darauf hin, daß ich selbst andauernd mit Kopfschmerzen und Rückenschmerzen und Magenschmerzen zu kämpfen habe, während der Kirchenlesung zum Beispiel hätte ich Zahnschmerzen gehabt. Also schön, doch Minuten später war eine Naht am einzigen Kleid, das sie für das Fest tragen wollte, aufgerissen. Himmelherrgott, dann mußte sie genäht werden! Und als die Zeit zum Aufbruch gekommen war, rief sie Sebastian von der Straße nach oben, wischte an ihm herum und sagte schließlich, so könne man nicht gehen, das Kind müsse gebadet werden. Ich rief Claire an, um ihr zu sagen, daß wir etwas später kämen als vorgesehen; ich fragte, ob der Überraschungsgast schon eingetroffen sei, und sie antwortete, schon gestern. Es kam mir merkwürdig vor, daß Rudolf einen ganzen Tag bei der Mutter herumsaß, ohne sich zu melden. Dann badete ich Sebastian, das Kleid mußte auch gebügelt werden.

Ich hatte das noch nie getan, überhaupt hatte ich noch nie ein Kind gebadet, ich will mir einen Augenblick Zeit dafür nehmen. Für sein bißchen Schmutz hätte die Dusche ausgereicht, aber ich ließ die Wanne voll Wasser laufen, auch wenn alles dadurch länger dauerte: Ich wollte das Baden, das ich als etwas zutiefst Besonderes empfand, nicht in Eile erledigen. Ich zog Krawatte und Hemd aus, um Spritzer nicht übelnehmen zu müssen, zusätzlich band ich mir eine Schürze um, Amandas Küchenschürze mit der Aufschrift: Zuviel Küche verdirbt den Tag. Ich griff nach den tausend Armen und Beinen, in zartes Kinderfett gehüllte Stöckchen, und schwenkte das Paket, das daran hing, im Wasser herum, daß es vor Lachen keine Luft bekam. Ihm, Sebastian, war der Vorgang keine Sekunde unheimlich, das machte mich stolz. Als wären wir alte Badekumpane. Ich faßte ihn gerne an, sein Rücken mit den Engelsflügeln, der kleine Bauch, sein von der Mutter geerbter langer Hals zogen meine Hände an wie ein aus der Tasche hervorlugendes Portemonnaie den Dieb. Das unverhoffte Nachmittagsglück ließ mich alle Hast vergessen, ich stand im überschwemmten Badezimmer, packte immer aufs neue den glitschigen Drachen und verdiente mir immer wieder seinen Erstickungsanfall. Ich weiß, es wird ein Neunmalkluger auftauchen und sagen, hier komme eine verhängnisvolle Lust zum Vorschein, die ich mir nicht eingestehen wolle und der ich daher falsche Namen gäbe, ich höre es schon. Welch ein Unsinn. Mich trennten nicht etwa Moralvorstellungen von solchen Empfindungen, sondern Millionen von Kilometern. Ich nenne es Stiefvaterliebe. Wir vergnügten uns ohne Ende, keine Wiederholung wurde langweilig, bis Amanda in der Tür stand, ausgehfertig und streng, und sagte, so viel Zeit sei nun auch wieder nicht. Das Haar hatte sie doch nicht nach oben gesteckt.

Im Auto zu meiner Mutter ein einziges Schweigen, wie auf dem Weg zu einem Begräbnis, dabei schwelgte ich in

Vorfreude. Ich bin sicher, Amanda ging es nicht anders, auch wenn sie den Eindruck zu erwecken suchte, sie bringe ein Opfer und komme nur mir zuliebe mit. Ich kümmerte mich nicht darum, die Aussicht, in wenigen Minuten Rudolf zu umarmen, hätte mich größere Unannehmlichkeiten ertragen lassen. Ich suchte einen Sender mit Musik, doch Amanda machte das Radio wieder aus. Im Rückspiegel wechselte ich einen verständnisinnigen Blick mit Sebastian.

Meine Mutter öffnete uns die Tür mit einem Gesicht wie beim ersten Ferientag. Sie trug das Prunkstück ihrer Garderobe, ein goldfarbenes Seidenkleid, von dem ich wußte, daß es von Rudolf stammte. Ich küßte sie flüchtig, Sebastian überreichte unsere Blumen, dann fragte ich: Wo steckt er? Sie sah mich irritiert an, wie kam ich dazu, ihr Geheimnis zu kennen, nein, das gefiel ihr nicht. Sie fragte, ob ich von einer bestimmten Person spräche, ich antwortete, ich meine den angekündigten Ehrengast, ich konnte nicht widerstehen zu sagen, ich meine Rudolf. Da lächelte sie endlich und sagte, der Gast sei im Wohnzimmer. Im selben Moment war mir klar, daß ich mich verrechnet hatte.

Um den ausgezogenen Tisch herum saßen drei meiner vier Schwestern, Selma, Beate und Laura, dazu ein glatzköpfiger alter Mann, den ich in meinem Leben noch nicht gesehen hatte. Er stand auf, legte den Kopf auf die Seite und breitete die Arme aus, für mich. Alle warteten auf einen Ausruf meines Erstaunens, aber wie hätte ich lügen können? Dann sah ich Tränen in seinen Augen, und auf dem Tisch sah ich eine Wodkaflasche inmitten der Kaffeetassen, und ich erkannte Arkadij Rodionowitsch Pugatschow. Als wir uns umarmten, sah ich, wie meine Mutter Amanda erklärte, mit wem ich da stand, und wie Amanda nickte. Mir kamen selbst Tränen, ich sah noch Sebastians verständnislosen Blick, bevor er in der Unschärfe verschwand. Wir standen so lange, daß ich Zeit genug hatte, zwei kleine Rechenaufgaben zu lösen: Er mußte achtzig Jahre alt sein, und zweitens, Laura und Selma waren seine Töchter, ich hatte es wahrhaftig vergessen.

Als wir uns losließen, war er ein wenig betrunken, alle verfügbaren Hände und Stuhllehnen halfen ihm zurück zu seinem Platz mit dem Ehrensträußchen. Während meine Schwestern und ich uns küßten, erholte sich Arkadij Rodionowitsch von der Erschütterung des Begrüßens. Er mußte sich damit beeilen, denn es standen schon die nächsten Erschütterungen bevor – die Begebenheiten eines halben Lebens warteten darauf, erzählt zu werden. Ich hoffte nur, daß ihn das Alter nicht einfallslos gemacht hatte, ich freute mich auf sein Erzählen. Zuerst aber mußte ein ordentliches Glas getrunken werden, er goß für uns beide ein, dann für sämtliche Anwesenden, doch die Damen lehnten in vollkommener Einigkeit ab. Meine Mutter flüsterte mir zu, daß es bei der einen Flasche nicht bleiben werde, es war keine kühne Prognose. Ich strengte mich an, den entschlossenen, schönen Offizier wiederzusehen, den leidenschaftlichen Poeten, der nebenher den Krieg gewonnen hatte; er war dick geworden, das machte sein Gesicht kleiner, es hatte mit dem Körper nicht Schritt halten können, und dann all die fehlenden blonden Haare. In seinem von den Jahren gebeutelten Deutsch brachte er einen Toast aus: Auf die Liebe mit uns, weil die Menschen im Herzen leben, nicht im Vergessen! Was immer das zu bedeuten hatte, es war richtig, daran konnte kein Zweifel sein, und wir tranken.

Man sah uns erwartungsvoll an, so als müßten wir zwei

nun bestimmen, wie es weiterging. Ich fragte Arkadij, was es ihm möglich gemacht habe, zu uns zu kommen, Glasnost oder Perestroika. Er goß wieder ein und sagte, was Glasnost, was Perestroika, es war ein guter alter Bekannter im Gebietsparteikomitee. Er schimpfte ein bißchen auf all die neuen Wörter, Wörter könnten das Leben nicht ändern, nur Nudeln und Melonen könnten es ändern, doch er tat es maßvoll. Dann verlangte er eine Änderung der Sitzordnung: Selma und Laura sollten links und rechts von ihm Platz nehmen. Sie taten es widerspruchslos, auch wenn sie ihm nun schlechter ins Gesicht sehen konnten; er legte die Arme um ihre Schultern und rührte sie nur dann von der Stelle, wenn er trinken oder nachgießen mußte.

Er habe gehört, sagte er etwas später, aus mir sei inzwischen nicht nur ein Schriftsteller geworden, sondern sogar ein verbotener; es war nicht klar, ob Hochachtung aus seinen Worten sprach oder ob sich Tadel anbahnte, nicht mir. Also antwortete ich, die erste Hälfte seiner Information sei richtig, über die zweite ließe sich streiten: Es gäbe immerhin Geschäfte auf der Welt, in denen man meine Bücher kaufen könne, allerdings seien sie hier und bei ihm in Charkow in der Tat verboten. Nein, Arkadij wollte mich nicht rüffeln. Er nickte sorgenvoll und sagte, in seiner Nachbarschaft wohne auch ein verbotener Dichter, ein reinlicher, sympathischer Mensch, das sei schon eine verteufelte Sache. Wir waren alle erleichtert, daß er es nicht auf einen Streit über grundsätzliche Dinge ankommen ließ, vielleicht mit Ausnahme Amandas. Die saß verloren da und gab sich Mühe, wie eine von uns zu blicken; doch von der Hochstimmung der anderen wurde sie nicht ergriffen. Sie glich einem Zuschauer, der in ein unverständliches Stück mitgeschleift worden ist. Ach was, sagte ich mir, man brauchte sie nicht zu bedauern, was versäumte sie schon.

Arkadij ließ sich nicht davon abbringen, nach jedem dritten Satz zu trinken. Das machte ihn müde, und meine Mutter schlug ihm vor, sich bis zum Abendbrot hinzulegen, es sei sowieso noch reichlich in der Küche zu tun. Er fand das nicht ehrenrührig, weigerte sich aber, ins Schlafzimmer abgeschoben zu werden; lieber legte er sich in Sichtweite aufs Sofa, Augenblicke später hörten wir ihn schnarchen. Er habe schon immer einen gesegneten Schlaf gehabt, sagte meine Mutter, mit einem Lächeln und einem Seufzer schloß sie die Lücke von fünfunddreißig Jahren. Sie erzählte uns von dem langen Briefwechsel, der Arkadijs Besuch vorangegangen war, von ihrem Warten in der Botschaft der großen Sowjetunion, von zahllosen Behördengängen; sie sagte, die Reiseerlaubnis sei wie der Sieg über ein hundertköpfiges Ungeheuer gewesen, und das hinter dem Rücken ihrer Kinder (die sie unbedingt überraschen wollte, das hatte sie sich in den Kopf gesetzt). Dann ging sie in die Küche und lehnte jede Hilfe der Töchter ab: die verstünden nur etwas von Kantinenessen. Auf dem Sofa der schlafende Arkadij, Sebastian saß vor dem Fernseher, der ohne Ton lief, wir anderen flüsterten. Ich weiß nicht, ob meine Schwestern ihre Männer nicht mitbringen durften (ob die Einladung für Amanda eine Art Sondergenehmigung war), oder ob sie sie absichtlich zu Hause gelassen hatten.

Das Essen bestand aus einer Vielzahl von Gängen und war nach einem russischen Kochbuch zubereitet; in meiner Erinnerung hatte es besser geschmeckt, als Arkadij noch in der Küche stand, damals. Tagelang mußte sie nach Zutaten umhergerannt sein, woher hatte sie frische Schoten, wo gab es Zander, ach, hätte sie die

Kostbarkeiten nur zu einem normalen Essen verarbeitet, sie ist eine gute Köchin. Immer wieder legte sie Arkadij kleingeschnittene Häppchen auf den Teller, seine Zähne waren nicht mehr sehr gut, aus Liebe, oder um ihn vom Trinken abzuhalten. Er war durch sein Schläfchen wieder zu Kräften gekommen und kämpfte beherzt gegen den nicht leer werdenden Teller, er war der eifrigste Esser von uns allen.

Als er einmal dahinsagte, ihre Kochkunst sei eine Tortur für ihn, erst jetzt könne er ermessen, was er in all den Jahren versäumt habe, antwortete sie: So hättest du jeden Tag essen können, wenn du uns nicht verlassen hättest. Sie wollte nichts Wichtiges sagen, es war eine Stichelei, wie sie zu jeder vernünftigen Unterhaltung gehört, doch die Wirkung hätte nicht größer sein können. Arkadij legte Löffel und Gabel aus der Hand und sah sie ungläubig an, dann stand er auf. Er fingerte an seinem Hemdkragen, als würde ihm die Luft knapp, er wartete, bis er aller Blicke sicher sein konnte und fragte dann mit vor Staunen zitternder Stimme: Ich habe euch verlassen?

Über die Umstände seines Weggangs wußte ich wenig. Ich war damals zwanzig, im Jahr 53; ich arbeitete als Volontär bei einer Zeitung, die Tägliche Rundschau hieß (Arkadij hatte mich dort untergebracht, die Zeitung unterstand der sowjetischen Militärverwaltung, wie alle anderen Zeitungen im Grunde auch, doch nur bei dieser einen stand es deutlich über der Tür). Ich lebte in einer Ladenwohnung, als Untermieter zweier Schwestern, Ausdruckstänzerin die eine, Lebensmittelverkäuferin die andere, beide von meiner Mutter verabscheut. Als ich eines Tages zu ihr kam, war Arkadij nicht mehr da, dafür stand ein golden glänzender Samowar auf dem Buffet im Wohnzimmer, er steht heute noch da. Später erfuhr ich, daß sie jeden Monat eine gewisse Summe für Arkadijs zwei Töchter überwiesen bekam, von irgendeiner staatlichen Stelle (vermutlich stammte das Geld aus dem Topf, aus dem Kriegsreparationen bezahlt wurden). Sobald man sie fragte, warum Arkadij Rodionowitsch denn nun verschwunden sei, kniff sie den Mund zusammen und schwieg sich aus. Jetzt endlich war die Stunde der Aufklärung gekommen, ich glaubte beiden jedes einzelne Wort, auch wenn ihre Erinnerungen an manchen Stellen nicht genau zueinander paßten. Ich soll euch verlassen haben? fragte Arkadij entrüstet.

Als im Juni in der Stadt demonstriert und geschossen wurde und russische Panzer durch die Straßen fuhren, stand Arkadij natürlich in erhöhter Alarmbereitschaft und war tagelang nicht zu sehen. Im Haus machten sie meiner Mutter das Leben schwer: Nun erst recht wurde sie Russenhure genannt, Steine flogen ihr ins Fenster, die Geschäftsfrauen suchten für sie die fauligsten Äpfel aus und verkauften ihr die abgestandenste Milch. Sie mußte doppelt leiden, nicht nur wegen der Schmähungen, sondern auch wegen ihrer eigenen Empörung über die Soldaten, deren stattlichster sich bei ihr eingeschlichen hatte. Als er nach zwei Wochen wieder anrückte (Claire sagt: angeschlichen kam), wurde er von ihr beschimpft wie noch nie in seinem Leben. Er verteidigte sich nicht mit den Worten, wie sie in der Zeitung standen, man sah ihm das schlechte Gewissen an, ja, er entschuldigte sich: Er habe das Ganze nicht gewollt, von Anfang an habe er die Rebellion für eine Sache gehalten, die die Deutschen unter sich ausmachen sollten. Die Sowjetarmee sei dafür da, Kriege zu gewinnen, nicht die Streitereien fremder Leute zu schlichten. Was hätte er denn tun sollen? (An diesem Abend ergänzte er, er habe damals sogar einen langen Brief an die Parteiführung geschrieben, er habe empfohlen, sich jeder Einmischung zu enthalten, leider ohne Erfolg, wie man inzwischen wisse.) Meiner Mutter genügten die Ausflüchte bei weitem nicht. Stell dich auf den Hof, sagte sie, mit Uniform und Mütze und deinen sämtlichen Orden, ich werde das ganze Haus zusammenrufen, und dann entschuldigst du dich bei allen. Das lehnte Arkadij kategorisch ab; das sei absurd, sagte er, keine Macht der Welt könne ihn dazu bringen, sich bei diesen Weibern, die gestern noch Hitler zugejubelt hätten, zu entschuldigen. Außerdem hatte er Angst, für eine solche Tat erschossen, zumindest degradiert zu werden. Darauf sagte meine uneinsichtige Mutter: Dann geh.

Am Anfang nahm er die Drohung nicht ernst, aber meine Mutter blieb eisern. Amanda sagte mir ins Ohr, vielleicht sei Claire nur deshalb so unerbittlich gewesen, weil sie von Arkadij genug hatte. Ich sah Amanda mißbilligend an, doch Augenblicke später fand ich die Vermutung nicht mehr so abwegig; ich weiß von mir selbst, wie oft Überdruß der wahre Grund für unerfüllbare Forderungen ist. Dann dachte ich aber auch, daß mit gleicher Wahrscheinlichkeit Arkadij der Täuscher gewesen sein könnte: Vielleicht war er meiner Mutter überdrüssig geworden, vielleicht wollte er weg und ging deshalb auf ihre Bedingung nicht ein.

Jedenfalls konnte er tun und sagen, was er wollte, er bekam immer nur zu hören, er solle sich vor dem ganzen Haus entschuldigen; und schlafen mußte er auf dem Sofa (auf demselben, von dem er eben zum Essen aufgestanden war). Sie habe ihn regelrecht davongejagt, sagte er, bevor er sich endlich setzte, sie habe aus Starrsinn das Leben zweier blühender Menschen vernichtet und das der Kinder dazu. Quatsch, sagte Claire, der Starrsinnige sei er gewesen, er habe sich gegen die einfachsten Regeln des Anstands gesperrt. Das hätte den Herren Russen so gefallen können – zuerst mit Panzern die Stadt zu terrorisieren und dann so zu tun, als sei nichts gewesen. Wie hätte man denn weiterleben sollen, in einer Russenkaserne vielleicht? Um ihm entgegenzukommen, hätte sie es sogar akzeptiert, wenn er sich ohne die Uniform und ohne Orden auf den Hof gestellt hätte, in seinem gewöhnlichen grauen Anzug. Aber nicht einmal darauf habe er sich eingelassen. Zuerst blieb er eine Nacht weg, dann eine Woche (mit blutendem Herzen, wie er sagte), und als sie dann immer noch nicht zur Vernunft gekommen war, für immer. Ein Soldat klopfte eines Tages an die Tür und überreichte Claire einen Koffer und einen Sack; der Koffer war voll Spielzeug, im Sack befanden sich der Samowar, eine Ikone und ein angeblich tränenfeuchter Abschiedsbrief. Sie habe daran geleckt, sagte meine Mutter: klares Wasser. Das alles sei in dem Jahr geschehen oder nicht, in dem sie geboren wurde, sagte auf der Heimfahrt Amanda.

In der Novelle stand der Satz: *Die Tage fielen vom Leben ab wie Blätter im Herbst von den Bäumen.* Elegisch bis an die Grenze der Weinerlichkeit, ich hätte ihn noch geändert oder gestrichen, aber er traf Rudolfs Stimmung. Seine Zeit mit Louise war zum Stillstand gekommen, es ereignete sich nichts mehr. Und wenn doch etwas geschah, was die Stunden sich voneinander unterscheiden ließ, dann verhieß das nichts Gutes. Er hatte sie heiraten wollen, er hatte sie fördern wollen, er hatte sie in Ruhe gelassen, alles ohne Erfolg. Er begann sich zu fragen, ob nicht er das Hindernis war. Und weil er außerstande war zu erkennen, was das Hinderliche

an ihm ausmachte, kam ihm zum erstenmal Trennung in den Sinn. Nein, er wollte sich nicht vor sie hinstellen und das Angebot machen, er spürte nur eine Bereitschaft zur Trennung. Er dachte: Wenn es überhaupt nicht anders geht, wenn es das einzige ist, was ich noch für sie tun kann. Die Trennung, die er im Auge hatte, wäre also nicht Ausdruck erloschener Liebe, eher das Gegenteil davon – ein äußerstes Opfer. Er fühlte sich immer noch angezogen von ihr, wenn auch nicht mit der alten Heftigkeit (das läßt sich nach sieben Jahren erklären). Ihm brach der Schweiß aus bei der Vorstellung, wie er in der Zeit nach Louise vereinsamen würde. Er sah sich in den zwei öden Klubs hocken, mit einem Gin-Tonic in der Hand, dem Getränk der einsamen Herren, er hörte sich seine vernachlässigten Bekannten anrufen und sie fragen, ob man sich nicht wieder einmal treffen sollte, er sah sich alle Türen in der Wohnung offenhalten, um nur kein Telefonklingeln zu überhören. Die Vision erschreckte ihn so, daß er zu dem Schluß kam, es sei längst noch nicht genug geschehen, um von Trennung zu sprechen. *Aber der erste Schritt war getan – die Sache war gedacht.*
Rudolf arbeitete wieder an einem Buch, die Schriftsteller können nichts anderes. (Ich stellte mir vor, daß er an einer Novelle über seine Beziehung zu Louise schrieb, deren Inhalt meine Novelle aber verschwieg. Ich fand es nur reizvoll, an eine Geschichte über die Geschichte in einer Geschichte zu denken.) Als er einmal versunken bei der Arbeit saß, hörte er ein Geräusch im Raum, kaum mehr als ein Atmen; an der Tür, die lautlos aufgegangen war, stand die lächelnde Henriette und sah ihm zu. Diese Angewohnheit von ihr kannte man, sie liebte es, zu beobachten und dabei unentdeckt zu bleiben, doch im Arbeitszimmer hatte sie seines Wissens noch

nicht gekundschaftet. (Das Vorbild hierfür natürlich Sebastian, der eine Zeitlang kein größeres Vergnügen kannte, als in Verstecken zu lauern, unter einem Tisch mit bodenlanger Decke, unter dem Bett, hinter herabhängenden Mänteln der Flurgarderobe, und die Vorgänge in der Wohnung auszuspähen. Er lebte vorübergehend in einem Indianerwigwam, er trug eine Federkrone auf dem Kopf, die man ihm selbst zum Schlafen nicht abnehmen durfte, nur Indianer sind unhörbar leise und haben ihre Augen überall. Einmal fragte ich ihn, ob er einen Indianernamen habe, und er antwortete: Schleichender Adler.) Rudolf lächelte zurück und fragte, ob sie schon lange so dastehe, warum beunruhigte ihn der Gedanke? Henriette schüttelte den Kopf und legte einen Finger auf die gespitzten Lippen, warum sollte er still sein? Als er schwieg, krümmte und streckte sie denselben Finger ein paarmal, er mußte ihr folgen.

Auf dem Flur mahnte sie ihn noch einmal mit dem Finger, diesem Allzweckgerät, nur ja keine Geräusche zu machen, ihr Gesicht versprach eine Überraschung. Sie schlich voraus bis zum Zimmer ihrer Mutter, dort beugte sie sich zum Schlüsselloch. Nein, sie brauchte sich nicht zu beugen, das Schlüsselloch befand sich in Augenhöhe, sie blickte hindurch, wobei sie einen Arm nach hinten gestreckt hielt, wie um Rudolfs Geduld nicht abreißen zu lassen. Es dauerte einige Sekunden, bis sich ihr der Anblick bot, den sie offenbar erwartet hatte. *Sie trat zurück und winkte Rudolf ans Schlüsselloch, der mit einer heftigen Gemütsanstrengung seine Skrupel überwand.*

Henriette hatte nicht zuviel versprochen, was er sah, hätte kaum aufregender sein können: In dem Zimmer waren Lilly und Louise, die eine saß, ein Weinglas haltend und rauchend, auf dem Sofa, die andere tauchte nur kurz im Bildausschnitt auf, bei einer Beschäftigung, die nicht zu identifizieren war. Das Ungewöhnliche bestand im Aufzug der beiden, sie waren nur andeutungsweise gekleidet, sie trugen Unterwäsche, die ihre rosigen Körper nicht zu fassen schien. Rudolf richtete sich wieder auf und brachte ein scheußliches Grinsen zustande; er nahm Henriette beim Arm und zog sie zum Arbeitszimmer, wo man reden konnte. In seinem Durcheinander fiel ihm nichts Besseres ein als zu sagen, Belauschen und Ausspionieren seien zwar große Späße, doch müsse man auch eine Grenze wahren. Vermutlich machten die beiden da drin etwas, dessen Sinn man als flüchtiger Beobachter gar nicht beurteilen könne, oder hast du noch etwas anderes gesehen? Henriette verneinte, und er streichelte ihr das Haar und schickte sie bis zum Abendbrot, das Louise hoffentlich nicht vergessen würde, in ihr Zimmer.

Es war unmöglich, den Zwischenfall abzutun und sich wieder einem halbfertigen Satz zuzuwenden, Rudolfs Kopf vibrierte vor Unruhe. Gütiger Himmel, was war da zum Vorschein gekommen? Nur nicht dem Augenschein trauen, sagte er sich, nur vorsichtig sein beim Vermuten, aber er gestand sich ein, daß die Zahl der möglichen Schlußfolgerungen klein war. Von einem Moment zum nächsten wurde er von einem Unglück geschüttelt, gegen das jede Pein der zurückliegenden Jahre verblaßte. Er fing an zu rechnen, wie oft Lilly im Laufe der Zeit im Zimmer Louises gesessen hatte (*gesessen!*) und kam auf eine fürchterliche Zahl. Nie hatte er sich in die stundenlangen Treffen der beiden eingemischt, nicht nur weil er Lilly nicht leiden konnte, auch aus Arglosigkeit. Doch diesen Begriff fand er sofort unzutreffend: Arglos ist, wer eine Gefahr nicht bedenkt, die in der Luft liegt oder die zumindest ein Minimum an Wahrscheinlichkeit hat; *wer sich im Juli nicht auf einen Schneesturm vorbereitet, der ist nicht arglos, sondern einfach normal.* Keinen unüberlegten Schritt jetzt, warnte er sich, in einer zusammenstürzenden Welt komme es vor allem darauf an, den Verstand nicht zu verlieren. Was würde geschehen, wenn er die Tür aufriß? Sie würden ihn mit offenem Maul anstarren, und dann würde ihm die erste der beiden, die sich faßte (bestimmt Lilly), irgendeine aufklärerische Groschengeschichte erzählen. Oder nein, sie würden verbissen schweigen, was gab es schon zu erklären, sie würden ihn hassen und in Zukunft vorsichtiger sein. Oder noch besser, es würde überhaupt nichts geschehen, die Tür war selbstverständlich zugeschlossen. Ja? würde Louise wispern, und er würde zurückrufen, er brauche das und das Buch aus ihrem Regal (hinter ihm wahrscheinlich längst die feixende Henriette), und sie würden antworten: einen Augenblick, sie würden sich hastig anziehen, die Tür aufsperren, dann würde er das unschuldig aussehende Zimmer betreten und mit zitternden Fingern irgendein Buch aus dem Regal nehmen.

Überpünktlich wurde er zum Essen gerufen (hatten sie sich den Wecker gestellt?), aber Rudolf sagte, er habe keinen Hunger. Er wollte Louise nicht vor Zeugen zur Rede stellen, nicht aus Rücksicht, er fürchtete, sich gehemmt zu fühlen. Er hatte noch kein genaues Bild von seinem Wutausbruch – es genügte nicht, fassungslos zu sein, man brauchte die entsprechenden Worte. Bald jedoch fand er, ein Tobsuchtsanfall dürfe nicht allzu detailliert vorbereitet werden, sonst fehle es ihm an Kraft, ein guter Anfall und lange Vorbereitung vertrügen sich nicht. Nachdem Lilly gegangen war, stand er

an der Tür, um sie aufzureißen, dann ließ er die Klinke wieder los, er war nicht der Mann für Auftritte.
Als sie im Bett lagen, hatte er sich schon mit der Frage beschäftigt, ob er lieber hinter ein Verhältnis Louises zu einem Mann gekommen wäre. Nein, glaubte er, aber die Antwort brachte ihm keine Erleichterung, so wenig wie es ein Unfallopfer beruhigen würde zu erfahren, daß man ihm nicht das rechte Bein amputieren müsse, sondern das linke. Lesbisch lag sie neben ihm und las ihr Buch wie an einem gewöhnlichen Abend, das steigerte seine Wut; es kam ihm wie ein weiterer Betrug vor. Er versuchte, sich Louises Gesicht vorzustellen, wenn sie ihn mit einem Mann ertappt hätte, ein unerträglicher Gedanke. War er selbst schuld an ihrer Neigung? Steckte ein Nachlassen seiner Liebeskräfte dahinter, von dem er zwar nichts bemerkt hatte, Louise vielleicht aber um so mehr? War es nun doch sein Alter? Nein, nein, so wollte er gar nicht erst anfangen, das fehlte noch, daß sich das Opfer um mildernde Umstände für den Täter sorgt.
Mit einer Stimme, die selbst in seinen Ohren verlogen klang, erkundigte er sich nach dem Abend mit Lilly. Nichts Besonderes, es sei nicht anders als sonst gewesen, sagte Louise leichthin, ohne ein Ohr für das Ungeheuerliche ihrer Antwort. Was sie denn die ganze Zeit getrieben hätten? Sie war von der Lektüre gepackt und wollte ihn schnell loswerden: Was man so zusammenrede, wenn der Tag lang sei, Weiberkram. Dazu habe man Wein getrunken und geraucht, bei offenem Fenster, versteht sich, damit der strenge Hausvater nichts bemerke, wenn er zufällig ins Zimmer komme. Und sonst nichts? Jetzt klappte sie das Buch zu und sah ihn an, weil er so seltsam hartnäckig nach etwas fragte, das ihn noch nie gekümmert hatte. Also schön, Lilly habe

sich jetzt doch von dem Journalisten Hunsicker getrennt, oder er von ihr, jedenfalls seien die beiden auseinander, und Lillys Tochter habe die ersten Schritte auf dem Schlachtfeld der Erotik hinter sich, mit einem Jungen aus der Parallelklasse, und Lillys Bruder habe seinen zehnten Ausreiseantrag gestellt, der sei, man glaubt es nicht, innerhalb einer Woche abgelehnt worden, zufrieden?
Die Zeit für einen Ausbruch war ungenutzt verstrichen, jetzt blieb Rudolf nur noch gezügelte Wut. Und sonst nichts? fragte er. Was er verdammt noch mal meine, fragte sie ungeduldig, seine Frage klinge inquisitorisch. Es gab keinen Zwischenraum mehr. Da es ihm unklug vorkam, sich für alle Zeiten auf die Diskretion Henriettes zu verlassen, erzählte er Louise knapp und wahrheitsgemäß, was sich in ihrem Schlüsselloch zugetragen hatte. Ich sehe die Situation im Bett vor mir, aber ich erinnere mich nicht mehr an den Wortlaut des Gesprächs; ich habe nur Brocken im Gedächtnis, die mich eher stören, als daß sie mir nützten.
Louise lachte (nervös? hysterisch? melodramatisch? ich werde es nie erfahren, ich kann es nur neu entscheiden), als hätte sie den schlüpfrigsten Witz ihres Lebens gehört, auf jeden Fall übertrieben laut. Sie lachte, wie um Zeit zu gewinnen. Rudolf unterdrückte es zu sagen, er sei neugierig, mit welcher Lüge sie ihm diesmal kommen werde, denn dann hätte sie einen Vorwand gehabt, beleidigt zu schweigen. Bestimmt würde ihre Intelligenz sie daran hindern, dachte er, ihm ein vollkommen unglaubwürdiges Zeug aufzutischen, *und so war es auch*. Lilly sei zu einer Hochzeit eingeladen, sagte sie, sie habe kaum etwas anzuziehen, er wisse doch, ihr ganzer Schick bestehe aus Jeans. Geld habe sie auch nicht viel. Da hätten sie den Schrank geöffnet und eine

Modenschau veranstaltet; Lilly habe all ihre Sachen durchprobiert und am Ende etwas gefunden, das hellgrüne Kleid mit den rosa Ärmeln.
Rudolf wunderte sich, daß sein Bedürfnis nach Widerspruch abnahm. Er lag auf einmal wie ein unbeteiligter Zuhörer neben ihr und stellte fest, daß seine Erregung gewichen war; an deren Stelle war nicht Beruhigung getreten, wie man hätte hoffen können, sondern Gleichgültigkeit. Früher hätte er Louise vielleicht geglaubt, aber ihr Erklärungsversuch traf ihn in einem Zustand, in dem Glaubwürdigkeit nichts mehr nützte. Er machte sich nicht einmal die Mühe zu fragen, wozu auch sie sich bei dieser Kleideranprobe ausgezogen hatte. Statt dessen sah er sie wie ein fremdes Wesen an, verwundert, wie eine mechanische Puppe, die sich plötzlich bewegt hatte, ohne aufgezogen worden zu sein.
Ob er tatsächlich gedacht habe, fragte sie amüsiert (kichernd?), sie hätte mit der mannstollen Lilly eine Art Verhältnis. Ob sich das mit dem Bild vertrage, das er in den Jahren von ihr gewonnen habe. Wenn er eines Tages nach Hause käme, und das Geld aus seiner Schublade wäre verschwunden, ob er dann dem Augenschein trauen und glauben würde, sie hätte es gestohlen? Ob Lillys Brüste in ihren Händen oder Lillys Hände zwischen ihren Schenkeln nicht so unvorstellbar seien, daß man sich lieber den Kopf für eine logischere Deutung zerbrechen sollte, anstatt draufloszuverdächtigen? Rudolf lag stumm da und ließ ihre Worte über sich ergehen wie Regengeprassel. Sie muß geglaubt haben, er denke über eine Entschuldigung nach, und sie wollte es ihm erleichtern, von dem hohen Berg seines Verdachts herabzusteigen; deshalb griff sie nach seiner Hand und legte sie sich auf den Bauch. Als ihr die Zeit zu lang

wurde, sagte sie, ihretwegen könne das Leben jetzt weitergehen. Er machte sich von ihr los und sagte, das sei das Sinnloseste, was er je von ihr gehört habe. Ungefähr da hörte die Novelle auf, es kam mir nicht darauf an, auch noch die Prozedur des Auseinandergehens zu beschreiben.

Der Antrag

Sept. 87
Es könnte sein, daß ich mich heute verliebt habe, ich werde der Sache nachgehen. Vier Jahre halte ich nun auf dem Vorposten der Freiheit aus, vielleicht ist das endlich mein Lohn. Bis heute jedenfalls habe ich in Ostberlin nichts gesehen, was mich nur annähernd so beeindruckt hätte wie Amanda. Mir fällt ein, daß mir schon vor längerer Zeit ein Kollege die Ohren von ihr vollgeschwärmt hat, Max Kaminski von Reuters. Weil aber so gut wie jede Frau Kaminski den Schweiß auf die Stirn treibt, habe ich nichts darauf gegeben.
Sie macht die Tür auf, so einen Anblick habe ich nicht erwartet. Nach einer viel zu langen Pause sage ich, ich hätte etwas für Herrn Fritz Hetmann abzugeben, ich halte meine Plastiktüte mit der Seidenbluse hoch wie ein Beweisstück. Ich habe mit einer Frau gerechnet, die im Alter besser zu ihm paßt, mit einer der würdigen Schriftstellergemahlinnen, von denen die Stadt voll ist. Es ist einen Tag nach ihrem Geburtstag, Hetmann mault, weil ich den verabredeten Termin nicht eingehalten habe. Wie aber soll man ahnen, daß es bei einer Bluse auf Minuten ankommt, der Trottel hätte ja sagen können, daß es sich um ein Geburtstagsgeschenk handelt. Auch die Farbe der Bluse ist ihm nicht recht. Es ist mindestens der zehnte Auftrag, den ich für ihn ausführe, er hält westliche Journalisten, nur weil sie hin und her über die Grenze dürfen, für eine Art Bestelldienst. Einmal habe ich ihm einen Videorecorder mitgebracht, und als ich ihm die Rechnung gab, ist er ärgerlich geworden und hat mich gefragt, warum ich das Ding nicht bei Wiesenhavern am Kurfürstendamm gekauft habe, dort sei es hundert Mark billiger.

Was hat sie an sich, das mich vom ersten Augenblick an beeindruckt, noch bevor wir den Mund auftun? Man könnte es Makellosigkeit nennen. Sie öffnet die Tür, und ich denke: perfekt. Und ich denke: Mein Gott, hat es dieser Hetmann gut, so läßt sich leben. Sofort sehe ich mich Hand in Hand mit ihr durch die Welt schweben, oder Wange an Wange. Wenn ich das nächstemal Max Kaminski treffe, werde ich ihn zu einem Schnaps einladen und ihm sagen, wie verdammt gut ich ihn verstehe. Sie ist barfuß. Sie geht den Korridor vor mir her, und meine Blicke saugen sich so an ihren Füßen fest, daß ich Angst habe, sie könnte stolpern.
Sie fragt, ob ich eine Tasse Tee trinken möchte; für mein Leben gern, sage ich, obwohl ich sehe, daß es Hetmann nicht recht ist. Er will allein mit ihr sein und ihr die Bluse anprobieren, die noch in der Tüte tickt. Dann aber ist er allein mit mir, ich gebe ihm die Rechnung, die er kommentarlos bezahlt, so als wäre ich Verkäufer in einem Blusengeschäft. Ich hätte ihn längst gebeten, seine Einkaufswünsche auf mehrere Schultern zu verteilen, es gibt ja genug Korrespondenten, aber er ist mir nützlich. Er hilft mir mit Adressen und Telefonnummern aus, er riskiert auch von Zeit zu Zeit ein Wort ins Mikrophon. Die Ansichten über ihn gehen auseinander, ich kenne Leute, nach deren Überzeugung er nichts als ein Wichtigtuer ist, aber auch andere, die ihn für einen bedeutenden Schriftsteller halten. Ich habe noch keine Zeile von ihm gelesen.
Sie kommt mit dem Tee, und das Entzücken fängt wieder von vorne an. Es ist klar, daß ich meine begehrlichen Augen Hetmann nicht zeigen darf, muß ich sie aber auch vor ihr verstecken? Ich trinke eine Tasse Tee nach der anderen, während Hetmann ins Reden kommt. Dabei habe ich keine Zeit, Honecker ist in Bonn, große

Sache, die Journalisten schwirren herum auf Stimmenfang, ich werde der letzte sein. Wenn ich mein Gerät bei mir hätte, könnte ich Hetmann fragen, was er sich von dem Staatsbesuch erhofft und damit die Teetrinkerei bemänteln. Sie gefällt mir so gut, daß es lächerlich ist.

25. Sept.
Ich kann nicht anrufen ohne Vorwand, woher nehme ich einen brauchbaren Vorwand? Alle Fragen, die mir einfallen, müßte ich Hetmann stellen, nicht ihr – ob man sich nicht wieder zu einem Interview treffen sollte, welche Bücher der letzten Monate eine Besprechung wert sind, ob die Bluse gepaßt hat. Ich könnte beide einladen, sagen wir ins Palasthotel, der Sender würde sogar die Rechnung bezahlen, aber was dann? Nachher kommt Hetmann allein, wir sitzen wie die Handlungsreisenden, er redet über den Vormarsch der Unkultur, wir essen Tournedos à la Rossini und ich sterbe. Selbst wenn sie mitkäme, wäre wenig gewonnen – soll ich ihr unter dem Tisch einen Liebesbrief zustecken? Schön, ich würde sie wiedersehen, das schon.
Ich rufe an, mit der Spur eines Anliegens im Kopf. Ich will sie um Rat bitten. Ich hätte den Auftrag, eine Reportage über einen typischen Betrieb zu machen, in dem sich irgendwie die Wirtschaftssituation des Landes widerspiegelt: Ob sie mir nicht zufällig einen nennen könne. Sehr überzeugend ist das nicht, sie wird antworten, daß sie keinen kennt, oder sie wird antworten, daß ich getrost in jeden Betrieb gehen kann. Vielleicht verhindert Gott, daß das Telefonat damit beendet sein wird. Ich kann sie schlecht fragen: Hätten Sie Lust zu prüfen, ob ich nicht besser zu Ihnen passe als Ihr Mann?
Ich rufe an, natürlich ist Hetmann am Apparat. Auf

diesen Fall bin ich total unvorbereitet, obwohl er der naheliegendste ist. Ich lege auf wie einer der anonymen Anrufer, über die er sich schon einmal bei mir beklagt hat.

29. Sept.
Der nächste Anruf, wieder ist Hetmann dran. Ich bringe es nicht übers Herz, den armen Mann weiter zu quälen, also verschieße ich mein bißchen Pulver und stelle ihm die Frage, die ich für Amanda vorbereitet hatte. Er fühlt sich hörbar belästigt, und ich denke, heiliger Strohsack, wenn er das wahre Ausmaß der Belästigung kennen würde! Er nutzt die Gelegenheit und bittet mich, ihm Endlospapier für seinen Computer zu besorgen, es sei nicht eilig. Dann sagt er einen unglaublichen Satz: Rufen Sie wegen dieses Betriebs in ein paar Tagen nochmal an, ich werde meine Frau fragen.
Ich fahre nach Westberlin und kaufe das Papier. Dann lasse ich mir von meiner Chefredaktion den Auftrag geben, eine DDR-Fabrik zu porträtieren, maximal zwanzig Minuten. Ich sage, ich hätte eine interessante Sache an der Hand, in wenigen Tagen würde ich Genaueres wissen.
Auf dem Flur der Redaktion treffe ich Elfi, die auf den Tag so lange in der Redaktion arbeitet wie ich, als Sekretärin. Wir sind uns zugetan, seit wir sorgfältig geprüft haben, ob ein Liebespaar aus uns werden könnte. Wenn alle Leute nach ihrer Trennung so zivilisiert miteinander umgehen würden wie wir, gäbe es keine Kriege. Sie fragt, ob ich Pläne für den Abend habe, wir gehen zusammen ins Orlando.
Beim Essen erzählt sie von einem großen Problem: Sie hat einen Mann kennengelernt, der sie heiraten will, und sie ist voll Angst. Sie zeigt mir zwei Fotos: ein

Gesicht ohne Auffälligkeiten das eine, ein Herr um die Vierzig, Geheimratsecken, er könnte weniger essen; das andere zeigt ihn beim Surfen, er hängt mit vollem Gewicht am Wind, kein Anfänger. Von Beruf ist er Senatsbeamter, das jagt ihr Schrecken ein, gehobene Laufbahn. Ich kann das verstehen, sie ist ein Illustriertenmensch, in ihrem Kopf ein Gewirr aus Kosmetik, Dallas und Reisen. Ich frage, wie sie an ihn geraten ist, und sie gesteht leise: Über ein Institut. Auch wenn mir das seltsam vorkommt, braucht sie nicht unter den Tisch zu kriechen, ich sage, daß ich Hunderte solcher Fälle kenne. Ich werde mich erkundigen, ob es auch in Ostberlin Eheanbahnungsinstitute gibt, es wäre ein Reportagethema. Glaubt sie, es könnte bald für sie zu spät sein?

An der Bar sitzt ein alter Mann, den ich kenne, seit ich ins Orlando gehe. Er kommt meist spät, setzt sich an die Bar, nie an einen Tisch, trinkt Mineralwasser, raucht und liest Zeitung. Manchmal stellen sie ihm ein kleines Essen hin. Weil ich nicht weiß, was ich Elfi raten soll, schlage ich vor, an der Bar ein Glas zu trinken. Er ist tadellos rasiert und riecht nach einem Aftershave, dessen Namen Elfi mir ins Ohr flüstert. Ich dränge mich auf und sage, ich hätte ihn schon oft hier gesehen, er antwortet freundlich, er mich auch. Zu einem Schnaps läßt er sich nicht einladen, er trinkt keinen Alkohol, aber zu einem Espresso. Weil ich ihm gefalle, weiht er mich ins Geheimnis seiner Beziehung zum Orlando ein – er ist der Vater des Besitzers. Weil er als Pensionär viel Zeit hat, kommt er an beinah jedem Abend und setzt sich an die Bar, nicht um Langeweile zu vertreiben, sondern aus geschäftlichen Gründen: Die letzten Gäste sollen nicht das Gefühl haben, die letzten Gäste zu sein, es sitzt ja noch einer an der Bar. Sein Sohn hat sich das ausgedacht, er selbst bezweifelt die Wirksamkeit der Methode, aber was kostet ihn schon das Ganze.

3. Okt.
Endlich ist Amanda am Telefon, vielleicht weil Sonnabend ist. Als ich meinen Namen nenne, lacht sie und fragt: *Wie* heißen Sie mit Vornamen? Stanislaus, wiederhole ich, und sie sagt, Stanislaus sei ein Name für eine Kindergeschichte. Ich sage, daß sie mit Amanda auch nicht schlecht im Rennen liegt, an unserer Stimmung gibt es nichts auszusetzen.
Sie kommt von selbst auf meine Sache zu sprechen. Einen Rat könne sie mir eigentlich nicht geben, sagt sie. Vor Jahren habe sie mit dem Direktor einer Textilfabrik ein Interview gemacht, das sei nie gedruckt worden. Der Betrieb sei ihr als chaotisch und laut in Erinnerung, einen anderen kenne sie nicht von innen. Ich sage, genau das habe ich gesucht, eine chaotische und laute Textilfabrik. Ich schreibe den Namen des Betriebes auf, und dann höre ich mich eine Frage stellen, die mir ein Engel eingegeben hat: ob sie sich vorstellen kann, mit mir zusammen in diese Fabrik zu fahren.
Nach einem langen Zögern, das verrät, für wie heikel sie mein Angebot hält, fragt sie: Wann? Wann ist nicht Nein, zwischen Wann und Nein liegen Welten, ich lege die Füße auf den Tisch und komme mir vor wie ein Lottokönig. Kein Mensch könnte das heute schon sagen, antworte ich, nicht einmal ein Glückspilz wie ich, es muß zuerst eine Genehmigung beantragt werden. Sobald die erteilt ist, sage ich, werde ich wegen des Termins anrufen, noch bevor ich in der Fabrik selbst anrufe, am Termin wird es nicht scheitern. Warum soll sie nicht wissen, daß es mir auf die Fabrik am wenigsten ankommt? Warum soll sie nicht merken, wie froh ich bin?

15. Okt.
Ich bin in ihrer Wohnung, sehe sie aber nicht. Ich bringe Hetmann sein Endlospapier. Ein schreckliches Pech, daß sie ausgegangen ist. Unnütz sollte man den Besuch trotzdem nicht nennen. Ich frage, wann es am günstigsten wäre, ihn anzurufen, Hetmann sagt, nie vor dem Nachmittag. Bis zum Nachmittag sitze er am Schreibtisch, das Telefon sei dann ins andere Zimmer umgestellt. Die Information ist Gold wert.
Beim Abschied nach fünf Minuten fragt er, ob ich mit meiner Betriebsreportage weitergekommen sei, und ich antworte: Ja, die Geschichte läuft.

21. Okt.
Es ist fast drei Wochen her, seit wir zuletzt telefoniert haben, ich will nicht in Vergessenheit geraten. Ich rufe am Vormittag an, und es klappt wie im Märchen, Amanda. Ich entschuldige mich für das lange Schweigen und nenne ihr den Grund: Die Genehmigung ist noch nicht da. Amanda sagt, sie dachte schon, ich hätte es vergessen. Ich bin bereit zu sagen, daß ich eher das Datum von Neujahr vergessen würde als unsere Verabredung, aber ich fürchte, ich könnte wie einer klingen, der nur auf Späße aus ist. Viel lieber würde ich etwas Getragenes sagen, einen Zauberspruch, der zur Folge hätte, daß sie den Kopf zurücklehnt und von mir träumt. Da Phantasie nicht meine Stärke ist, erzähle ich ihr von dem Gastwirtsvater an der Bar.
Elfi hat nun doch beschlossen, den Senatsbeamten zu heiraten.

27. Okt.
Das Außenministerium steht meinem Glück nicht länger im Wege. Ich rufe dort an, um zu fragen, ob mein

Antrag in ein Loch gefallen sei, da sagen sie, die Reportage sei längst genehmigt, ich hätte nur anzurufen brauchen. Die sind zum Küssen: Als ich bei meinem letzten Antrag ungeduldig nachgefragt habe, hieß es, ich solle sie nicht mit Anrufen bombardieren, sie würden sich schon melden, wenn es so weit sei.
Ich fahre nach Hause in meine Korrespondentenwohnung, lege mich aufs Bett und tue nichts. Ich müßte Amanda anrufen und ins Telefon schreien, daß es losgehen kann, aber ich habe Angst vor eiligen Schritten. Vielleicht will ich auch die Vorfreude auskosten, im Grunde bin ich ein Zögerer. Nur bei Unternehmungen, deren Ausgang mir gleichgültig ist, kann ich schnell sein. Ich brate mir Eier, dann liege ich vor dem Fernseher und schalte alle Programme durch, bis ich auf eine Frau stoße, die im Profil an Amanda erinnert. Ein Brief von meinem Vater liegt da, sie wollen wissen, ob ich wenigstens in diesem Jahr zu Weihnachten komme. Alle ihre Briefe sind auf farbigem Papier geschrieben, das von einer Zeichnung umrahmt wird, von Blumen oder von einer Landschaft.

28. Okt.
Der alles entscheidende Anruf. Amanda hört sich zuvorkommend an, doch auch nüchtern, so als hätten wir eine geschäftliche Verabredung zu treffen. Sie bietet mir vier Termine in der nächsten Woche an, und ich sage, jeder ist mir recht, am liebsten der erste. Es kostet mich Überwindung, meinen bisherigen Ton beizubehalten, die selbstsichere Sprache der Vertrautheit, denn unversehens komme ich mir wie ein Eindringling vor. Ich halte es für möglich, daß sie nicht allein im Zimmer ist, aber wie könnte ich es wagen, mich danach zu erkundigen. So muß es sein – sie kann nicht frei reden, es steht

jemand neben ihr. Wir verabreden die Abholzeit, damit ist das Gespräch beendet.

2. Nov.
Hat es etwas zu bedeuten, daß sie sich nicht zu Hause abholen läßt, sondern am Senefelder Platz, auf halbem Weg zwischen ihrer Wohnung und meinem Büro? Sie sieht aus, wie ich sie in Erinnerung habe, nicht einen Deut weniger gut. Sie trägt einen dicken rostroten Pullover, dazu ein Seidentuch in der Farbe ihrer Jeans. Der Sicherheitsgurt ist so straff, daß er ihre Brüste streng voneinander abgrenzt.
Weil ich sie bei der Begrüßung Frau Hetmann genannt habe, sagt sie bald: Ich heiße nicht Hetmann, ich heiße Weniger. Ja was, frage ich, ob sie denn nicht Fritz Hetmanns Frau ist? Ja und nein, lautet die Antwort, sie hofft, daß es mich nicht empört zu hören, daß sie in wilder Ehe mit ihm lebt. Da ist wieder der Ton, der mir gefällt, meine Furcht ist unbegründet gewesen. Ganz abgesehen davon, daß die Neuigkeit aufregend ist. Ich sage, daß man beim Beurteilen wilder Ehen vorsichtig sein sollte: Gegen die meisten lasse sich nichts einwenden, meine eigenen allerdings seien immer sehr bedenklich gewesen. Das amüsiert sie, aber sie kichert nicht wie ein Mädchen, sondern ist maßvoll erheitert wie eine Dame. Wie alt ist sie, fünfundzwanzig, dreißig, dreiunddreißig? Sie sagt: Sehen Sie lieber nach vorne.
Auf der Karte habe ich mir den kürzesten Weg zurechtgesucht, doch an der Stadtgrenze dirigiert mich Amanda in eine andere Richtung. Obwohl ich skeptisch bin, folge ich, wozu müssen wir den kürzesten Weg fahren?
Sie will einer Enttäuschung vorbeugen, deshalb sagt sie, ich solle mir nicht zuviel versprechen, ich würde in dem

Betrieb ein ähnliches Elend zu sehen kriegen wie überall. Oder ob für uns Korrespondenten die Regel gelte: Je furchtbarer, um so besser? Nein, sage ich überzeugt, meine Devise sei das nicht. Ich gebe zu, daß manche Kollegen auf hämische Weise berichten, andererseits ist das auch nicht schwer. Wo Umstände herrschen, die wie ein gefundenes Fressen für Schadenfrohe sind, darf man sich über hämische Berichte nicht wundern. Das findet sie auch. Sie fragt, wen ich schon interviewt habe, und ich gebe ihr eine kleine Auswahl: zwei Olympiasieger, einen Verdienten Eisenbahner des Volkes, den Hausmeister einer Schule, einen Spanienkämpfer, den Direktor eines Gefängnisses, der sagte – ja, Haftanstalten brauchen wir immer noch –, einen Helden der Arbeit, zwei Mitglieder des Zentralkomitees, beide auf einmal. Sie sagt: Meine Güte, Ihnen liegt ja das ganze Land zu Füßen.
Als wir um eine Ecke biegen, ist plötzlich das Werktor da, Amanda hat es gewußt. Aus dem Pförtnerhäuschen kommt eine höllisch geschminkte Frau auf uns zu, die uns an der blauen Wagennummer erkannt hat. Sie stellt sich als Vertreterin des Direktors vor, spricht mich mit Namen an und sagt, man habe eigentlich mich allein erwartet.
Wir hätten nicht die ganze Fahrt verschwatzen und uns Gedanken über unser Auftreten im Betrieb machen sollen. Da aber die Fahrt mit Amanda mein einziges Ziel gewesen ist, kam es mir nicht darauf an, und jetzt bleibt keine Zeit. Wir sehen uns an, um das Nötigste zu klären; Amandas unernster Blick ermuntert mich zu sagen, ich hätte meine Assistentin mitgebracht. Erst jetzt gibt die Frau auch ihr die Hand. Auf dem Weg zum Direktor lasse ich Amanda den Kassettenrecorder tragen und stecke die Hände in die Hosentaschen.

Der Weg ist lang, die Frau nennt uns ein paar Zahlen, die keinen Menschen interessieren. Amanda fragt: Verzeihen Sie, wie ist der Name des Direktors? Die Frau sieht sie streng an, aber weil die Frage in meinem Auftrag gestellt sein könnte, gibt sie das Geheimnis preis. Amanda flüstert mir zu: Gott sei Dank, der Direktor damals hieß Niebergall. Ich flüstere zurück, daß auch eine Sekretärin sie enttarnen könnte, doch sie sagt, bei Sekretärinnen könne man leichter behaupten, daß sie sich irren.
Es ist schändlich, wie blind und eilig ich durch den Betrieb haste, es ist mir schade um die Zeit mit Amanda. Ich zwinge mich zu einigen professionell klingenden Fragen, denn ich muß auch an den Eindruck denken, den ich auf Amanda mache. Leider antwortet jeder, den man fragt, mit nervenaufreibender Ausführlichkeit, der Direktor, die Meister, selbst Arbeiterinnen, allen fällt immer noch etwas ein, und die Minuten verrinnen. Sie darf nicht durchschauen, daß die Reportage ein Vorwand ist, ebensowenig soll sie mich für einen Schluderer halten. Wenn sie am Eingang auf mich warten würde, wäre die Angelegenheit in der halben Zeit erledigt, das steht fest.
Auf der Rückfahrt mäkelt sie, ich sei zu freundlich gewesen, ich hätte mich vollreden lassen und die Leute nicht bei Widersprüchen gepackt. Das stimmt, sage ich, aber meine Rolle sei die eines Außenstehenden, nicht eines Beteiligten. Ich habe mich nicht um die Aufdekkung von Mängeln und um deren Beseitigung zu bemühen, sondern um Beschreibung. Amanda sagt: Schade. Es ist längst dunkel, ich frage, ob wir das Thema nicht beim Abendbrot vertiefen könnten, ich lade sie in ein Restaurant ein. Sie sieht auf die Uhr und schüttelt den Kopf, sie sagt: Vielleicht ein andermal. Anstatt zu seuf-

zen, sage ich, auch ich hätte nicht viel Zeit. Wieder ist ihre Brust zweigeteilt. Großen Eindruck scheine ich nicht auf sie gemacht zu haben, ein Jammer. Ich habe mir eingebildet, einen Tag in meiner Nähe und sie schmilzt dahin.
An irgendeiner Ecke bittet sie mich anzuhalten, sie habe noch etwas zu erledigen. Wieder nicht vor Hetmanns Haus. Ich frage in Panik, ob sie nicht Lust habe, sich die fertige Reportage anzuhören, noch bevor ich sie beim Sender abgebe. Ein neues Überlegen, dann sagt sie, sie werde sich bei mir melden. Sie sagt nicht, wann. Bei günstigster Interpretation kann das heißen, daß sie begriffen hat, worum es mir geht – nicht um die Reportage, sondern ums Wiedersehen. Es folgt ein förmlicher Abschied, ohne die Spur von Verbundenheit. Als ich sie davongehen sehe, muß ich mir eingestehen, daß ich deprimiert bin.

12. Nov.
Im Büro grinsen sie über meine tägliche Frage, ob jemand angerufen hätte. Zu Hause plappert der Anrufbeantworter leeres Zeug. Es fehlt nicht viel, und ich rufe Hetmann an, um zu fragen, ob er nicht etwas braucht. Auf nichts kann ich mich konzentrieren, ich verschlampe Termine, alles muß man mir zweimal sagen, ich tue meine Arbeit noch schlechter als gewöhnlich.
Vor ein paar Wochen bin ich mit Dagobert Veit, einem alkoholgefährdeten Kollegen aus Frankfurt, eine Wette eingegangen: Er hat behauptet, an den Grenzübergängen hätten sie jetzt unterirdische Infrarotgeräte. Du fährst nichtsahnend darüber, und sie erkennen genau, ob du im Kofferraum jemanden versteckt hast. Die Infrarotkamera, hat Veit gesagt, zeichnet die Konturen nach, die das verborgene Wesen mit seinen siebenund-

dreißig Grad Körpertemperatur ausfüllt, und ich habe gesagt, das ist Bockmist. Wir haben um eine Flasche Jim Beam gewettet, zusätzlich gehört dem Sieger auch die Story. Mit dieser letzten Bedingung hat er mich übers Ohr gehauen, das fällt mir aber zu spät ein – wenn ich gewinne, ist die Story keinen Pfennig wert. Heute jedenfalls klären wir die Sache.
Wir fahren zu einer Westberliner Hähnchenbraterei und kaufen eine Unmenge Backhähnchen, der Besitzer greift sich vor Glück ans Herz. Wir lassen sie uns heiß in Aluminiumfolie wickeln und legen sie so in den Kofferraum, wie wir uns die Umrisse einer kauernden Person vorstellen. Von allen Seiten fixieren wir die Dinger mit Kartons, damit uns das Kunstwerk nicht in der ersten Kurve auseinanderfällt, dann fahren wir los. Das heißt, zuerst bezahlen wir ein Vermögen, jeder die Hälfte, wenn alles gutgeht, werden wir wochenlang Hähnchen zu essen haben. Das Auto stinkt wie eine Grillbude, Veit scheint es mit seiner Trinkernase nicht zu riechen. Zum Glück haben wir seinen Wagen genommen. Mit zunehmender Nähe zur Grenze befällt mich doch eine gewisse Neugier. Auf den letzten Metern, schon in Sichtweite der Posten, hält Veit noch einmal an, geht um den Wagen herum, blickt in den Kofferraum, kommt zurück und legt Zeigefinger und Daumen aufeinander wie ein italienischer Koch, das ist ein klarer Regelverstoß.
Der Grenzoffizier, ein alter Bekannter, prüft oberflächlich unsere Pässe. Er ist guter Stimmung und sagt, wenn er wieder geboren würde, würde er Korrespondent werden, launige Bemerkungen gehören zu seinem Service. Dann winkt er uns weiter, wir sind in Ostberlin. Veit sagt todtraurig, die Infrarotanlage sei bestimmt nur unter der Ausreisespur montiert, bei der Einreise

brauchten sie keine, das sei ja logisch. Ich sage, vielleicht liefere die Kamera aber auch so präzise Bilder, daß sie erkannt hätten, was sich im Kofferraum befinde, Hühner. Er nickt versonnen, hat wenig später aber noch eine andere Erklärung parat: Die Temperatur habe nicht gestimmt. Die Hühner seien zu heiß oder zu kalt gewesen, sagt er, man hätte ein Thermometer mitnehmen sollen. Er fährt mich zu meiner Wohnung und verspricht, bald die Flasche Jim Beam zu bringen. Ich habe keine Ahnung, wo ich meine halbe Million Backhähnchen verstauen soll, die meisten lege ich auf den Balkon. Doch mehr als ein halber Tag vergeht auch über solchem Unsinn nicht. Der Anrufbeantworter ist stumm wie eine Muschel.

14. Nov.
Sie meldet sich nicht. Habe ich sie gekränkt? Gefällt ihr meine Art nicht? Was ist meine Art?
Der Strohhalm, an den ich mich klammere, ist Fritz Hetmann. Ich habe einige Zeitschriften zusammengekauft, in denen Artikel über Schriftsteller und über Schriftstellerei stehen, wahrscheinlich interessieren sie ihn nicht. Aber das brauche ich nicht zu wissen, ich bringe sie ihm. Aufdringlich stehe ich vor der Tür und klingle, natürlich am Vormittag, während seiner Arbeitszeit. Amanda öffnet und lächelt, als sie mich mit meiner Aktentasche sieht, wenigstens das. Ich sage, was zu sagen ist, dabei spüre ich, daß ich einen Fehler begehe, Anbiederung war noch nie ein Grund, geliebt zu werden. Bedauernd antwortet sie, Hetmann sei ausgegangen, sie weiß auch nicht, wann er zurückkommt. So als nehme sie meine Lügerei ernst. Mit keinem Wort entschuldigt sie sich für ihr unendliches Schweigen. Sie fragt, ob ich trotzdem hereinkommen möchte, und ich

sehe auf die Uhr und sage wie jemand, der keine Zeit zu verschenken hat: Na gut.
Wieder ist sie barfuß, sie führt mich in ihr Zimmer, in dem eine hübsche Frau mit rotgefärbten Haaren sitzt und raucht. Amanda stellt uns vor, die Frau heißt Lucie Capurso. Als sie meinen Namen hört, werden ihre Augen wacher, als wollte sie sagen: Ach, Sie sind das. Zumindest bilde ich mir das ein – so sieht man nicht einen an, von dem man noch nie gehört hat. Ich bin nicht enttäuscht, denn ich habe die Erfahrung gemacht, daß auch das Alleinsein mit Amanda zu nichts führt. Ich lege die Zeitschriften auf den Tisch und sage, Hetmann habe sie zwar nicht bestellt, doch ich nähme an, daß sie ihn interessierten. Da ohnehin Tee getrunken wird, stellt man mir eine Tasse hin. Lucie Capurso nimmt eines der Journale und blättert darin, es kommt mir wie das Angebot vor, sich zurückzuziehen.
Amanda fragt, wie weit ich mit der Reportage gekommen bin, und ich antworte, die sei schon gesendet. Jetzt erst erinnert sie sich an ihr Versprechen. Sie sagt, während der letzten Tage sei es unruhig zugegangen, außerdem habe sie das Gefühl gehabt, mir nicht groß helfen zu können. Wieder siegt der Großsprecher in mir: Anstatt zu antworten, ich hätte nichts so herbeigesehnt wie ihren Anruf, sage ich: Halb so schlimm. Nachdem ich den Tee ausgetrunken habe, gibt es keinen Grund zu bleiben, außer meinem Beharrungsvermögen. Lucie hält Amanda einen Artikel vor, in den sie sich vertieft hat, sie tippt mit dem Finger auf eine Stelle. Amanda liest ein, zwei Sätze und nickt dann gleichgültig. Auch sie spürt Verlegenheit, doch anders als ich ergreift sie die Initiative: Sie zeigt auf den Zeitschriftenstapel und fragt, warum ich ihm das alles bringe. Das ist Kritik und heißt, warum ich Hetmanns Domestiken spiele, ich tue ah-

nungslos und sehe sie verwundert an. Damit Lucie verstehen kann, wovon die Rede ist, erläutert Amanda: Er bringt ihm Bücher, Papier, Farbbänder, Recorder, er besorgt ihm sogar Geburtstagsgeschenke – warum? Lucie schlägt sich auf meine Seite, indem sie sagt, da habe man nicht nur all die Rennereien, man ernte dafür auch noch Vorwürfe. Aber es reicht nicht zur Rehabilitierung. Ich kann nicht antworten, das frage ich mich schon lange, ich sage, ich hätte mir noch nie meine Gründe vorgerechnet, doch es gebe welche. Ich würde solche Bitten nicht jedem erfüllen, Fritz Hetmann sei nicht irgendwer. Ich sei auch nicht ganz selbstlos dabei, denn Hetmann sei mir nützlich, er gebe mir Tips und Informationen, ohne die einer wie ich nicht auskommen könne, Korrespondent zu sein heiße auch, Beziehungen zu unterhalten. Und schließlich, sage ich, sei ein wichtiger Grund meine Freundlichkeit. Lucie scheint von der Erklärung vollkommen befriedigt zu sein, sie seufzt neidisch und sagt, ach, wenn sie doch auch solch einen Götterboten hätte.

Wenig später begleitet mich Amanda nach draußen, nur Freunde dürfen grundlos in der Wohnung herumsitzen. Auf dem Flur wage ich den bisher kühnsten Vorstoß, ich sage, in letzter Zeit sei ein weiteres Motiv hinzugekommen, und zwar das wichtigste von allen: Botengänge für Hetmann zu erledigen sei die einzige Möglichkeit, sie zu sehen. Wenn im Fernsehen jemand einen solchen Satz sagt, schalte ich auf einen anderen Sender um, aber was um alles in der Welt soll ich tun, wie bekomme ich einen Fuß in die Tür. Ich sehe sie auf die peinlichste Weise an, mit Augen, die Funken zu sprühen versuchen. Amanda sagt: Ich will ehrlich zu Ihnen sein – das schmeichelt mir mehr, als es mich freut. Hat man je etwas Herzloseres gehört?

15. Nov.
Sie ruft an, es ist Sonntag. Sie habe den Eindruck gehabt, sagt sie, ich hätte mich gestern vor den Kopf gestoßen gefühlt, und ich antworte nach kurzer Besinnung: Dieser Eindruck ist richtig. Ich habe sie während der Nacht aufgegeben, ich blute aus tausend Wunden, doch es tut gut, keiner Taktik folgen zu müssen. Noch so eine Nacht möchte ich nicht erleben.
Sie habe mich nicht kränken wollen, sagt sie, ihr Ton sei unnötig abweisend gewesen, das hänge mit einem Disput zusammen, den sie zuvor mit ihrer Freundin ausgetragen habe. Sie bittet um Entschuldigung, ohne Ernst in der Stimme, dann erzählt sie, Hetmann habe die halbe Nacht in den Zeitschriften gelesen.
Ich sage: Das freut mich. Grüßen Sie ihn von mir.
Sie fragt: Warum sind Sie so kurz angebunden?
Ich sage: Ich habe Sie mir in der Nacht aus dem Herzen gerissen. Dann lege ich auf und sitze zehn Minuten beim Telefon, die Hand auf den Hörer.

27. Nov.
Dagobert Veit kommt, um seine Wettschuld zu bezahlen. Als ich ihm die Tür öffne, weht mir Schnapsgeruch entgegen. Er holt die Flasche Jim Beam aus einer Manteltasche, die bis auf den Boden zu reichen scheint, und schlägt vor, sie gleich zu trinken. Ich sage, das sei ein guter Gedanke.
Er läßt seinen Mantel aufs Parkett fallen wie eine Dame nach durchtanzter Nacht. Er öffnet so lange Schranktüren, bis ich ihm sage, wo die Gläser stehen, dann setzt er sich zu mir vor den Fernseher, und wir trinken. Den Ton stelle ich ab, das Bild bleibt eingeschaltet, ich bin nachrichtensüchtig. Seine Frau ist vor zwei Jahren gestorben, er war zwanzig Jahre mit ihr verheiratet, und

nicht nur das, ich habe gehört, daß sie ihm auch die Artikel geschrieben hat. Seine Stirn ist so zerfurcht, wie ich es noch nie gesehen habe, sie erinnert an ein engbeschriebenes Blatt mit unentzifferbaren Zeichen. Er bringt die Rede auf die Unruhe im Land während der letzten Wochen und erkundigt sich nach meiner Meinung: ob ich sie für hoffnungsvoll oder für bedeutungslos halte.

Ich habe nicht viel von Unruhe gemerkt, nicht so viel, daß seine Frage mir berechtigt erschiene. Schön, in einigen Kirchen gab es Aufregung, ein paar Leute haben sich in Botschaften geflüchtet, dennoch kenne ich kein stilleres Land als dieses. Was er Unruhe nennt, kommt mir wie ein überfälliges Zeichen von Leben vor; man hatte sich nur daran gewöhnt, daß absolut nichts geschah. Aber er schüttelt den Kopf, ich bin ihm zu leichtgläubig. Er spürt, daß etwas heranwächst. Gestern, erzählt er, sei er in der Zionskirche gewesen und habe sich plötzlich gefühlt wie im Bürgerkrieg. Polizisten hätten geprügelt, die Wortführer der Gemeinde seien kaum zurückgewichen, nein, sagt er, das werde sich nicht beruhigen, das werde eskalieren. Die Leute seien bisher ohne Verstand unglücklich gewesen, nun würden sie sich langsam ihres Unglücks bewußt, das sei der entscheidende Punkt. Er fragt mich, ob ich schon in einer dieser Kirchen gewesen bin. Als ich den Kopf schüttle, sagt er, ich sollte das unbedingt nachholen und nicht immer nur über das friedliche Hinterland berichten. Hat Fritz Hetmann mir nicht erzählt, daß Amanda zu einer Kirchengruppe geht?

Er ist ein angenehmer Betrunkener, ohne Aggressionen und ohne Weinerlichkeit. Eigentlich redet er genauso wie in nüchternem Zustand, nur mehr. Gegen Ende der Flasche geht er ins Badezimmer, und ich höre, daß er sich übergibt. Als er zurückkommt, ist er etwas bleicher als vorher, wirkt aber wie neugeboren. Er gießt sich das letzte Glas voll und muß mir unbedingt einen Rat geben: Wenn ich aus dem Haus gehe, soll ich das Radio spielen lassen. Selbstverständlich seien Mikrophone in meiner Wohnung, wir Korrespondenten würden ausnahmslos abgehört. Ein Fachmann hat ihm erklärt, nach welchem Prinzip die Dinger funktionieren. Da die Tonbänder in einer Zentrale stehen und nicht Tag und Nacht laufen können, nutzt man eine raffinierte Erfindung, den sogenannten Geräuschauslöser. Die Bänder schalten sich nur dann ein, wenn Geräusche übertragen werden, bei Stille stehen sie still. Es wäre einfach zu kooperativ, wenn wir den Jungs in die Hände arbeiten und gebrauchsfertige Aufnahmen liefern würden, ein bißchen sollten sie schon suchen müssen. Jetzt, während er hier sitze, laufe bei ihm zu Hause immer wieder dieselbe Schallplatte, Zauber der Operette, und bespiele in der finsteren Zentrale Band um Band. Obwohl wir uns seit Jahren kennen, haben wir noch nie über Privatangelegenheiten geredet.

28. Nov.

Kaum sagt man mir etwas, schon tue ich es, man braucht mir nur das Richtige zu sagen. Ich gehe zur St. Elisabeth Kirche, so lautete Dagoberts Rat. Man sieht auf den ersten Blick, daß mit der Straße etwas nicht stimmt, auch wenn man die Straße nicht kennt. Leute lehnen sich aus den Fenstern ihrer Wohnungen, auf den Bürgersteigen kleine Gruppen, nur Männer, vor der Kirche ein Knäuel aufgeregter Menschen, in dessen Mitte ein Polizeiwagen zu erkennen ist.

Als ich die Straße zur Kirche hin überquere, steigt aus einem parkenden Auto ein Mann und fragt mich, wohin ich gehe. Ich antworte, daß ihn das nichts angeht, obwohl ich ahne, daß er mir gleich das Gegenteil beweisen wird. Er greift mich am Arm, und weil sich eine zweite Tür des Wagens öffnet, verzichte ich darauf, mich loszureißen. Man will meinen Ausweis sehen, ich sage, daß mich das wundert, denn offensichtlich handle es sich um einen Überfall, und Straßenräuber seien doch eher auf Geld aus als auf Papiere. Ich weiß selbst nicht, warum ich das sage, ich habe die Gereiztheit schon mitgebracht. Der Mann sagt, ich solle nicht so dämliches Zeug reden und mich ausweisen, er klingt mühsam beherrscht. Ich sehe so lange auf meinen Arm herunter, bis er ihn losgelassen hat, dann gebe ich ihm meinen Korrespondentenausweis. Nur einen kurzen Blick wirft er darauf, dann reicht er ihn in den Wagen. Es wird geprüft, aufreizend lange. Ich nehme mein Notizbuch und schreibe die Nummer des Wagens auf, als wollte ich eine Spur sichern. Drei junge Leute kommen von der Kirche her und bleiben in unserer Nähe stehen, sie wollen mir zeigen, daß ich nicht allein bin. Dagobert hat recht, das ist keine Szene aus dem friedlichen Hinterland.

Im Auto wird telefoniert. Ich werde aufgefordert einzusteigen, meine Frage, ob ich verhaftet bin, überhören sie. Ich sitze im Wagen und verlange übertrieben laut eine Antwort, ob ich verhaftet bin. Der, der meinen Ausweis in der Hand hält, sagt ruhig: Sie haben keinen Grund zu schreien, Herr Doll. Dann fahren wir los, ich kann es kaum glauben; ich sitze zwischen zwei Paladinen, ich staune, wie leicht es ist, einen gutwilligen Beobachter in einen vor Wut kochenden Beteiligten zu verwandeln. Wir kommen nah an der Gruppe beim Kircheneingang vorbei, ich erkenne darin Lucies rotes Haar, da kann auch Amanda nicht weit sein. Sie fahren mich in unbekannter Richtung durch die Stadt, ich präge mir die Gesichter der drei ein, wie um später Phantomzeichnungen anfertigen zu lassen. Nach zehn Minuten klingelt das Telefon, der Fahrer hebt ab. Offenbar hört er eine Weisung, denn er hält sofort am Straßenrand, gibt mir den Ausweis zurück und sagt, ich könne gehen. Ich muß herauswürgen, daß die Sache ein Nachspiel haben wird, aber natürlich hat sie kein Nachspiel.

22. Dez.
Ilona Siemens hat mich zu Weihnachten eingeladen, meine letzte Freundin, doch ich setze mich lieber ins Auto und fahre zu meinen Eltern. Wir haben uns lange nicht gesehen. Jedesmal sind wir schnell an dem Punkt angelangt, da alles gesagt ist, wir essen dann viel und schweigen. Das schönste an ihnen ist, daß sie sich lieben. Im Kofferraum habe ich einen Fernseher, ein nicht uneigennütziges Geschenk: ihr trübes Schwarzweißbild vergällt mir jede Nachrichtensendung. Meine Mutter war untröstlich, als ich von Hamburg nach Berlin zog, hinter zwei Mauern. Sie hat es kommen sehen, daß ich sie kaum mehr besuchen würde, und mein Vater hat gesagt, schuld daran sei, daß alle wissen wollten, was in Hunderten von Kilometern Entfernung geschehe, das vergifte die Familien. Von Hamburg war es ein Katzensprung zu ihnen in die Lüneburger Heide, andauernd fuhr ich hin, ohne zu wissen warum.
Nach dem Abendbrot sitzen wir zusammen und nähern uns dem Schweigen; sie zwingen mir wollene Hausschuhe auf, das Haus sei fußkalt. Sibylle Hinrichsen hat geheiratet, meine Mutter bringt es mir schonend bei, wie eine böse Nachricht, die man aber nicht für sich behalten darf. Als ich Abiturient war, galten wir als

einander versprochen, Sibylle war eine gute Partie. Kein Mensch wird es glauben, sie hatte vier Brüste. Ich weiß, daß in einem bekannten Buch vom Phänomen der Vielbrüstigkeit die Rede ist und daß meine Mitteilung für ein Phantasieprodukt gehalten werden kann, angeregt durchs Lesen. Aber es ist so, wie ich sage, Sibylle kannte diesen Roman nicht, sie hatte einfach vier Brüste: Unter den beiden, die an vorgeschriebener Stelle saßen, je ein Knöpfchen, die Andeutungen zweier weiterer Brüste, die wirkten, als hätte man ihnen das Weiterwachsen verboten. Ich konnte mich nicht sattsehen, ich hätte Sibylle längst nicht mehr so gut im Gedächtnis, wenn diese zwei Erinnerungsmagneten nicht wären.
Früh fallen meiner kreislaufschwachen Mutter die Augen zu, ein paar Minuten kämpft sie lächelnd mit dem Schlaf, dann geht sie. Vater holt eine Flasche Portwein aus der Anrichte, er führt gern Gespräche unter Männern. Wenn ich mir morgen das Geschäft ansehe, werde ich staunen, sagt er: Sie haben die Bücher hinausgeworfen und dafür Spielzeug ins Angebot genommen, für beides zusammen war kein Platz. Die Bücher hätten immer weniger eingebracht, zuletzt kaum mehr als Scherereien mit den Vertretern, Spielzeug dagegen gehe zuverlässig gut, auch mache es den Laden hübscher. Nach diesem Bericht aus der Geschäftswelt kommt er zum Privaten. Seit langem steht für ihn und meine Mutter fest, daß ich zu unentschlossen bin, was Frauen angeht. Sie sehen es kommen, daß ich eines Tages dastehen werde, ohne Frau, ohne Familie, ohne Glück, und wer sollte mich sonst davor warnen, wenn nicht die Eltern. Er fragt, ob ich schon einen Schritt weitergekommen bin, ich schüttle den Kopf, und er seufzt und gießt sich einen Fingerhut voll ein.
Ich erzähle ihm die traurige Geschichte von mir und

Amanda. Wie ich mich verliebt habe, wie es zuerst danach aussah, als dürfte ich hoffen, wie sie neugierig auf mich zu werden schien, wie ich mir ein Bein ausriß, um sie zu sehen, wie ihr Entgegenkommen plötzlich aufhörte, wie ich resigniert habe. Vater denkt kurz nach, dann sagt er, daß ich ein Kapitulant bin. Der Kampf um die richtige Frau, sagt er, ist der wichtigste Kampf im Leben eines Mannes, und wer ihn nicht bis zum Ende führt, der hat sich sein Unglück selbst zuzuschreiben. Wenn es mir wirklich so ernst mit dieser Amanda ist, wie ich behaupte, dann habe ich kaum mehr getan bisher, als einen Finger krummzumachen. Frauen muß man belagern, sie müssen sich umzingelt fühlen, es gibt nur eines, womit man jede Frau erobern kann: anhaltend sichtbares Begehren. Ob ich mir einbilde, meine drei Anrufe und meine zwei Blicke und die eine Autofahrt wären für sie als Schmachten erkennbar gewesen. Ein Schuß mehr Verwegenheit könne mir nicht schaden, ja, mit Ratschlägen ist mein Vater wenig zurückhaltend. Er fragt, ob ich ihr zum Beispiel je ein Geschenk gemacht habe, Pralinen, einen kleinen Schmuck oder wenigstens Blumen. Ich sage: Du stellst dir das zu einfach vor, Vater.
Es droht die Gefahr, daß er sich an die wilden Bräuche seiner Jugend erinnert, an die Herzensstürme, die mit den Jahren zu Orkanen angewachsen sind. Doch er bleibt bei der Sache: Er will wissen, worin ich die Komplikationen sehe, die einem intensiveren Werben im Wege stehen, und ich erzähle ihm von den Umständen, in denen Amanda lebt. Ich rede so, als könnte am Ende ein brauchbarer Hinweis stehen, warum konnte ich den Mund nicht halten. Daß sie nicht allein lebt, sondern mit einem Mann zusammen, mit einem bekannten Schriftsteller, dessen Vertrauen zu mir mich behindert,

und daß es eine Grenze zwischen Werbung und Belästigung gibt, die zu überschreiten mir schwerfällt. Die Antwort meines Vaters lautet: Papperlapapp, das seien die Ausflüchte eines Zauderers. Was denn der Beruf dieses Mannes, der offenbar ja nicht Amandas Ehemann ist, mit meinem Herzen zu tun hat, verlangt er zu hören. Und was mich dazu bringt zu glauben, die Bemühungen eines so stattlichen Kerls, wie ich es bin, könnten einer jungen Frau zur Last fallen. Jeder weiß, daß Hinhalten und Nichtverstehenwollen zum Wesen der Frauen gehören, sie können auf ihr Gehabe nicht verzichten, so wie eine Lokomotive nicht anders kann, als auf den Schienen zu bleiben. Wahrscheinlich, so nimmt er an, gefällt Amanda mir nicht gut genug, um mich zu verbeißen, darüber sollte ich mal nachdenken.
Also erzähle ich noch, daß es sich bei dem Schriftsteller um einen Dissidenten handelt, um einen ohnehin geplagten Menschen, und daß er um vieles älter als Amanda ist, so daß er mit besonderer Hingabe an ihr hängt. Das ist eine Lüge, denn Hetmanns Verfassung hat mich nicht eine Sekunde beschäftigt, solange ich hinter Amanda her war, ich suche nur nach einem Argument, um meinem Vater den Nachschub an Ratschlägen abzuschneiden. Und ich habe Erfolg. Er lehnt sich zurück, schüttelt gedankenverloren den Kopf und sagt: Das ändert natürlich alles. Mir ist nicht klar, woher sein Sinneswandel kommt, aber ich will auch nichts wissen, wenn er nur Ruhe gibt. Trotzdem erfahre ich es. Nach einem letzten Schluck Portwein sagt er, wir hätten uns das ganze Gespräch sparen können, wenn ich ihm gleich gesagt hätte, daß Amanda eine Frau aus dem Osten ist.

7. Jan. 88
Die amerikanische Botschaft hat zum Cocktail eingeladen, nicht mich allein, es sind ein paar hundert Leute da. Die Gänge und Säle quellen über von verdienstvollen Menschen, dazwischen meinesgleichen, wir Journalisten sind das öffentliche Element. An die zwei Buffettische ist kein Herankommen, ich erwische eines der Weingläser, die auf Tabletts herumschweben, ich suche nach einer Menschenseele, die mich kennt, und finde keine. Dummerweise zwingt es mich bald zur Toilette, ich muß in einer Schlange warten, dort treffe ich Hetmann. Bevor er hinter einer der Türen verschwindet, kündigt er an, auf mich zu warten, auch er ist hier einsam. Dann stehen wir beieinander, in seiner Reverstasche steckt verloren ein weißes Tüchlein. Bei keinem anderen sieht man solchen Schmuck, bis auf Seine Exzellenz, den Botschafter, der unermüdlich herumgeht und Hände schüttelt.
Beim Plausch mit Hetmann erfahre ich eine Neuigkeit, die mein Herz schneller schlagen läßt: Er fährt auf Lesetour nach Skandinavien. Mit Frau Amanda? Nein, ohne sie, die Behörden, sagt er, machten jedesmal solch ein Theater, daß Amanda von vornherein verzichtet hat. Die guten Behörden, denke ich und weiß sofort, daß all meine Schwüre nichts gelten und daß ich ihr die Tür einrennen werde. Arglos verrät er auch noch das Datum seiner Reise, mein Gott, schon nächste Woche, ich stehe vor ihm wie ein Meuchelmörder. Dann wird mir klar, daß ich noch eine zweite Information erhalten habe: Amanda ist in diesem Augenblick allein zu Hause, zumindest ohne Hetmann.
Ich frage einen Botschaftsangestellten, von wo aus man hier telefonieren kann; er hält mich für einen der wichtigen Gäste und führt mich in ein Büro. Ich rufe Amanda

an. Sie sagt, wie schade, daß ich mich so lange nicht gemeldet habe, ich frage, wann ich kommen soll, sie sagt: Warum nicht gleich. In einer Viertelstunde bin ich da, ich lege auf und stürze zu meinem Auto, nach hundert Metern beachte ich die Vorfahrt nicht und stoße mit einem hellblauen Wagen zusammen. Ein wütender Mann kommt auf mich zu, ich rufe ihm entgegen, wie recht er hat, ich nehme alle Schuld auf mich. An der Straßenecke sehe ich eine Telefonzelle, ich gehe hin, um Amanda anzurufen und zu erklären, warum wir den Termin verschieben müssen. Mein Unfallgegner läßt mich nicht aus den Augen, er glaubt, ich rufe die Polizei. Es könnte günstig sein, daß ich nicht zu ihr fahre: Ich stelle mir vor, wir sitzen da, und Hetmann kommt nach Hause, wie sähe das aus?

13. Jan.
Seit gestern ist Hetmann aus der Stadt. Ich lasse mir einen Tag Zeit mit dem Anruf, um den Zusammenhang zwischen seiner Abreise und meiner Nachstellung nicht auf den ersten Blick sichtbar zu machen. Amanda hat so merkwürdig bereit geklungen. Die letzten Tage waren wie Schutt, der aus dem Weg geräumt werden muß. Die Mahnung meines Vaters, der Kampf um die richtige Frau sei der wichtigste Kampf im Leben eines Mannes, stand mir wie eine goldene Losung vor Augen.
Es meldet sich eine falsche Frau am Telefon, Lucie Capurso. Um sie nicht eilig zur Seite zu drängen, sage ich, daß ich vor kurzem ihren roten Kopf in einer Gruppe am Kircheneingang erkannt habe. Sie fragt, warum ich nicht hinzugekommen bin, die Diskussion sei interessant gewesen, und ich erkläre, warum das unmöglich war. Dann gibt sie mich an Amanda weiter, noch bevor ich darum bitte.

Wir reden nicht lange herum und verabreden uns für den nächsten Abend. Ich wäre schon heute bereit, aber für heute gibt es keinen Babysitter. Richtig, das Kind, bei meinen wenigen Besuchen war es kaum zu sehen. Wie alt es ist, frage ich, bald acht. Babysitter? Kann man ein achtjähriges Kind nicht alleinlassen, sind Kinder Sklavenhalter? Doch ich frage nicht, nicht jetzt schon, auch diese Nacht wird vergehen.

14. Jan.
Sie trägt die Seidenbluse, mit der das Glück angefangen hat. Es gibt so viel an ihr zu sehen, daß ich kein Ende finde, den Hals, die Hände, die Ohren, die Augen, vor allem die vielen Augen. Sie erkundigt sich, ob mein Herz ihr wieder offensteht, und ich bin froh darüber und sage ja, es hat sich noch ein Nebeneingang gefunden. Auf meine Frage, was sie von Beruf ist, antwortet sie: Ich kann nichts. Es soll eine Warnung sein, mich zu verlieben, im Laufe des Abends folgt noch mehr davon: daß sie nicht zuverlässig sein kann, daß sie eine Parteisekretärin zur Mutter hat, daß sie schon vierunddreißig ist, fast fünfunddreißig. Als ob solche Nebensächlichkeiten mich schrecken könnten, ganz abgesehen davon, daß ich in alldem keinen Nachteil erkenne. Sie ist nicht geschminkt, wie jemand, der nichts zu verbergen hat, nur ihre Fingernägel sind dunkelrot lakkiert.
Ohne gefragt zu sein, erzählt sie mir ihre Lebensgeschichte, es vergeht eine kostbare Stunde. Ich habe Mühe, konzentriert zuzuhören, aber ich zwinge mich, denn es ist von Einzelheiten die Rede, nach denen ich später nicht mehr fragen darf. Ich kann Leute nicht ausstehen, denen man alles zweimal erzählen muß. Vor ihrer Zeit mit Hetmann hört sie auf, mitten in einer

Ehe, an die sie noch heute mit Grauen denkt, und sagt: Das muß fürs erste reichen.
Als ich beim Kellner bezahlt habe, ist nichts geklärt, wir setzen uns in mein verbeultes Auto. Es ist kalt, ich wage es kaum, den Schlüssel ins Zündschloß zu stecken, ich weiß nicht, wohin ich fahren soll. Ich müßte fragen, ob sie nicht Lust hat, auf ein Glas Wein in meine Wohnung zu kommen, schon hundertmal ist mir diese Frage leicht von den Lippen gegangen, immer wurde sie beantwortet, manchmal mit ja, manchmal mit nein. Zu Hause ist kein Tropfen Wein, das stimmt schon, aber es ist etwas anderes, was mich am Reden hindert: Meine Zunge ist gelähmt vor Liebe. Amanda lächelt die beschlagene Frontscheibe an, als würden meine Gedanken dort wie auf einem Bildschirm übertragen. Andererseits macht mich die Vorstellung krank, sie vor ihrer Tür abzusetzen und mich für den gelungenen Abend zu bedanken. Wie recht mein Vater hatte, als er mich einen Zauderer nannte. Die Frau in meinen Träumen würde mir ein Stück entgegenkommen, sie würde irgendein Wort sagen, das Erleichterung bringt.
Übermorgen habe ich Geburtstag, das könnte die Rettung sein. Ich wische die Scheibe frei und frage, ob sich auch übermorgen ein Babysitter finden ließe. Ich sage: Das wäre großartig. Ich wünsche sie mir zum Geburtstag, um zwanzig Uhr. Amanda sagt, daß die Scheibe von neuem beschlagen wird, wenn ich nicht losfahre. Ihr Blick ist nicht unfreundlich, doch skeptisch, es fehlt nicht viel, und ich zeige ihr meinen Ausweis. Hat sie schon für heute eine Einladung erwartet?
Die Fahrt bis zu ihrem Haus vergeht schweigend, einmal bemerkt sie, daß ich einen Umweg fahre. Ich erinnere mich, daß sie auch auf dem Weg zur Textilfabrik eine Abkürzung wußte, anscheinend mag sie die kurzen

Wege. Im Restaurant habe ich meine Brille vergessen, ich werde noch einmal hinfahren, wenn unsere Sache ausgestanden ist. Ja, sagt sie vor der Haustür, sie werde kommen. In letzter Sekunde. Beim Abschied bedankt sie sich für das Essen und gibt mir einen winzigen Kuß, den ich hinnehme, als wäre ich meine Statue.

16. Jan.
Wie viele Gäste darf man erwarten, wenn man zum Geburtstag eingeladen wird? Ich habe zwar kein Fest angekündigt, doch was wird geschehen, wenn sie merkt, daß die ganze Geburtstagsgesellschaft aus uns beiden besteht?
Ich hatte die lautersten Absichten, ich habe Abraham Bloch und Wieland angerufen, zwei Freunde, beide hatten keine Zeit. Ich hätte weiter herumtelefonieren können, bestimmt hätte ich eine Party zustande gebracht, aber mir fehlte die Lust. Wäre es besser gewesen, die Wohnung mit Langweilern zu bevölkern, nur um ein Fest vorzutäuschen? Ich habe entschieden, daß es das kleinere Übel ist, für unverschämt gehalten zu werden als für ermüdend.
Es klingelt zur verabredeten Minute. Amanda schenkt mir eine Keramikschale, an der sie eine Rose festgebunden hat. Die Schale ist riesig und furchtbar, sie wird von nun an in meiner Wohnung stehen müssen, hoffentlich für lange. Ich tue überwältigt, nein, ich brauche mich nicht zu verstellen, ich bin es, Amanda ist gekommen. Herzlichen Glückwunsch, sagt sie, und das Fest nimmt seinen Lauf.
Wir gehen in das große Zimmer, in dem nichts vorbereitet ist, kein Kerzenlicht und keine Musik. Sie blickt sich um, als wollte sie herausfinden, wo die übrigen Gäste sich versteckt halten. Ich bitte sie, sich zu setzen, um

meine Erklärung anzuhören: Ich erwarte sonst niemanden. Heute ist tatsächlich mein vierunddreißigster Geburtstag, man kann es nachprüfen. Ich wollte, um den Schein zu wahren, ein paar Leute dazuladen, aber dann habe ich mir vorgestellt, wie bedrückend es wäre, den ganzen Abend darauf zu warten, daß sie wieder gehen. Und wenn sie sich nun getäuscht fühlt, könnten wir in ein Restaurant gehen und dort unverfänglich essen.
Amanda hört mich unbewegt an, noch ist alles möglich. Es dauert lange Sekunden, bis sie sagt, auch sie möchte eine Erklärung abgeben: Sie habe dergleichen nicht für ausgeschlossen gehalten. Das klingt wenig beruhigend, sie kann gemeint haben: Man mußte damit rechnen, daß du ein krummer Hund bist. Ich stehe wie ein Angeklagter da, der den Richterspruch nicht verstanden hat – ist er nun verurteilt oder freigesprochen? Bis Amanda zu mir kommt, die Arme auf meine hängenden Schultern legt und mich küßt, mitten auf den Mund und lange. Hollywood. Mutter, die Jahre hinter den zwei Mauern waren nicht umsonst.
Nach Ende des Kusses, den ich in einer Art Duldungsstarre erlebe, zündet sie sich eine Zigarette an, ich habe sie noch nie rauchen sehen. Sie benimmt sich wie ein Meister, der die Arbeit lange genug seinem Lehrling überlassen hat und endlich Resultate sehen will. Ob mein Vorschlag, in ein Restaurant zu gehen, so zu verstehen sei, fragt sie, daß ich nicht einmal etwas zu essen habe. Natürlich nicht, antworte ich, in der Bratröhre liegt eine Sechsmarkpizza, und Wein ist mittlerweile auch da. Ich schäme mich, kein fürstliches Essen vorbereitet zu haben, die Fähigkeit dazu hätte ich, meine Stimme klingt schwammig vor Wohlbehagen.
Das Bett ist frisch bezogen, für alle Fälle. Vor Jahren hat mir eine wohlhabende Freundin Bettwäsche aus Seide

geschenkt, übrigens auch zum Geburtstag, sie hat unsere Beziehung für zukunftsträchtig gehalten. Man liegt darin wie Zar und Zarin. Dennoch habe ich mir geschworen, nichts Plumpes zu tun; ich habe mir Amanda als Libelle zurechtgedacht, der durch Wind Gefahr droht. Ich will nur alle Fenster öffnen, ein kleines Locklicht anzünden und Windstille abwarten – angeflogen kommen muß sie von selbst. Hätte ich leidenschaftlicher auf ihr Küssen reagieren sollen? Wäre es klug gewesen, unverzüglich mit dem Eroberungshandwerk loszulegen?
Wir essen in der Küche Pizza und trinken den Festwein, Amanda rührt mich durch Appetit. Ich selbst halte mich zurück, nicht nur, um ihr genug zu lassen – ich kenne bessere Essen. Es war ein Fehler, nicht zu kochen, es sieht aus wie Gleichgültigkeit. Ich erzähle, daß ich Größeres vorhatte, doch leider den ganzen Tag beschäftigt war, und Amanda fragt, was ich zubereitet hätte, wenn Zeit gewesen wäre. Ich stelle aus dem Stegreif ein Menü zusammen, es ist leicht, über das Nichtgetane zu reden. Ich schwatze von Kalbsbraten mit Morchelsoße, davor Feldsalat mit heißem Speck und später Vanilleeis mit Amaretto; sie hört mir zu wie einem Vortragskünstler und sagt, als ich am Ende bin, man könne das ja nachholen. Aber sie tröstet mich auch: von den drei Pizzas, die sie bisher gegessen habe, sei dies eine der besten.
Einmal erwischt sie mich, als ich auf die Uhr blicke, die hinter ihr an der Wand hängt, ihr entgeht nichts. Sie fragt leichthin, ob ich noch einen Termin hätte, und ich antworte: Um Himmels willen, nein. Sie auch nicht, sagt sie, ihr Sohn sei bis zum Vormittag bei Lucie untergebracht. Zum zweitenmal hat der Lehrling eine Lektion erhalten, wenn das kein Zeichen ist.

Die Vorfreude raubt mir allen Verstand, worauf warte ich denn noch. Amanda gießt sich ein neues Glas voll und hält mich so auf meinem Stuhl. Falsch, sie hält mich nicht, sie tut nur, was sie tun will, sie hat Durst. Denn als sie ausgetrunken hat, steht sie auf, streckt die Hand nach mir aus und sagt, daß ich kommen soll.

18. Jan.
Sie kommt am Vormittag, wir nutzen die Schulzeit des Jungen. Ich habe das große Korrespondentenlos gezogen, ich denke nicht an die Zukunft, es ist alles gut. Sie hat mir die unglaublichsten Dinge ins Ohr geflüstert, daß eben Weihnachten und Ostern zusammengefallen sind, daß sich ihre Knie plötzlich zur anderen Seite durchdrücken lassen, daß eine schwarze Eule im Zimmer sitzt, so ist unsere erste Nacht vergangen. Und jetzt ist sie wieder da, wir brauchen die Nächte nicht.
Nachdem wir durch die Pforte der Vertraulichkeit hindurch sind, zeigt sie ein Selbstbewußtsein, um das ich sie beneide. Sie nimmt sich, was ihr zur Verfügung gestellt wird, nie ein lästiges Zögern, auf ihre Auskünfte ist Verlaß. Hetmann ist mir nie besonders stark vorgekommen, wie hält er das aus? Sie öffnet das Fenster und sieht hinaus auf die Leipziger Straße, die ihr aus dieser Perspektive neu ist. Ich betrachte ihren Rücken, sie hat noch nicht den Mantel ausgezogen, der Schal hängt in einer Hand. Ich würde mich gerne auf sie stürzen, doch Geduld, Geduld, ich bin nicht sie.

24. Jan.
Amanda kommt und geht nach Belieben. Gerade jetzt bin ich überhäuft mit Arbeit, einmal hat sie sogar vor verschlossener Tür gestanden. Es ist unmöglich, immer bereit zu sein, die Stadt zittert vor Unruhe. Dagobert

Veit hatte recht, es tut sich etwas, die Behörden sind gereizt wie noch nie. Sie verhaften, klagen an, weisen aus, die Redaktion verlangt Sondereinsätze von mir. Ich frage Amanda, ob sie nicht einen Schlüssel für die Wohnung haben möchte, sie sieht mich verwundert an, lächelt und schüttelt den Kopf. Zu gern würde ich wissen, ob sie mein Angebot für absurd hält oder nur für verfrüht.

Die Frage, was geschehen wird, wenn Hetmann zurückkommt, geht mir nicht aus dem Sinn. Ich wage nicht, sie zu stellen, noch drei Tage. Die Annahme des Schlüssels wäre eine Antwort gewesen, wenn auch keine erschöpfende. Ich begreife nicht, wie Hetmanns drohende Heimkehr sie so kalt lassen kann, daß sie nicht von selbst darauf zu sprechen kommt. Sie hat Sorgen, ein Mitglied der Kirchengruppe ist festgenommen worden: Der junge Mann hat auf einer Demonstration zu Ehren Luxemburgs und Liebknechts ein selbstverfaßtes Transparent in die Luft gehalten. Amanda weiß nicht, was darauf stand, sicher etwas wie Freiheit für Andersdenkende, jedenfalls haben sie ihn eingesperrt und wollen ihm einen Prozeß machen. Ob man dem armen Menschen nicht helfen könnte. Ich habe keine Ahnung wie, und sie fragt erbost, wozu ich denn sonst hier bin, wenn nicht um zu helfen. Es bahnt sich eine Debatte über Grundsatzfragen an, vor der ich mich nicht fürchte, ich habe sie oft führen müssen. Da klingelt das Telefon, ich soll sofort ins Büro kommen. Ich flehe Amanda an zu warten, in einer Stunde sei ich wieder da, und sie ist einverstanden. Wir verabschieden uns mit einem Kuß, schon wie ein Ehepaar.

Als ich zurückkomme, sitzt sie an meinem Schreibtisch und schreibt. Sie sagt: Nur noch ein paar Minuten. Ich warte, dann lege ich mich ins Seidenbett und warte dort.

Wie kann ich nicht daran denken, was werden soll, wenn Hetmann sich wieder breitmacht? Kurz stelle ich mir das Glück vor, wenn er im Westen bliebe, wenn er in irgendeinem Hannover oder München aus dem Flugzeug stiege und vor der ersten Kamera erklärte, er habe mit seinem Unrechtsstaat gebrochen. Natürlich kann er das nicht tun, er wird sich hüten, ein ehemals verbotener Autor zu werden, der schnell vergessen ist. Auch wird er sich nicht von Amanda trennen wollen, er müßte ja verrückt sein. Ich sehe, was kommen wird: Wir werden zum Turnierplatz ziehen, in unserem Harnisch, auf unseren Rossen, wir werden bebend unter der Loge stehen und warten, vor wessen Füße die Dame Amanda ihr Tüchlein wirft. Was macht mich so guter Hoffnung?
Sie kommt mit zwei beschriebenen Blättern zum Bett, noch nicht einmal die Schuhe hat sie abgestreift. Es handelt sich um eine Art Pamphlet, das sie zur Unterstützung des eingesperrten Mannes verfaßt hat. Sie fragt mich, ob ich es senden lassen könnte, dann liest sie vor. Das Stück ist gut geschrieben, nicht zuviel Herzblut, ohne Peinlichkeiten, Amanda ist alles andere als eine Laienkünstlerin. Ich höre sogar einen hochmütigen Ton heraus, der imposant ist, sie schreibt zum Beispiel: Wenn solch ein freundlicher Protest dem Staat ausreicht, um derart unbarmherzig zu sein, wie will er sich steigern, wenn eines Tages die Demonstranten zur Sache kommen. Oder sie schreibt: Wie will eine Gesellschaft konkurrenzfähige Computer produzieren, solange es verboten ist zu sagen, daß zweimal zwei vier ist.
Es ist peinlich zu gestehen, daß mir der Sender nicht gehört, aber ich muß es tun. Ich muß ihr sagen, daß ich in der Rundfunkhierarchie ziemlich weit unten stehe,

daß ich Aufträge auszuführen habe, daß die Befugnisse der Korrespondenten in Verträgen festgelegt sind, bei deren Zustandekommen man nicht auf meinen Rat gehört hat. Ich muß ihr das Theater schildern, das es gäbe, wenn ich meine Sendezeit für Briefe oder Manifeste aus dem Untergrund zur Verfügung stellte. Was ich tun kann, ist, sage ich, mich in einer anderen Redaktion umzuhören, vielleicht ist in der Sendung eines anderen Platz. Während ich rede, knöpfe ich ihre Bluse auf, sie scheint es nicht zu bemerken. Ich will es schnell und diskret tun, sage ich, nicht so sehr ihretwegen, wie um meiner selbst willen. Denn wenn bekannt wird, daß ich es bin, der staatsfeindliche Texte aus dem Land herausschafft, sind meine Tage hier gezählt, und damit unsere Tage. Amanda nickt verständnisvoll und sagt, so habe jeder seinen Grund, Rücksichten zu nehmen.

29. Jan.
Es gibt Ärger. Ich habe ein Interview mit dem Leiter eines Jugendklubs gemacht, einem verwegenen Sachsen, der jede Vorsicht vergaß und so offen redete, daß ich ihn hätte zurückhalten müssen. Zu allem Überfluß hatte ich es versäumt, das Interview anzumelden, die Folgen waren für mich lästig und für ihn fatal: Ich habe zwei Rügen erhalten, eine strenge vom Außenministerium und dann noch ein Stirnrunzeln von meiner Sendeleitung, er aber wurde gefeuert. Als ich fragte, wie ihm zu helfen wäre, hat er abgewinkt; ich kann ihm doch nicht zweihundert Westmark in die Hand drükken, ich komme mir vor wie ein Verführer. Amanda sagt, die einzige Hilfe könne nur darin bestehen, daß möglichst viele aufhörten, vorsichtig zu sein. Es gibt einfach zu viele junge Männer, sagt sie, als daß man jedem einzelnen helfen könnte.

Obwohl Hetmann längst zurück ist, kommt sie weiter in meine Wohnung, als hätte sich nichts geändert. An Vormittagen, auch an Abenden, ich führe keine Strichliste, doch ich habe den Eindruck, daß sie darauf bedacht ist, nicht seltener zu kommen. Vor ein paar Tagen erschien sie in einer auffallend prächtigen Felljacke, Hetmann hatte sie ihr aus Norwegen mitgebracht. Es lag mir auf der Zunge zu sagen, er sollte nicht mehr so große Investitionen machen, rechtzeitig erinnerte ich mich aber an den Merksatz eines Redakteurs aus meiner Volontärzeit: Witze auf Kosten anderer sind dreifach zu prüfen.
Es wäre nicht wahr zu behaupten, daß unser Sex zügellos und ungestüm ist, wir lieben uns eher ruhig. Ich habe schon wildere Geschichten erlebt, Amanda vermutlich auch, ich habe schon mehr geschwitzt. Es geht sanft zu bei uns, innig, ich kann sie nicht in den Armen halten, ohne zu denken, daß ich sie liebe. Ihr Körper ist jünger, als ich es bei einer Frau in meinem Alter vermutet hätte, meine Hände sind süchtig nach ihm.

4. Feb.
Sie ruft am Morgen an und sagt, daß sie nicht kommen kann, das Kind hat Fieber. Dann erzählt sie, der Mann aus der Kirchengemeinde sei verurteilt worden, zu sieben Monaten. Das Delikt heißt Zusammenrottung. Wir verabreden, daß sie Bescheid gibt, wenn der Junge wieder zur Schule geht.
In der Redaktion trifft mich ein Keulenschlag: Ich erfahre, daß mein Vertrag als Korrespondent nicht verlängert wird, im nächsten Frühjahr muß ich zurück nach Hamburg. Ich hatte mich um die Verlängerung beworben, als ich Amanda noch nicht kannte, die Zustimmung des Senders schien mir kaum mehr als eine For-

malität zu sein, man war mit mir zufrieden. Ich wollte bleiben, weil ich keine Lust hatte, in den Norden zurückzukehren, aber es wäre nicht von großer Bedeutung gewesen. Und plötzlich ist es ein Unglück. Ich tröste mich damit, daß noch ein Jahr bleibt, um einen Ausweg zu finden, vielleicht kennt Amanda mich in einem Jahr nicht mehr. Doch die Vorstellung, daß nun alles auf ein unausweichliches Ende zuläuft, macht mich krank.

Mein Redaktionsleiter, ein freundlicher Mensch, der immer offener und unverblümter redet, je mehr er sich dem Rentenalter nähert, erklärt mir das Zustandekommen des Beschlusses. Ich bin damals als SPD-Mann auf den Korrespondentenposten berufen worden, obwohl ich nie in einer Partei war; ich galt aus irgendwelchen Gründen als deren Sympathisant. Jetzt sind die Rechten dran, sie besetzen alle verfügbaren Positionen neu, aus Furcht, daß sie es nach der nächsten Wahl nicht mehr können. Und das auf meinem Rücken, die deutsche Politik kennt offenbar kein wichtigeres Ziel, als mir das Herz zu brechen.

Werde ich eines Tages den Mut aufbringen müssen zu sagen: Amanda, komm mit in den Westen? Im günstigsten Fall wird sie fragen, wie ich mir das vorstelle, und ich werde sagen: Mit Geld läßt sich manches regeln, du mußt nur wollen. Wie einfach wäre es, alles beim alten zu belassen, Hetmann in seiner Wohnung, Amanda und ich in der unseren, wieviel Aufwand könnte man sparen. Ich werde den Antrag stellen, auf meinem Posten bleiben zu dürfen, ich könnte die Konservativen-Rolle spielen, so wie ich auch jetzt eine Rolle spiele, ich würde nicht sterben. Der Rollenwechsel selbst wäre bitter, der Umzug von einer Haut in die andere, doch er wäre ein angemessener Preis für Amandas Nähe. In hundert Jahren werden sie sich ohnehin an den Kopf greifen, wenn sie lesen, wie ernst man einmal den Unterschied zwischen diesen großen Parteien genommen hat. Was sollen wir tun, Amanda?

8. Feb.
Das Kind ist wieder gesund und geht zur Schule, sie kann wieder kommen. Die Felljacke stört mich, ich sage, sie sehe darin aus wie die Teilnehmerin an einem Felljackenwettbewerb. Im selben Moment erschrecke ich, ich will sie nicht kränken, aber sie fühlt sich nicht getroffen. Lächelnd hängt sie die Jacke an den Haken und fragt, ob es nicht ein bißchen früh sei für Eifersuchtsbekundungen. Ich sage: Überhaupt nicht. Wir haben uns seit mehr als einer Woche nicht gesehen, ich muß sie küssen. Meine eigene Zärtlichkeit ist mir fremd, ich habe mich nie für einen zärtlichen Menschen gehalten, bevor ich Amanda kannte.
Sie hat einen Topf mit Kohlrouladen mitgebracht, sie sagt, man bekomme nie etwas Anständiges bei mir zu essen. Den Topf mußte sie an Hetmann vorbei aus ihrer Wohnung schmuggeln, es kommt mir wie eine Orgie an Vertrautheit vor. Ich weiß jetzt schon, daß alle Kohlrouladen der Vergangenheit einem Vergleich mit diesen nicht standhalten werden, doch noch ist es zu früh zum Essen, wir haben anderes zu tun.
In der Speisekammer finden sich später nicht einmal Kartoffeln, und Nudeln als Beilage lehnt Amanda ab, wir müssen uns mit Brot begnügen. Beim Essen sagt sie, die Speisekammer sehe aus, als wollte ich mich an einem Dürftigkeitswettbewerb beteiligen. Es gefällt mir, wie man sich vor ihr hüten muß, das zwingt mich zu einer Art von Wachsein, auf die ich sonst nicht angewiesen bin. Sie bringt es fertig, daß ich mir in ihrer Gegenwart

besser gefalle als sonst. Das ist zwar nicht schwer, trotzdem ist es niemandem vor ihr gelungen, außer einer Lehrerin, die mich manchmal vor der ganzen Klasse verspottet hat, weil ich ihr Lieblingsschüler war.
Als ich sie wieder zum Bett zerren will, den Geschmack der Rouladen noch auf der Zunge, fragt sie, ob ich als Nachtisch nichts anderes anzubieten hätte. Eine lausige Konserve wird aufgetrieben, Kirschkompott, und Amanda sagt zufrieden: Na also. Beim Öffnen des Glases gieße ich mir Kirschsaft über die weiße Unterhose, sie lacht und geht aus der Küche, ich denke, um mir eine neue zu holen. Sekunden später steht sie in der Tür, mit meiner Polaroidkamera am Auge, und macht ein Foto: Ich in der blutbefleckten Unterhose. Sie gibt es mir erst nach hartem Kampf, aber ich muß versprechen, es nicht zu vernichten.
Beim Kirschenessen rückt sie mit einer Bitte heraus, die ihr, das erkenne ich am langen Anlauf, peinlich ist. Einmal habe sie mich als Hetmanns Domestiken verunglimpft, sagt sie, und nun möchte sie mich auf dieselbe Weise mißbrauchen wie er, es gehe um einen illegalen Transport über die Grenze. Hetmann, andauernd Hetmann, Hetmann hat auf der Rückreise von Skandinavien in Westberlin angehalten und einen Computer für sie bestellt, den gleichen, den er selbst besitzt; der sei nun angekommen und warte darauf, von einer mitfühlenden Seele geholt zu werden. Hetmann zögere, mich anzurufen, er habe das Gefühl, daß meine Hilfsbereitschaft sich dem Ende nähere, eines Tages werde er es aber doch tun. Da sei es anständiger, wenn sie selbst die Schmutzarbeit übernehme. Auch glaube sie, daß es unkomplizierter für mich sei, meine Ablehnung ihr mitzuteilen als ihm. Ich mache mir nicht die Mühe, das zu verstehen.
Ich stelle die einzige Frage, die mich bewegt: Ob Het-

mann weiß, daß sie nun mit mir spricht. Nein, sagt Amanda, er weiß es nicht. Wir sehen uns lange an, wortlos, und schieben die abgrundtiefe Sache weiter vor uns her. Wenn sie mit mir zöge, könnte man den Computer gleich im Westen lassen, welch ein Gedanke. Sie friert, und ich gehe los, um meinen Bademantel zu holen. Wäre jetzt nicht Gelegenheit, die Rede aufs Ende meiner Korrespondentenzeit zu bringen? Auf dem Weg ins Badezimmer bin ich fest dazu entschlossen, auf dem Rückweg halte ich es für verfrüht. Noch muß sich etwas festigen, noch wäre die Behauptung, ich sei Amandas ein und alles, ein Zeichen von Größenwahn. Ich lege den Bademantel um ihre Schultern und frage, wozu sie denn solch ein Ding braucht.

15. Feb.
Bei einer Arbeitsgerichtsklage, die ich vor einiger Zeit gegen meinen Sender führen mußte, vertrat mich ein Anwalt mit Namen Kraushaar, der kurz zuvor eine Frau aus dem Osten geheiratet hatte. Ich kenne keinen anderen westlichen Mann, dem das gleiche Kunststück geglückt ist; ich bin mit ihm verabredet, weil ich erfahren möchte, welche Hürden dafür zu überspringen waren. Schon damals hatte ich ihn danach gefragt, aus Neugier, ich erinnere mich deutlich an seine Antwort: Wahre Liebe durchdringe alle Mauern. Ich war nicht sicher, ob er einen Witz machen wollte oder ob sich hinter seinen Worten das Pathos eines Mannes verbarg, der Schweres durchgemacht hatte und nicht darüber sprechen wollte. Auf dem Weg in seine Kanzlei komme ich mir vor wie ein Habenichts, der ein Los gekauft hat und sich nun prophylaktisch bei der Bank erkundigt, wie man die erhofften Millionen am sinnvollsten anlegt.
Kraushaar ist enttäuscht, als er hört, worum es sich

handelt, seine Praxis läuft wohl nicht gut. Erst als ich sage, daß sein Rat ein Honorar wert sei, wird er gesprächiger. Er bestellt bei seiner Sekretärin Kaffee, dann sagt er, das Honorar werde nicht üppig ausfallen, denn sein Rat sei kurz: Ich sollte die Finger von der Geschichte lassen. Ist es so schwer? frage ich, und er nickt und antwortet: Und zwar in jeder Beziehung. Er ist von seiner Frau längst wieder geschieden. Glauben Sie mir, sagt er, diese Leute sind für ein Leben in freier Wildbahn verdorben. Sie sind es gewohnt, in Gehegen zu existieren, alles Unerwartete versetzt sie in Panik. Sie haben etwas Kuhiges, sie malmen ihr Gras, glotzen den Horizont an und wollen pünktlich gemolken werden. Ich habe mich damals von dreierlei hinreißen lassen: Von einer hübschen Frau, von der Größe einer Aufgabe und von meiner verfluchten Lust auf Exotik. Statt eine Indianerin zu heiraten oder eine Eskimofrau, was nicht ein Zehntel der Probleme bereitet hätte, mußte es eine aus dem Osten sein. Heute stehe ich da. Ich zahle nicht nur Alimente, ich zahle auch Unterhalt, daß mir die Augen tränen, wahrscheinlich bis an mein frühes Ende. Ich habe vergessen zu erwähnen, daß diese Menschen kein Erbarmen kennen. In der Schule hat man ihnen eingebleut, daß Mitgefühl im Kapitalismus den sicheren Tod bedeutet, und diese Lehre ist ihnen als einzige im Gedächtnis geblieben. Unsere Ehe bestand aus zwei Halbzeiten: In der ersten habe ich sie im Fach Lebensart unterrichtet, in der zweiten hat sie mir eine Lektion im Fach Gnadenlosigkeit erteilt. Wenn Sie nicht von allen guten Geistern verlassen sind, dann suchen Sie sich eine gute, unkomplizierte Frau aus dem Westen, mit der Sie auf normale Weise unglücklich werden können. Bis hierher, sagt er, sei sein Rat umsonst.
Als ich zu bedenken gebe, daß der eine Liebesfall anders

liegen könnte als der andere, obwohl mich jedes seiner Worte tief bewege, sagt er mitleidig: Ja, ja, jeder will die Ausnahme sein. Mein Vater war nicht so hartnäckig, er begnügte sich mit einer kurzen, heftigen Warnung, es standen ihm aber auch nicht Kraushaars Erfahrungen zur Verfügung; er mußte mit Vaterliebe auskommen, dazu mit ein paar Weisheiten aus der Lokalzeitung. Ich sage, daß ich trotzdem Näheres über die Prozedur erfahren möchte: Wen fragt man, wem teilt man seine Heiratsabsicht mit, wer hat das letzte Wort?
Kraushaar ächzt unter der Last meiner Unbelehrbarkeit und sagt, man müßte mich in Schutzhaft nehmen. Dann zählt er die Namen einiger Ämter auf. Um eine Reihenfolge bei meinem Vorgehen brauche ich mich nicht zu kümmern, sagt er, es werde mich sowieso die eine Behörde zur anderen schicken. Ich sollte auch darauf gefaßt sein, daß irgendein Staatsvertreter mich um Gefälligkeiten bitten werde, auch das gehöre zum Spiel, sagt Kraushaar mit wichtigem Blick. Kurz vor Ende der Audienz hat er einen Einfall und schreibt mir die Adresse eines ihm bekannten Anwalts in Ostberlin auf. Der kenne sich besser aus als er, der habe ihm damals auch geholfen, mit Erfolg leider. Kraushaar kann nicht wissen, wie merkwürdig meine Frage ist, wem man seine Heiratsabsicht mitzuteilen habe: Zuerst doch wohl Amanda.

18. Feb.
Zu Ehren Amandas habe ich eines meiner Spitzengerichte gekocht, Spaghetti Alfredo. Unsere Vormittage haben noch immer den Hauch von Festlichkeit, und wie sollte sich daran etwas ändern, solange nichts Unvorhergesehenes geschieht? Manchmal glaube ich, daß sie die erste Frau ist, an die ich je geraten bin, daß ich es vor

ihr nur mit Mädchen oder mit Teilzeitfrauen oder mit Frauenkörpern zu tun hatte. So wie Amanda Milch aus dem Kühlschrank holt, so kann es nur eine Frau tun. Ich bin nicht vermessen genug zu hoffen, daß sie von mir auf ähnliche Weise angezogen ist, aber immerhin hat sie sich mit mir eingelassen, bei nur geringem Zwang.

Als sie die Soße vom Teller tunkt, halte ich den Augenblick für gekommen, um von meinem Vertragsende zu erzählen. Ich nenne das Datum des letzten Tages und denke, ach bitte, stirb doch, greif dir wenigstens vor Entsetzen ans Herz. Sie sagt nichts, sie tunkt und tunkt, als könnten ihr solche Kleinigkeiten nicht den Appetit verderben. Dann steht sie auf und geht hinaus. Sie schließt sich im Badezimmer ein und antwortet nicht auf Rufe. Ich horche an der Tür, um die Musik ihres Schluchzens zu hören, aber sie schluchzt geräuschlos, sie gönnt einem nichts.

Nach einer halben Stunde kommt sie heraus, mit frischgewaschenem Haar. Mit Erleichterung sehe ich die Reste von Weinen auf ihrem Gesicht, einen Ausdruck, der mit Wasser und Seife nicht wegzuspülen war. Sie fragt, wieviel Zeit ich uns denn noch gegeben hätte, wenn es dieses Ende nicht geben würde, und ich sage: Ewig. Als hätte ich auf einen Knopf gedrückt, fangen ihr Tränen an zu laufen, doch die freuen mich nicht, ich möchte sie trösten. Darum rede ich los von dem ganzen Jahr, das wir noch haben, nicht um unsere Geschichte zum Abschluß zu bringen, sondern um eine Lösung zu finden. Was für eine Lösung? Ihre bestürzten Augen sind die Liebeserklärung, auf die ich gewartet habe.

Es gibt genau zwei Wege, um unser Problem aus der Welt zu schaffen, der eine kurz und häßlich, der andere lang und voller Bangen. Was hältst du davon, dich in den Kofferraum eines Diplomatenwagens zu legen, ich

habe mich schon erkundigt, ich weiß, wie das geht? Ungläubig sieht sie mich an und fragt, ob ich wahnsinnig geworden bin – mit dem Jungen in einem Kofferraum über die gefährlichste aller Grenzen? Ich tue so, als käme das auch für mich nicht in Betracht, als hätte ich es nur der Vollständigkeit halber erwähnt, dabei tauchte das Kind in meiner Rechnung überhaupt nicht auf, es ist eine Schande. Der zweite Weg, Amanda, der lange, ist erst am Tag unserer Hochzeit zu Ende.
Wie leicht mir das Wort von den Lippen gegangen ist, wie ein Gruß. Sie könnte sich getrost ein bißchen freuen, du lieber Himmel, wie oft kriegt sie einen Heiratsantrag zu hören, dazu von einem Mann, an dem ihr erwiesenermaßen etwas liegt. Sie aber spaziert im Zimmer herum, dreht sich zum Fenster, dreht sich zur Wand, sie denkt über geheimnisvolle Dinge nach, anstatt mir um den Hals zu fallen. Ist der Hollywoodfilm gerissen? Es kommt ihr keine bessere Idee, als mich endlich anzusehen und zu sagen, daß ich wahrscheinlich nicht weiß, wovon ich rede. Du täuschst dich, Amanda, ich weiß es genau, ich muß zurück in meinen Westen und kann es ohne dich nicht tun.
Du hast doch keine Ahnung von mir, sagt Amanda. Ich sage, ich weiß genug. Sie sagt, das ist deine unüberlegte Art, ich kann dir keinen größeren Dienst erweisen, als nein zu sagen. Ich sage, dann sterbe ich. Da legt sie ihre Hand auf meine, was soll das Mitleid, und sagt, sie glaube noch immer, daß ich von allen guten Geistern verlassen bin, aber sie müsse auch an sich selbst denken, sie nehme nach gründlicher Prüfung meinen Antrag an.

19. Feb.
Unser Vormittag geht für einen Besuch beim Anwalt drauf. Amanda notiert alles, was nicht vergessen wer-

den darf, Zimmernummern auf Ämtern, Adressen von Dienststellen, Namen von Abteilungsleitern. Der Anwalt scheint sich auszukennen, er ist ein alter, müder Mann, und seine Auskünfte klingen, als raffte er sich für uns noch einmal zu einer letzten Anstrengung auf. Der Antrag dürfe formlos sein. Nachdem er angeboten hat, jede negative Antwort und auch das Ausbleiben von Antworten mit ihm zu besprechen, sagt er, wir sollten nicht zuviel Mühe auf das Formulieren des Antrags verschwenden, das würdige keiner. Es wäre ohnehin nützlicher, wenn wir jemanden kennen würden. Ich frage, wen er meint, aber er kann nicht gleich antworten, er zählt sich Herztropfen in ein Wasserglas. Na, wen schon? sagt er, bevor er die Medizin trinkt, und Amanda flüstert mir zu, sie werde es mir draußen erklären.

Als wir wieder auf der Straße stehen und sie auf ihre Uhr blickt, frage ich, was für Rücksichten sie jetzt noch nehmen muß. Ich bin entschlossen, mich nie nach dem Stand ihrer Angelegenheiten mit Hetmann zu erkundigen, entweder sie berichtet darüber aus eigenem Antrieb, oder sie klärt die Sache hinter meinem Rücken. Er tut mir entsetzlich leid. Ich fürchte, daß ich für den Rest meines Lebens kein Buch mehr in die Hand nehmen kann, ohne daran erinnert zu werden, daß ich einem Schriftsteller die Frau gestohlen habe. In Amandas Antrag sollte stehen, daß sie sich nur von einem bestimmten Mann angezogen fühlt, nicht vom Westen; das liest sich ein wenig anbiederisch, wie sie es hören wollen, und wahr ist es auch.

Wir fahren zum Essen in eins der teuren Hotels, wo man Platz findet. Wir bestellen Krimsekt, es gibt schließlich eine Verlobung zu feiern. Worauf stoßen wir an? Auf die Güte und Weisheit der Ämter, schlage ich vor, Amanda schlägt vor, auf Sebastian. Sie sagt, ich sei im Begriff, eine Frau zu heiraten, deren Sohn ich nur vom Vorbeigehen kenne. Das stimmt, doch wir haben uns im Vorbeigehen tief in die Augen gesehen. Ich sage, sein Eindruck von mir sei günstig, und ich sage: Du kannst ihn fragen. Gleich nach dem Essen werden wir ein Spielzeug kaufen, ich brauche mich nicht länger im Verborgenen aufzuhalten. Ich kenne einen dreijährigen Jungen, dem seine Eltern einen so gigantischen Traktor geschenkt haben, daß er beim ersten Anblick regelrecht in Ohnmacht fiel. Was für ein Spielzeug bringt Sebastian um den Verstand?

Auf Amandas Gesicht taucht ein Lächeln auf, wie sie es einer Stichelei vorausschickt, inzwischen erkenne ich das. Da sie sich gern präzise ausdrückt, dauert es ein paar Sekunden, bis sie alle Worte beisammenhat. Als ich gestern von der düsteren Zukunft sprach, sagt sie dann, hätte ich zwei Wege genannt, um unsere Trennung zu verhindern – Flucht oder Heirat mit anschließender Ausreise. Eine dritte Möglichkeit sei mir gar nicht erst in den Sinn gekommen, und zwar die, im Osten zu bleiben, bei ihr. Nicht etwa, daß sie es von mir verlange, sagt sie, sie erwähne das nur so, als bizarren Gedanken.

Während ich über eine Rechtfertigung nachdenke, in Maßen beschämt, kracht mir eine Hand auf die Schulter. Sie gehört Max Kaminski, einem wenig zurückhaltenden Menschen, der immer dann für Reuters arbeitet, wenn die Jagd auf Frauenherzen ihm Zeit läßt. Als ich ihn Amanda vorstellen will, sagt er mitleidig, er habe sie schon verehrt, als ich noch in den Windeln gelegen hätte. Offenbar nimmt niemand außer mir wahr, daß es sich nicht unbedingt um ein Kompliment handelt, denn sie schütteln sich die Hand und strahlen sich an wie

Altvertraute. Kaminski setzt sich ungebeten, zeigt auf unsere Sektflasche und fragt, ob wir am Ende einen Grund zum Feiern hätten. Soll ausgerechnet er der erste sein, der die Neuigkeit erfährt, ein Mann von der Weltagentur Reuters? Ich sehe zu Amanda, die so verstohlen den Kopf schüttelt, daß nur ich es erkenne; also sage ich, wir hätten einfach Durst. Kaminski sagt, er habe jeden Tag Durst, auch jede Nacht, warum Amanda bei Durstanfällen noch nie auf ihn zurückgegriffen habe. Ich sage: Weil du so unantastbar aussiehst. Der aufmerksame Kellner stellt ein leeres Glas vor Kaminski hin, und die nächste Stunde ist verloren.

21. Feb.
Das Gesuch ist geschrieben.
Es ist ein frostiger Sonntag, wir fahren in einen Wald nahe der Stadt, in dem Amandas Wochenendhäuschen steht. Sie hat gesagt, sie sei eine wohlhabende Frau, ich hätte klug gewählt, sie besitze ein Anwesen aus erster Ehe. Ich erfahre bei dieser Gelegenheit, daß Hetmann es kaum genutzt hat, er lehne solche Kleinbürgerparadiese ab, erzählt sie, wahrscheinlich sei es ihm aber nur nicht komfortabel genug. Von Zeit zu Zeit verbrachte sie mit dem Kind dort ein paar Tage, zum Beispiel, wenn es Spannungen gab. Auch Lucie stellte sie es zur Verfügung, doch meistens stand das Haus leer. Für ein Verhältnis mit einem verheirateten Mann wäre es ideal gewesen, sagt Amanda, ein sogenanntes Liebesnest. Die Nachbarhütte werde genau auf diese Weise genutzt; bei jedem Besuch sei es die Hauptattraktion gewesen, herauszufinden, mit was für einer Frau der Besitzer, ein übergewichtiger Filmregisseur, sein Wochenende diesmal verbringe.
Es muß ja nun ein Entschluß gefaßt werden: Soll man

das Grundstück verkaufen, vermieten, verschenken, an Lucie etwa oder an Amandas Eltern? Sie sagt, ihr liege nicht viel daran, sie habe es Ludwig Weniger bei ihrer Scheidung nur nicht gegönnt. Bevor wir angekommen sind, ist mein Rat fertig: Warum nicht alles lassen, wie es ist? Warum nicht im Westen leben und eine Immobilie im Osten besitzen, auch wenn der Zugang nicht ganz einfach ist? Wozu verkaufen, was sollen wir mit Ostgeld? Zugegeben, man könnte etwas Nützliches anschaffen, doch bin ich überzeugt davon, daß irgendein Auge auf uns ruht. Wie sieht es aus, wenn man in Eile noch Geschäfte macht und dann mit großen, vollgestopften Koffern das Land verläßt? Amanda nickt versonnen und antwortet, an meinem Feingefühl könnte sich mancher ein Beispiel nehmen.
Hinten im Wagen sitzt der Junge Sebastian. Ich verstehe nicht viel von Kindern, aber er scheint mir merkwürdig schweigsam zu sein, so als hätte er sich vorgenommen, den Mund zu halten, oder als sei er dazu ermahnt worden. Er ist schön, wie es sich für einen Sohn Amandas gehört, manchmal trifft mich sein aufmerksamer Blick im Rückspiegel. Wenn er nicht aus dem Fenster sieht, setzt er die Kopfhörer seines Walkmans auf und lehnt sich zurück. Ich frage Amanda, was für eine Musik es ist, die er hört, sie sagt, es sei keine Musik, es sei eine Geschichte, die sie ihm auf Band gesprochen habe.
Ich bin überzeugt, daß sie beobachtet, wie sich die Dinge zwischen ihm und mir entwickeln. Ich würde es an ihrer Stelle auch tun. Es ist nicht leicht, unbefangen zu bleiben, denn bei jedem Wort an ihn behindert mich der Gedanke: Was wird Amanda dazu sagen? Ich werde mich um ihn bemühen, nicht nur um sein Herz zu erobern, ich habe noch andere Gründe. Ich möchte

nicht mit einem Kind zusammenleben, das mir gleichgültig ist.

26. Feb.
Durch die Gegensprechanlage nennt ein Besucher seinen Namen, der mich erschauern läßt: Hetmann. Himmel und Hölle, Amanda, was soll das, zuerst muß ich die Haustür öffnen. Wann hat er die Neuigkeit erfahren, ich weiß ja nichts, mir sagt ja niemand was, will er sich mit mir schlagen? Gib mir um alles in der Welt einen Rat, Amanda, doch sie gibt mir einen mütterlichen Kuß, einen lausigen. Sie grinst wie schadenfroh und schwebt ins Nebenzimmer davon. Ich höre, wie sie den Schlüssel umdreht, und ich beschließe, mich totzustellen. Es kann nicht peinlicher sein als das, was sonst gleich folgt. Wer will mich zwingen, die Tür zu öffnen? Ich kann nur hoffen, daß mich Amanda nicht um meines Mutes willen erhört hat, jetzt muß sie eben einen Feigling heiraten. Doch als die Glocke schrillt, ziehen mich überirdische Kräfte zum Guckloch hin. Ich sehe mir aus der Nähe das Gesicht an, und ich sehe, daß er nicht gelogen hat – er ist Hetmann.
Wir gehen ins große Zimmer. Ich habe Lust, mich an Amanda zu rächen und ihn in die Küche zu führen, dort wären wir vor ihren gespitzten Ohren sicher. Ich tue es deshalb nicht, weil Hetmann glauben könnte, ich wollte sie vor ihm verstecken. Unvorbereiteter auf einen Kampf, als ich es bin, kann man nicht sein; sie hat mir nicht einmal verraten, ob Hetmann weiß, daß sie in dieser Sekunde bei mir ist. Wir gehen also ins Zimmer, ohne Begrüßung, wie zwei, die keine Zeit für Floskeln übrig haben. Ich frage, ob ich ihm etwas anbieten kann, und er antwortet in grauenvoller Kürze: Ja, meine Frau. Er bückt sich, um einen Schuh Amandas aufzuheben,

dem schenkt er aber keine Beachtung: Nachdem das Verbrechen aufgeklärt ist, muß man sich um die Spurensicherung nicht kümmern. Achtlos behält er den Schuh in der Hand, er gestikuliert damit, er schlägt sich mit dem Absatz nervös in die andere Hand, wie ein Lehrer mit einem Lineal. Er wird ihn doch nicht mitnehmen wollen?

Ich sage: Herr Hetmann, es gibt zwischen uns nichts zu besprechen. Daß Amanda mit mir leben will, ist eine Sache zwischen ihr und mir. Daß Amanda Sie verlassen wird, ist eine Sache zwischen Ihnen beiden. Worüber sollten wir reden? Es ist alles so einfach, so unkompliziert, doch statt zuzugeben, daß ich recht habe, statt uns allen das Elend eines Streits zu ersparen, fängt Hetmann an zu schreien. Er schreit, daß er mich warnt, na gut, das kann ich ertragen. Er schreit, daß er den Skandal publik machen wird. Er werde zu meinem Intendanten gehen und fragen, ob es zu den Obliegenheiten der Korrespondenten gehöre, drangsalierten Autoren die Frauen wegzunehmen. Arglos gewähre man Personen wie mir Zugang zur Privatsphäre, man fertige sie nicht an der Tür ab, um ihnen das Leben in fremder Umgebung zu erleichtern, als Dank gebärdeten sie sich wie Räuber. Ob ich denn glaube, schreit er, ich sei ein Großwildjäger, und wir befänden uns hier im Busch. Nein, mein Lieber, so einfach kommen Sie mir nicht davon!

Er tut mir leid, ach würde es doch zwei Amandas geben, eine für ihn, eine für mich. Das feige Luder könnte getrost aus dem Versteck herauskommen und mir beistehen. Macht es sie froh, wenn wir uns hier zerfleischen? Er schreit, ob ich sie in den Westen schmuggeln will, er werde Wege finden, das zu verhindern. Was redet er in seiner Wut nur zusammen, ich sage: Herr Hetmann, ich habe auf Amanda keinen Einfluß. Begrei-

fen Sie denn nicht, was Sie verlangen? Soll ich Amanda am Arm packen und zu Ihnen zurückbringen? Was haben Sie denn für ein Bild von ihr?
Nach einem letzten Ausbruch, der nichts Neues bringt, wirft er den Schuh ins Zimmer und verläßt uns. Ich lege mich aufs Sofa, müde wie ein Sterbender, und rufe ihr zu, daß sie herauskommen kann. Sie läßt sich viel Zeit, zum zweitenmal sehe ich ihr verweintes Gesicht. Aber ich bin nicht in der Stimmung, sie zu trösten, ich brauche selber Trost.
Wir besprechen, wie die Wohnung am sinnvollsten aufzuteilen wäre, Sebastian braucht ein eigenes Zimmer.

1. März
Ich beteilige mich nicht an dem Umzug. Ich kann nicht durch Hetmanns Wohnung gehen und fragen: Kommt dieser Stuhl mit? Amanda könnte meine Hände gut gebrauchen, aber sie läßt sich erweichen. Nein, das ist ungerecht, sie läßt sich nicht erweichen – sie hat Verständnis und gibt mir frei. Sie hat sich um alles selbst gekümmert. Ich weiß nicht, was das für zwei junge Männer sind, die ihr helfen, ich tippe auf die Kirchengemeinde. Sie kommen mit einem Lieferwagen, der aussieht, als wäre er dem Verkehrsmuseum entliehen. Gemeinsam tragen wir Amandas Zeug von der Straße nach oben, es ist nicht viel, das meiste gehört Sebastian. Einer der beiden begutachtet meine Bücher und sieht sich dann an einer Platte von Stevie Wonder fest, ich schenke sie ihm. Amanda haucht mir ins Ohr: Und der andere? Ich biete dem anderen an, sich auch eine Platte auszusuchen; er prüft gewissenhaft, bevor er sich für die Vier Jahreszeiten entscheidet, ein Weihnachtsgeschenk meiner Eltern. Dann essen wir gemeinsam Würstchen und Kartoffelsalat, und ich muß von meinen Abenteuern als

Korrespondent erzählen. Als die jungen Männer wieder davonziehen, sind keine zwei Stunden vergangen. Amanda wohnt bei mir.
Wir setzen uns in das wüste Zimmer, das ab sofort das Kinderzimmer ist. Sie sagt, es sei schlimm gewesen. Er habe die ganze Zeit stumm am Tisch gesessen, jedes Vorbeigehen habe einen kleinen, verbissenen Kampf bedeutet. Sie muß gleich gehen, um Sebastian von der Schule abzuholen, er kennt den neuen Weg noch nicht.

10. März
Ich habe Amanda noch nie ein Geschenk gemacht, man glaubt es nicht. Wenn einer ihr etwas geschenkt hat, dann war es Hetmann, ich durfte hin und wieder den Boten spielen. Sie besitzt keine Schreibtischlampe, ich fahre nach Westberlin, um die schönste zu kaufen.
Es gibt einen kleinen Soldaten am Grenzübergang, der mich bevorzugt. Leider hat er nicht immer Dienst. Sobald er mich bemerkt, winkt er mich an den Wartenden vorbei, ich weiß nicht, womit ich sein Wohlwollen verdient habe. Wir grüßen uns höflich, guten Tag, auf Wiedersehen, noch nie ein persönliches Wort. Wenn ich etwas Verbotenes zu transportieren habe, vergewissere ich mich zuvor seiner Anwesenheit, und wenn er nicht da ist, versuche ich es lieber ein andermal. Er würde wahrscheinlich nichts sagen, wenn er in meinem Kofferraum die verruchtesten Flugschriften sähe, er kommt ja nicht einmal auf die Idee, ihn zu öffnen. Ich kenne seinen Namen nicht, ich weiß nicht, warum ich mir vorstelle, daß er Thomas heißt. Womöglich ist er ein verkappter Staatsfeind und betrachtet jede Höflichkeit mir gegenüber als eine Art von Widerstand.
Heute ist er nicht da, heute muß ich warten. Es kommt mir vor, als würden die Kontrollen absichtlich in die

Länge gezogen, die Regierung ist in letzter Zeit mit uns Korrespondenten sehr unzufrieden. Was würde Thomas sagen, wenn im Kofferraum Amanda läge? Bei fünfhundert Grenzüberquerungen ist mein Kofferraum erst ein einziges Mal geöffnet worden, von einem jungen Posten im Übereifer, er ließ mich das Reserverad anheben und den Werkzeugkasten aufmachen, ich habe mich bei einem Vorgesetzten über ihn beschwert. Aber wir werden es ja doch nicht wagen. Nur mühsam geht es vorwärts, Wagenlänge um Wagenlänge, und ausgerechnet heute wollen so viele nach Westberlin.
Mir kommt ein böser Gedanke: daß die Behörden Amandas Antrag deshalb genehmigen könnten, um Hetmann eins auszuwischen. Sie wissen alles, sie wissen, daß Hetmann sie behalten will, daß er bei mir gewesen ist, daß ihr Weggang ihn wahnsinnig macht. Vielleicht wahnsinnig genug, könnten sie denken, um selbst in den Westen zu wollen, Amanda hinterher. Wer kennt sich schon in der Behördentaktik aus, jedenfalls bringt mich das Warten auf den Verdacht, daß Hetmanns schlechter Ruf uns eher nützt als schadet.
Die schönste Schreibtischlampe ist in keinem Geschäft aufzutreiben, also kaufe ich eine andere.

19. März
Sie hat eine ziemliche Zahl von Angewohnheiten, die auf den ersten Blick nicht zu erkennen waren. Einige davon sind liebenswert, sie kommen mir wie unerwartete Dreingaben vor, doch es sind auch andere darunter, deren Fehlen kein Unglück wäre. Sie liest hundert Bücher auf einmal, überall liegt ein angefangenes Buch. Sie leugnet Zusammenhänge, die allgemein anerkannt sind, zum Beispiel zwischen zu dünner Kleidung und Erkältungskrankheit, zwischen Trödelei und Verspätung,

zwischen langem Braten und zähem Fleisch, man könnte es Starrsinn nennen. Ihren Schreibtisch umgibt eine Aura von Geheimnis: sie vergißt nie, ihn abzuschließen. Er ist das einzige abgeschlossene Möbelstück in unserer Wohnung, wo bewahrt sie den Schlüssel auf? Oder wie sie Zeitung liest: Keinen Artikel so gründlich wie die Anzeigen. Obwohl sie nichts sucht, nichts zu verkaufen hat, sich nirgends bewerben will. Ich darf nie eine Zeitung in den Müll werfen, nur sie darf es. Auch vermute ich, daß sie abergläubisch ist, obwohl sie es leugnet: Mit großer Konsequenz ist sie darauf bedacht, nie über unsere Zukunft zu reden. Wenn ich doch davon anfange, findet sie schnell ein anderes Thema. Oder eine weitere Merkwürdigkeit – sie läßt sich aufreizend viel Zeit, wenn das Telefon klingelt, selbst wenn sie in unmittelbarer Nähe des Apparats sitzt. Der Himmel weiß, wie viele wichtige Anrufe mir durch diese Marotte verlorengegangen sind. Wenn sie aber selbst anruft, läßt sie es nicht öfter als dreimal klingeln und legt dann auf.

Amanda greift in mein Berufsleben ein: Ich habe einen Kommentar geschrieben, der mir mißlungen ist, sie hat es vor mir gemerkt. Ich saß die halbe Nacht daran, das Stück handelt von einer Kirchenveranstaltung, an der ich nicht teilnehmen durfte – die Erlaubnisstelle hatte es ohne Begründung verboten. Mit den Genehmigungen wird es immer komplizierter, die Einfaltspinsel im Außenministerium glauben, wir Journalisten seien schuld daran, daß immer mehr Leute das Land verlassen wollen. Als ich aufwache und zu meinem Schreibtisch gehe, um die Nachtarbeit zu kontrollieren, sitzt Amanda da und sagt: Ich bin gleich fertig.

Die Fassung, die sie mir Minuten später zeigt, ist der meinen deutlich überlegen. Sie sagt, das sei natürlich

nur ein Vorschlag und geht hinaus. Ihr Text ist weniger streitsüchtig als meiner und dennoch aggressiver, sie trifft die wunderen Punkte, sie findet die genaueren Worte. Vielleicht liegt das ganze Geheimnis darin, daß sie besser schreibt als ich. Ich habe mich schon lange im Verdacht, kein glänzender Journalist zu sein.
Als ich in die Küche komme, sitzt sie mit Sebastian beim Frühstück. Sie hält ihn im Genick fest, während er ißt, wie eine Katze ihr Junges. Sie hat ein schlechtes Gewissen, weil er so früh zur Schule muß – Amanda nennt es Kinderarbeit –, während sie sich wieder hinlegen kann, sobald er gegangen ist. Die meisten jungen Eltern, die ich kenne, behandeln ihre Kinder nicht als Individuen, sondern ertragen sie wie ein Schicksal, das wäre bei ihr unvorstellbar. Sie hat ein aufmerksames und höfliches Verhältnis zu Sebastian, nie braucht er das Gefühl zu haben, es wäre ein Wichtigerer als er im Zimmer. Unbegreiflicherweise nutzt er das nicht aus.
Ich warte, bis sie ihm die gewaltige Schultasche auf den Rücken geschnallt hat, es zieht ihn jedesmal einen Schritt nach hinten, und bis die allmorgendliche Abschiedsküsserei vorbei ist. Dann lege ich unsere beiden Manuskripte auf den Tisch und sage, daß ich nicht nur beschämt bin, sondern auch ratlos: Denn ich kann ihre Fassung nicht dem Sender geben und so tun, als wäre es meine. Amanda fragt: Warum nicht?
Ich ziere mich, aber sie weiß, daß ich gleich nachgeben werde. Könnte ich nicht ein wunderbar leichtes Leben führen, wenn Amanda in Zukunft meine Arbeit erledigte? Sie fragt nach dem Grund meiner Fröhlichkeit, und ich nenne ihn, doch sie kann nichts Komisches daran finden. Sie sagt, es wäre die natürlichste Sache der Welt, wenn sie mir unter die Arme griffe, wir lebten im Zeitalter zunehmender Arbeitsteilung. Warum sollte

nicht jeder das tun, was er am besten könne: Sie die Artikel schreiben, ich die Verbindung zum Sender halten. Mir kommt Dagobert Veit in den Sinn, der Alkoholiker, von dem das Gerücht ging, seine Frau habe ihm die Artikel geschrieben – verachte ich ihn etwa deshalb? Sie habe keinen Ehrgeiz, sagt Amanda, nicht hierbei, es sei ihr sogar angenehm, anonym zu bleiben. Schon als Kind habe sie keinen schöneren Zeitvertreib gekannt, als sich zu verstecken. Ganz abgesehen davon, sagt sie, daß es ausgeschlossen sei, als Ostmensch bei einer westlichen Rundfunkstation zu veröffentlichen, da könnte man sich die Heiratserlaubnis gleich aus dem Kopf schlagen.

Wir einigen uns darauf, daß ich ihr künftig all die Manuskripte zeige, mit denen ich unzufrieden bin. Ich stelle mir den Tag vor, da man sich in der Redaktion zu wundern anfängt, wie gut meine Reportagen auf einmal sind, ich werde es Amanda nicht verschweigen. Sie sagt, daß sie aber von den Klagen, die eventuell kämen, verschont bleiben möchte, die Verantwortung bleibe bei mir. Beneidenswerte Arbeit.

Mitten in den Kuß hinein, mit dem wir unseren Vertrag besiegeln, klingelt das Telefon. Geh du, sagt Amanda, ich gehe, und es meldet sich Hetmann. Ich halte den Hörer zu und flüstere seinen Namen, damit sie weiß, in was für eine Lage sie mich gebracht hat. Hetmann will nicht mich sprechen, sondern sie, aber Amanda schüttelt den Kopf, ich habe es kommen sehen. Ich stottere irgendwelche Worte, als würde ich mich über seine Unterstellung wundern, Amanda sei unter dieser Nummer zu erreichen. Hetmann sagt: Machen Sie nicht solch ein Theater, wir sind keine Kinder.

Mich überzeugt das, doch Amanda rührt sich nicht vom Fleck, trotz meines flehentlichen Winkens. Hetmann sagt, er möchte nur wissen, wo die verdammte Büchse mit dem Tee steht, er könne sie nirgends finden. Ich wiederhole bei zugehaltenem Hörer seine Frage, und die verdammte Amanda stellt mich bloß, indem sie laut durchs Zimmer ruft: Im Gewürzregal neben den Kräutern, wo sie immer steht! Na also, sagt Hetmann und legt auf. Amanda streckt die Arme aus, um den Vertragskuß zu Ende zu bringen.

21. März
Wir warten. Es hilft nichts, sich zu sagen, daß die Wochen oder Monate, die bis zur Genehmigung des Antrags vergehen können, ja auch zum Leben gehören. Alles hat etwas Provisorisches. Die Fenster müßten geputzt werden, kein Mensch weiß, ob es sich noch lohnt.

25. März
Ich bringe Sebastian zu einem Kindergeburtstag. Im Auto fragt er mich, warum ich seine Mama heiraten will, ich antworte, weil ich sie liebe. Er überlegt, dann fragt er, warum Fritz Hetmann sie nicht geheiratet hat, der liebe sie doch auch. Ich versuche, ihm die schwer begreifliche Geschichte mit der Gegenseitigkeit zu erklären, ich sage: Das wäre ja furchtbar, wenn man jeden heiraten müßte, der einen liebt. Doch ich habe den Eindruck, daß er mit seinen Gedanken schon beim Kindergeburtstag ist, meine Geschichte kann ihn nicht fesseln.
Als wir in die fremde Wohnung kommen, stellt er mich als seinen Stiefvater vor. Die Geburtstagsmutter zwingt mich zu einem Stück Kuchen. Ich werde an einen Tisch gesetzt, der wie ein Sturmschaden aussieht. Beide Eltern strahlen Opferbereitschaft aus, der Vater ist damit

beschäftigt, ein Kasperletheater aufzubauen. Er wirkt gereizt, weil der Vorhang sich nicht aufziehen läßt – seine Frau hat ihn anders angenäht, als er es ihr gesagt hat. Der Kinderhaufen, in dem Sebastian verschwunden ist, rollt wie eine Lawine von Zimmer zu Zimmer.

30. März
Im Redaktionsbüro werde ich ans Telefon gerufen, eine Frau wünscht mich zu sprechen. Ihr Name tue nichts zur Sache, ob ich einige Minuten Zeit für sie hätte. Natürlich, sage ich, aber sie möchte nicht ins Büro kommen, sie bittet mich in das Café Egon Erwin Kisch, nur wenige Schritte von der Redaktion entfernt. Auch damit bin ich einverstanden.
Es geschieht nicht selten, daß ich von Fremden um Hilfe gebeten werde. Meist soll ich in Westberlin einen Brief in den Kasten werfen oder jemandem etwas ausrichten, Nachrichten wie: Es bleibt beim vereinbarten Termin. Einmal hat mich eine junge Frau gebeten, Schmuck für sie über die Grenze zu schaffen, es handle sich um eine Erbschaft, das habe ich abgelehnt. Man muß einen Blick dafür entwickeln, ob jemand geschickt sein könnte, um einen auf die Probe zu stellen, oder ob es sich wirklich um Hilfesuchende handelt. Der Rat eines erfahrenen Kollegen lautet: Im Zweifel ein mutiges Nein. Die Frau, die eben angerufen hat, könnte fürchten, daß unser Büro überwacht wird; sie hätte aber bedenken müssen, daß auch das Telefon nicht sicher ist.
Ohne Mühe finde ich die rote Handtasche, die mir als Erkennungszeichen genannt wurde. Ich betrachte die Frau, noch bevor sie mich gesehen hat, sie liest Zeitung und raucht, sie kommt mir bekannt vor. Doch als sie aufblickt, ist es mir noch nicht gelungen, sie einzuord-

nen. Wir geben uns die Hand. Sie will mich zu einem Kaffee einladen, aber ich habe wenig Zeit. Sie sagt: Ich bin Amandas Mutter. Es ist möglich, daß ich rot werde, ihr Blick ist wie ein Griff. Im selben Moment, da sie es ausspricht, kommt mir zu Bewußtsein, daß Amanda nie von ihren Eltern erzählt hat, ihre Lebensgeschichte hat um Vater und Mutter einen Bogen gemacht. Ich fühle mich schuldig, als wäre ich bei einer Unhöflichkeit ertappt worden, was bin ich für ein Schwiegersohn. Ich sage, daß es mich freut, sie endlich kennenzulernen, und ihre Augen, Amandas Augen, antworten: Warte ab.
Es fällt mir schwer, den Blick zu beherrschen und ihr Gesicht nicht ungehemmt nach Ähnlichkeiten abzugrasen. Sie sagt, sie wolle mich nicht lange aufhalten. Eine seltsame Wandlung geht mit ihr vor – die kühle, ja hochmütige Miene verschwindet zugunsten eines angestrengten Lächelns. Vermutlich ist ihr eingefallen, daß sie ein Ziel hat. Mir ist, als beginne eine Warnlampe in meinem Kopf zu blinken, als empfinge ich ein Signal: Paß auf, Stanislaus, nimm dich vor dieser Frau in acht. Sie hat Mühe, einen Anfang zu finden.
Amanda habe mir sicher erzählt, sagt sie leise, daß es um ihr beider Verhältnis nicht zum besten stehe, das bekümmere sie unendlich. Auch wenn es ihr nicht gelinge, bei Amanda den rechten Ton zu treffen, werde ihr nun, da sie ins Alter gekommen sei, immer klarer, daß nichts ihr mehr am Herzen liege als das Wohlergehen ihrer einzigen Tochter. Und genau darüber müsse sie mit mir sprechen. Sie bitte mich inständig, Amandas Verblendung nicht auszunutzen und nicht mehrere Leute auf einmal ins Unglück zu stürzen.
Mein Gott, sage ich, was für Worte, Verblendung, inständig, Unglück, wieso ist Amanda verblendet? Von was für einem Unglück sprechen Sie? Sie ist keine ge-

übte Raucherin, ich erkenne es daran, wie laienhaft sie das Streichholz beim Anzünden hält. Wie kommen Sie darauf, daß es ein Unglück wäre, mit mir verheiratet zu sein? Und woher wissen Sie von unserem Plan?
Sie blickt sich um, ob ich nicht zu laut gesprochen habe. Dann sagt sie, ich dürfe sie nicht mißverstehen, sie habe mich nicht beleidigen wollen, sie habe nicht mich gemeint. Das Unglück würde dann eintreten, wenn ihre Tochter den Schritt aus der Zukunft in die Vergangenheit machte, in die untergehende Welt des Kapitalismus. Ich glaube, das ist der verrückteste Satz, den ich je gehört habe. Die Frau führt keinen Auftrag aus, sie meint es vollkommen ernst, ich spüre das. Wie schade, daß ich nicht ein Tonband hervorholen und unser Gespräch aufnehmen kann, wir hätten ein bedeutendes Zeitdokument. Sie übersehe nicht das Problem, sagt sie, daß Amanda ihre, der Mutter, Einschätzung nicht teile, deshalb spreche sie auch mit mir und nicht mit ihr. Ich sei ein noch junger Mann, ich hätte doch auch eine Mutter: ob die nicht auch alles Menschenmögliche versuchen würde, um mich von einer Entscheidung abzuhalten, die nach ihrem Verständnis in den Abgrund führe?
Genau das würde meine Mutter tun, sage ich. Aber kann es nicht sein, daß Sie sich irren und daß das Leben an dem Ort, den sie Abgrund nennen, ganz angenehm ist?
Sie lächelt müde, nein, sanft, es ist ein Gesichtsausdruck, den ich bei Diskussionen schon oft beobachtet habe: das Lächeln von Siegern der Geschichte. Wenn ich so freundlich wäre, sagt sie, ihr meine Adresse aufzuschreiben, werde sie mir einige Bücher schicken. In denen fände sich Antwort auf meine Frage, aber sie habe nicht die Absicht, mich zu missionieren. Das

heißt, Amanda hat ihren Eltern nicht einmal verraten, wo sie wohnt. Ich versuche, mich an ihren Mädchennamen zu erinnern, nicht Weniger, so heißt Sebastians Vater, nicht Iltis, nicht Hermelin, Zobel. Vor mir sitzt Frau Zobel. Wenn sie eine beliebige Frau wäre, würde ich schnell zum Ende kommen, was soll denn jetzt noch folgen.

Ich sehe auf meine Uhr und spiele den Erschrockenen. Frau Zobel, sage ich, ich habe weniger als keine Zeit, mir läuft eine Sendung davon. Was hat sie erwartet? Daß ich mich an den Kopf fasse und rufe: Wo hatte ich nur meinen Verstand, Sie haben mich überzeugt, Frau Zobel, ich werde Amanda vor mir warnen? Ich möchte sie los sein, obwohl es offene Fragen gibt: Woher weiß sie, für wen ich arbeite? Wenn Amanda ihr nicht einmal unsere Adresse gegeben hat, muß es eine andere Quelle geben. Hetmann? Spricht eine Frau wie sie mit einem Staatsfeind wie Hetmann? Die Bücher von Marx und Lenin kann sie mir auch ins Büro schicken. Sie steht auf, um mich zu verabschieden, sie sagt: Ich danke Ihnen, daß Sie mich angehört haben.

1. April

Nach zweitägigem Zögern erzähle ich Amanda von der Begegnung mit ihrer Mutter. Meine Stimmung ist ähnlich der verlockenden Angst, mit der ich als Junge das Gruselkabinett auf Jahrmärkten betreten habe, hinter jeder Ecke konnte das Unfaßbare lauern. Ich bin darauf vorbereitet, von Amanda zu hören, ich sei einer Trickbetrügerin aufgesessen, sie habe überhaupt keine Mutter. Doch daraus wird nichts, die Sache hat ihre Richtigkeit. Amanda sagt, wenn sie während der letzten Wochen auch nur eine Sekunde an Violetta Zobel gedacht hätte, dann hätte sie mich vor diesem Auftritt gewarnt. Sie ist

außer sich, sie dampft vor Entrüstung. Dabei ist doch wenig geschehen: Eine Mutter hat um das Glück ihrer Tochter gekämpft, wie es Millionen Mütter täglich tun.
Sie will alles wissen, kein Wort darf ich auslassen, sie kann ihre Mutter nicht ausstehen. Kaum bin ich fertig, zieht sie sich in Eile an, als ginge es um Sekunden. Sie findet gerade noch Zeit, mir auf dem Flur zuzurufen, diese Frau werde mich nie wieder belästigen, dann stürmt sie davon.
Ich bin überrascht, wie empört sie ist, es muß sich um alte Rechnungen handeln. Ich selbst hatte zu meinen Eltern immer das friedlichste Verhältnis, allerdings muß ich sagen, daß ihre Meinung mir nie besonders wichtig war. Meine Mutter hat das früher akzeptiert als mein Vater, ihn hat es schwerer getroffen, daß seine Lebensweisheiten mir so wenig bedeuteten. Als ich ihm nach dem Abitur sagte, ich hätte beschlossen, mein Glück außerhalb der Schreibwarenhandlung zu suchen, hat er drei Tage nicht mit mir gesprochen; das war das schwerste Zerwürfnis, an das ich mich erinnern kann.
Zwei Stunden später ist sie wieder da, ihr Gesicht grimmig, doch nicht unzufrieden. Auf dem Rückweg hat sie Sebastian von einem Freund abgeholt, man müsse das Nützliche mit dem Angenehmen verbinden. Einen Bericht will sie nicht geben, sie sagt nur, es sei alles erledigt.

3. April
Wir fahren zu ihrem Grundstück hinaus, um Ostereier zu verstecken. Sebastian stapft in Gummistiefeln über die feuchte Wiese und bricht jedesmal in pflichtschuldiges Jubelgeschrei aus, wenn er eines der Nester entdeckt. Als er genug hat und Amanda ihm sagt, er sei

noch lange nicht fertig, der Osterhase habe mehr gebracht, zwinkert er mir verstohlen zu und macht sich wieder auf die Suche. Amanda hat die Heimlichkeit bemerkt und flüstert, auch Kinder hätten ihren Eltern gegenüber Pflichten.
Später sind wir allein im Haus. Sie zwingt mich, den Ofen zu heizen, sie möchte sehen, behauptet sie, wie praktisch ich veranlagt bin. Der Schornstein ist seit Jahren nicht gereinigt, wir handeln uns mehr Qualm als Wärme ein, aber sie findet, nun sei es behaglich. Wir küssen uns ein bißchen, es ist wie ein Zeittotschlagen; Amanda hat Furcht, Sebastian könnte sich im Wald verlaufen. Wir gehen nach draußen, halb zum Spazieren, halb um ihn zu suchen.
Sie kommt auf ihre Mutter zu sprechen, die sie nur Violetta Zobel nennt. Diese Frau habe etwas von einem Monster an sich, das mache ihr, Amanda, Sorgen; es sei kein gutes Gefühl, Kind eines Monsters zu sein. Daß Violetta das Leben ihres Mannes vergiftet habe, zähle noch zu den kleineren Übeln, er hätte sie ja nicht zu heiraten brauchen. Sie könne sich an keine einzige Tat Violetta Zobels erinnern, an nicht einen Ausspruch, an nicht eine Geste, die ihr angenehm im Gedächtnis wären. Man könne an ihr studieren, daß Intelligenz und Dummheit einander nicht ausschlössen, denn eigentlich sei sie intelligent, doch auf die blödeste Weise. Es müsse eine Begegnung zwischen ihr und der Partei stattgefunden haben, wahrscheinlich im Mädchenalter, aus der sie als Idiotin hervorgegangen sei – als hätte Graf Dracula sie geküßt. Jeder Stolz aufs Denken sei ihr abhandengekommen, an seine Stelle sei eine grausige Lust auf Unterwürfigkeit getreten. Roboterhaft wiederhole sie die lächerlichsten Phrasen und bilde sich noch etwas darauf ein, nur ja keine eigenen Gedanken hinzuzufügen. Das

tue sie mittlerweile so lange, daß es eigene Gedanken nicht mehr gebe, ihr Verstand sei wie ein abgeholzter Wald. Ihr Vater müsse das Opfer jener schrecklichen Männerkrankheit gewesen sein, hübsche Brüste und lange Beine fürs Paradies zu halten.
Ich würde mir eher die Zunge abbeißen als zuzugeben, daß meine Liebe zu Amanda auf dieselbe Weise angefangen hat, ich hatte nur mehr Glück. Wir hören Sebastian rufen, er keucht hinter uns her und winkt aufgeregt, wir sollten ihm folgen. Als wir beim Grundstück ankommen, dringt Rauch aus Tür und Fenstern, als stände das Haus in Flammen. Amanda sagt, unter Geschicklichkeit habe sie sich etwas anderes vorgestellt; dabei hätte ich nie geheizt, wenn ich von ihr nicht gezwungen worden wäre.

14. April
In der Redaktion habe ich nie von meinen Heiratsplänen gesprochen, trotzdem sind sie bekannt. Elfi lädt mich zu ihrer Hochzeit mit dem Senatsbeamten ein, und als ich mir den Termin notiere, fragt sie, ob wir nicht Doppelhochzeit feiern sollten. Doppelhochzeit? Sie boxt mich gegen den Arm und sagt, ich brauche mich nicht zu verstellen, es weiß sowieso jeder, was mit mir los ist. Was in aller Welt soll mit mir los sein? Na, du willst heiraten, sagt Elfi, und zwar eine Ostlerin. Ich flehe sie an, mir zu verraten, woher ihre Information stammt, aber sie hat es vergessen. Man rede schon seit vielen Tagen darüber, sie weiß nicht einmal mehr, ob sie es zuerst im westberliner Funkhaus oder hier im ostberliner Büro gehört hat. Als Vertrauensbeweis zieht sie meinen Kopf zu sich heran und flüstert heiß, es werde schon für ein Geschenk gesammelt. Ich will ihr nicht nachstehen und flüstere zurück: Für dich auch. Kann

es sein, daß die Quelle dieselbe ist, aus der Violetta Zobel ihr Wissen bezieht? Oder ist Hetmann tatsächlich zum Sender gelaufen und hat sich über mich, den Frauendieb, beklagt? Das kann ich einfach nicht glauben.

22. April
Ich habe ein tollkühnes Interview mit Fritz Hetmann gelesen. Starke Worte, Sätze, die er in seinen beiden Interviews mit mir noch nicht gewagt hat. An einer Stelle sagt er, der Unterschied zwischen Sozialismus und real existierendem Sozialismus sei derselbe wie zwischen Firmengründung und Bankrott. Pointen gehen ihm über alles, er will fortwährend Zitate produzieren, das kommt mir lästig und amüsant zugleich vor. Auch habe ich den Eindruck, als bemühte er sich, den schärfstmöglichen Ton zu finden, nachdem er sich jahrelang mit einem Rest von Loyalität herumgequält hat. Vielleicht war die Trennung von Amanda ein Anlaß, den Rest einer Vorsicht aufzugeben, die ihn bisher geschwächt hat. Eines Tages werden sie ihn ausweisen oder einsperren, so jedenfalls hört sich keiner an, der auf Harmonie bedacht ist.
Beim Mittagessen unterhalte ich mich mit einem Kollegen über das Interview, und er sagt, die Angelegenheit sei sonnenklar: Hetmann habe bestimmt ein Buch in Vorbereitung und müsse für Aufmerksamkeit sorgen. Mir kommt die Unterstellung niederträchtig vor. Selbst wenn sie einen wahren Kern haben sollte, bliebe sie niederträchtig – warum soll einer nicht aus Eigennutz die Wahrheit aussprechen? Mein Kollege ist gekränkt, als ich ihm sage, daß nur wenige Leute die Kunst, Meinungen ohne Rücksicht auf den eigenen Vorteil zu vertreten, so beherrschen wie er. Hoffentlich hat er schon für mein Hochzeitsgeschenk gespendet.

Ich nehme die Zeitung mit nach Hause und zeige Amanda das Interview. Sie liest es zweimal, es scheint ihr zu gefallen. Als sie es zurückgibt, sagt sie, sie wolle nicht gehässig sein, aber sie werde den Verdacht nicht los, daß Hetmann das Erscheinen seines nächsten Buches vorbereite. Bei ihr ist das etwas anderes.

2. Mai
Unsere Zusammenarbeit nähert sich einem idealen Zustand – Amanda schreibt Reportagen ohne mein Zutun. Ursprünglich war es ja vorgesehen, daß ich ihr in vertretbaren Abständen ein Manuskript zum Nachbessern gebe, aber das behindert sie nur.
Ich hatte den Auftrag, einen Bericht über die Demonstration am 1. Mai zu schreiben, über den Kampftag der Werktätigen. Doch ich liege seit Tagen mit Grippe im Bett, es wäre eine Tortur für alle Beteiligten geworden. Als sie sah, wie ich am Morgen mit weichen Knien in meine Hose steigen wollte, klopfte sie mir mütterlich auf den Rücken, lobte mein Pflichtbewußtsein und sagte: Laß nur. Sie stellte Grießpudding und Fencheltee ans Bett, dann zog sie Sebastian warm an, der noch nie an einer Demonstration teilgenommen hatte. Ich sagte, sie solle ihn zu Hause lassen, das arme Kind könnte totgetreten werden, aber sie antwortete, sie brauche ihn zur Tarnung. Dann brach sie auf, mit dem verwegensten Gesicht, das sich denken läßt.
Während der Fernsehübertragung schlief ich ein, es war der wohltuendste Schlaf seit Beginn der Krankheit. Nach vier Stunden kam Amanda zurück, ausgelassen wie nach einem Film von Lubitsch. Auf meine Frage, wo sie gewesen sei, ich hätte jedes Gesicht im Fernsehen geprüft, ohne sie zu entdecken, sagte sie, sie werde mir später alles erzählen, zuerst müsse sie sich hinsetzen

und Notizen machen. Doch es blieb nicht beim Notieren, sie schrieb ewig. Einmal rief sie durch die geschlossene Tür, wieviel Sendezeit zur Verfügung stehe, und ich schrie zurück, nicht mehr als zwei Seiten.
Sie hatte sich mit Sebastian unter die Hunderttausende geschmuggelt, man hielt sie für eine Demonstrantin. Jemand drückte dem Jungen sogar ein rotes Fähnchen in die Hand, damit winkte er im Vorbeimarschieren den Herrschaften auf der Ehrentribüne zu, auf Amandas Schultern sitzend, wie es sich gehörte. Ach, sagte sie, es ist großartig, so zu tun, als wäre man Demonstrant. Es macht dich hellhörig, es macht dich vergnügt. Beobachtungen, bei denen du sonst Hautausschlag kriegst, werden zum Vergnügen. Es habe ihr sogar nichts ausgemacht, sich an den Hochrufen auf die führenden Vertreter des Marxismus-Leninismus zu beteiligen, könne es ein perfekteres Kostüm geben?
Sie gibt mir die fertige Reportage, drei Seiten; ich werde streichen müssen, aber es wird nicht einfach sein. Der Text handelt von müden Leuten auf der Tribüne, die keinen sehnlicheren Wunsch haben, als in Ruhe gelassen zu werden, und von den Leuten unten auf der Straße, die vorbeidefilieren, damit man sie in Ruhe läßt. Die wenigen wahrhaft Begeisterten unter ihnen sind wie Fremdkörper, sie stören mit ihrem Hochgefühl den Ablauf der Veranstaltung. Sobald sie sich zu spontanem Beifall hinreißen lassen, dreht man sich um nach ihnen, und die Ordner bekommen wache Augen.
Wenn ich nicht Grippe hätte, würde ich Amanda küssen, statt dessen male ich mir das Lob aus, das ich im Sender für meine Reportage ernten werde. Ich sage, wie soll dieses arme Land nur solche Reportagen überstehen, und sie antwortet: Wer will denn, daß es sie übersteht.

14. Mai
Wir haben den alten Anwalt und seine Frau zum Essen eingeladen, sie heißen Colombier. Amanda hat sich zerrissen, um ein Menü aus einem noblen Kochbuch abzukochen, ich mußte Westberlin nach Wachteleiern und frischer Ananas absuchen. Als ich sie fragte, ob es nicht auch Ananas aus der Büchse sein dürfe, der alte Kerl schmecke doch sowieso nichts mehr, sagte sie: Du scheinst nicht zu begreifen, daß dieser Mann der seidene Faden ist, an dem unsere Sache hängt. Die beiden sehen aus wie alte Geschwister, die Ringe unter ihren Augen sind die gleichen, ein Bernhardinerehepaar. Frau Colombier ist dick wie er und trägt einen roten Hosenanzug, prall wie eine Fleischtomate.
Die taktvolle Amanda kommt nicht gleich aufs Geschäftliche, sie plaudert. Ob unsere Gäste hugenottischer Abstammung seien, fragt sie. Sie antworten auf eine Weise, als hätten sie es für ein Kabarett einstudiert – keinem gelingt es, einen Satz zu vollenden, ohne unterbrochen zu werden; jeder stößt in die winzigsten Lücken und ergänzt oder korrigiert oder sagt es nur anders. Sie meinen, wegen des Namens? O nein, wir sind keine Hugenotten, wir sind Juden. Wir sind nicht Juden, wir sind jüdischer Herkunft, Sie hören den Unterschied? Wir essen nicht koscher, wir haben keine Ahnung von Gebeten, unsere beiden jüngsten Söhne sind nicht einmal beschnitten. Wenn Sie Katholik sind und aus der Kirche austreten, dann sind Sie eben kein Katholik mehr. Bei den Juden ist das leider anders. Deswegen habe ich der Einfachheit halber auch geantwortet: Wir sind Juden. Egal, bis zu unserer Emigration nach Frankreich hießen wir Tauber. Wissen Sie, wir haben zwei Jahre in einem Stall gelebt. Es war kein Stall, sondern eine Scheune. Es war ein Mittelding zwi-

schen Scheune und Stall, aber wen interessiert das. Wenn Sie Tag und Nacht nichts anderes zu tun haben, als zu frieren oder Fliegen zu verscheuchen, bleibt Ihnen Zeit, an ein zweites Leben zu denken. Was konnten wir ändern, um unsere Sicherheit zu erhöhen? Mit der Sprache hatten wir keine Sorgen, wie Sie hören, ich habe in Heidelberg studiert. Und ich in Berlin, auch an den Nasen ließ sich wenig machen. Aber am Namen. Tauber klingt nicht so entsetzlich jüdisch wie etwa Veilchenduft. In normalen Zeiten wäre man als Herr und Frau Tauber für ein gewöhnliches deutsches Paar gehalten worden. Aber wissen Sie, damals war in jedem Ohr ein Filter, in dem alle jüdischen Staubkörnchen hängenblieben. Außerdem gab es diesen Sänger Richard Tauber. Sie werden ihn nicht mehr kennen. Er war eine Berühmtheit, durch ihn waren alle Leute darauf aufmerksam geworden, daß Tauber ein jüdischer Name sein konnte. Kurz und gut, schließlich sind wir auf Colombier gekommen. Fragen Sie nicht, wieviel Mühe es gekostet hat, sich bei den Bürokraten verständlich zu machen. Nicht nur Mühe, auch Geld. Und nicht nur bei den deutschen, auch bei den alliierten. Denen konnten wir ja nicht das erzählen, was wir Ihnen jetzt erzählen. Für die mußten wir französische Wurzeln ausgraben. Zuerst erfinden und dann ausgraben.
Erst spät stellt Amanda die Frage, um derentwillen wir die Colombiers überhaupt eingeladen haben. Vor einigen Tagen wurde sie aus dem Innenministerium angerufen; ein namenloser Sachbearbeiter bemängelte, daß aus ihrem Antrag nicht hervorgehe, ob sie ausgebürgert werden wolle, oder ob sie, bei einem eventuellen Umzug in den Westen, ihre gegenwärtige Staatsbürgerschaft zu erhalten wünsche. Es sei nötig, sagte der Mann, sich auch hierzu schriftlich zu erklären, und nun

möchte Amanda zweierlei wissen: Handelt es sich bei dem Anruf um ein gutes oder schlechtes Zeichen, und welche der beiden Erklärungen wäre die zweckmäßigere?
An Colombiers Handgelenk beginnt eine Uhr zu piepen, Zeit für die Herztropfen. Nachdem er sie eingenommen hat, sagt er, der Anruf sei überhaupt kein Zeichen, er bedeute nicht mehr als eine Eingangsbestätigung. Und er empfehle, auf keinen Fall die Ausbürgerung zu beantragen. Was Sie später machen, wenn Sie draußen sind, ist Ihre Sache, und Frau Colombier nickt überzeugt in ihr Glas. Es wäre im Gegenteil günstig, sagt er, wenn Amanda sich zu einer kleinen Geste durchringen und in wenigen Worten darlegen könnte, wieviel ihr am Erhalt der Staatsbürgerschaft liege. Er spricht langsamer und auch umständlicher als zuvor, so als genieße er es, daß seine Frau bei diesem Thema zum Schweigen verdammt ist.

19. Mai
Wenn es von mir abhinge, ob zwei Verliebte heiraten dürfen oder nicht, würde ich mich mit meiner Entscheidung beeilen, das steht fest. Selbst wenn ich dagegen wäre, wüßte ich, daß sie von einer Ohnmacht in die andere fallen und daß jede Stunde Warten für sie wie Folter ist. Aber sie lassen sich Zeit, als hätten wir hundert Jahre zu leben, als wären wir unsterblich wie sie. Was gibt es so lange zu erwägen? Am Ende entscheidet ja doch irgendein einsamer König, der sich durch unseren Antrag belästigt fühlt, der am liebsten alle Anträge in den Müll werfen würde, wenn er um seinen Ruf als Menschenfreund nicht bangen müßte. Das ganze Unglück besteht darin, daß man seine Adresse nicht kennt und ihm kein Geschenk vorbeibringen kann.

Amanda trifft sich mit Hetmann. Er hat angerufen, als ich nicht zu Hause war, er hat gesagt, er habe eine Angelegenheit mit ihr zu besprechen, für die sich das Telefon nicht eigne. Hätte ich ihn wie eine verkniffene Ziege abweisen sollen? fragt Amanda, und ich wage nicht zu antworten: Natürlich. Ich sage, ja, ja, triff dich, doch sie muß spüren, daß ich nicht verständnisvoll bin, sondern feige. Zuerst ist sie eine Stunde fort, dann drei Stunden, und dann ist es Abend. Ich war nie ein Meister im Analysieren eigener Empfindungen, aber ich kann mir vorstellen, daß so Eifersucht ist.
Sebastian hat Hunger, wir machen uns etwas zu essen. Ich kenne mich in meiner eigenen Küche kaum mehr aus, wo stehen die Büchsen mit den Fertigsuppen, wo liegt die verdammte Brötchentüte. Er merkt, daß ich verstimmt bin und versucht, mich aufzuheitern, indem er den Tisch deckt und von seinem besten Freund erzählt. Für gewöhnlich ist er alles andere als hilfsbereit und mitteilungsbedürftig. Dieser Freund leidet an einer Krankheit, die Leukämie heißt, allerdings besitzt er eine Eisenbahn, wie man sie nicht ein zweites Mal findet. Was machen die beiden so lange? Was für Angelegenheiten kann es geben, die zu besprechen fünf Stunden dauert? Ich kenne eine solche Angelegenheit, doch ich möchte lieber nicht daran denken. Ein Bekannter hat mir einmal verraten, daß er mit seiner Frau das eindrucksvollste Betterlebnis hatte, als sie längst geschieden waren und sich zufällig im Mai über den Weg liefen. Sie hätte wenigstens anrufen und mir etwas Beruhigendes sagen können.
Dann muß Sebastian zu Bett gebracht werden, er zeigt mir im Vorlesebuch die Stelle, bis zu der Amanda gekommen ist. Ich lese vor, ohne zu wissen, worum es geht; er amüsiert sich über Sätze, die für mich keinen

Sinn ergeben, bis ihm die Augen zufallen. Und dann warten.

Sie kommt nicht weit vor Mitternacht, im Fernsehen laufen schon die anspruchsvollen Filme. Ein flüchtiger Kuß, als käme sie vom Einkaufen, mein finsteres Gesicht ignoriert sie. Ihr Satz, es habe etwas länger als vorgesehen gedauert, kommt mir wie Hohn vor. Sie fragt, wie wir den Abend verbracht haben und was Sebastian gegessen hat, aber ich habe keine Lust, es ihr zu erzählen. Sie räumt den Küchentisch ab, sie blickt ins Kinderzimmer, und ich? Endlich bequemt sie sich zu der Mitteilung, sie seien essen gewesen. Im Kühlschrank steht eine angebrochene Flasche Wein, die stellt sie auf den Tisch, wie um einen gelungenen Abend würdig ausklingen zu lassen.

Es dauert lange, bis sie auf die Idee kommt, ich könnte eifersüchtig sein. Ihr Lächeln darüber ist wenig überzeugend, denn was ist so absurd an dem Verdacht, daß eine Frau und ein Mann, die sieben Jahre zusammen gelegen haben, noch ein paar Stunden dranhängen? Sie setzt sich auf meinen Schoß und streichelt mich wie einen Geisteskranken. Du ahnst nicht, sagt sie, was er von mir wollte.

Hetmann, der Hund, hat sie gebeten, Sebastian sehen zu dürfen, wie ein geschiedener Vater, ich muß es glauben. Einmal im Monat, besser noch zweimal, will er ihn für ein Wochenende zu sich nehmen. Er liebt den Jungen, sagt Amanda, er hat kein anderes Kind, Sebastian ist immer fürsorglich von ihm behandelt worden. Es gebe keinen Grund, sich zu verschließen. Du kannst Sebastian fragen, sagt sie, ob er ihn gern hat – er sieht in ihm den Vater. Und abgesehen davon sei es praktisch, von Zeit zu Zeit die kleine Plage loszusein.

Und wenn sie einem Schwindler aufgesessen ist? Es

kommt mir unwahrscheinlich vor, daß Hetmanns Enttäuschung und all sein Grimm, mit dem er mir vor der Nase herumgefuchtelt hat, sich plötzlich in Kinderliebe verwandelt haben. Kann es nicht sein, daß er auf diese Weise einen Fuß in Amandas Tür behalten will? Und wozu braucht Sebastian zwei Stiefväter? Aber ich rede nicht darüber, die Zeit ist mein Verbündeter: Wenn wir im Westen sind, erledigt sich das Ganze ohnehin von selbst.

30. Mai
In der Schule hat Sebastian ein Verbrechen begangen, an dem ich nicht unschuldig bin. Er beherrscht die außerordentlich seltene Kunst, seine Ohren nach innen zu krempeln, vor Wochen hat er es mir vorgeführt, und ich war stark beeindruckt. Die Vorführung gelang ihm nicht jedesmal, beim linken Ohr klappte es besser als beim rechten, doch wir haben uns hingesetzt und die Sache systematisch geübt; es zeigte sich, daß die Ohren besser halten, wenn man sie vorher kräftig massiert. Nach unserem Training blieben die Ohrmuscheln bei neun von zehn Versuchen innen stecken, und nicht nur das, wir trieben die Kunst auf die Spitze: durch ruckartiges Anspannen der Gesichtsmuskulatur und ein Breitziehen des Mundes war Sebastian imstande, die Ohren wieder aufschnappen zu lassen. Es wäre Frevel, ein solches Talent der Allgemeinheit vorzuenthalten, deshalb wurde jedem unserer Gäste das Kunststück vorgeführt, natürlich ohne Vorankündigung. Wenn ich mit einem Besucher am Tisch saß, setzte sich Sebastian still dazu, mit eingeklappten Ohren. Das Herz mancher Kollegen wird vor Mitleid gebebt haben, wenn sie das arme, verkrüppelte Kind aus den Augenwinkeln betrachteten. Bis dann, auf ein Zeichen unter dem Tisch

hin, Sebastian die Ohren aufspringen ließ wie Knospen im Frühling und wortlos davonging. Draußen lachte er sich halbtot, während der irritierte Gast nicht sicher war, ob er seinen Augen trauen konnte.
Heute früh, beim montäglichen Fahnenappell auf dem Schulhof, sorgte Sebastian für eine Begeisterung unter den Kindern, wie sie bei solchen Ereignissen sonst nicht üblich ist. Die Direktorin führte ihn nach vollbrachter Tat ins Direktorinnenzimmer, sie konnte eine solche Provokation nicht auf sich beruhen lassen. Sie selbst hatte die Ohrenakrobatik nicht gesehen, sondern war vom Jubel der Schüler aufgeschreckt worden, darum verlangte sie, daß Sebastian ihr den Trick noch einmal vorführte. Der gutmütige Junge ließ sich breitschlagen, doch er erntete wenig Dank: Sein Klassenlehrer wurde gerufen und beauftragt, sich eine Strafe auszudenken, die sowohl der Art wie auch der Schwere des Vergehens angemessen war.
Jetzt sitzt der arme Hund heulend am Tisch und muß fünfzigmal den Satz aufschreiben: *Es ist keiner zu klein, ein Friedenskämpfer zu sein.* Amanda berät sich mit mir, ob sie durch einen mütterlichen Erlaß die Idiotie nicht unterbinden sollte, aber ich bin dagegen. Ich erinnere sie an unsere Situation, der Anlaß lohnt nicht, um dafür in den Krieg zu ziehen und alle Pläne in Gefahr zu bringen. Ob sie nicht auch glaubt, frage ich, daß sämtliche Informationen, die sie betreffen, auf einem einzigen Schreibtisch zusammenlaufen. Sie gibt klein bei, vergeht vor Mitleid mit ihrem Sohn und sieht mich an, als wäre ich der Schuldige. Was ist schon eine Stunde stumpfsinniger Arbeit, auch wenn der Sommer gerade anfängt? Sie bringt ihm ein Glas Kakao, ich schleiche mich feige aus der Wohnung zur Arbeit.

6. Juni

Die wunderschöne Elfi ist überfallen worden, in West-Berlin. Wir sind die letzten im Büro, weil ich ihr ein paar Seiten zu diktieren habe, erst kurz vor Schluß bemerke ich eine Schramme an ihrem Hals. Die siehst du jetzt erst? sagt sie jammervoll. Längst weiß es das ganze Büro, sie ist in einen Hausflur gezerrt worden und dachte schon ans Schlimmste, aber die zwei Burschen hatten es gottseidank auf Geld abgesehen. Weil sie ein freches Wort wagte, kriegte sie einen Kinnhaken wie im Film, dann nahmen ihr die Verbrecher die Handtasche weg, die Handtasche mit Portemonnaie und Gaspistole, und Elfi hoffte, es wäre überstanden. Aber im letzten Moment fiel den beiden noch ihr Schmuck auf, eine goldene Halskette und vor allem der prächtige Verlobungsring ihres Senatsbeamten. Den zerrten sie ihr mit solcher Gewalt vom Finger, daß der fast brach; sie kann nur mit neun Fingern schreiben, deshalb geht es so langsam. Elfi wollte sich selbst die Kette vom Hals nehmen, doch in der Aufregung gelang es ihr nicht, den Verschluß zu öffnen. Einer der beiden übernahm die Arbeit und verletzte sie mit seinen schmutzigen Fingernägeln. Sie saß noch minutenlang auf dem Boden des dunklen Hausflurs und rauchte eine, und ich habe nichts Besseres zu tun, als ihr meine Seiten zu diktieren.

Ich stelle die Redaktionsflasche Wein auf den Schreibtisch, wir trinken darauf, daß alles so glimpflich verlaufen ist. In der Handtasche waren nicht mehr als hundert Mark, dazu Karten für ein Konzert von Sting in der Waldbühne, dann noch der Führerschein. Wenn die Verbrecher in ihre Jackentasche gegriffen hätten, erzählt Elfi, wäre der Schaden größer geworden – Schecks, Paß mit allen Stempeln, eine frische Packung

Antibabypillen. Zum Glück schreibt die Mode winzige Handtaschen vor. Sie setzt sich so selbstverständlich auf meinen Schoß, als wäre dort ihr Stammplatz, es hatte keinen Sinn, zur Polizei zu laufen, wann faßt die schon mal einen Dieb. Um eine bequeme Position zu finden, rückt sie so lange hin und her, bis ich nicht überspüren kann, womit sie sitzt.

Ich erinnere mich an die Zeit, da ich genau gewußt hätte, was jetzt zu tun ist. Elfi scheint es zu wissen. Sie nimmt meine beiden Hände und legt sie dort hin, wohin sie nach ihrer Meinung gehören, dann tut sie mit ihren Händen das Entsprechende. Es wäre armselig zu behaupten, daß ich mich belästigt fühle – den Mann möchte ich sehen, dem vor Elfis Liebkosungen schaudert. Dennoch ist meine alte Unbefangenheit dahin, es hat sich zuviel getan seit unseren letzten Küssen. Ich komme mir verknöchert vor, als ich frage, ob sie ihren Verlobten vergessen hat, und Elfi kommt mir normal vor, als sie antwortet, der sei Beamter und kein Hellseher.

Es geht nicht, es ist einfach unmöglich. Mir lastet ein Druck auf dem Magen, der nicht allein mit Elfis Gewicht zu tun hat. Wir ringen auf lächerliche Weise, Kraft allein hilft nicht, Elfi hat zu viele Hände, um jede einzelne davon festhalten zu können. Selbst als wir mit dem Stuhl umkippen, ist der Kampf nicht vorbei; ich will sie um alles in der Welt nicht kränken, ich kann verstehen, wie sehr sie fürchtet, die Hochzeit mit dem Senatsbeamten könnte das Ende aller fröhlichen Tage sein. Stärker als sie bin ich natürlich, sie liegt unter mir wie der gekreuzigte Christus. Sie denkt nicht daran zu glauben, daß mein Widerstand ernstgemeint ist, und von Sekunde zu Sekunde wird ihre Vermutung richtiger. Elfis grüne Augen, der violette Teppichboden, ihre

makellos weißen Zähne, das Zungentier, mir gehen die Argumente aus. Ich höre schon auf, an Amanda zu denken, da tritt ein äußeres Ereignis ein, das mich ernüchtert und Elfi rettet – wir hören Eimerklappern. Die Putzfrau von der Staatssicherheit ist gekommen. So versessen ist sie nun auch wieder nicht, daß ihr solch ein Publikum nichts ausmachen würde. Wir kühlen in Sekundenschnelle ab, wir richten unsere Kleider und bringen schweren Herzens das Diktat zu Ende.
Aber ich bin nicht stolz auf mich, als ich nach Hause gehe.

9. Juni
Amanda stellt mir die Frage, ob ich je darüber nachgedacht habe, warum sie mich heiraten will. Ich muß verlegen den Kopf schütteln. Ich glaube nicht, daß sie an einer Antwort besonders interessiert ist, sie will nur auf meine Oberflächlichkeit hinweisen.
Dieses Thema liegt ihr am Herzen, schon ein paarmal hat sie beanstandet, daß ich mich zu schnell mit einer Meinung zufriedengebe und nicht lange genug das Für und Wider einer Sache erwäge. Einmal, nach einem Streit, bei dem ich ihr unterlegen war, hat sie behauptet, meine Ansichten seien wie Nägel in einer bröckligen Wand, man könne nicht viel daran aufhängen. Sie hat pädagogische Ambitionen, und weil sie Sebastian zu sehr liebt, um sie an ihm zu erproben, macht sie oft mich zum Opfer. Ich fühle mich dadurch nicht bedrängt, eher geschmeichelt. Noch nie hat sich ein Mensch die Mühe gemacht, mich zu erziehen, zumindest nicht jemand, der in meinen Augen eine Autorität war. Ich habe Lust, sie zu küssen, doch inzwischen weiß ich, daß es sie aufregt, wenn sie über etwas reden möchte und man ihr ausweicht, indem man sie küßt.

Ich sage, daß ich möglicherweise einer bin, mit dem es sich aushalten läßt, das könnte der wichtigste Grund sein. Und als ich Amanda lächeln sehe, füge ich, mutig geworden, hinzu, daß ich auch zuverlässig bin.

13. Juni
Zwischen Amanda und Sebastian gibt es Krach. Er hat an ihrem Computer herumgespielt und irgend etwas beschädigt. Sebastian ist es nicht gewöhnt, angeschrien zu werden, er versteht nicht, warum sie wegen einer solchen Kleinigkeit solch ein Theater macht und ist tief gekränkt. Als wir uns zum Abendbrot setzen, nimmt er seinen Teller und geht in sein Zimmer – mit einer Furie wie Amanda will er nicht an einem Tisch sitzen. Sie sagt: Soll er gehen. Ich verspreche, mich darum zu kümmern, daß jemand aus Westberlin kommt und sich den Schaden ansieht. Na komm, was ist schon groß passiert.
Da sie nicht bereit ist, die Schlafgeschichte vorzulesen – bestimmt wäre Sebastian auch nicht bereit, ihr zuzuhören –, springe ich in die Bresche. Mürrisch zeigt er mir die Anschlußstelle; zu Anfang lege ich ein gutes Wort für Amanda ein, rede aber gegen eine Wand. Er sagt, es sei schlimm genug, daß er das Ding kaputtgemacht habe, da müsse sie ihn nicht auch noch anschreien. Diese Logik scheint mir unangreifbar, auch Amanda wird ihr nicht widerstehen können. Wir einigen uns darauf, daß er sich mit der Hälfte seines Taschengeldes an den Reparaturkosten beteiligt und daß wir uns danach in jeder Woche für eine halbe Stunde zusammen an den Computer setzen, um dessen Geheimnisse zu ergründen. Mitten in der Geschichte versucht er noch zu handeln: Er fragt, ob die Reparatur auch mich die Hälfte meines Taschengeldes kostet. Ich sage, vermut-

lich weniger, aber ich hätte ihn ja auch nicht kaputtgemacht, das leuchtet ihm ein.
Amanda will meinen Bericht aus dem Kinderzimmer nicht hören, und ich halte ihr vor, daß sie es mit dem Zorn übertreibt. Da grinst sie und gesteht, daß sie hinter der Tür gelauscht hat – ich hätte meine Aufgabe im großen und ganzen gelöst. Sie zieht mich auf den Boden, ich muß mich zwischen ihre Beine setzen, und wir sehen eine Weile fern wie ein glückliches Ehepaar.
Entgegen ihrer Gewohnheit beginnt sie, von unserer Zukunft zu sprechen. Unterstellen wir, sagt sie, daß alle Genehmigungen erteilt werden und daß wir ziehen können, wohin wir wollen – wo werden wir dann wohnen? Meinst du, in welcher Stadt? Ich meine, in welcher Wohnung? Als ob ich mich das nicht auch schon gefragt hätte. In den Westen zu gehen sei das eine, sagt Amanda, aber der Westen habe keine Zimmer, nur Wohnungen hätten Zimmer, wo soll Sebastian schlafen?
Das Problem ist unübersehbar, doch es wird uns nicht umbringen. Mir gehört eine Wohnung in Hamburg, zu klein für uns drei, auch ist sie zur Zeit vermietet, die werde ich verkaufen. Mit dem Geld könnte man eine größere anzahlen, unsereins verdient nicht schlecht, wir werden schon nicht auf der Straße liegen.

18. Juni
In diesem Jahr wird es nichts mit einer Urlaubsreise. Erstens kann täglich der Bescheid kommen, zweitens wüßten wir nicht wohin. In die Mongolei?
Amanda sagt im Ton eines Pfarrers, daß das Warten auf Genehmigungen die verlorenste Zeit des Lebens ist, ich sehe das nicht so verbissen. Warten kann tödlich sein, wenn man nichts anderes macht als zu warten, aber

dazu zwingt uns ja keiner. Wir können in der Gegend herumfahren, uns mit Bekannten treffen, wir können lesen, wir können uns jede Nacht umbringen, es ist nicht wahr, daß alles vom Warten überschattet wird. Sie ist unruhiger als ich, und die Veränderungen, die ihr bevorstehen, rechtfertigen das auch. Trotzdem würde ich streiten, für wen von uns beiden mehr auf dem Spiel steht.

Im letzten Sommer war ich in Portugal, in einem Fischerdorf an der Atlantikküste, da kannte ich sie noch nicht. Wieland und seine Frau hatten mich mitgenommen, sie fahren jedes Jahr dorthin, Elisa Wieland hatte eine Freundin bei sich, mit der sie mich verkuppeln wollte, daraus wurde nichts. Ich war zu unglücklich für Urlaubsbekanntschaften, ich haßte mich für meine vielen kurzen, würdelosen Frauengeschichten und wartete auf jemanden wie Amanda. Wir saßen jeden Abend in angespannter Stimmung beim Rotwein, mein Starrsinn verdarb allen den Urlaub. Bis Dorothea, so hieß die Freundin, einen portugiesischen Bäcker kennenlernte, von da an ging vieles leichter. Das Dorf gefiel mir so gut, daß ich entschlossen bin, noch einmal mit Amanda hinzufahren. Ich erzähle ihr von jenen vier düsteren Wochen, damit sie eine Ahnung bekommt, in was für einem Zustand sie mich angetroffen hat.

Sebastian ist zum erstenmal bei Hetmann, für eine Nacht, von Sonnabend auf Sonntag. Er hat sich allein auf den Weg gemacht, er ist groß genug. Es wäre ein Alptraum, wenn Hetmann und Amanda sich regelmäßig zur Übergabe treffen müßten. Ich erinnere mich an Amandas Worte, daß es gut wäre, an manchen Abenden den Jungen nicht am Hals zu haben – jetzt ist so ein Abend, wo liegt der Vorteil? Mein Angebot, ins Kino oder in ein Restaurant zu gehen, wird abgelehnt – kein

sehenswerter Film, kein Appetit. Ihr Gegenvorschlag lautet, Lucie einzuladen, dazu habe ich wieder keine Lust: Für Lucie Capurso müssen wir Sebastian nicht los sein. Sie beklagt sich, daß ich ihre beste Freundin nicht ernst genug nehme. Sie dagegen behandle meine Leute nie von oben herab, obwohl das nicht immer einfach sei. Und bald, nach unserem Umzug, werde es nur noch meine Leute geben. Amanda ist kein Klageweib, es stimmt, was sie sagt, ich bin nicht begeistert von Lucie. Als könne sie Gedanken lesen, fügt sie hinzu, es würde mich nicht überfordern, wenigstens freundlich zu ihr zu sein. Zu wem sei ich nicht alles freundlich. Zuvorkommenheit gegenüber Lucie wäre nichts anderes als ein Zeichen von Respekt ihr selbst gegenüber. Ich sage: Los, laß uns Lucie anrufen.
Amanda nimmt mich beim Wort, und ich mache mich auf einen Abend als Randfigur gefaßt. Sie läßt es lange klingeln, bevor sie auflegt, dann sagt sie: Glück gehabt. Wir winden uns schlangengleich aufs Sofa und küssen uns genauso, wie wir es tun könnten, wenn Sebastian in seinem Zimmer spielen würde. Sie kann tatsächlich Gedanken lesen: Sie streift sämtliche Hosen ab und sagt, sie tue das weniger aus Leidenschaft, sondern um mich spüren zu lassen, wieviel der Unterschied zwischen Sebastians Hiersein und seiner Abwesenheit ausmache. Wenn sie solches Zeug redet, vergehe ich vor Wohlbehagen, meinetwegen kann Hetmann den Jungen jeden Abend haben.

1. Juli
Heute ist eine wichtige Entscheidung gefallen, ich fürchte, nicht zu unseren Gunsten. Zur Mittagspause komme ich aus dem Büro, als ein Mann auf mich zutritt, ein Angestelltentyp in meinem Alter, und fragt, ob ich

ein paar Minuten für ihn übrig hätte. Ich sage, daß ich eigentlich essen gehen wollte, er sagt, es sei aber wichtig, es gehe um die Heiratsgenehmigung. Dafür habe ich Unmengen Zeit. Er stellt sich als Klausner vor, wobei in seinen Augen eine sympathische Andeutung von Unernst ist; sie scheinen zu sagen: Natürlich heiße ich anders, aber irgendwie muß man sich ansprechen.
Wir spazieren in Richtung Unter den Linden. Ich bin aufgeregt und kühl zugleich, ein Gesandter. Es ist seltsam, wie genau ich weiß, worüber gleich geredet werden wird. Wahrscheinlich liegt es daran, daß ich vor Jahren in einer vergleichbaren Situation gewesen bin, wenige Tage bevor ich als Korrespondent in den Osten fuhr. Damals sprach mich auch ein Mann an, auch auf der Straße vor dem Büro, er war vom Bundesnachrichtendienst und fragte, was ich von Zusammenarbeit hielte. Er roch stark nach Rasierwasser, und seine Haut war so gleichmäßig braun, als gehörte seiner Freundin ein Solarium. Einen Häuserblock weit habe ich getan, als überlegte ich, dann habe ich abgelehnt. Doch mußte ich nicht fürchten, daß etwas Wichtiges von meiner Antwort abhing, das ist nun anders.
Klausner sagt: Wenn Sie erlauben, will ich gleich mit der Tür ins Haus fallen. Ich fordere ihn auf, genau das zu tun, und er sagt, es würde Frau Wenigers und meinen Vorgang befördern, wenn ich zu einer gewissen Kooperation bereit wäre. Ich frage, in welcher Form, und mir fällt ein, daß Rechtsanwalt Krauskopf diese Begegnung prophezeit hat, nein, Kraushaar hieß er. Klausner lächelt weltmännisch. Wenn ich sein Vorgesetzter wäre, würde ich ihm Lächeln im Dienst verbieten, seine Schneidezähne sind unschön. Er sagt, so eilig sei es nicht, womit er vielleicht andeuten will, daß eine zu schnelle Zusage mein Einverständnis entwerten könnte.

Es handle sich vorerst um nichts Konkretes, sagt er, er wolle nur eine prinzipielle Antwort hören, und ich nicke. Wir gehen an der Sowjetbotschaft vorbei, die deutschen Posten davor haben uns im Auge, es wäre komisch, wenn einer von ihnen Klausner grüßen würde.

Er zeigt zum Brandenburger Tor hin, auf die Weite hinter der Mauer, und sagt ein wenig pathetisch, wir lebten doch alle in einer einzigen Welt, und gerade weil uns vieles trenne, müßten wir uns um das Verbindende kümmern. Wieder nicke ich, er hat eindeutig recht. Es klingt staatsmännisch, als er fortfährt, es diene der Entspannungspolitik, wenn jede Seite so viel wie möglich über die andere wisse. Im übrigen verstehe es sich von selbst, daß das eine Entgegenkommen das andere nach sich ziehe, ich kann nur immer wieder nicken. Wir kreuzen die Fahrbahn, er hält mich am Arm fest, damit ich ihm nicht überfahren werde. Ich ermahne mich, weniger gelassen zu sein, das Ganze ist nicht nur ein Spaß. Ich werde ihm eine Antwort geben müssen, die Folgen hat.

Und noch etwas, sagt Klausner: Man würde, im Falle meiner Bereitschaft, nichts verlangen, was mich in Schwierigkeiten bringen könnte. Und nichts, was einen besonderen Aufwand erfordert. Alle Informationen, um die es gehe, hätte ich ohnehin parat, sie brauchten nicht erst beschafft zu werden. Allein schon das Wort Information weise in eine falsche Richtung, es lasse Geheimniskrämerei vermuten, es klinge wie Nachrichtensammeln. Im Grunde aber verberge sich hinter dem Vorschlag nichts anderes als ein Angebot zu gutnachbarlichem, vertrauensvollem Gespräch.

Zumindet weiß ich jetzt, daß unser Antrag nicht in den Papierkorb geworfen wurde, das ist die gute Neuigkeit.

Ich kriege den Mund nicht auf – was für eine Antwort gibt es, die nicht alles verdirbt? Soll ich mich mit ihnen einlassen, soll ich der Spion aus Liebe werden? Soll ich ihnen irgendeinen intelligenten Dreck erzählen, dessen Wertlosigkeit sie erst dann erkennen, wenn Amanda in Hamburg ist? Oder soll ich sagen – erst die Ware, dann das Geld – und ihnen, nach vollzogenem Umzug, Grimassen schneiden? Ich denke daran, daß ich es nicht mit Trotteln zu tun habe, aber das hilft mir auch nicht weiter. Ich schweige, und wir gehen und gehen. Hat er eine Dienstanweisung, die festlegt, wie lange er mich schweigen lassen darf? Er dreht sich um nach einer hübschen Frau, wir leben alle in derselben Welt.
So wie er mich in Ratlosigkeit gestürzt hat, so zeigt er mir auch den Ausweg: Ob mein Schweigen bedeute, fragt er, daß ich noch etwas Zeit zum Überlegen brauche? Dankbar nicke ich, es ist möglich, daß ich während der letzten zehn Minuten öfter genickt habe als in meinem bisherigen Leben zusammengenommen. Ja, die brauche ich, antworte ich, und er sagt mir in der Körpersprache, daß kein weiteres Wort der Erklärung nötig ist. Wie es aussieht, habe ich einen Freund gewonnen, er birst vor Verständnis. Ich stelle mir eine schöne Geschichte vor: Sie geben uns die Erlaubnis, wir heiraten, Amanda darf ausreisen, wir leben im Westen. Nach einer Weile schicken sie Klausner zu mir nach Hamburg, vielleicht einen geeigneteren, und der sagt: Hör mal, wir waren sehr entgegenkommend zu dir, wir haben alles gemacht, was du verlangt hast, willst du nicht zur Abwechslung auch uns einen Gefallen tun? Ich glaube, wenn ich beim Geheimdienst etwas zu sagen hätte, würde so gearbeitet werden.
Ich bitte Klausner um seine Telefonnummer, damit ich Bescheid geben kann. Während ich spreche, wird mir

das Absurde meiner Bitte bewußt, aber ich muß den Satz zu Ende bringen. Zuerst tut er so, als gehe er darauf ein, er reißt einen Zettel aus seinem Kalender, der Kindskopf, und setzt zum Schreiben an. Dann tut er so, als falle ihm ein besserer Vorschlag ein: Er sagt, er werde lieber mich anrufen, er sei viel unterwegs, wieviel Zeit ich benötige. Drei Tage? Fünf Tage?

2. Juli
Amanda merkt, daß ich bedrückt bin, und ich muß beweisen, daß sie sich täuscht. Wozu ihr von dem unheimlichen Treffen erzählen. Wenn sie imstande wäre, uns Klausners Bande vom Hals zu schaffen, würde ich keine Sekunde zögern. Was könnte sie mir schon raten? Sie wäre von Panik ergriffen, ihre Nerven sind strapaziert genug. Eine Lebensweisheit meines Vaters lautet: Geteiltes Leid ist doppeltes Leid, das hat er meiner Mutter immer dann gesagt, wenn er mit seinen Sorgen alleingelassen werden wollte. Ich weiß, hat sie ihm immer geantwortet, und geteilte Freude ist halbe Freude, so seid ihr Männer.
Sie ist viel rigoroser als ich, man hat es oft genug erlebt, es würde einen Aufstand geben. Jag ihn zum Teufel, würde sie fordern, mit solchem Gesindel läßt man sich nicht ein. Und ich, dem die Genehmigung wahrscheinlich wichtiger ist als ihr, ich würde wie eine Krämerseele dastehen, wenn ich mich weigerte.

5. Juli
Klausner ist am Telefon. Er erkundigt sich höflich, ob ich zu einem Resultat gekommen bin, ich sage: Ja. Als Treffpunkt schlägt er den Friedrichshain vor, nicht weiter als fünf Minuten mit dem Auto, und ich mache mich auf den Weg zu meinem ersten Agententreffen.

Wenn alles gutgeht, werde ich Amandas Held und Retter sein, ich habe mir einen Plan zurechtgedacht. Was James Bond kann, das kann ich schon lange, ich werde diesen Leuten zeigen, was ihnen blüht, wenn sie sich an verliebte, kaltblütige Korrespondenten heranwagen. Wenn nur mein Fuß nicht so zittern würde, es macht mir Mühe, das Gaspedal in konstanter Stellung zu halten. Als ich am Friedrichshain aus dem Wagen steige, ist mein Plan nicht mehr so glänzend, wie er es noch eine Stunde vorher zu sein schien, aber damit war zu rechnen. Auf dem Gymnasium habe ich mir Ansehen mit einem Lehrsatz erworben, den ich das Dollsche Axiom nannte: Die Zuversicht, eine Prüfung zu bestehen, verhält sich direkt proportional zu der Zeit, durch die man von der Prüfung getrennt ist. Ich brauche nur an das Elend zu denken, das ausbricht, wenn ich zu Klausner sage, er müsse sich einen anderen Dummen suchen, nein, nein, der Plan wird ausgeführt. Es ist ein guter Plan.
Er sitzt auf dem Rand des Märchenbrunnens, neben dem Froschkönig, und wippt nach Art der Wartenden mit einer Fußspitze. Er trägt eine Sonnenbrille, die nimmt er ab, als er mich kommen sieht: damit ich ihn erkenne. Wir geben uns wortlos die Hand, ich feile noch an meinem ersten Satz. Er spaziert so selbstverständlich los, als gehörte das Spazieren zum Ritual von konspirativen Treffen. Uns rollt ein Ball vor die Füße, ich erwische ihn vor ihm und schieße ihn zurück zu den Kindern. Also? fragt er.
Es geht los, Amanda, drück uns die Daumen. Wie Sie sich denken können, fange ich an, müssen wir Rundfunkkorrespondenten auf unvorhergesehene Vorfälle gefaßt sein. Es gebe oft unverhoffte, einzigartige Gelegenheiten für Aufnahmen, und ohne entsprechende

Vorbereitung wären die unwiederbringlich dahin, die Fotografen stünden vor demselben Problem. Entsprechende Vorbereitung – das heiße nicht nur Geistesgegenwart, sondern auch eine gute Ausrüstung. Darum hätte ich immer ein kleines Aufnahmegerät bei mir, ich sage: Sie stellen sich nicht vor, was mir schon durch die Lappen gegangen ist, nur weil das Ding zu Hause in meinem Schreibtisch lag. Aber so werde man aus Schaden klug. Muß ich weiterreden?
Ich zeige ihm den winzigen Recorder. Ich habe ihn gestern gekauft, für sechshundert Mark, er hat ein erstaunlich empfindliches Mikrophon. Zu Hause habe ich ihn mit Schmirgelpapier und mit etwas Salatöl bearbeitet, damit er nicht ladenneu aussieht, die Sache läuft nicht schlecht. Klausner rührt ihn nicht an, obwohl ich ihm den Recorder bereitwillig hinhalte, er scheint sich nicht einmal dafür zu interessieren. Vermutlich kennt er solche Apparate. Ich frage, ob er sich entsinnen kann, daß ich Unter den Linden immer links von ihm gegangen bin, warum wohl? Er weiß es, ich stecke den Recorder in meine rechte Jackentasche, nachdem ich vorgeführt habe, daß keine Kassette eingelegt ist.
Mit einem Wort, Herr Klausner, ich habe mir erlaubt, unser kleines Gespräch von neulich aufzunehmen, und ich werde nicht zögern, es senden zu lassen. Zugegeben, die Tonqualität könnte besser sein, doch wird man mir das Rauschen nachsehen, wenn man bedenkt, unter welch komplizierten Bedingungen die Aufnahme zustande gekommen ist. Man versteht beinah jedes Wort, und Sie werden es erleben – das öffentliche Interesse wird trotz des Rauschens groß sein. Was kümmert mich sein Gesichtsausdruck, ob er nun enttäuscht oder ratlos oder erschrocken ist. Das fehlte noch, daß er mir leidtut. Ich lasse ihm Zeit, damit er sich die Folgen seines

stümperhaften Anwerbungsversuchs ausmalen kann, die Folgen für seine Karriere. Dann komme ich zum zweiten Teil meiner Rede, ohne den der erste nichts als Protzerei wäre. Auch Klausner, so scheint es, will mehr hören.

Unser Gespräch würde also gesendet werden. Aus dem Osten würde man natürlich schreien: Alles Erfindung, alles Provokation. Ich würde zurückrufen, alles die reine Wahrheit, Aussage stünde gegen Aussage. Er, Klausner, wisse, daß man immer den Helden der westlichen Welt glaube und nie den grauen Mäusen aus dem Osten. Ohne mein Zutun würde der Fall hochgespielt, und wessen Ansehen wäre wohl ramponiert? Meines vielleicht? Doch kein Dilemma ohne Ausweg, sage ich, die Sendung lasse sich mit verhältnismäßig geringem Aufwand verhindern: Der Spottpreis bestehe in der Ausreisegenehmigung für Frau Weniger. Sobald sie die Grenze überschritten habe, könnten alle Beteiligten den Zwischenfall vergessen, das sei das Wort eines Ehrenmannes.

Mein Text ist zu Ende, und aller Optimismus verfliegt im selben Augenblick auf rätselhafte Weise. Wir gehen noch ein paar Schritte, ich erwarte keine Antwort von Klausner, die Affäre wird an höchster Stelle beraten werden müssen. Ich kenne mich in den Dienstgraden der Sicherheitsleute nicht aus, doch ich vermute, daß er im unteren Drittel herumwirtschaftet, er hat kein eigenes Büro.

An der Kreuzung zweier Parkwege wendet er sich von mir ab und geht davon, ohne sich umzublicken. Ich bin fremd im Friedrichshain, das Auto steht irgendwo am entgegengesetzten Ende, im Parkverbot. Seit unserer Begrüßung am Märchenbrunnen hat er nur ein einziges Wort gesagt: Also? Ich höre die Bombe ticken.

13. Juli
Es war unmöglich, Amanda nicht einzuweihen. Andauernd hat sie gefragt, was mit mir los ist, nichts, habe ich andauernd geantwortet, von Mal zu Mal unglaubwürdiger. Bis ich den Arm um ihre Schulter legen und alles erzählen mußte.
Sie nimmt meine Geschichte erstaunlich gelassen hin, wie um mich davon zu überzeugen, daß es ein Fehler war, sie nicht von Anfang an mit ihr zu besprechen. Sie an meiner Stelle, sagt sie, hätte nein gesagt, kommentarlos und ruhig nein, nicht weil es ihr am klügsten erschienen wäre, sondern weil sie nicht anders gekonnt hätte. Vielleicht sei mein Verhalten das aussichtsreichere, auf jeden Fall das männlichere, und ihre Augen sind wieder einmal voll Spott. Im Ernst, sagt sie, sie wisse nicht, was bei denen schwerer wiege – Angst vor der Bloßstellung oder Wut über einen Erpressungsversuch.
Es scheint ihr überhaupt nicht in den Sinn zu kommen, in was für einer Verfassung ich während der letzten Tage gewesen bin. In der vergangenen Nacht fiel mir ein böses Ende meiner Kraftprobe mit den Behörden ein: Amanda muß hierbleiben, mich weisen sie aus. Nur nicht darüber reden, nur nicht daran denken. Wenn meine Ostzeit abgelaufen ist, wird so oder so eine Entscheidung fallen müssen, und die Erfahrung zeigt, wie wenig Sinn es hat, sich auf das gute Herz der Partei zu verlassen.
Amanda beginnt, an Einzelheiten meiner Planausführung herumzumäkeln. Den Kauf des Recorders nennt sie kindisch. Ein überflüssiges Detail. Wenn sie dieser Mann gewesen wäre, hätte das Vorzeigen des Recorders sie mißtrauisch gemacht. Unterstellst du einem Menschen vom Geheimdienst, fragt sie, daß er nicht weiß, wie ein kleiner Recorder aussieht? Wäre es nicht besser,

wenn er ein viel raffinierteres Gerät vermuten würde? Dann kommt sie auf einen wirklich wunden Punkt zu sprechen: Nehmen wir an, sagt sie, die stellen sich taub. Hast du dem Menschen eine Frist gesetzt? Nein, das habe ich nicht. Nehmen wir an, sagt sie, es vergehen Wochen – wenn sie lange genug warten, werden sie merken, daß du geblufft hast. Was dann?
Ich muß zugeben, daß dies ein ernstes Problem ist, ich habe längst daran gedacht. Ein paar Wochen müssen wir ihnen geben, so ein Staatsapparat ist schwerfällig. Nach diesen Wochen wird die Aufnahme gesendet, ich schwöre es dir. Gesendet? Bist du verrückt? Habe ich etwas falsch verstanden? Du hast doch die Aufnahme nicht? Stell dich nicht dumm, Amanda, ich habe sie nicht, aber ich werde sie haben. Der Wortlaut ist kein Problem, in einer Viertelstunde ist er aufgeschrieben. Ich werde den Text einem Vertrauten geben, der wird ihn lernen. Ich stecke meinen kleinen Recorder in die Tasche, wir gehen auf die Straße und machen die Aufnahme. Wenn es nötig ist, machen wir sie fünfmal, zehnmal, so lange, bis sie echt klingt. Beim Sender darf natürlich niemand Verdacht schöpfen, die müssen den Mitschnitt für authentisch halten. Und im Osten würden sie sowieso behaupten, es sei eine Fälschung, auch wenn die Aufnahme echt wäre. Dann nennen sie eben eine Fälschung eine Fälschung, wen kümmert das. Aber der Witz ist, daß ich den Sender wahrscheinlich nicht brauche: Denn ich werde ihnen die Aufnahme vorher schicken, als kleine Kostprobe. Na?
Amanda sieht mich an, wie Sebastian es immer tut, wenn er durchschaut, daß ich ihm einen Bären aufbinde – den Kopf auf die Seite geneigt und lächelnd. Sie sagt, das alles sei ein rührender Blödsinn und ich sollte froh sein, daß ich ihn nicht auszuführen brauche. Wollen wir

wetten, daß ich es tue? frage ich, und sie sagt, lieber nicht, sonst tue ich es noch wirklich.
Unsere Nächte sind immer noch wie Samt und Seide, das hört und hört nicht auf. Das strenge Gesetz, wonach die Begierde der ersten Tage sich zuerst in Annehmlichkeit und dann in Gewöhnung verwandelt, scheint für uns nicht zu gelten. Doch als ich mir an diesem Abend Amandas Fuß angle, fällt ihr ein, daß sie etwas vergessen hat. Können wir nicht später darüber sprechen? Nein, es muß jetzt sein. Großzügig überläßt sie mir den Fuß, aber ich muß ihr in die Augen sehen. Über das Wichtigste an meiner Agentengeschichte hätten wir nicht gesprochen, nämlich darüber, auf welche Weise Entscheidungen zustande kommen, die uns beide betreffen. Ich sollte mich nicht daran gewöhnen, daß ich der Entscheider bin und sie die Empfängerin meiner Wohltaten. Das könnte später, im sogenannten Alltag, zu Zerwürfnissen führen. Es herrsche selbst dann Beratungspflicht, wenn ich mir einbilde, ich kenne den Weg zum jeweiligen Ziel genau und sie kenne ihn überhaupt nicht. Sie sagt: Vor allem dann. Ihr Fuß entspannt sich wieder, sie läßt es für heute bei dieser knappen Rüge bewenden, denn auch sie hat kein Herz aus Stein.

21. Juli
Wieviel Wochen sind eine angemessene Frist? Noch bin ich entschlossen, meine Drohung wahrzumachen, auch wenn Amanda sie Kinderei nennt. Schöne Kinderei, die als Nachricht durch die Weltpresse gehen wird. Ich habe schon einen Partner für die Aufnahme auserwählt, Wieland, er weiß noch nichts. Es kommt weniger auf die schauspielerische Begabung als auf seine Verläßlichkeit an.
Ich fahre besonders vorsichtig Auto. Ich sehe öfter als

bisher in den Rückspiegel, und wenn mir ein Wagen länger als eine Minute folgt, lasse ich mich überholen. Dann ist der nächste Wagen hinter mir und so weiter. Als mich gestern ein Wagen aus der Spur drängte, bin ich ihm hinterhergefahren, um meinem potentiellen Mörder ins Gesicht zu sehen. Doch die Frau, die schließlich anhielt und einen Wäschekorb vom Rücksitz ins Haus trug, war wohl keine Geheimdienstlerin. Die Angst, umgebracht zu werden, kommt mir selbst so lächerlich vor, daß ich sie Amanda gegenüber nie erwähnen würde. Wie sollen sie aber sonst der Falle entkommen, in der ich sie gefangen habe? Ich finde, daß es kein übertriebenes Sicherheitsbedürfnis ist, am Leben bleiben zu wollen, da kann Amanda spotten, so viel sie will. Oder bin ich Opfer der Vorurteile meiner Kollegen, ist der Sicherheitsdienst am Ende viel netter, als sie es in ihren Berichten darstellen? Man hat schon Wichtigere als mich nicht ermordet. Andererseits sage ich mir, daß man in dieser speziellen Situation besser zu vorsichtig sein sollte als zu nachlässig.

2. Aug.
Amandas Vater ißt bei uns Abendbrot, Thilo Zobel. Sie hat mich auf seinen Besuch vorbereitet, indem sie sagte, er sei liebenswert, kein Vergleich zur Mutter. Sie sagte auch, er könne Violetta schon viel länger nicht ausstehen, als sie, Amanda, es tue, ich brauchte mich vor ihm nicht zu fürchten.
Es betritt ein maßvoll ergrauter Herr das Wohnzimmer, dem ich auf den ersten Blick ansehe, daß Frauengeschichten für ihn noch nicht erledigt sind. Ich kann nicht sagen, woher dieser Eindruck stammt, denn ich kenne andere Männer seines Alters, die nicht weniger jung wirken und nicht weniger gepflegt sind, bei denen

es mir nicht einfallen würde, so zu denken. Vielleicht ist es die Art, wie seine Hand auf Amandas Hüfte liegt, als sie ins Zimmer kommen. Es macht Mühe, nicht auf diese Hand zu blicken. Er nimmt sie sogar dann nicht weg, als er mir die andere zur Begrüßung reicht, sie haben sich lange nicht gesehen.

Beim Essen betrachtet er mich ungeniert, ein selbstsicherer Mensch. In einem unbeobachteten Augenblick wird er Amanda zuflüstern, wie ich ihm gefalle. Was ist er von Beruf? Zahnarzt? Obwohl sie gesagt hat, ich könne mich darauf verlassen, daß er mit keiner Silbe versuchen wird, unsere Heirat zu verhindern, warte ich den ganzen Abend darauf. Es stört die Konversation. Amanda ist so froh über seinen Besuch, daß Sebastian und ich uns selbst überlassen sind. Zobel versucht nicht, den liebevollen Großvater zu spielen, das gefällt mir. Ich glaube, daß der Gedanke, ein Großvater zu sein, ihm nicht angenehm ist. Sebastian behandelt ihn kühl, er hat aus Fernsehserien und Kinderbüchern eine Vorstellung von Großvätern, der Zobel nicht entspricht. Als seine Schlafenszeit gekommen ist und Amanda ihn auffordert, dem Großvater einen Kuß zu geben, gehorcht er wie ein Soldat einem unsinnigen Befehl des Vorgesetzten.

Amanda bringt ihn ins Bett, und ich bin ein paar Minuten mit Zobel allein. Ohne Zusammenhang sagt er, er kenne Hamburg, er sei dort zweimal mit seiner Wasserballmannschaft gewesen, in den fünfziger Jahren. Bis sie zurückkommt, unterhalten wir uns über Wasserball und über Hamburg. Die Schuld dafür, daß wir uns bisher nicht kennengelernt haben, schiebe ich auf Amanda. Plötzlich nimmt er eine Armbanduhr aus der Tasche und sagt, die habe er vergessen, sie sei für Sebastian. Ich sage, er soll ins Kinderzimmer gehen und sie ihm umbinden, Sebastian schläft noch lange nicht, aber er legt sie auf den

Tisch und antwortet, wir sollten sie ihm morgen geben. Als Amanda zurückkommt, zündet er sich eine Zigarre an, sie wundert sich über diese neue Angewohnheit. Ich entdecke keine Ähnlichkeit zwischen den beiden, bis auf die Tatsache, daß sie beide gutaussehende Menschen sind.

Er erkundigt sich, ob sich etwas Neues in unserer Heiratsangelegenheit getan hat, und ich blicke in Amandas Augen und denke: Jetzt passiert es. Wir schütteln beide den Kopf, Amanda gibt ihm einen kurzen Bericht. Sie erzählt ihm auch vom Rat des Anwalts Colombier, aus taktischen Erwägungen auf ihrer Staatsbürgerschaft zu beharren, mein Gott, warum vertraut sie ihm so. Mein Hüsteln überhört sie, ich bin für sie nicht da. Warum kommt ihr nicht der Gedanke, daß ihr Vater auf andere Weise das versuchen könnte, was ihrer Mutter mißglückt ist?

Zobel sagt, die Warterei könne lang werden; eine frühere Sprechstundenhilfe habe einen Ausreiseantrag gestellt und dann bis zu ihrem, allerdings frühen, Tod auf gepackten Koffern gesessen. Man müßte etwas haben, womit man die Obrigkeit unter Druck setzen könne, sie müßte einen loswerden wollen, aber wer habe schon so ein Wundermittel in der Tasche. Wieder sehen Amanda und ich uns an; sie lächelt, und ich lege verstohlen den Finger auf die Lippen, damit sie ihm nicht auch das noch erzählt. Amandas Absicht, ihre Staatsbürgerschaft behalten zu wollen, nennt er nicht nur geschickt, sondern unumgänglich. Sonst würde sie ja nie wieder einreisen dürfen, sagt er, und wie sollte man sich dann je wieder sehen? Ihm selbst würden sie, auch wenn er Rentner geworden ist, keine Westreisen gestatten: als Ehemann einer Geheimnisträgerin. Amanda ist beschämt, weil sie nicht früher daran gedacht hat.

Im Laufe des Abends fragt er Amanda nach ihren Zähnen. Sie sei ewig nicht bei ihm in der Praxis gewesen, drei Jahre? Er empfiehlt eine gründliche Durchsicht, sie sollte ihr Gebiß vor dem Umzug in einen optimalen Zustand bringen. Wenn die Genehmigung komme, werde alles schnell gehen müssen, bis dahin sollte jede Plombe sitzen und jedes Loch gestopft sein. Wozu im Westen das viele Geld dafür ausgeben.

5. Aug.
Wegen einer Sendung, die unter meinem Namen lief, erteilt mir der Programmdirektor eine Rüge. Kobler, unser Redaktionsleiter, händigt mir den Brief aus. Er kennt den Inhalt und sagt, ich soll die Sache nicht tragisch nehmen. Was muß er nach all den Jahren für ein Bild von mir haben, daß er glaubt, solch eine alberne Rüge könnte mir aufs Gemüt schlagen. Nicht einmal Gehaltsabzug hat sie zur Folge.
Den monierten Text habe ich nicht geschrieben, Amanda war es. Wir sind inzwischen so weit, daß ich nicht mehr jede Seite prüfe, die sie an meiner Statt schreibt, oft gebe ich den Text ungelesen dem Sprecher. So war es auch diesmal, ich erfahre die Einzelheiten erst aus der Rüge. Allerdings hätte ich die Passage, die den Wirbel verursacht hat, auch dann nicht geändert, wenn ich sie vorher gesehen hätte. Amanda hat recht, und es ist nicht ihre Schuld, wenn die Sklavenseelen im Rundfunkrat einen wahrheitsgemäßen Satz nicht ertragen können.
Es ging um einen Zwischenfall an der Mauer, bei dem ein Mann durch Warnschüsse gezwungen wurde, seinen Fluchtversuch aufzugeben. Amanda hat sich gebührend darüber aufgeregt, aber sie hat auch eine Anmerkung gewagt, die nach Ansicht der Programmdi-

rektion nicht hätte gesendet werden sollen: Vor ein paar Wochen haben die Amerikaner ein iranisches Verkehrsflugzeug abgeschossen – 290 Tote, mehr Opfer, als die Mauer seit ihrem Bau verursacht hat. Und die eine Entrüstung, schrieb sie, könnte viel glaubwürdiger vorgebracht werden, wenn die andere nicht so seltsam kurz käme. Soll ich sie dafür tadeln? Der Programmdirektor ist der Meinung, es sei nicht Aufgabe der Ostkorrespondenten, antiamerikanische Gefühle hervorzulocken, ich verschone Amanda mit diesem Unsinn. Ich selbst hätte das nicht geschrieben, nicht nur, weil es mir nicht eingefallen wäre. Ich kann nicht von ihr verlangen, daß sie sich beim Schreiben in meine Unempfindlichkeit hineinversetzt und sich meine Vorsicht zu eigen macht.

20. Aug.
Heute hat Amanda Sebastian zu Hetmann gebracht und ist schon wieder länger geblieben als nötig. Stiefvater und Stiefsohn wollen übers Wochenende an einen See fahren, Sebastian bestand darauf, Schlauchboot und Taucherausrüstung mitzunehmen, mehr als er tragen kann, deshalb mußte Amanda ihn hinbringen. Nun ist sie wieder da, und ich erkundige mich nach zweierlei: Was so ewig gedauert hat, und ob die Treffen zwischen ihr und Hetmann sich in Zukunft zu einer Gewohnheit auswachsen sollen. Natürlich muß sie Sebastian mit seinem vielen Gepäck auch wieder abholen. Amanda sagt, sie habe es mir eigentlich nicht erzählen wollen, doch wenn ich so wütend darauf bestehe, dann bitte: Zuerst hätten sie Sebastian ins frühere Kinderzimmer eingeschlossen, dann hätten sie sich ins Bett gelegt, alte Liebe rostet nicht. Es sei noch ein bißchen hölzern zugegangen, die Entwöhnung, aber beide seien sie zu-

versichtlich, daß es von Mal zu Mal besser klappen werde. Zufrieden?

Na ja, das klingt nicht schlecht, beruhigend aber nun auch wieder nicht. Warum ist sie so gereizt? Ich möchte sie erleben, wenn ich mich regelmäßig mit einer früheren Freundin treffe, aus noch so einleuchtenden Gründen. Wenn sie vor Wut platzen würde, hätte sie mein Mitgefühl, wenn es ihr gleichgültig wäre, könnte ich nicht ruhig schlafen. Und was tut sie? Sie schüttelt mich ab wie einen Kläffer. Mir sei offenbar nicht klar, sagt sie, daß sie mit diesem Mann eine Scheidung hinter sich habe, ohne Gericht, ohne Anwalt, ohne nennenswertes Geschrei; nach sieben Jahren des Zusammenlebens sei man so zivilisiert auseinandergegangen, wie es sonst kaum einem Paar gelinge. Nach sieben Jahren, fügt sie hinzu, über die ich nie ein Wort der Klage von ihr erwarten sollte. Fritz Hetmann sei ein angenehmer und großzügiger Mensch, viel großzügiger, als ich es in seiner Situation vermutlich wäre.

Woher sie das wissen will, wage ich einzuwenden, sie sei noch nie von mir geschieden worden. Warte es nur ab, sagt Amanda, hat sie den Verstand verloren? Sie arbeitet darauf hin, daß ich bei ihrer nächsten Rückkehr den Mund halte: Sie wehrt sich nicht nur, sie führt einen Präventivschlag. Hetmann sei so generös, daß er sie gefragt habe, ob sie Unterhaltszahlungen für den Jungen gebrauchen könne. Es ist nicht zu fassen – das nennt sie generös! Und mein ewiges Herumnörgeln an Hetmann, sagt sie, mache mich nicht gerade anziehender.

Die Wochenenden ohne Sebastian bringen nichts.

30. Aug.
Ich treffe mich mit Wieland in seiner westberliner Wohnung, sie sind gerade vom Urlaub aus Portugal zurückgekommen. Elisa sieht mich wenig einladend an – die Reise hat sie daran erinnert, daß ich im letzten Sommer ihre Vermittlungsdienste ausgeschlagen habe. Ich frage, wie es Dorothea geht, und sie antwortet süßlich, der könne es gar nicht besser gehen, die sei im fünften Monat schwanger.
Wieland ist von meinem Ansinnen nicht begeistert. Unglücklich sagt er, er habe so etwas noch nie gemacht, und ich sage, ich auch nicht. Ich zeige ihm die drei Seiten Anwerbungsgespräch, die ich aufgeschrieben habe, er liest, als müsse er prüfen, ob der Text für ihn gut genug ist. Nein, sage ich, er brauche nichts auswendig zu lernen, er dürfe während der Aufnahme vom Blatt sprechen. Das sei einer der Vorteile des Rundfunks. Er überlegt, dann fragt er, ob es nicht besser wäre, sich den Text nur dem Inhalt nach einzuprägen und später mit eigenen Worten den Dialog zu führen, ob das nicht echter klinge. Ich finde den Vorschlag gut.
Er ist also einverstanden. Den genauen Termin will ich ihm nicht nennen, ich sage, ich hätte noch nicht die Hoffnung aufgegeben, daß wir ohne die Aufnahme auskommen. Das hört er gern. Elisa kommt ins Zimmer und fragt, ob wir Männer eine Tasse Kaffee trinken möchten. Ich sage, wir Männer seien schon fertig, ich habe es eilig. Als sie wieder draußen ist, fragt mich Wieland, warum ich sie immer so reize.

6. Sept.
Ein erbärmlicher Streit verunziert die Wohnung: Ich komme nachmittags nach Hause und höre Amanda so unbeherrscht schreien, daß mein erster Gedanke ist, ich

müßte Sebastian vor ihr schützen. Ich gehe zu ihrer Zimmertür, um aus dem kompakten Gebrüll einzelne Wörter oder Sätze herauszufiltern, da bricht es ab. Der arme Sebastian weint nicht, antwortet nicht, rennt nicht ins Freie, das Schweigen dauert Sekunden. Dann sagt ein Mann, dessen Stimme mir unbekannt ist, Amanda könne sich auf den Kopf stellen – er wird es nicht zulassen, daß sein Kind im Kapitalismus aufwächst. Ludwig Weniger, den Namen hat mein Hirn parat: ist gekommen, um sein eigen Fleisch und Blut zu retten. Oder wirft ihn gar irgendein Ministerium als letzte Reserve in die Schlacht? Ein Kommen und Gehen ist das!
Das einzige, was ich über ihn weiß, ist, daß Amanda ihn verabscheut. Sie wollte nie von Weniger erzählen, die Ehe mit Weniger ist wie ein Loch in ihrer Vergangenheit. Ich kenne kein Foto von ihm, sie besitzt angeblich keines. Warum hat sie solch einen Aussätzigen in ihr Zimmer gelassen? Sebastian ist nicht zu Hause, seine Hausschuhe stehen neben der Wohnungstür. Aus der Tatsache, daß er seinen Vater nicht gesehen hat, seit wir zusammenwohnen, schließe ich, daß er ihn seit der Scheidung überhaupt noch nicht gesehen hat.
Das Schweigen dauert nicht ewig. Amanda fragt mit ihrer verächtlichsten Stimme, wie er denn den Umzug Sebastians in den Kapitalismus verhindern wolle. Er antwortet, das werde sie schon sehen, er sei aber in der Hoffnung gekommen, sich gütlich mit ihr zu einigen. Wieder verliert sie die Beherrschung: Sie schreit, das einzige, worüber sie beide sich im guten einigen könnten, sei, daß er ihr nie mehr unter die Augen trete. Aus welchem Schmutzloch seine plötzliche Sorge gekrochen komme? Das Beste am Leben im Kapitalismus werde sein, daß er den Jungen auch dann nicht sehen

könne, wenn es ihm je in den Sinn kommen sollte, es gebe gottseidank die Mauer.
Ich habe Amanda schon auf höherem Niveau argumentieren hören. Ich stelle mir vor, daß Weniger lächelt, überlegen und kühl, jedenfalls behält er die Übersicht. Er sagt, daß er bisher das Gefühl hatte, Sebastians Schicksal liege in guten Händen; er habe immer gemeint, seine eigene Mitwirkung an Sebastians Erziehung, die vor Gericht durchsetzbar gewesen wäre, hätte zu ewigem Unfrieden geführt, deshalb habe er schweren Herzens darauf verzichtet. Das sei seine Vorstellung von gutem Willen. Stark. Bald muß ihr etwas einfallen, sonst wird ihr nichts anderes übrigbleiben, als sich auf ihr Hausherrenrecht zu besinnen und ihn hinauszuwerfen. Oder sagt man Hausfrauenrecht?
Dann höre ich ein Geräusch, das mich zwingt, schnell die Tür zu öffnen, sie ist übergeschnappt. Sie stehen mit leicht gesenkten Köpfen voreinander, ich sehe auf die Hand Wenigers, mit der er sich die Backe reibt. Er wendet den Blick zu mir, Amanda hat kein Auge für mich frei. Sie sagt zu Weniger, er könne nun gehen und seinen Auftraggebern sagen, er habe sein Bestes getan, doch sei er der Aufgabe nicht gewachsen. Vielleicht entlohne man ihn trotzdem.
Meine Anwesenheit verändert die Lage, Weniger weiß nicht, an wen er sich richten soll. Und ob er mich in den Zorn mit einbeziehen soll, der endlich über ihn gekommen ist. Begrüßung oder gar Vorstellung kämen mir grotesk vor, ich bleibe in der Tür stehen, als Überraschter, der sich zurechtfinden muß. Keiner erklärt mir etwas. Weniger wendet sich an alle, als er ankündigt, er werde vor Gericht gehen und fordern, daß man ihm das Erziehungsrecht zuspricht, daß man ihm helfen soll, das Kind vor seiner zur Republikflucht entschlossenen

und zudem hysterischen Mutter zu bewahren. Dabei tritt er einen Schritt zurück, wie ein Boxer aus der Reichweite seines Gegners. Doch Amanda hat sich wieder in der Gewalt, der Auftritt vor mir ist ihr peinlich. Sie sagt, wenn Sebastian mit einem Freund ins Zimmer käme, würde Weniger nicht einmal wissen, wer von beiden sein Sohn ist. So gefällt sie mir eher, sie kommt in Form – schon fällt Weniger nichts Besseres ein als zu lachen.

Amanda zieht mich in den Streit hinein: Ob ich bereit bin, Weniger auszuzahlen. Nicht, damit er auf seine Rechte verzichtet – er hat keine Rechte –, sondern um uns den Ärger zu ersparen, der unvermeidlich ist, wenn man sich mit seinesgleichen einläßt. Fünftausend Mark müßten reichen, Westmark natürlich.

Was immer in ihrer Ehe vorgefallen ist, es liegt viele Jahre zurück, Amandas Wut aber ist frisch, beinah entstellend. Ich sehe Wenigers empörte Augen, möchte etwas Besänftigendes sagen, doch ich bringe nur einen vorwurfsvollen Blick zustande. Woher kommt es, daß ich jedes Wort Amandas kritisch bewerte und daß alles, was Weniger sagt, mir gleichgültig ist?

Falls du der Ansicht bist, daß ich höflicher sein sollte, sagt sie zu mir, mußt du bedenken, daß er einen anderen Ton nicht versteht. Es gibt nur zwei Wege, ihn loszuwerden: Entweder man besticht ihn, oder man erpreßt ihn. Was hältst du davon, ihn anzuzeigen? Ein Jahr nach der Scheidung hat er aufgehört, Unterhalt für Sebastian zu zahlen. Ich habe nicht reagiert, weil mich die monatlichen Zahlungen jedesmal an ihn erinnerten. Aber was hindert mich, jetzt vor Gericht zu gehen und Nachzahlung zu verlangen? Mit den Jahren muß eine ordentliche Summe zusammengekommen sein, das wird ihn ins Schwitzen bringen.

Sie gönnt sich einen langen Blick auf Weniger, dann läßt sie mich mit ihm allein. So als wäre es meine Aufgabe, den Rest zu erledigen. Wir Männer unter uns, wie wahrt man Würde? Ich wage nicht, mich zu setzen, obwohl ich Lust dazu habe, es könnte wie eine Einladung zum Setzen aussehen. Ich bilde mir ein zu erkennen, was Amanda einmal anziehend an ihm gefunden hat, seine Männlichkeit. Er erinnert mich an einen Schauspieler, dessen Namen ich vergessen habe, von dem ich aber noch weiß, daß all seine Filmpartnerinnen sich nach ihm verzehrten, und zwar aus Gründen, die ich nie begreifen konnte. Jedesmal, wenn eine vor ihm hinsank, kam es mir vor, als handle es sich um eine alberne Filmabsprache, um eine Geschäftsregel, wie es auch eine Regel beim Film gibt, wonach die einen immer getroffen werden und die anderen nie. Kurz und gut, irgendwann muß Amanda dieser Eigenschaft Wenigers für alle Zeiten überdrüssig geworden sein; denn ich bezweifle, daß Männlichkeit ein wesentliches Merkmal von mir ist. Ob er sich einen Augenblick setzen dürfe, fragt Weniger. Was haben wir zu besprechen, ich gebe nichts.
Selten ist mir eine einladende Handbewegung schwerer gefallen, ich bleibe aber stehen. Wir seien doch gewissermaßen Kollegen, sagt Weniger, auch wenn wir auf verschiedenen Seiten der Barrikade kämpften. Es ist keiner zu klein, ein Friedenskämpfer zu sein, weiß ich doch längst. Da müßte es möglich sein, sagt er, höflich und vorurteilsfrei ein paar Gedanken auszutauschen. Natürlich, antworte ich, es ist mein erstes Wort, seit ich die Wohnung betreten habe. Und ich sage, nie könnte ich vergessen, daß er den fortgeschrittenen Teil der Menschheit repräsentiere und ich den untergehenden. Seltsam, es ist, als hätte Amanda mir ihre Abscheu in die Hand gedrückt, bevor sie hinausging.

Er steht wieder auf und sagt: Schade. Er geht, zum Glück geht er, er ist zu groß, um ihn hinauszuwerfen. Eine Stunde lang kann man mit ihr nicht reden, sie hat sich eingeschlossen.

8. Sept.
Bei einer Grenzüberfahrt nach Westberlin werde ich kontrolliert wie nie zuvor. Zwei Zöllner führen vor, was sie gelernt haben, stumm steht ein Offizier dabei, mit einem Gesicht wie ein leeres Blatt Papier. Sie schrauben die Türverkleidungen des Wagens ab, sie stochern im Tank herum, sie nehmen den Rücksitz heraus und greifen unter alle Polster. Warum tun sie das? frage ich, der Offizier antwortet: Wir sind der Zoll. Ich sage: Sie wissen, daß es ein Abkommen gibt, wonach Sie mich auf diese Weise nicht durchsuchen dürfen? Der Offizier, der offenbar das Abkommen kennt, antwortet: Außer es liegt ein Verdacht vor. Ich frage, ob solch ein Verdacht vorliegt, und er sagt, ich könne mich gern beim Außenministerium beschweren. Er blitzt vor Korrektheit.
Es hilft mir, gelassen zu bleiben, wenn ich daran denke, was sie bei mir schon alles hätten finden können, wenn sie immer so gründlich gewesen wären. Verbotene Filme, verbotene Bücher, verbotene Plakate, verbotene Blusen. Das Schlimmste an dieser Art von Gesellschaft ist, wie weit der Staatsarm reicht. Akromegalie, Riesenwuchs der Endglieder, unheilbare Krankheit. Es macht sie ärgerlich, daß ihre Hingabe umsonst zu sein scheint – sie behandeln das Auto immer gröber. Wissen sie, wonach sie suchen? Nach einem Tonband? Oder besteht ihr Auftrag darin, mich einer Art Reizbarkeitstest zu unterziehen?
Als alles vergeblich ist und sie die Wagenteile wieder

zusammensetzen, fordert Papiergesicht mich auf, ihm zu folgen. Ich nehme einem der Zöllner den Schraubenzieher weg und ziehe ein paar Schrauben nach. Ich bleibe stehen, bis sie die Hände vom Wagen nehmen – ein Mißtrauen gegen das andere. Dann schließe ich zu und lasse mich vom Offizier in eine Baracke führen. Dort ist es stickig und heiß zum Umkommen, es riecht nach Mottenkugeln. Leibesvisitation. Während ich alles Zeug aus meinen Taschen auf den Tisch lege, während ich abgetastet werde, phantasiere ich mir eine Erklärung zurecht: Amandas Umzug ist im Prinzip genehmigt, jetzt wollen sie prüfen, ob ich voreilig Umzugsgut in den Westen schmuggle. Papiergesicht nimmt mein Notizbuch und beginnt, darin zu blättern. Ich reiße es ihm aus der Hand, und er tut so, als hätte er es nicht anders erwartet.

14. Sept.
Ich rufe Rechtsanwalt Colombier an und bitte ihn, sich um unsere Angelegenheit zu kümmern, die Lästigkeiten nähmen überhand. Als ich erwähne, daß wir schon länger als ein halbes Jahr warten, sagt er, das sei nicht viel, die Mühlen Gottes mahlten langsam. Plötzlich habe ich das Gefühl, daß der alte Kerl nicht weiß, mit wem er spricht. Ich bringe die Rede auf unser gemeinsames Abendessen, und tatsächlich scheint ein Ruck durch seine Erinnerung zu gehen. Er bedankt sich noch einmal für den vorzüglichen Fisch – es hat keinen Fisch gegeben – und kündigt an, bei drei verschiedenen Stellen anzurufen. Es klingt nicht vielversprechend.
Ohne erkennbaren Anlaß sagt Amanda, daß ich sie in einem zu verklärten Licht sehe. Ich könnte ja antworten, daß es nicht ungewöhnlich ist, eine Frau, die man liebt, auf verklärte Weise zu sehen, doch lieber sage ich,

daß sie sich täuscht. Sie sagt: Dann will ich dir was erzählen.
Es folgt ein Kurzroman aus ihrer Schulzeit: Sie ging mit Lucie in eine Klasse, beide waren achtzehn. Lucie war eine schlappe Schülerin, die sich in beinah allen Fächern mit Mühe ins Ziel rettete, nur am Fach Physik biß sie sich die Zähne aus, die alte Geschichte. Ihre Situation war bedrohlich, denn nach Ansicht des Lehrers wies ihr Wissen nicht nur Lücken auf, er sagte, wo nichts sei, da könne es auch keine Lücken geben. Die Tür zum Abitur war vernagelt, da entwarf Amanda ein Hilfsprogramm. Sie riet Lucie, dem Physiklehrer, der Nowatzki hieß, auf andere Weise zu imponieren als durch Wissen, der sei verführbar. Wie er beim Unterricht auf ihre Knie starre, verrate ihn. Warum sollte Lucie sich nicht für einen guten Zweck ein wenig überwinden. Doch die dumme Gans traute sich nicht, und Amanda mußte die Sache selbst in die Hand nehmen. Sie schrieb einen anonymen Liebesbrief, einen parfümierten, sie nahm ihn in ihre Blickzange, sie spreizte im Unterricht die Beine um fünf Zentimeter. Als sie glaubte, genug getan zu haben, beträufelte sie sich reichlich mit dem Briefparfüm und gab sich somit als Absenderin zu erkennen. In Nowatzkis Hörweite fragte sie Lucie, ob sie nicht in eine bestimmte Diskothek kommen wolle, sie gehe jeden Samstag dorthin, und sah Nowatzki dabei an. Einen Samstagabend warteten sie vergeblich, am nächsten kam er. Sie tanzten, Nowatzki fiel dadurch auf, daß er sich jedesmal entschuldigte, wenn er jemanden anstieß. Lucie durfte sich nicht blicken lassen, mußte die zwei aber ständig im Auge behalten, um ihren Abgang nicht zu verpassen. Schneller als erwartet schlug Nowatzki vor zu gehen, noch war Amanda nicht sicher, ob die Lust ihn trieb oder ob er den Lärm nicht länger

ertragen konnte. Sie ließ sich nach Hause bringen, unterwegs tat sie betrunken. Im dunklen Hausflur küßten sie sich, Lucie kam und kam nicht, und der arme Mann mühte sich schon mit dem Reißverschluß ihres engen Rocks ab. Da öffnete Lucie endlich die Haustür, machte das Licht an und sagte verabredungsgemäß: Oh! Damit waren alle Wissenslücken geschlossen, denn tatsächlich bekam sie in Physik eine Vier, man brauchte Nowatzki nicht einmal die Pistole auf die Brust zu setzen.
Ich sage zu Amanda, ihre Geschichte sei ein sogenannter Schuß in den Ofen: Falls sie mit der Vermutung recht habe, daß ich sie in einem zu verklärten Licht sehe, dann sähe ich sie jetzt in einem noch viel verklärteren.

19. Sept.
Wieder versuche ich, von der Zukunft zu sprechen und stoße auf die übliche Ablehnung. Es hilft aber nichts, wir müssen anfangen für wahrscheinlich zu halten, daß aus unserer Genehmigung nichts wird. Warum scheut sie sich nur so, das Wort Zukunft in den Mund zu nehmen, was ist so anstößig an Plänen?
Amanda ist seltsam empfindlich geworden. Sebastian braucht sich nur die kleinste Ungeschicklichkeit zuschulden kommen zu lassen, schon verliert sie die Geduld. Er versteckt sich regelrecht vor ihr. Wenn ich sage, Kinder hätten ein Fehlerprivileg, antwortet sie ärgerlich: Du verteidige ihn auch noch!
Die kriegen uns klein. Gegen meinen Willen beschäftigt mich die Frage, ob ich mich auch dann in Amanda verliebt hätte, wenn wir uns im jetzigen Zustand begegnet wären. Als ich fünf war, lief uns eine gelbe Katze zu, für die ich einen Platz in unserer Küche erkämpfte. Ich konnte nicht genug von ihrem Gespringe kriegen, aber eines Tages lag sie mit stumpfem Fell im Korb und ließ

meinen Stoffball uninteressiert an sich vorbeikullern. Meine Mutter sagte, die macht es nicht mehr lange, ich haßte sie für diese Prophezeiung, wenig später war die Katze tot. Amanda hat ein stumpfes Fell bekommen, für meine Stoffbälle interessiert sie sich schon lange nicht mehr.

Wo steht geschrieben, daß man sich jeder Marotte beugen muß, ich zwinge ihr ein Gespräch über die kommende Zeit auf. Was ist das für eine Methode, frage ich, unglücklich dazusitzen und auf Erlösung zu warten. Wir können nichts tun, sagt Amanda, wir sind ihnen ausgeliefert. Ich sage, daß wir sehr wohl etwas tun können. Sie schüttelt den Kopf und sagt, wir könnten höchstens versuchen, unter Lebensgefahr zu fliehen. Das lehne sie ab, wie oft sie mir das noch sagen müsse. Ich sage, daß ich etwas anderes meine: Wir könnten versuchen, guter Dinge zu sein. Ja, ja, sagt Amanda.

Sie schaltet den Fernseher ein, es läuft eine Übertragung von den Olympischen Spielen, bei denen ihr Land glänzend dasteht. Eigentlich, sagt sie, liege mein Problem doch nicht in der Zukunft, sondern in der Gegenwart. Warum ich so um den heißen Brei herumschleiche. Um welchen heißen Brei? Sie hat mir den Rücken zugewendet, als sie sagt, ich sollte mich zu nichts verpflichtet fühlen, mein Edelmut gehe ihr allmählich auf die Nerven. Schon lange würde ich mich doch insgeheim fragen, ob ich das ganze Theater nötig hätte. Das könne sie sehr gut verstehen. Sie könne nur nicht verstehen, warum ich meine Zweifel so lange vor ihr verberge. Wenn mir Bedenken gekommen seien, ob ich mit ihr die richtige Wahl getroffen hätte, sagt sie und läßt die Augen nicht von einem Volleyballspiel, dann sollte ich die auf keinen Fall mißachten. Nur heraus damit. Es gäbe keinen vernünftigeren Weg, mit seinen Ängsten fertigzuwerden, als ihnen nachzugehen.

3. Okt.
Ein Brief ist gekommen, im Grunde ein belangloser Brief, nicht der, auf den wir warten, aber immerhin ein Brief: Wir dürfen heiraten. Hiermit wird seitens des Außenministeriums der Deutschen Demokratischen Republik erklärt, daß hinsichtlich einer Eheschließung zwischen der Bürgerin der Deutschen Demokratischen Republik, Frau Amanda Weniger, geborene Zobel, und dem Bürger der Bundesrepublik Deutschland, Herrn Stanislaus Doll, keine Einwände bestehen.
Amanda sagt: Wenn du willst, können wir ja so tun, als ob wir uns freuen.
Da auf dem Briefbogen eine Telefonnummer steht, rufe ich an. Ich sage zu einer Frau, die offenbar einen anderen Anruf erwartet hat, ich müßte eine Frage zu dem Brief stellen, sie verbindet mich weiter, die nächste Frau verbindet mich wieder weiter, dann bin ich bei einem Mann. Kein Mensch meldet sich mit Namen, doch er weiß von dem Brief. Ich erzähle ihm, daß die Heiratserlaubnis uns in einen Glückstaumel versetzt habe, daß aber eine andere Nachricht uns nicht weniger interessieren würde: ob Amanda ausreisen darf. Das Wort Glückstaumel scheint ungeeignet für behördliche Telefonate zu sein, es irritiert ihn. Die folgende Pause ist so lang, daß ich mir vorstelle, er schreibe es kopfschüttelnd auf. Dann sagt er mit vor Kühle unförmiger Stimme, es handle sich um zwei vollkommen verschiedene Vorgänge. Sobald über den zweiten Antrag entschieden sei, werde uns das genau wie beim ersten mitgeteilt. Ich bedanke mich überschwenglich für die Auskunft.
Wir fangen an zu spekulieren. Welchen Nutzen sollte es

ihnen bringen, wenn wir heiraten und Amanda nicht ausreisen darf? Wir wären ein ständiges Ärgernis, wir würden ihnen pausenlos in den Ohren liegen. Ich greife mir die lahme Amanda und tanze mit ihr durchs Zimmer. Weg mit diesem Gesicht, wir brauchen die Freude nicht vorzutäuschen – es geht los! Und die eine Erlaubnis kommt deshalb vor der anderen, damit Amanda ihnen keinen Streich spielt: Nachher steigt sie in Hamburg aus dem Zug und heiratet einen anderen. Dann hätte sie nicht nur die Deutsche Demokratische Republik an der Nase herumgeführt, sondern vor allem mich. Ist doch klar, Amanda, wir haben es mit mißtrauischen Leuten zu tun, ist doch logisch. Je früher wir heiraten, um so früher müssen sie ihrem Herzen einen Stoß geben.

6. Okt.
Beim Standesamt feilschen wir um einen frühen Termin. Eine Beamtin blättert mit Händen, an denen jeder Fingernagel in einer anderen Farbe lackiert ist, in ihrem vollen Auftragsbuch und schlägt uns schließlich einen Termin im Februar vor. Amanda sieht mich ratlos an, und ich sage, das komme nicht in Frage, so lange könnten wir es nicht aushalten. Die Frau wirft einen prüfenden Blick auf Amandas Bauch, sie hält uns für Betrüger. Amanda drückt meinen Arm, damit ich nicht die Beherrschung verliere. Muß es denn bei jedem verdammten Schritt Schwierigkeiten geben!
Das Unfreundlichste, was der Frau zu sagen einfällt, ist, daß wir ihr überhaupt noch nicht unsere Papiere gezeigt hätten, die müsse sie sowieso vor allem anderen sehen. Wir legen die sehr verschiedenen Ausweise auf den Tisch, dazu unsere Geburtsurkunden, Amandas Scheidungsurkunde und den Brief mit der Heiratserlaubnis.

Der Stempel des Außenministeriums macht die Frau zuvorkommender, aber auch unsicherer; solch einen Fall hat es in ihrer Praxis noch nicht gegeben. Sie bittet uns, vor der Tür zu warten, ich sehe im Hinausgehen, wie sie den Telefonhörer abnimmt. Ich setze mich auf eine Bank, Amanda läuft auf und ab. Die Flurwand ist vollgehängt mit Fotos von glücklichen Paaren, eins häßlicher als das andere. Was hat die Frau zu telefonieren, wofür wird sie bezahlt? Die bringen es fertig, daß man selbst das als lästig empfindet, worauf man sich seit einer Ewigkeit freut. Amanda sieht sich an der Fotowand fest und scheint, zum erstenmal seit langer Zeit, in besserer Stimmung zu sein als ich.
Als die Frau uns hereinruft, verunstaltet ein Lächeln ihr Gesicht. Staatsangelegenheit. Sie sagt, früher als am 14. November gehe es beim besten Willen nicht, ob uns der 14. November recht sei. Bewundernd sagt Amanda: Wo nehmen Sie nur den vielen guten Willen her. Das stellt die alten Verhältnisse wieder her, die Beamtin fühlt sich in ihrem ersten Eindruck bestätigt. Widerwillig schreibt sie den Heiratstermin auf einen Zettel, den legt sie wortlos auf unsere Papiere, wir sind für sie erledigt. Ich sage nicht, wie schön ich ihre Fingernägel finde, obwohl ich es mir beim Warten vorgenommen hatte.

11. Okt.
Es sind unzählige Entscheidungen zu treffen. Braucht Amanda ein Hochzeitskleid? Unsinn, sie hat genug schöne Kleider, was ist ein Hochzeitskleid anderes als ein schönes Kleid? Sie wird doch nicht eine dieser Tonnen aus Tüll haben wollen, die den Bräuten alle Eigenart nehmen? Brauche ich einen neuen schwarzen Anzug? Nein, auch nicht. Wer sollen die Trauzeugen sein? Amanda sagt, das sei die Frage eines Westlers, im Osten

traue man dem Jawort von Bräutigam und Braut und brauche keine Zeugen. Weiter – bleiben wir unter uns, oder wird nach dem Standesamt gefeiert? Amanda will nichts von einem Fest hören, ich bestehe darauf, schon geht der Streit los. Es käme mir zu traurig vor, an einem solchen Abend mit unserem Glück allein zu sein.
Man stellt sich nicht vor, wie gekränkt meine Eltern wären, wenn die Hochzeit des einzigen Sohnes ohne sie stattfände. Und all meine Onkel und Tanten und Cousinen und Vettern – soll ich sie vor den Kopf stoßen, nur weil Amanda ihre Mutter nicht dabeihaben will? Auch Violetta Zobel sollte eingeladen werden, ich bin gegen solch biblische Unerbittlichkeit; am Tag der Hochzeit muß die Seele offenstehen. Und Amanda hat doch auch eine große Familie, in ihren Erzählungen wimmelte es von Namen, die ich nie behalten konnte – hat sie bedacht, daß ihre Hochzeit für viele von ihnen die letzte Gelegenheit sein wird, sie zu sehen? Amanda muß begreifen, daß Hochzeitsfeste für die anderen veranstaltet werden, nicht für das Brautpaar. Und meine Kollegen, ich habe ihr noch gar nicht erzählt, daß in der Redaktion seit langem für ein Geschenk gesammelt wird.
Wir stellen die Gästeliste zusammen; es muß viel telefoniert werden, bevor alle Adressen hinter den Namen stehen. Wer druckt die Einladungen, wie sollen sie aussehen? Wenn nur die Hälfte der Geladenen zusagt, reicht unsere Wohnung nicht aus, wir werden einen Saal mieten müssen, in einem der großen Hotels? Ein lösbares Problem, ein teures. Bei drei Namen herrscht Uneinigkeit, die heftigste bei ihrer Mutter. Ich gehe nicht einfach darüber hinweg, denn ich möchte meine Hochzeit nicht mit verkniffenem Mund feiern. Was glaubst du, fragt Amanda, wie verkniffen mein Mund erst sein wird, wenn sie dabei ist? Das kannst du nicht machen,

Amanda, was willst du meinen Verwandten sagen, wenn sie dich nach deiner Mutter fragen? Ich werde sagen, daß sie gestorben ist, ich werde bei der Wahrheit bleiben. Und wie wird deinem Vater zumute sein als Witwer? Und ist es nicht beleidigend, wenn er seine Frau nicht mitbringen darf? Das scheint sie zu treffen, wir einigen uns darauf, daß man den Vater entscheiden läßt.
Als nächster kommt Hetmann an die Reihe, sie hat ihn hingeschrieben, ich bin nicht einverstanden. Ich denke, du bist gegen ein Fest mit verkniffenem Mund? fragt Amanda. Ich behaupte, daß es zwei Arten von Verdrießlichkeit gibt – eine notwendige und eine überflüssige. Ich käme ja auch nicht auf die Idee, sage ich, meinen Intendanten einzuladen, nur weil es verdrießlich wäre. Was habe ich mit Hetmann zu schaffen? Würde uns schlechtgelaunt zwischen den Hochzeitsgästen herumstehen und seinem Glück nachtrauern. Er bleibt auf der Liste, entscheidet Amanda, was kann man da tun. Es sei ein Gebot der Höflichkeit, wahrscheinlich werde er sowieso nicht kommen, er habe Taktgefühl. Mir bleibt nichts anderes übrig, als mich Hetmanns Taktgefühl auszuliefern.
Dann stößt sie auf zwei Namen, von denen ich gehofft habe, sie würden unbemerkt die Kontrolle passieren. Ilona Siemens und Elfi Fromholz, was sind das für Namen? Ein Gebot der Höflichkeit, sage ich, und Amanda grinst. Alte Freundinnen? Weil sie nie nach früher gefragt hat, bin ich übermütig geworden. Ich habe erwartet, daß die zwei als entfernte Verwandte durchgehen, Ilona mit ihrem Fabrikanten und Elfi mit dem Senatsbeamten, ich Idiot. Ich nehme den Bleistift, um die beiden Namen durchzustreichen, aber Amanda legt mir die Hand auf den Arm. Gönne mir doch das bißchen Großzügigkeit, sagt sie.

12. Okt.
Du bist also ein Mann mit Vergangenheit, sagt Amanda, daß ich nicht schon früher darauf gekommen bin. Ich kann mir vorstellen, was los ist: Die Nachricht aus dem Heiratsministerium wird sie entkrampft haben, so daß sie endlich an etwas anderes als ans Überleben denken kann. Sie zieht die Füße unter ihren Hintern und gibt mir das Einsatzzeichen, was will sie wissen? Ich schweige trotzig und verkrieche mich hinter den Fernsehnachrichten, aber sie sagt, ich brauchte jetzt nichts über die neuesten Verhaftungen zu hören, es gebe jeden Tag genug davon. Bevor ich zugreifen kann, hat sie die Fernbedienung in der Hand und macht den Apparat aus. Sie sagt: Fang mit Ilona an.
Ich höre auf, mich zu zieren, ich bin ein Mann von fünfunddreißig Jahren. Ilona Siemens gehört eine Modeboutique in der Wilmersdorfer Straße. Sie ist intelligent, gepflegt, in Maßen mütterlich und nicht emanzipiert. Sie tut sich schwer mit Männern, der erste Eindruck täuscht. Sie trägt bodenlange Nachthemden und macht beim Küssen das Licht aus. Wir haben uns auf einer Party kennengelernt, wo sonst, unser Verhältnis dauerte zwei volle Jahre. Ich habe nie ans Heiraten gedacht, das war wohl auch der Grund für unsere Trennung. Wir sind leicht auseinandergegangen, wie zwei zusammengeleimte Bretter, bei denen der Tischler gepfuscht hat. Es fiel nie ein lautes Wort, sie hat immer nachgegeben. Ihr Wesen hatte etwas Wattiges. Noch Monate nach der Trennung hat sie regelmäßig angerufen und gefragt, ob ich nicht etwas brauche, ohne Hintergedanken. Als wir einmal zusammen zur Wahl gingen und ich sie fragte, welche Partei sie ankreuzen würde, hat sie geantwortet, sie wüßte es noch nicht, kannst du dir das vorstellen?

Amanda findet, daß ich ihr ausweiche, und ich habe das Gefühl, daß sie recht hat. Aber ich weiß nicht, was ich ihr sonst erzählen soll. Sie hat keine Lust, sich eine so langweilige Geschichte auch noch über Elfi anzuhören. Die beiden könnten ihretwegen kommen, sagt sie, und es hört sich an, als wollte sie hinzufügen: Wenn du dir das antun willst. Sie gibt mir die Fernbedienung, die Nachrichten sind vorbei.

25. Okt.
Amanda vernachlässigt meine Arbeit, ich tue es auch. Ich bin nicht dort, wo ich sein müßte, ich versäume Termine oder komme schlecht vorbereitet. In der Redaktion bleibt meine Schlampigkeit nicht unbemerkt. Als ich zu einem Interview mit dem Staatssekretär für Gesundheitswesen erscheine, sagt mir seine Sekretärin, daß der Mann in Moskau ist, ich habe mich um einen Tag geirrt. Zu der Zeit, da er mich erwartet hat, bin ich bei einem Drucker in Westberlin gewesen, um die Einladungen in Auftrag zu geben. Hellgrün sollen sie sein, die Schrift um eine Winzigkeit erhaben, mit solchen Dingen ist mein Kopf vollgestopft. Der Juwelier fragt nach Amandas Fingerstärke; so wie mein kleiner Finger, sage ich, er mißt und sagt, im Notfall könne der Ring auch geweitet werden.
Was ist los mit Ihnen, Doll? fragt der Redaktionsleiter und wirft mir eine Reportage auf den Tisch, die falsche Zahlen enthält. Ich versuche zu erklären, in was für einem Zustand ich lebe, und er verhöhnt mich: Na gut, wir werden vor der Reportage einen knappen Vorspann senden – Der Autor steht kurz vor der Hochzeit, legen Sie seine Angaben nicht auf die Goldwaage. Ich habe es nicht besser verdient, wir müssen uns zusammenreißen.

1. Nov.
Der Heiratsmonat hat begonnen. Mich treibt das Bedürfnis, Amanda mehr über mich zu erzählen. Was weiß sie schon, die heiratet ja eine Katze im Sack. Die beiden Geschichten kürzlich, die schemenhafte von Ilona Siemens und die nicht einmal begonnene von Elfi, sind trostlos. Ich komme als gesichtsloses Wesen darin vor, das im Leben herumstochert, kaum fähig zu einer eigenen Bewegung. Ich möchte ihr etwas Wichtigeres erzählen, etwas, das sie nicht nur mit einem Schulterzucken zur Kenntnis nimmt. Ein Beleg soll her, daß ich schon vor ihrer Zeit gelebt habe. Aber was?
Ich kam als Volontär zum Sender nach Hamburg und war am dritten Tag verliebt in die Kassiererin der Cafeteria. Ich dachte, so geht das eben zu in der Großstadt, es war eine Geschichte wie im Film, Amanda. Eine Woche lang trank ich Kaffee wie ein Wahnsinniger und aß hundert belegte Brötchen. Sie war größer als ich und hatte Augen wie Audrey Hepburn. Als das Essen und Trinken zur finanziellen Belastung wurde, lud ich sie ins Kino ein. Sie sah mich entrüstet an und zeigte auf die Registrierkasse – ich sollte bezahlen und weitergehen. Doch am nächsten Tag sah sie nicht mehr entrüstet aus, am übernächsten kam sie mir so freundlich vor, daß ich die Einladung wiederholte. Ich sagte: Es läuft immer noch derselbe Film, das fand sie witzig. Sie kam so spät zum Kino, daß der Film längst angefangen hatte, Rocco und seine Brüder. Sie trug Schuhe mit hohen Absätzen, die sie zu einer Riesin machten, dazu eine enge schwarze Lederhose und eine schwarze Lederjacke mit silbernen Knöpfen. Ich überließ es ihr zu wählen, ob wir noch hineingehen oder die Karten, die ich schon gekauft hatte, verfallen lassen sollten. Sie sah sich Bilder im Schaukasten an, dann entschied sie, daß sie Hunger

hatte. Wir suchten uns eine Pizzeria. Sie nannte sich Peggy, später erfuhr ich, daß sie Emma hieß, der Name war ihr vermutlich peinlich. Sie war ein sogenanntes einfaches Mädchen, keine Studentin, die in der Cafeteria dazuverdiente, wie ich geglaubt hatte, ich weiß nicht warum. Sie war ziemlich ernst, und ihre Sätze bestanden aus fünf Worten. Aber wenn sie etwas sagte, klang es in meinen Ohren unerhört echt. Es mußte gesagt werden, anders als bei mir, der nur so daherredete. Ich wurde den Verdacht nicht los, daß sie sich verstellte und daß später, wenn wir vertraut wären, eine andere Person zum Vorschein käme. Ohne viel Umstände begleitete sie mich in mein Zimmer und schlief mit mir, als brauchte man über solche Selbstverständlichkeiten kein Wort zu verlieren. Es war nichts Weltbewegendes, aber auch hierbei dachte ich, das Eigentliche kommt erst später, das Große. Am aufregendsten war, wie sie sich auszog: Als hätte sie noch nie davon gehört, daß es etwas wie Scham gibt. Ich glaube, daß ich sie ohne Zögern geheiratet hätte, sie hätte nur mit dem Finger zu schnipsen brauchen, obwohl ich nie daran dachte. Weißt du, sie schien jemand zu sein, der alles haben kann, wenn er nur will.
Wir trafen uns ungefähr zehnmal, jeder Abend war wie der andere, verheißungsvoll und etwas leer. Aber ich war zufrieden, ich hätte es auch akzeptiert, wenn alles so weitergelaufen wäre. Ich hatte damals ein winziges Auto, einen Renault. Ich wollte mit ihr nach Frankreich fahren, der Sommer war da. Doch sie sagte, das geht nicht, sie hatte ihren Eltern versprochen, mit ihnen den Urlaub in Italien zu verbringen. Das kam mir seltsam vor, sie hatte nichts von einer netten Tochter. Aber weil so vieles an ihr seltsam war, fand ich mich damit ab und fuhr nach Frankreich mit zwei Freunden. Als ich

zurückkam, saß in der Cafeteria eine andere Kassiererin. Tagelang sah ich nach, dann ging ich ins Personalbüro und erkundigte mich nach ihr. Da erst erfuhr ich ihren wirklichen Namen, sie fehlte unentschuldigt. Ich fragte, wo sie wohnt, und mußte eine herzzerreißende Geschichte erzählen, bevor man mir die Adresse gab. Eine Frau machte die Tür auf, der du auf den ersten Blick Peggys Mutter angesehen hättest. Peggy war tot, sie hatte einen Motorradunfall. Auch ihr Freund, mit dem sie in Urlaub gefahren war, war tot. Ich habe so furchtbar heulen müssen, daß es peinlich wurde, die Mutter hat mir von ihrem Beruhigungsmittel gegeben.
Amanda scheint befremdet zu sein, ganz anders als jemand, der das gekriegt hat, wonach ihn verlangte. Was will er? scheint sie zu denken, soll ich ihn trösten? Sie klopft meine Hand. Es kann Zuspruch bedeuten, es kann auch heißen: Du wirst schon darüber hinwegkommen, eines Tages.

12. Nov.
Ich habe ein paar Tage Urlaub genommen, es war Amandas Idee. Da ich sowieso meine Arbeit links liegenlasse, sollte ich es wenigstens ohne schlechtes Gewissen tun, das mindere die Anspannung. Redaktionsleiter Kobler hat meiner Bitte so gern entsprochen, als handelte es sich um seinen eigenen Urlaub.
Es gibt nichts mehr vorzubereiten. Die ersten Glückwunschkarten liegen da, von den wenigen Eingeladenen, die nicht kommen können. Wir dürfen Sebastians Zimmer nicht mehr betreten, er quält uns seit Tagen mit einem Quiz – wir sollen erraten, was er uns schenken wird. Nach jeder Antwort schüttelt er grinsend den Kopf und sagt: Viel besser.

Mit meinem eigenen Hochzeitsgeschenk bin ich unzufrieden. Was ist umwerfend, nicht protzig, kostbar und zugleich von Herzen kommend? Nach einer erfolglosen Tour durch Schmuckgeschäfte, Modegeschäfte und Antiquitätenläden habe ich mich für einen Zettel entschieden, auf den die Route einer Reise durch Südamerika gezeichnet ist. Wir werden sie antreten, sobald der Umzug hinter uns liegt. Für praktische Geschenke, habe ich mir gesagt, ist die Verwandtschaft zuständig, aber es war ein aus der Not geborener Gedanke. Nun läuft es darauf hinaus, daß ich Freude durch Vorfreude zu ersetzen versuche, lieber wäre mir etwas Greifbares.

14. Nov.
Die Trauungszeremonie findet in einem Raum statt, der nach Meinung der Standesamtbetreiber wohl festlich ist: Zwei gepolsterte Stühle vor dem Amtstisch, rote Nelken in einer Kristallvase, an der Wand ein Bild des Staatsoberhaupts. Der Standesbeamte ist gutgelaunt wie ein Kanarienvogel, er weiß unsere Namen auswendig, wir fühlen uns in guten Händen. Er stellt seine Frage, die wir beide mit Ja beantworten, dann unterschreiben wir eine Urkunde und sind verheiratet. Amandas Ja klingt ein wenig gepreßt, zumindest bilde ich mir das ein, nicht so vorbehaltlos und freudig wie meines. Sie hat sich schon einmal in die Nesseln gesetzt. Bevor wir gehen dürfen, wird eine Musik in Gang gesetzt. Es ist nicht zu glauben, wie ergriffen ich bin. Kleine Schauer laufen mir den Rücken hinab, ich kann Amanda nicht ohne Rührung in die Augen sehen. Doch, ich kann es, ich halte ihrem Blick stand. Wir führen unter der Musik ein stummes Gespräch. Ich denke: Jetzt fängt also die verrückte Zeit an, bis jetzt war alles Vorgeplänkel. Amanda lächelt. Ich denke: Laß

dich nicht davon irritieren, wie andere Ehen dahinkümmern, wir werden alles besser machen. Amanda lächelt. Ich denke: Sei du nur skeptisch, in zwanzig Jahren sprechen wir uns wieder. Amanda denkt: Das nimmt sich jeder vor, im Vornehmen sind sie alle groß, oder so ähnlich. Ich denke: Tu nicht so abgebrüht, dein bißchen Lebenserfahrung ist nicht die Welt. Der Standesbeamte räuspert sich, weil die Musik zu Ende ist und wir uns immer noch anstarren.

Die Feier im Hotel Metropol ist nervenaufreibend, aber nicht mißlungen. Siebzig Leute, die Hälfte Fremde. Amanda hat mit ihrer Prognose recht behalten – Hetmann ist nicht gekommen. Die Frauen aus ihrer Familie sind hübscher als die aus meiner, von Amanda ganz abgesehen. Sie arbeitet wie im Bergwerk, dauernd muß sie träge Kellner darauf aufmerksam machen, daß etwas fehlt. Allen Frauen muß sie sagen, wie glücklich sie ist, mit jedem Mann muß sie tanzen.

An einem Ehrentisch sitzen unsere vier Eltern und unterhalten sich dem Anschein nach gut. Nachdem ich ihm Amanda vorgestellt habe, hat mein Vater mir zugeflüstert, sie sehe in ihrem silbernen Kleid wie ein Filmstar aus, wie eine Zwanzigjährige. Er hielt sie so lange umarmt, daß sie sein Herz spüren konnte. Auf einem Podest, das bei anderen Gelegenheiten zur Bühne wird, türmen sich die Pakete mit den Geschenken. Wir werden sie morgen öffnen und uns dann schriftlich bedanken. Mancher Schenker könnte enttäuscht sein, weil ihm so unsere strahlenden Gesichter entgehen, mancher aber auch erleichtert. Es ist ein neues Gefühl, zu einer so großen Familie zu gehören.

Nur eins der Geschenke ist schon enttarnt und ziert Amanda: Meine Mutter konnte nicht an sich halten und hat es ihr am Nachmittag um den Hals gehängt, beim

Kaffee in unserer Wohnung. Es ist eine Platinkette mit drei großen Brillanten, meine Mutter hauchte das Wort Familienschmuck. Ich weiß nicht, wie lange ein Schmuck in Familienbesitz sein muß, damit er so genannt werden darf, aber ich weiß, daß mein Vater die Kette bei seinem Frankreichfeldzug erbeutet hat. Meiner Mutter kam sie jedenfalls von Herzen.

26. Nov.
Die letzten Tage sind mit dem Sichten der Geschenke draufgegangen. Noch keine Nachricht. Schon am Papier und an den Schleifen läßt sich erkennen, was ein Ostgeschenk ist und was ein Westgeschenk, doch die Grenze geht tiefer. Die Ostgeschenke sind bescheidener, zumeist aber auch nützlicher. Eine Espressomaschine, die Wieland uns geschenkt hat, sieht prächtig aus und muß ein Vermögen gekostet habe, und wenn wir je ein Restaurant eröffnen, wird sie der Blickfang sein. Jetzt fragen wir uns, wohin damit. Aus den Keramiktassen, von einer Tante Amandas aus Leipzig, trinken wir seit Tagen Kaffee.
Lucie hat uns ein fürstliches Geschenk gemacht, ein Fischbesteck für zwölf Personen, Geräte aus Elfenbein und feinziselierten Klingen. Es lag in einem ledernen, samtgefütterten Kasten, der allein schon eine Attraktion ist. Amanda kennt seine Herkunft, Lucie hat es selbst zur Hochzeit geschenkt bekommen, von der italienischen Familie ihres Mannes, der ihr das Tor zur Welt aufstoßen sollte. Amanda sagt, es sei zum Weinen, mittlerweile habe Lucie die Hoffnung aufgegeben, jemals im Leben zwölf Leute zum Fischessen bei sich zu haben. Ich glaube, das ist ein Irrtum, Lucie hat auf unserer Hochzeit Dagobert Veit kennengelernt, meinen schnapsverliebten Kollegen, und sich inzwischen drei-

mal mit ihm getroffen, er hat es mir gestern erzählt. Amanda scheint nichts davon zu wissen.
Mittelpunkt aller Präsente ist ein Kunstwerk Sebastians. Wir sind angehalten, es jeden Abend zu betrachten, besser noch zweimal täglich, und unsere Entzückensrufe auszustoßen, und wir tun es aus Überzeugung: Es ist ein Heft, in das er Amandas und meine Geschichte gezeichnet hat. Sebastian ist ein begabter Zeichner, das ist längst bekannt, er bringt Ähnlichkeiten zustande, wie wir es nie könnten. Auf keinem der zwanzig Bilder fehlen Amandas langer Hals, ihre tellerrunden Augen, mein schütter werdendes Haar. Amanda und ich beim Kennenlernen, ich auf den Knien mit Gitarre, Amanda unnahbar. Ich sage: Wie du dir das bloß vorstellst. Amanda und ich im Einvernehmen, mein Arm beim Spazierengehen um ihre geneigte Schulter, Sebastian ein paar Schritte voraus. Amanda im Badezimmer, beim Rasieren ihrer Beine, ich fassungslos daneben. Amanda und ich im Bett, nicht einmal davor schreckt er zurück, der freche Hund; Amandas Finger weist ihn hinaus, wie er augenreibend in der Tür steht.

2. Dez.
In Amandas Computer steckt ein halber Roman, und ich hatte keine Ahnung davon!
Ich soll mir einen Stimmungsbericht aus den Fingern saugen – eine russische Zeitschrift mit Namen Sputnik ist verboten worden, kein Mensch kannte sie vorher, jetzt vermissen sie alle. Ich soll die Verbitterung der Leute beschreiben, und ich finde, das kann Amanda besser als ich. Aber sie hat keine Zeit, sie geht in ihr Zimmer und setzt sich vor den Computer. Was hat sie dort anderes zu tun, als unsere Berichte zu schreiben? Ich erkundige mich höflich danach und erhalte die Ant-

wort, sie sitze an einem Roman. An einem was? Einmal habe ich von einem amerikanischen Schriftsteller gelesen, der lange nach der Hochzeit erfuhr, daß seine Frau siebzehn Jahre älter war, als er dachte. Er blieb trotzdem mit ihr zusammen, genauso will ich es auch tun, aber es ist merkwürdig, nach Hause zu kommen und plötzlich mit einer Schriftstellerin verheiratet zu sein. Alles was recht ist, Amanda, es wäre nicht aufdringlich gewesen, mir vorher ein Wort zu verraten.
Ob ich sie dann nicht geheiratet hätte. Ich sage, das hängt von deinem Roman ab, zeig her das Ding. Doch sie schüttelt den Kopf und möchte in Ruhe gelassen werden, sie sagt, in ein, zwei Jahren vielleicht.

8. Dez.
Die Colombiers haben uns zum Essen eingeladen – eine Gedächtnisleistung. Amanda hatte keine Lust zu gehen, ich mußte sie an ihren Ausspruch erinnern, wonach Colombier der dünne Faden ist, an dem unsere Angelegenheit hängt. Außerdem muß auch Wartezeit herumgebracht werden.
Es gibt Fisch zu essen, Karpfen, wenn ich nicht irre, danach einen Pudding von unbekanntem, aber gutem Geschmack. Colombier sagt, die Zeiten seien nicht günstig. Die wichtigen Leute fühlten sich wegen der Unruhe im Land so verunsichert, daß sie in eine Art Entscheidungsstreik getreten seien. Immer wieder rufe er an, immer wieder werde er abgewimmelt. Sie säßen versteinert in ihren Bunkern – Panik. Wie nebenbei reicht er mir ein Kuvert, in dem die Anwaltsrechnung steckt, ich will es erst zu Hause öffnen. Es ist ein Hinweis, daß für ihn nichts mehr zu tun bleibt.
Nach dieser verschlüsselten Mitteilung geht uns der Gesprächsstoff aus. Ich suche vergeblich nach sprech-

reifen Sätzen, auch die anderen finden keine. Die Nachricht bedrückt mich, auch wenn Hoffnung bleibt, er könnte sich mit seiner Einschätzung irren. Frau Colombier stellt Süßigkeiten auf den Tisch, wickelt eine besonders gute Praline aus dem Silberpapier und steckt sie Amanda, wie einem Kind, in den Mund. Es ist etwas Totes im Zimmer, man mag sich nicht Mühe geben. Amanda rettet uns, indem sie behauptet, ihr Sohn sei krank und dürfe nicht länger alleingelassen werden. Alle sind dankbar für die offenkundige Lüge. Auf dem Heimweg sagt sie, sie hätte ja fragen können, ob die Colombiers hugenottischer Abstammung seien, dann hätten sie uns die Emigrationsgeschichte noch einmal vierhändig vorgespielt.

23. Dez.
In dem Chaos unserer Wohnung stellen wir den Weihnachtsbaum auf. Ich finde den Aufwand übertrieben, aber Amanda läßt nicht mit sich reden. Schon den Baumkauf hat sie zu einer Aktion gemacht, es mußte eine Blautanne sein, kerzengerade und nicht unter zwei Metern. Denk daran, daß nicht Sebastian es war, der geheiratet hat, wurde mir vorgehalten, er durfte sich an unseren Geschenken nur die Nase plattdrücken. Sie setzte zu einem Vortrag über Kinderempfindsamkeit an, doch mein Widerstand war so schwach, daß es die Mühe nicht lohnte. Was die Geschenke angeht, haben wir ein Stillhalteabkommen geschlossen. Geschenke sind verboten, die Zimmer quellen über, nur um Sebastian soll es gehen. Ich frage Amanda, was für eine Zeremonie gewünscht wird: Muß ich mich um Bart und rote Mütze kümmern?
Sie lächelt mich an wie einen, der noch viel zu lernen hat. Seit man ihm nichts mehr vormachen kann, erfahre

ich, besteht er darauf, selbst der Weihnachtsmann zu sein. Er hat seinen eigenen Bart, seinen eigenen langen Mantel, er schleppt den Sack herein, teilt die beschrifteten Päckchen aus und stellt mit tiefer Stimme Fragen. Er sagt, das ist für dich, das ist für mich und legt die eigenen Päckchen auf einen separaten Haufen.
Als der Baum geschmückt im Zimmer steht, kommen ihr die Tränen. Es kann unmöglich an seiner Pracht liegen, die Kerzen brennen noch nicht einmal, es muß eine Ahnung von später sein.

29. Dez.
Als ich nach Hause komme, wegen einer Redaktionssitzung später als an anderen Abenden, sitzt Amanda am Tisch und schreibt. Kaum hört sie mich, springt sie auf, fängt an, etwas zu sagen, sagt es dann doch nicht, rennt mit der leeren Tasse hinaus, was ist in sie gefahren? Auf dem Tisch liegt eine Liste. Ich lese: Acht Kopfkissenbezüge in versch. Farben, sechzehn Paar Kinderstrümpfe, ein Lady-shave Marke Braun, drei Fotoalben mit div. Fotos, eine dreistufige Bücherleiter, ein kl. Wandteppich mit geometrischem Motiv, eine Stehlampe, 20er Jahre, mit höhenverstellbarem Schirm. Mir schlägt das Herz gegen den Brustkorb, noch bevor die Erklärung da ist. Sie steht hinter mir blättert für mich die Liste um, vier eng beschriebene Seiten, und schüttet mir heißen Tee aufs Hemd. Neunzehn Feinstrumpfhosen.
Gegen Mittag ist ein Anruf gekommen, ich war in Westberlin. Dem Antrag muß ein Verzeichnis nachgereicht werden, so schnell wie möglich, eine Liste mit den auszuführenden Gegenständen. Wie ausführlich, hat sie gefragt, man hat ihr gesagt, es müsse alles verzeichnet sein. Deshalb stehen sämtliche Schranktüren offen, deshalb darf Sebastian noch vor dem Fernseher sitzen und

einen Mörderfilm sehen. Ich will sie umarmen, um etwas Besinnung in die Sache zu bringen, aber Amanda ist noch lange nicht fertig. Sie brauchen die Liste in vierfacher Ausfertigung, warum nicht in hundertfacher, ich soll sie morgen im Büro kopieren, vielleicht noch in der Nacht. Ihre Manuskripte will sie nicht angeben, darin haben fremde Augen nichts zu suchen, auch den Computer nicht, der kann genausogut als mein Eigentum gelten. Wieviel Leben auf einmal in ihr ist.

3. Jan. 89
Morgen früh wird der Möbelwagen kommen. Er wird die beiden zum Haus meiner Eltern bringen, dort müssen sie aushalten, bis ich eine Wohnung in Hamburg gefunden habe. Ich bin mit sieben Maklern in Verbindung, vor ein paar Tagen kam das erste Angebot. Wer soll begreifen, daß der Umzug morgen stattfinden muß, nicht heute, nicht in einem Monat, nein, morgen. Ich muß in der Wohnung zurückbleiben, bis meine Arbeit hier erledigt ist, auch das werden wir überstehen. Während der nächsten Wochen werden meine Eltern mich öfter sehen als jemals seit der Kindheit, sie sind nicht so furchtbar, wie es scheint.
Sie hocken auf dem Boden zwischen den Kisten, wie eine Schimpansenmutter hält sie Sebastian vor dem Bauch. Ich will mich nicht einmischen, das ist ihr Umzug, lieber höre ich zu. Du hast doch nicht etwa Angst? Es ist immer ein bißchen schlecht, wenn man wegzieht, und immer ein bißchen gut, was sollen wir uns groß fürchten. Du bist schon zweimal umgezogen und lebst immer noch. Nicht einmal die Sprache ist anders, die Wörter haben dieselbe Bedeutung. Du sagst zur Kassiererin, du möchtest eine Karte fürs Kino, und was gibt sie dir? Eine Karte fürs Kino. Natürlich ist es ein

Jammer, daß du Leo und Martha nicht mitnehmen kannst, aber wir können wetten, daß es dort auch Leos und Marthas gibt. Ich habe noch nie von einem Land ohne Leos und Marthas gehört. Und wenn der Lehrer fragt, was die Hauptstadt von England ist, dann antwortest du genau wie hier: Paris. Ich habe sogar gehört, daß es mehr Ferien geben soll, was sagst du dazu? Kaum fängt die Schule an, ist sie schon wieder zu Ende, als würden die Gesetze von den Kindern gemacht. Was hältst du von folgendem Vorschlag: Wir geben uns ein halbes Jahr, und wenn du danach zurück willst, dann ziehen wir wieder zurück. Ist das ein Wort? Wenn ich dich dann frage, ob wir unsere Sachen packen sollen, wirst du antworten – ich bin doch nicht verrückt. Wir haben den großen Vorteil, daß wir uns auch noch die Wohnung aussuchen können. Wir werden nur eine nehmen, bei der auf der einen Seite ein Park liegt und auf der anderen ein Schwimmbad. Wenn Stanislaus uns die nicht findet, dann kann er alleine wohnen. Und weißt du, daß es an jeder Ecke Bananen zu kaufen gibt? So ein Unglück ist das ja auch nicht.

Jurek Becker
im Suhrkamp Verlag und Insel Verlag

Aller Welt Freund. Roman. st 1151
Amanda herzlos. Roman. Leinen
Die beliebteste Familiengeschichte. Erzählungen. Großdruck. it 2333
Der Boxer. Roman. BS 1045 und st 526
Bronsteins Kinder. Roman. Leinen und st 1517
Irreführung der Behörden. Roman. st 271
Jakob der Lügner. Roman. BS 510 und st 774
Nach der ersten Zukunft. Erzählungen. st 941
Schlaflose Tage. Roman. Leinen und st 626
Warnung vor dem Schriftsteller. Drei Vorlesungen in Frankfurt. es 1601

Jurek Becker. Herausgegeben von Irene Heidelberger-Leonard. st 2116

78/1/11.92

Deutschsprachige Literatur
in den suhrkamp taschenbüchern:
Prosa

Eine Auswahl

Andreas-Friedrich, Ruth: Der Schattenmann. Tagebuchaufzeichnungen 1938-1945. Mit einem Nachwort von Jörg Drews. st 1267
Augustin, Ernst: Der amerikanische Traum. Roman. st 1840
Bachmann, Ingeborg: Malina. Roman. st 641
Baur, Margrit: Ausfallzeit. Eine Erzählung. st 1617
Becker, Jurek: Der Boxer. Roman. st 526
– Bronsteins Kinder. Roman. st 1517
– Irreführung der Behörden. Roman. st 271
– Jakob der Lügner. Roman. st 774
Beig, Maria: Kuckucksruf. Roman. st 1825
– Rabenkrächzen. Eine Chronik aus Oberschwaben. Roman. Mit einem Nachwort von Martin Walser. st 911
– Die Törichten. Roman. st 2219
Benjamin, Walter: Walter Benjamins Städtebilder. Fotografiert von Anna Blau. Mit einem Nachwort von Peter Szondi. st 1966
Berkéwicz, Ulla: Adam. st 1664
– Josef stirbt. Erzählung. st 1125
– Maria, Maria. Drei Erzählungen. st 1809
– Michel, sag ich. st 1530
Bernhard, Thomas: Amras. Erzählung. st 1506
– Auslöschung. Ein Zerfall. st 1563
– Beton. Erzählung. st 1488
– Erzählungen. st 1564
– Frost. st 47
– Holzfällen. Eine Erregung. st 1523
– Das Kalkwerk. Roman. st 128
– Korrektur. Roman. st 1533
– Der Untergeher. st 1497
– Wittgensteins Neffe. Eine Freundschaft. st 1465
Blatter, Silvio: Das blaue Haus. Roman. st 2141
– Kein schöner Land. Roman. st 1250
– Love me Tender. Erzählung. st 883
– Das sanfte Gesetz. Roman. st 1794
– Zunehmendes Heimweh. Roman. st 649
Braun, Volker: Hinze-Kunze-Roman. st 1538
– Unvollendete Geschichte. st 1660
Brecht, Bertolt: Dreigroschenroman. st 1846

253/1/11.93

Deutschsprachige Literatur in den suhrkamp taschenbüchern: Prosa

Brecht, Bertolt: Flüchtlingsgespräche. st 1793
– Geschichten vom Herrn Keuner. st 16
Broch, Hermann: Die Verzauberung. Roman. st 350
– Der Tod des Vergil. Roman. st 296
– Die Schlafwandler. Eine Romantrilogie. st 472
Buch, Hans Christoph: Haïti Chérie. Roman. st 1956
– Tropische Früchte. Afro-amerikanische Impressionen. Erstausgabe. st 2231
Burger, Hermann: Brenner. Roman. st 1941
– Der Schuß auf die Kanzel. Eine Erzählung. st 1823
Cailloux, Bernd: Der gelernte Berliner. Erstausgabe. st 1843
Camartin, Iso: Nichts als Worte? Ein Plädoyer für Kleinsprachen. st 1974
Dorst, Tankred: Die Reise nach Stettin. Mitarbeit Ursula Ehler. st 1934
Enzensberger, Hans Magnus: Ach Europa! Wahrnehmungen aus sieben Ländern. st 1690
– Der Fliegende Robert. Gedichte, Szenen, Essays. st 1962
– Mittelmaß und Wahn. Gesammelte Zerstreuungen. st 1800
Faes, Urs: Sommerwende. Roman. st 1922
Federspiel, Jürg: Die Ballade von der Typhoid Mary. st 1983
– Geographie der Lust. Roman. st 1895
– Die Liebe ist eine Himmelsmacht. Zwölf Fabeln. st 1529
Fleißer, Marieluise: Abenteuer aus dem Englischen Garten. Geschichten. Mit einem Nachwort von Günther Rühle. st 925
– Gesammelte Werke in vier Bänden. st 2274-2277
– Eine Zierde für den Verein. Roman vom Rauchen, Sporteln, Lieben und Verkaufen. st 294
Franke, Herbert W.: Der Elfenbeinturm. Science-fiction-Roman. st 1926
– Die Gla sfalle. Science-fiction-Roman. st 2169
Frisch, Max: Blaubart. Eine Erzählung. st 2194
– Homo faber. Ein Bericht. st 354
– Mein Name sei Gantenbein. Roman. st 286
– Der Mensch erscheint im Holozän. Eine Erzählung. st 734
– Montauk. Eine Erzählung. st 700
– Stiller. Roman. st 105
– Tagebuch 1946-1949. st 1148
– Tagebuch 1966-1971. st 256
Fritsch, Werner: Cherubim. st 1672

253/2/11.93

Deutschsprachige Literatur
in den suhrkamp taschenbüchern:
Prosa

Genzmer, Herbert: Cockroach Hotel. Ängste. st 1243
– Manhattan Bridge. Geschichte einer Nacht. st 1396
Goetz, Rainald: Irre. Roman. st 1224
– Kontrolliert. Roman. st 1836
Hänny, Reto: Am Boden des Kopfes. Verwirrungen eines Mitteleuropäers in Mitteleuropa. st 2210
Handke, Peter: Die Angst des Tormanns beim Elfmeter. Erzählung. st 27
– Der Chinese des Schmerzes. st 1339
– Falsche Bewegung. st 258
– Das Gewicht der Welt. Ein Journal. st 500
– Der Hausierer. Roman. st 1959
– Der kurze Brief zum langen Abschied. st 172
– Langsame Heimkehr. Tetralogie. st 1069-1072
– Die linkshändige Frau. Erzählung. st 560
– Die Stunde der wahren Empfindung. st 452
– Versuch über den geglückten Tag. Ein Wintertagtraum. st 2282
– Versuch über die Jukebox. Erzählung. st 2208
– Versuch über die Müdigkeit. st 2146
– Wunschloses Unglück. Erzählung. st 146
Happel, Lioba: Ein Hut wie Saturn. Erzählung. st 2217
Hesse, Hermann: Aus Kinderzeiten. Gesammelte Erzählungen Band 1. 1900- 1905. Zusammengestellt von Volker Michels. st 347
– Beschreibung einer Landschaft. Schweizer Miniaturen. Herausgegeben und mit einem Vorwort versehen von Siegfried Unseld. st 1970
– Demian. Die Geschichte von E. Sinclairs Jugend. st 206
– Der Europäer. Gesammelte Erzählungen Band 3. 1909- 1918. Zusammengestellt von Volker Michels. st 384
– Gertrud. Roman. st 890
– Das Glasperlenspiel. Versuch einer Lebensbeschreibung des Magister Ludi Josef Knecht samt Knechts hinterlassenen Schriften. st 79
– Innen und Außen. Gesammelte Erzählungen Band 4. 1919-1955. st 413
– Kindheit und Jugend vor Neunzehnhundert. Hermann Hesse in Briefen und Lebenszeugnissen. 1. Band: 1877- 1895. Ausgewählt und herausgegeben von Ninon Hesse. st 1002
– Kindheit und Jugend vor Neunzehnhundert. Hermann Hesse in Briefen und Lebenszeugnissen. 2. Band: 1895-1900. Herausgegeben von Ninon Hesse. Fortgesetzt und erweitert von Gerhard Kirchhoff. st 1150

253/3/11.93

Deutschsprachige Literatur in den suhrkamp taschenbüchern: Prosa

Hesse, Hermann: Kleine Freuden. Verstreute und kurze Prosa aus dem Nachlaß. Herausgegeben und mit einem Nachwort von Volker Michels. st 360
– Klingsors letzter Sommer. Erzählung. st 1195
– Lektüre für Minuten. Gedanken aus seinen Büchern und Schriften. Ausgewählt und zusammengestellt von Volker Michels. st 7
– Lektüre für Minuten. Neue Folge. Gedanken aus seinen Büchern und Briefen. Herausgegeben von Volker Michels. st 240
– Die Märchen. Zusammengestellt von Volker Michels. st 291
– Die Morgenlandfahrt. Eine Erzählung. st 750
– Narziß und Goldmund. Erzählung. st 274
– Peter Camenzind. Erzählung. st 161
– Siddhartha. Eine indische Dichtung. st 182
– Der Steppenwolf. Erzählung. st 175
– Die Verlobung. Gesammelte Erzählungen Band 2. 1906-1908. st 368
Hessel, Franz: Heimliches Berlin. Roman. Nachwort von Bernd Witte. st 2269
Hettche, Thomas: Ludwig muß sterben. Roman. st 1949
Hildesheimer, Wolfgang: Marbot. Eine Biographie. st 1009
– Masante. Roman. st 1467
– Mozart. st 598
– Tynset. Roman. st 1968
Hohl, Ludwig: Die Notizen oder Von der unvoreiligen Versöhnung. st 1000
Horstmann, Ulrich: Das Untier. Konturen einer Philosophie der Menschenflucht. st 1172
Horváth, Ödön von: Jugend ohne Gott. st 1063
– Sechsunddreißig Stunden. Die Geschichte vom Fräulein Pollinger. Roman. st 2211
– Sportmärchen und anderes. st 1061
Hürlimann, Thomas: Die Tessinerin. Geschichten. st 985
Johnson, Uwe: Das dritte Buch über Achim. Roman. st 169
– Mutmassungen über Jakob. Roman. st 147
– Eine Reise nach Klagenfurt. st 235
– Zwei Ansichten. st 326
Kaminski, André: Flimmergeschichten. st 2164
– Die Gärten des Mulay Abdallah. Neun wahre Geschichten aus Afrika. st 930
– Kiebitz. Roman. st 1807
– Nächstes Jahr in Jerusalem. Roman. st 1519

253/4/11.93

Deutschsprachige Literatur in den suhrkamp taschenbüchern: Prosa

Kaschnitz, Marie Luise: Liebesgeschichten. Ausgewählt und mit einem Nachwort versehen von Elisabeth Borchers. st 1292
– Steht noch dahin. st 57
Kirchhoff, Bodo: Die Einsamkeit der Haut. Prosa. st 919
– Infanta. Roman. st 1872
– Mexikanische Novelle. st 1367
Koch, Werner: See-Leben. 3 Bände in Kassette. st 783
Koeppen, Wolfgang: Amerikafahrt. st 802
– Jakob Littners Aufzeichnungen aus einem Erdloch. Roman. Mit einem Vorwort des Autors. st 2267
– Die Mauer schwankt. Roman. st 1249
– Tauben im Gras. Roman. st 601
– Der Tod in Rom. Roman. st 241
– Das Treibhaus. st 78
Kolleritsch, Alfred: Die grüne Seite. Roman. st 323
Kracauer, Siegfried: Georg. Roman. Mit einem Nachwort von Christian Döring. st 1868
– Ginster. Roman. st 1767
Kraus, Karl: Hüben und Drüben. Aufsätze 1929-1936. Herausgegeben von Christian Wagenknecht. st 1328
– Die Stunde des Gerichts. Aufsätze 1925-1928. Herausgegeben von Christian Wagenknecht. st 1327
Kreuder, Ernst: Die Gesellschaft vom Dachboden. Erzählung. Mit einem Nachwort von Klaus Schöffling. st 1280
Krüger, Horst: Diese Lust am Leben. Zeitbilder. Erstausgabe. st 2263
Kühn, Dieter: Stanislaw der Schweiger. Roman. st 496
Laederach, Jürg: Laederachs 69 Arten den Blues zu spielen. st 1446
Lenz, Hermann: Andere Tage. Roman. st 461
– Der innere Bezirk. Roman in drei Büchern. st 2159
– Jung und Alt. Erzählung. st 1935
Leutenegger, Gertrud: Ninive. Roman. st 685
Mayer, Hans: Ein Deutscher auf Widerruf. Erinnerungen. Band I. st 1500
– Ein Deutscher auf Widerruf. Erinnerungen. Band II. st 1501
– Der Turm von Babel. Erinnerung an eine Deutsche Demokratische Republik. st 2174
Mayröcker, Friederike: Die Abschiede. st 1408
Meyer, E. Y.: In Trubschachen. Roman. st 501
Meyer-Hörstgen, Hans: Hirntod. Roman. st 1437

253/5/11.93

Deutschsprachige Literatur
in den suhrkamp taschenbüchern:
Prosa

Morshäuser, Bodo: Die Berliner Simulation. Erzählung. st 1293
– Blende. Erzählung. st 1585
Muschg, Adolf: Albissers Grund. Roman. st 334
– Gegenzauber. Roman. st 665
– Leib und Leben. Erzählungen. st 2153
– Das Licht und der Schlüssel. Erziehungsroman eines Vampirs. st 1560
– Liebesgeschichten. st 164
– Noch ein Wunsch. Erzählung. st 735
– Der Turmhahn und andere Liebesgeschichten. st 1630
Nachwehen. Frauen und Männer mit Kindern. Verständigungstexte. Herausgegeben von Michael Klaus. st 855
Neumeister, Andreas: Äpfel vom Baum im Kies. st 1748
Nizon, Paul: Im Bauch des Wals. Caprichos. st 1900
Nossack, Hans Erich: Der Fall d'Arthez. Roman. st 1963
Pakleppa, Fabienne: Die Himmelsjäger. Roman. st 2214
Penzoldt, Ernst: Die Powenzbande. Zoologie einer Familie. st 372
Plenzdorf, Ulrich: Legende vom Glück ohne Ende. st 722
– Die neuen Leiden des jungen W. st 300
Praetorius, Friedrich-Karl: Reisebuch für den Menschenfeind. Die Freuden der Misanthropie. Erstausgabe. st 2203
Rakusa, Ilma: Die Insel. Erzählung. st 1964
Reinshagen, Gerlind: Sonntagskinder. st 759
Rothmann, Ralf: Stier. Roman. st 2255
– Der Windfisch. Erzählung. st 1816
Schindel, Robert: Gebürtig. Roman. st 2273
Schleef, Einar: Gertrud. st 942
Späth, Gerold: Barbarswila. Roman. st 1960
– Stilles Gelände am See. Roman. st 2289
Tergit, Gabriele: Atem einer anderen Welt. Berliner Reportagen. Herausgegeben und mit einem Nachwort versehen von Jens Brüning. Erstausgabe. st 2280
Unseld, Siegfried: Der Autor und sein Verleger. st 1204
– Begegnungen mit Hermann Hesse. st 218
Waggerl, Karl Heinrich: Das Jahr des Herrn. Roman. st 836
Walser, Martin: Die Anselm Kristlein Trilogie. Halbzeit. Das Einhorn. Der Sturz. 3 Bände in Kassette. st 684
– Brandung. Roman. st 1374
– Dorle und Wolf. Eine Novelle. st 1700
– Ehen in Philippsburg. Roman. st 1209

253/6/11.93

Deutschsprachige Literatur in den suhrkamp taschenbüchern: Prosa

Walser, Martin: Ein fliehendes Pferd. Novelle. st 600
– Ein Flugzeug über dem Haus. Und andere Geschichten. st 612
– Jagd. Roman. st 1785
– Seelenarbeit. Roman. st 901
– Die Verteidigung der Kindheit. Roman. st 2252
Walser, Robert: Aufsätze. st 1103
– Fritz Kochers Aufsätze. st 1101
– Der Gehülfe. Roman. st 1110
– Geschichten. st 1102
– Geschwister Tanner. Roman. st 1109
– Jakob von Gunten. Ein Tagebuch. st 1111
– Seeland. st 1107
– Der Spaziergang. Prosastücke und kleine Prosa. st 1105
– Der Räuber. Roman. Das Nachwort schrieb Martin Jürgens. st 1112
Weiß, Ernst: Georg Letham. Arzt und Mörder. Roman. st 793
– Männer in der Nacht. Roman. st 791
– Nahar. Roman. st 788
– Der Verführer. Roman. st 796
Weiss, Peter: Das Duell. Aus dem Schwedischen von J. C. Görsch in Zusammenarbeit mit dem Autor. Mit 10 Federzeichnungen von Peter Weiss. st 41
Winkler, Josef: Der Ackermann aus Kärnten. Roman. st 1043
– Friedhof der bitteren Orangen. Roman. st 2171
– Menschenkind. Roman. st 1042
Zeemann, Dorothea: Einübung in Katastrophen. Leben zwischen 1913 und 1945. st 565
– Jungfrau und Reptil. Leben zwischen 1945 und 1972. st 776
– Eine unsympathische Frau. Erzählungen. st 2224
Zweig, Stefan: Brasilien. Ein Land der Zukunft. st 984

253/7/11.93

Biographien
in den suhrkamp taschenbüchern

Amrain, Susanne: So geheim und vertraut. Virginia Woolf und Vita Sackville-West. Erstausgabe. st 2292

Ball, Hugo: Hermann Hesse. Sein Leben und sein Werk. st 385

Ball-Hennings, Emmy: Das flüchtige Spiel. Wege und Umwege einer Frau. st 1502

– Hugo Ball. Sein Leben in Briefen und Gedichten. Mit einem Vorwort von Hermann Hesse. st 1811

Baumann, Gerhart: Erinnerungen an Paul Celan. st 1985

Belkina, Marija: Die letzten Jahre der Marina Zwetajewa. Aus dem Russischen von Schamma Schahadat und Dorothea Trottenberg. st 2213

Bell, Quentin: Virginia Woolf. Eine Biographie. Aus dem Englischen von Arnold Fernberg. st 753

Bertaux, Pierre: Friedrich Hölderlin. st 686

Brecht, Walter: Unser Leben in Augsburg, damals. Erinnerungen. st 1368

Brinnin, John Malcolm: Die dritte Rose. Gertrude Stein und ihre Welt. Mit einem Vorwort von John Ashbery. Aus dem Amerikanischen von Maria Wolff. st 1820

Carossa, Hans: Ungleiche Welten. Ein Lebensbericht. st 521

Chalfen, Israel: Paul Celan. Eine Biographie seiner Jugend. st 913

Der Cimarrón. Die Lebensgeschichte eines entflohenen Negersklaven aus Cuba, von ihm selbst erzählt. Nach Tonbandaufnahmen herausgegeben von Miguel Barnet. Aus dem Spanischen von Hildegard Baumgart. Mit einem Nachwort von Heinz Rudolf Sonntag und Alfredo Chacón. st 346

Crick, Bernard: George Orwell. Ein Leben. Aus dem Englischen von Friedrich Polakovics unter Mitwirkung von Harald Raykowski. st 1778

Eliade, Mircea: Erinnerungen 1907–1937. Aus dem Rumänischen von Ilina Gregori und Heinz Hermann. st 1877

Elias, Norbert: Mozart. Zur Soziologie eines Genies. Herausgegeben von Michael Schröter. st 2198

Eribon, Didier: Michel Foucault. Eine Biographie. Aus dem Französischen von Hans-Horst Henschen. st 2226

Felder, Franz Michael: Aus meinem Leben. Mit einer Vorbemerkung von Peter Handke und einem Nachwort von Walter Methlagl. st 1353

Fitch, Noel R.: Sylvia Beach. Eine Biographie im literarischen Paris 1920-1940. Aus dem Amerikanischen von Angelika Schleindl. Mit Abbildungen. st 1702

Freedman, Ralph: Hermann Hesse. Eine Biographie von Ralph Freedman. Aus dem Amerikanischen von Ursula Michels-Wenz. st 1827

260/1/7.93

Biographien
in den suhrkamp taschenbüchern

Freund, Gisèle: Drei Tage mit James Joyce. Fotografiert von Gisèle Freund. Mit einem Vorwort von Philippe Sollers. Aus dem Französischen von Franz-Heinrich Hackel. st 929

Gandhi, Mahatma: Mein Leben. Herausgegeben von C. F. Andrews mit einem Nachwort von Curt Ullerich. Aus dem Englischen übertragen von Hans Reisiger. st 953

Gespräche mit Marx und Engels. Herausgegeben von Hans Magnus Enzensberger. st 716

Gibson, Ian: Federico García Lorca. Eine Biographie. Aus dem Englischen von Bernhard Straub. Mit zahlreichen Abbildungen. st 2286

– Lorcas Tod. Deutsch von Fritz Vogelgsang. st 197

Hellman, Lillian: Eine unfertige Frau. Ein Leben zwischen Dramen. Aus dem Englischen von Kyra Stromberg. Mit einem Nachwort von Ruth-Esther Geiger. st 1910

Hesse, Hermann: Kindheit und Jugend vor Neunzehnhundert. Hermann Hesse in Briefen und Lebenszeugnissen. 1. Band: 1877-1895. Ausgewählt und herausgegeben von Ninon Hesse. st 1002

– Kindheit und Jugend vor Neunzehnhundert. Hermann Hesse in Briefen und Lebenszeugnissen. 2. Band: 1895-1900. Herausgegeben von Ninon Hesse. Fortgesetzt und erweitert von Gerhard Kirchhoff. st 1150

Hermann Hesse in Augenzeugenberichten. Herausgegeben von Volker Michels. st 1865

Hildesheimer, Wolfgang: Marbot. Eine Biographie. st 1009

– Mozart. st 598

– Zeiten in Cornwall. Mit sechs Zeichnungen des Autors. st 1866

Horváth-Chronik. Von Traugott Krischke. stm. st 2089

Kaus, Gina: Von Wien nach Hollywood. Erinnerungen von Gina Kaus. Neu herausgegeben und mit einem Nachwort versehen von Sibylle Mulot. st 1757

Kleine, Gisela: Zwischen Welt und Zaubergarten. Ninon und Hermann Hesse: Leben im Dialog. st 1384

Korte, Hermann: Über Norbert Elias. Das Werden eines Menschenwissenschaftlers. st 1558

Kühn, Dieter: Josephine. Aus der öffentlichen Biografie der Josephine Baker. st 587

Dieter Kühn. Herausgegeben von Werner Klüppelholz und Helmut Scheuer. st 2113

Lagercrantz, Olof: Strindberg. Aus dem Schwedischen von Angelika Gundlach. st 1086

260/2/7.93

Biographien
in den suhrkamp taschenbüchern

Lützeler, Paul Michael: Hermann Broch. Eine Biographie. st 1578

Mayer, Hans: Ein Deutscher auf Widerruf. Erinnerungen. Band I. st 1500

– Ein Deutscher auf Widerruf. Erinnerungen. Band II. st 1501

– Der Turm von Babel. Erinnerung an eine Deutsche Demokratische Republik. st 2174

Mitscherlich, Alexander: Ein Leben für die Psychoanalyse. Anmerkungen zu meiner Zeit. st 1010

Muschg, Adolf: Gottfried Keller. st 617

Painter, George D.: Marcel Proust. Eine Biographie. 2 Bde. Deutsch von Christian Enzensberger und Ilse Wodtke. st 561

Razumovsky, Maria: Marina Zwetajewa. Eine Biographie. st 1570

Robbe-Grillet, Alain: Angélique oder Die Verzauberung. Aus dem Französischen von Andrea Spingler. st 1943

Ruy Sánchez, Alberto: Octavio Paz. Leben und Werk. Eine Einführung. Aus dem Spanischen von Thomas Brovot. st 1894

Schmidt, Werner: Leben an Grenzen. Autobiographischer Bericht eines Mediziners aus dunkler Zeit. st 2162

Semprún, Jorge: Yves Montand: Das Leben geht weiter. Aus dem Französischen von Uli Aumüller. st 1279

Simon, Alfred: Beckett. Aus dem Französischen von Michael Bischoff. st 1798

Tomalin, Claire: Katherine Mansfield. Eine Lebensgeschichte. Aus dem Englischen von Eike Schönfeld. st 1973

Unseld, Siegfried: Begegnungen mit Hermann Hesse. st 218

Wagner-Martin, Linda: Sylvia Plath. Eine Biographie. Ins Deutsche übertragen von Sabine Techel. st 1986

Wahnsinnsfrauen. Herausgegeben von Sibylle Duda und Luise F. Pusch. Erstausgabe. st 1876

Zeemann, Dorothea: Einübung in Katastrophen. Leben zwischen 1913 und 1945. st 565

– Jungfrau und Reptil. Leben zwischen 1945 und 1972. st 776

260/3/7.93

Neue deutschsprachige Literatur in den suhrkamp taschenbüchern

250/1/8.90

Neue deutschsprachige Literatur in den suhrkamp taschenbüchern

Kirchhoff, Bodo: Ohne Eifer, ohne Zorn. Novelle. st 1301
– Zwiefalten. Roman. st 1225
Kiss, Ady Henry: Da wo es schön ist. st 914
Klix, Bettina: Tiefenrausch. Aufzeichnungen aus der Großstadt. st 1281
Kolleritsch, Alfred: Gedichte. Ausgewählt und mit einem Vorwort versehen von Peter Handke. st 1590
– Die grüne Seite. Roman. st 323
Konrad, Marcel: Stoppelfelder. Roman. st 1348
Laederach, Jürg: Laederachs 69 Arten den Blues zu spielen. st 1446
– Nach Einfall der Dämmerung. Erzählungen und Erzählungen. st 814
– Sigmund oder Der Herr der Seelen tötet seine. st 1235
Leutenegger, Gertrud: Gouverneur. st 1341
– Ninive. Roman. st 685
– Vorabend. Roman. st 642
Meinecke, Thomas: Mit der Kirche ums Dorf. Kurzgeschichten. st 1354
Meyer, E. Y.: Eine entfernte Ähnlichkeit. Erzählungen. st 242
– In Trubschachen. Roman. st 501
– Ein Reisender in Sachen Umsturz. Erzählungen. Neufassung. st 927
– Die Rückfahrt. Roman. st 578
Morshäuser, Bodo: Die Berliner Simulation. Erzählung. st 1293
– Blende. Erzählung. st 1585
– Nervöse Leser. Erzählung. st 1715
Neumeister, Andreas: Äpfel vom Baum im Kies. st 1748
Offenbach, Judith: Sonja. Eine Melancholie für Fortgeschrittene. st 688
Pedretti, Erica: Harmloses, bitte. st 558
– Heiliger Sebastian. Roman. st 769
– Sonnenaufgänge Sonnenuntergänge. Erzählungen. st 1653
Pietsch, Nikolaus: Der Gefangene von Heidelberg. st 1129
Rosei, Peter: Der Fluß der Gedanken durch den Kopf. Logbücher. st 1656
– Reise ohne Ende. Aufzeichnungsbücher. st 875
Rothmann, Ralf: Messers Schneide. Erzählung. st 1633
Schertenleib, Hansjörg: Die Ferienlandschaft. Roman. st 1277
Schimmang, Jochen: Das Ende der Berührbarkeit. Eine Erzählung. st 739
– Der schöne Vogel Phönix. Erinnerungen eines Dreißigjährigen. st 527
Schleef, Einar: Gertrud. st 942
Sloterdijk, Peter: Der Zauberbaum. Die Entstehung der Psychoanalyse im Jahr 1785. Ein epischer Versuch zur Philosophie der Psychologie. st 1445

250/2/8.90

Neue deutschsprachige Literatur
in den suhrkamp taschenbüchern

Stark, Angelika: Liebe über Leichen. st 1099
Strätz, Harald: Frosch im Hals. Erzählungen. st 938
Struck, Karin: Lieben. Roman. st 567
– Die Mutter. Roman. st 489
– Trennung. Erzählung. st 613
Wachenfeld, Volker: Camparirot. Eine sizilianische Geschichte. st 1608
– Keine Lust auf Pizza. Roeders Story. st 1347
Wigger, Daniel: Auch Spinnen vollführen Balzgesänge. st 1550
Winkler, Josef: Der Ackermann aus Kärnten. Roman. st 1043
– Menschenkind. Roman. st 1042
– Muttersprache. Roman. st 1044
Zschorsch, Gerald: Glaubt bloß nicht, daß ich traurig bin. Prosa, Lieder, Gedichte. Mit einem Text von Rudi Dutschke. st 1784

250/3/8.90